¡Me estás estresando!

¡Me estás estresando!

Carol Margall

TÍTULO: *¡Me estás estresando!*
AUTORA: *Carol Margall*

COMPOSICIÓN: Optima cuerpo 12
FOTOGRAFÍA PORTADA: *Víctor Gómez*©
DISEÑO PORTADA: Carol Margall©

1º EDICIÓN: *mayo 2021*
ISBN: *978-84-09-30658-9*

CAROLINA MARTÍN GALLEGO
carolixavis@gmail.com
carolmargall

Quedan prohibidos, dentro de los límites establecidos por la ley y bajo los apercibimientos legalmente previstos, la reproducción total o parcial de esta obra por cualquier medio o procedimiento, ya sea electrónico o mecánico, el tratamiento informático, el alquiler o cualquier forma de cesión de la obra sin autorización escrita de los titulares del copyright.
Todos los derechos reservados.

Hay veces en la vida que nos cortan el camino sin preguntar.

De nosotros depende si queremos tomar un camino similar al anterior, o bien lanzarnos a un mundo nuevo y salir de nuestra zona de confort.

Doy gracias a mi marido y mi hijo por su ayuda y por animarme a realizar mi sueño, el cual me ha llevado a escribir esta novela.

INTRODUCCIÓN

Hola lector:

Antes de empezar, vengo a presentarme a ti. Mi nombre es Mario Arteaga.

Quiero decirte que, en el transcurso de estas páginas, voy a ir desnudándome poco a poco solo para ti. Será de forma pausada, ya que lo haré ante tus ojos de una manera inusual.

En ella te expondré con sensualidad mi alma. Créeme que es muy difícil desnudarse así. Quizás incluso me llegues a amar un poco mientras lo voy haciendo.

También quiero que me veas desnudo de forma física, aunque para eso tendrás que imaginarme y con ello espero gustarte. Lo haré, ya que aún puedo lucir mi cuerpo a mis años, no sin decirte antes que es a base de algo de esfuerzo, obviamente.

Te pongo en contexto en estas cuatro líneas, ya que de esta manera solo tú podrás decidir si quieres continuar conociéndome o cerrar el libro.

Si quieres conocer mi historia, mi físico y sobre todo mi alma, entonces continúa.

Un abrazo.

Mario.

CAPÍTULO 1

—¡Dios, como odio este despertador! —exclamo de mala gana, mientras lo apago y voy desperezándome sin éxito.

—¡Venga Mario, arriba! —digo animándome a mí mismo—. Bueno, ya queda algo menos para mi jubilación. Me voy a plantear diseñar un Excel y en él anotaré hasta los días festivos. Luego los iré tachando a diario. «Mario, sé realista, ¡te quedan más de diez años, pringaoooo!», susurra mi yo interior, que es un poco *cabroncete*.

Hoy no me movería ni de la cama, pero hay que ir a la oficina. Además, necesito tiempo para empezar mi día. Son las seis y media y entro a trabajar a las nueve. Soy de esas personas que necesitan su momento, ya que odio ir estresado de buena mañana. Me gusta elegir sin prisas qué ropa ponerme, darme una ducha, prepararme un buen desayuno y, mientras lo saboreo, saber qué pasa en este mundo tan bonito que nos pintan, aunque luego pones la televisión o enciendes la radio y la cosa cambia, ¡y vaya si cambia!

—¡Joder! —exclamo en voz alta mientras abro el armario—. ¿Dónde dejé la puñetera corbata azul? ¿La mandé a la tintorería con el traje gris? Me parece que no —intento recordar dónde la pude dejar.

«Además de pringao no tienes memoria», me dice de nuevo el *cabroncete*. Miro el móvil y creo hasta escuchar su voz susurrándome: «¡Llama llama! Tienes llamadas ilimitadas, no va de nada una llamada más a Rita». Opto por llamarla.

—Hola, Mario, ¿qué te pasa esta vez?

—Rita, una pregunta rápida. Por casualidad, ¿recuerdas dónde está la corbata azul?

—Mario, pues no, no me acuerdo. ¿Has mirado en el perchero de la entrada?

—¿Por qué tendría que mirar en ese perchero?

—Pues no sé, ¿será porque a veces veo que las dejas allí? Y luego me toca ir colocando todo en su sitio con el fin de evitarme estas llamadas.

—Perdona Rita. Yo lo intento, pero ya me conoces —mientras hablo voy en dirección al perchero.

—Ya. ¡Pero no solo trabajo para ti! Por cierto, tienes lentejas y albóndigas en la nevera. Mario, te he de colgar, Marisol me está mirando de reojo, además, si se entera de que te cocino a ti, querrá que le cocine también a ella y bastante tengo ya.

—¡Encontrada! Gracias Rita, eres la mejor, un beso.

Y allí estaba, en el puñetero perchero del recibidor; que manía la mía, a despistado no me gana nadie. Noto que cada día me «ahoga» más la corbata. Bueno, pues una vez encontrada: traje azul oscuro y camisa blanca.

Me dirijo al dormitorio a preparar el traje que me voy a poner hoy. Es una estancia grande, minimalista y muy funcional. Sería perfecta si fuese capaz de dejarlo todo en su lugar. Al diseñar la habitación sabía hasta cómo deseaba que fuera el color de la pared, elegí un tono gris marengo y muebles blancos. Tenía muy claro qué quería que tuviera mi armario. Mandé pedir repisas anchas; pedí cajones con separadores para allí tener la ropa interior; otro especial que tendría mis relojes; y uno en el que dejar cosas inútiles que nunca tiras, pero a su vez las quieres cerca. Dispongo, además, de unos colgadores solo para los trajes y un altillo en el que siempre guardo las cajas de zapatos. Tengo unas mesitas enormes donde poder dejar a mano un buen libro, el móvil y mi tan querido despertador. Sí, porque soy de los de la vieja escuela. Como no me fío de mí mismo, pongo también la alarma en el teléfono, aunque con una melodía más suave.

Por más que quiero, me cuesta encontrar una melodía bonita para despertar, nada puede suplir la voz de Cristina. Cada mañana necesito esos minutos sentado a los pies de la cama recordando sus buenos días, es como escuchar su voz. Luego me giro y aunque sé que ya no está, miro hacia su lugar y río al recordar esa cantinela diaria.

—¡Mario por Dios, apaga ese odioso despertador! —Luego, recuerdo que se tapaba la cabeza con la almohada y al momento se volvía y me miraba. Su voz era música para mí, la misma que activaba mi ser diariamente al escucharla decir—: ¡Buenos días, amor!

Recuerdo su pelo castaño ondulado caerle por encima de sus hombros, y esos ojos marrones, que de buena mañana se le achinaban. Mi hijo se parece mucho a ella, tanto en el físico como en el carácter. Mi hija posee más rasgos míos, su melena rubia con esa nariz respingona le da esa dulzura a su mirada gatuna de tonos verdes.

Fue inútil cambiar la decoración, tal y como me insistieron mis hijos. Pensaron que realizarlo me haría bien y sería una buena manera de tener mi cueva, un nuevo espacio donde sanar la mente y el alma. Aunque fueron unos días alegres por esos cambios, luego solo sirvió para sentir más soledad. Sé que a Cristina le habría gustado y, conociéndola, seguro que me hubiera llamado pijo.

El resto de mi casa continúa tal cual estaba en su día. Soy incapaz de cambiar hasta la más mínima figura de lugar. La decoración fue un trabajo en equipo, aunque reconozco que la última palabra, al igual que en todas las casas, fue de mi mujer, ya que nosotros solo nos preocupamos del sofá, necesitamos que sea grande y cómodo. Además, cómo no, las pulgadas que tenga la televisión y el mando a distancia, del que nos hacemos los amos desde el minuto uno. Poco importa si hay cortinas o cuadros bonitos, lo primordial es tenerlo a la mano, parece ser que es algo que a la mayoría nos viene de serie.

Entro en el baño de mi habitación, de allí no cambié nada ya que lo reformamos en su momento y todo sigue igual. Me dispongo a darme una ducha y me retoco la barba. Me gusta llevarla fina y pulida, de líneas cortas y estrechas que me dejan las mejillas visibles. Me pongo mi crema hidratante, mi colonia y, como cada mañana antes de salir, tomo en mis manos el perfume de Cristina. Está donde siempre ha estado, en su estantería. Es una fragancia cítrica y fresca, aunque en la etiqueta pone bien claro *Eau de Toilette*.

Abro el frasco y aspiro su olor, eso me hace sentir que está a mi lado, me traslada a otra época. Aún recuerdo el día que me pidió que se la comprase porque, como decía ella:

—Cariño, sé que es cara, pero es mi esencia—. He de reconocer que lo fue siempre, nunca quiso cambiar de fragancia y yo tampoco quería que usase otra. Dejo el frasco en su lugar y sonrío, recordando cada día algo distinto.

Para mí era mucho más que un perfume. Era esa sonrisa contagiosa, su alegría, la habilidad que tenía de convencerme de algo. Esa forma de ver el interior de las personas, su mente, ¡Dios! La misma que la hacía tener un espíritu tan libre que arrasaba con todo si ella quería. Era el poder de atracción en una reunión, era imposible que pasara desapercibida, brillaba como una estrella. Esa puñetera *hippie* desprendía mucha esencia, y yo necesito esa dosis de olor diariamente, aunque mi terapeuta no lo apruebe.

Desayuno con la televisión puesta y saboreo mi café. Una vez ya con el traje impoluto, tomo mi maletín, pongo la alarma y, como siempre, me dirijo a mi rutina diaria.

Voy hacia el coche, dejo el maletín, la americana y abro la puerta de mi parking.

Vivo en una casa de dos plantas con jardín y una pequeña piscina, no es ostentosa ni mucho menos, aunque ahora me queda algo grande para mí solo. En su momento, nos daba el espacio que necesitábamos en familia. Está ubicada a las afueras de Barcelona, concretamente en Castelldefels, es una zona tranquila. Tengo el pueblo cerca y la playa a unos minutos, así que era ideal para nosotros y los niños.

En su día pude convencer a Cristina que vivir en una casa en las afueras nos daba más ventajas que en un piso en el Eixample. De esa manera ella podría realizar sus clases de yoga respirando aire puro, sintiendo la brisa del mar, y los niños dispondrían de un espacio amplio.

Con el tiempo, para mis vecinos acabé siendo el «marido de la *hippie*».

Cierro el parking, subo al coche y aprovecho el trayecto para llamar a Juan, hace días que no sé nada de él. Hace quince años que lo conozco, hemos pasado momentos buenos y malos, como cualquier relación de amistad. Para mí es como el hermano que no tuve, ya que soy hijo único.

Juan y yo somos la noche y el día, muy diferentes en muchos aspectos, incluido en el físico. Yo soy bastante alto, mido 1,85, delgado, ojos verdes y muy canoso. Él en cambio ni una triste cana, eso sí, a entradas no le gana nadie y un pelo negro azabache precioso. Es de complexión ancha, aunque no le falta ni le sobra nada, de estatura poco menos que yo, pero poca cosa. El muy cabrón tiene espalda y brazos fuertes, y todo sin ir al gimnasio, no como yo, que si quiero ejercitar músculo tengo que machacarme, ya que soy flaco. De carácter, él es abierto y simpático, yo más bien soy algo serio con un punto tirando a borde, según él. Nos conocimos a través de un amigo en común y hasta hoy.

—Hola Juanitoooo.
—¿Qué pasa chaval?

Chaval dice. ¡Pero si soy todo canas!

—Mario, ¿hola?, ¿holaa? Tío, ¿me has colgado? —pregunta, ya que no le he contestado.

—Eh, perdona Juan, no te escuchaba bien.

—¿Estás bien?

—Sí sí, claro. Tenía un momento camino al despacho y digo «voy a llamar a este petardo que no se nada de él», ¿y tú qué tal estás?

—Pues no me puedo quejar, mucha faena en el taller, ahora estaba haciendo un cambio de aceite, este mes la mayoría son revisiones para las ITV. Y a ti, ¿cómo te van tus cosas?

—Bueno... Hoy reunión con los de arriba. Van a cerrar oficinas, traslados de locales, que si no vendemos productos a los clientes. En fin, cada día nos aprietan más, la gente ya no quiere invertir y los pocos ahorros que tienen los quieren a buen recaudo, y eso contando que no les damos ni intereses. Son muchas las veces que me cuesta hasta mirarlos a la cara. Ha cambiado mucho todo Juan, y cada vez me frustra más continuar en el banco, pero bueno, soy el director, tengo que estar al frente con una mente fría. Por cierto, ¿cómo lo tienes esta tarde para tomar unas cañas?

—Bien, puede que sobre las ocho esté listo.

—¡Perfecto entonces! Me paso por el taller sobre esa hora.

—Bien, pues te dejo que entra un cliente, nos vemos luego.

—¡Hasta luego petardo!

Por suerte no hay mucho tráfico hoy, así que podré tomar un café antes de entrar al banco. Son tantas las veces que uno se queda parado en el cinturón del litoral que hasta pierde la cuenta. No importa si sales pronto de casa o incluso tarde, no es tema de horarios, es la odisea circular por Barcelona. Trabajo en el barrio de Poblenou. Años atrás era conocido por ser un barrio de pescadores, ya que se encuentra cerca del mar. En la actualidad, es una zona algo chic. La misma fue orientada para uso empresarial y son muchos los edificios dedicados a oficinas; de hecho, actualmente es conocida también como «el 22@». A raíz de eso, se dispararon los precios y cada vez hay menos gente que pueda quedarse en él a vivir. Aunque tengo la ventaja de trabajar en La Rambla, un espacio peatonal que aún conserva las raíces de antaño.

Si no recuerdo mal, esta mañana solo tendré que atender una visita, revisar agenda y prepararme para la reunión con toda la documentación que me organice Ana.

No sé qué haré el día que pida la baja por maternidad, solo pensarlo me aterra. Me encanta verla tan feliz con esa tripita que luce y lo contenta que está, aunque ya la noto algo cansada y le duele la espalda, pero ella no dice nada y quiere aguantar como una campeona hasta que le falten unos días para salir de cuentas, mientras yo le hago la broma de que nacerá en mi despacho y le venderé una visa oro al bebé. Hoy en la reunión preguntaré si ya saben a quién me pondrán de sustitución.

Aparco en mi plaza de parking y miro el reloj, tengo quince minutos para tomar un café rápido.

Salgo del bar justo de tiempo, ya que Toni tiene la manía de hablarme de fútbol cuando me ve, que si el Barça, que si el Madrid. ¡Si a mí no me gusta el fútbol, coño! Son muchas las veces que me ha invitado a ver un partido. Su suegro es mayor y si él no va, su carnet está disponible, así que me ofrece ir. Nunca he llegado a ir, pero le hago la broma diciéndole que si fuese al campo o me hiciera de un club, preferiría ser del Espanyol.

Entonces me levanta la ceja y me dice todo serio: —¿Por qué?

Yo le contesto cada vez lo mismo: —Ya sabes que no soy futbolero y puestos a ser, sería de otro equipo diferente al tuyo, así nos podríamos pelear—. Y siempre acabamos riendo los dos.

Entro en el banco y ya están esperándome los señores Martínez. ¡Qué puntualidad, por Dios!

—Buenos días, don Mario.

—Buenos días señor Martínez. Enseguida estoy con ustedes.

Ana está sentada, atendiendo a una mujer que no para de vociferar y al verme me pone caras raras con disimulo. Voy a mi despacho, enciendo el ordenador y hay un post-it en la pantalla. Lo leo y me pongo a reír, es una nota de Ana diciéndome: «No pongas nervioso al señor Martínez, que si se atropella con las palabras se le sale la dentadura». Acompaña el comentario con una cara sacando la lengua. Miro a Ana de reojo y me guiña un ojo, la muy puñetera.

Atiendo a los señores Martínez, Ana me prepara la documentación y me voy de reunión.

Por suerte hoy no ha ido mal, salgo antes de lo previsto, así que me quedo a comer en Barcelona, ya me comeré lo que dejó preparado Rita para cenar.

Aprovecho para realizar algunas compras por Rambla Catalunya, las tiendas a mediodía están abiertas y hay poca gente, es una zona muy bonita. Una vez al año, especialmente en Sant Jordi, luce preciosa cada veintitrés de abril. Miles de puestos de libros y rosas dan un toque a las calles que no deja indiferente a nadie. Siempre vengo a pasear ese día y comprar un buen libro. Me acerco a las paradas y si hay algún autor que me guste y esté firmando el suyo, suelo aprovechar y llevármelo firmado, o bien simplemente voy ojeando sin más, incluso de autores que no conozco y observo algunos títulos que me llamen la atención. Además, compro también una rosa y luego se la llevo a Cristina al cementerio.

Mientras camino, sonrío al recordar a Cristina cuando me decía que era peor que una mujer en cuanto a compras se trataba.

Cuando me doy cuenta, es tardísimo. Quiero llegar a casa darme una ducha y ponerme ropa cómoda para ir con Juan.

Llego a casa, dejo las bolsas en el sofá, me ducho rápido y

me pongo unos vaqueros y una camiseta negra, ya de nuevo en el coche, conduzco hasta el taller.

Aparco en el vado porque a estas horas no vendrá ningún cliente, y entro.

—Holaaaaaaa—. *Ding dong ding dong*. ¡Joder con el puto sensor! Siempre se me olvida.

—Juan. ¿Holaaa? Hooolaaaaa.

—¿Qué pasa *chavalín*?

—¡Estás sordo tíoooo!

—Si te he escuchado, pero ¡estaba meando, joder! Dame un minuto que cierro persiana y me ducho rápido.

—Te espero en tu despacho y aprovecho para llamar a Carla.

—Que plasta de padre eres, ¡deja la niña tranquila, coño!

—¡Vale, vale! La llamaré mañana, ¡pero no tardes, espabila!

—Jamás te haría esperar —mientras lo dice, se va riendo hacia el baño.

Después de unos quince minutos lo veo salir con sus vaqueros algo desgastados y una camiseta en tonos azul oscuro. Agarra su chaqueta de piel negra, el móvil y la cartera. Salimos del taller y cruzamos la calle hacia el bar de enfrente.

—Mario, ¿dentro o en la terraza?

—Terraza, así podemos fumar —aunque no soy de fumar mucho, pero me apetece estar al aire libre.

—Yo más que fumar picaría algo, ¡tengo un hambre!

—Juan, unas cañas y me voy rápido, así que no te líes pidiendo por favor, Rita me dejó comida hecha.

—Qué soso eres. ¡Pues te la comes mañana! Una vez que vienes vas y me metes prisas.

—Era la comida de hoy. Bueno es igual, pide lo que quieras.

—Mario, ve buscando mesa que entro a comprar tabaco.

Me siento en una mesa y mientras llega Juan voy mirando la carta.

—*Chavalín* ¿has visto esos dos pibones de la mesa de al lado?

Dejo la carta y miro a Juan que se acaba de sentar.

—Pues no, no me he fijado.

—¿En serio?

—¡Cómo para no verlas! Ese pelo azul llama mucho la atención.

—¿Pelo azul? Yo solo me fijé en las *peasso* tetas que tiene la rubia.

—Eres un salido tío —le sonrío mirándole—, ¡deja de mirar! Venga, ¿qué pedimos?

—Pues no sé si pedir patatas bravas o «canalillo a la romana»—. Pasa su lengua por los labios el muy canalla.

Me levanto y camino hacia dentro del bar y al pasar me fijo en la rubia, las veo cuchichear, quizás han escuchado a Juan. Voy caminando y él me hace señas. Al girarme veo que a la del pelo azul le ha cagado una paloma detrás en la espalda, me entra la risa y barajo si al salir del baño ir y decirle que se limpie, porque no lo puede ver y esa chaqueta tiene pinta de ser cara, pero me da corte.

CAPÍTULO 2

—Anna, el *Canas* que se ha levantado, te ha pegado una mirada que lo flipas.

—Angie, estás fatal, no vi que me mirara ni cosas raras, así que ¡deja de inventar!

—Si tú lo dices, pero ¡te ha mirado, que conste! Cuando salga nos fijamos, es madurito, pero tiene un cuerpazo.

—Que sí, que sí, pero continúa con lo que me contabas de Quim.

—Pues eso, que va el tío el otro día y me dice que prefiere irse de vacaciones con sus amigos.

—Hola.

—Hola —responden las dos.

Me acerco a la del pelo azul y le digo al oído:

—Tienes una mancha detrás, en la espalda, parece ser que una paloma... bueno, pues eso. Ve al baño antes de que se seque y no la puedas quitar.

Me mira y se pone colorada como un tomate, entre su pelo azul y tan roja, parece la bandera del Fútbol Club Barcelona. Viste una americana negra con camisa blanca, acompañada con vaqueros ajustados y unos tacones de infarto. Su amiga, en cambio, lleva una cazadora tejana y una camiseta muy alegre, dándole un estilo más informal.

—Estoooo... ¡gracias!

Vuelvo a la mesa con Juan, me siento —miro con disimulo y

veo que hablan—, la del pelo azul se pone las manos en la cara, ¿le estará explicando a la otra lo que le he dicho?

Juan me mira con cara de «¿Me he perdido algo?»

—¿Qué? —dice susurrando—. ¿Le querías ver las tetas de cerca?

—¡Serás imbécil! Pues no listo, es que cuando me levanté vi que le había cagado una paloma a la del pelo azul, así que me acerqué para decirle que fuera al baño.

—¿En serio? —Me mira y levanta una ceja—. ¡Di que sí, que sí hombre! Eso es ligar, lo demás, tonterías.

—Si lo sé no te digo nada. Venga, vamos a pedir algo, si no me voy a casa y me ceno las albóndigas.

—Tú de aquí no te mueves que tengo mucho que explicarte —me dice en tono burlón—. Mira, ya viene el camarero hacia aquí, ya pido yo, si pides tú nos morimos de hambre.

—Hola chicos. ¿Qué os pongo?

—Hola —saludamos los dos.

—Pues dos cervezas grandes: bueno no, que sean pequeñas mejor, luego ya te pedimos más, que si no se nos calientan, trae también: unas patatas bravas, chocos, mejillones a la marinera y una doble de pulpo.

—Okey chicos, pues marchando esas tapas.

—Disculpa, trae también una de jamón ibérico.

—Okey, apuntado.

—Mario, mírame. ¿Tú me ves resultón? —me mira con cara triste.

—¿A qué viene esa pregunta? ¡Si eres un caramelito en dulce!

—En serio tío, últimamente me miro y veo que me hago mayor. No soy el que era, mira que entradas tengo ¡me voy a quedar calvo!

—¡Que tonterías dices! El que tuvo retuvo, se dice así ¿no? Pero ¿por qué lo dices? Yo te veo genial.

—No sé tío, ¿te acuerdas de aquella chica? Marina, la profe de Martina.

—Sí. ¿Qué le pasa a Marina?

—Estamos medio viéndonos, no sé, pero noto que es como que me da largas en todo y no sé si es por ser la profe de la niña o porque no le acabo de gustar.

—¿Os veis o solo tonteáis?

—Tonteamos, mejor dicho, solo tomamos un café el otro día, luego le acompañe hasta el parking y poco más, la verdad. Le dije que si le apetecía el sábado ir a tomar algo o a cenar y me dijo que tenía la agenda muy apretada, que quizás otro día.

—Quizás tenga pareja o no seas su tipo, quien sabe. Lo que creo te pasa es que tienes la testosterona por las nubes, necesitas un polvo como comer.

—Hablando de polvos... ¿Y tú qué? ¿Alguna en el candelero?

—Nada, la verdad que entre que no estoy receptivo y que ya me cuesta convivir conmigo mismo, como para meterme en más líos, sinceramente paso bastante de flirtear con alguien.

—Mano manita, y a por otra pajita—, dice canturreando—. Mario, han pasado tres años, los chicos viven su vida, no te digo que busques algo, pero no te cierres en banda. Eres joven, te mereces a alguien que te quiera y con quien puedas rehacer tu vida. Por cierto, ¿cómo están los chicos?

—Están bien. Carla sigue trabajando en la agencia y peleando día sí y otro también con Nuria, su compañera de piso; dice que es un desastre con todo y yo me río porque en casa era igual, me decía que en su desorden tenía su orden y su cuarto era una leonera. Y ahora ella se queja de la otra. Y Joan enamoradísimo de Diego de momento. Y digo de momento porque es la relación que más le está durando. Este hijo mío en tema amores es un poco *cabroncete*, se excusa en que es un espíritu libre como lo era su madre y lo que le pasa es que lo que hoy adora, mañana lo asfixia, así que luego hace daño y vuelta a empezar.

—Mira, mira, se levantan los pibones. No parece que sean de por aquí, no las había visto nunca.

—¿Qué pasa, que has de conocer a todo el que entra en el bar?

—No deja de ser un barrio y esta zona no es que sea muy turística.

—Lo que pasa es que este bar es tu segunda oficina.

—¡*Ostis* tío que vienen para aquí, no la cagues!

Miro y veo que efectivamente vienen hacia nosotros, la del pelo azul se adelanta un poco y nos saluda.

—Hola.

—Hola —decimos los dos al unísono.

—Gracias por lo de antes —me dice mirándome fijamente.

—De nada, espero que lo hayas podido quitar, tu chaqueta es muy bonita y a mí de haberme ocurrido, me hubiese gustado que me lo dijeran.

—Pues si otro día te veo sentado donde yo estaba y por casualidad te dejan un regalito estaré encantada de decírtelo. Bueno, quiero decir… ojalá que no, bueno que si pasa, pues eso, que no tiene por qué pasar, pero que te lo diría. Bueno, mejor me voy y gracias de nuevo.

Veo que se gira, mira a la otra chica y muy torpemente me deja un papel doblado y se va rápido. La rubia al pasar nos dice adiós.

Miro a Juan, observo el papel, no me da tiempo a pensar cuando él me lo quita.

—Guauuuu. ¡Te ha dejado su teléfono y su nombre! —Me pasa el papel y dice con voz sensual—, Anna…

Miro a Juan y le digo:

—No la voy a llamar, lo siento pero paso. No es buen momento.

—¿Buen momento para qué? ¿Si no sabes qué quiere? Solo lo sabrás si le llamas o le envías un *WhatsApp*.

—¿Y qué le pongo? Hola, soy Mario, el del bar al que le dejaste la nota. Te escribo porque me pusiste tu nombre y tú no sabes el mío. Y luego… ¡ya no sabré qué ponerle!

—Pues chico, no es tan difícil, cualquier cosa. Si te lo ha dado es por algo, ¿no?

—Lo curioso es que una persona que lleva el pelo azul sea tan tímida, ¿no crees?

—Pues no. ¿Qué tendrá que ver el color de pelo?

—Alguien que lleva un pelo así, me da a pensar que es una persona con carácter, segura de sí misma y que poco le importa lo que digan los demás. Y me ha chocado esa timidez ante ese acto.

—Pues más motivo para escribirle o llamarle.

—Paso, no me apetece. Estoy pasando por unos momentos difíciles y no es por Cristina, bueno un poco sí, pero es que cada día me cuesta más ir a trabajar. Me asfixio, odio el despacho y hay veces que si tengo a un cliente charla que te charla, dejo de escucharlo y no sé qué coño me ha dicho. Si me doy cuenta, intento retomar el hilo de la conversación… en fin, rayadas mías. Me he llegado a plantear pedir una excedencia. Necesito realizar cambios en mi vida, lo que menos entra en mis planes ahora es tontear como cuando éramos jóvenes.

Juan me mira y no dice nada, se ha quedado con cara de póquer, pincha unos restos de patatas y le pide al camarero dos cervezas más, me vuelve a mirar y bufa para sí mismo.

—¿Y? —le miro esperando su respuesta.

—Te asfixias… ¡Mira, como le pasa a Joan! ¿Y qué se supone que quieres hacer en esa excedencia? ¿Viajar, cambiarte de casa, convertirte al budismo? Bueno, yoga ya haces. ¿Algo tendrás pensado o aún no lo sabes?

—Joder, si lo sé no te digo nada.

—Gracias por la confianza *chavalín*, después de quince años mejor me callo y se lo cuento todo al terapeuta que le pago una millonada y que es la puta *hostia*. Y a mi amigo barra hermano, no le digo nada de mis rayadas porque no está a la altura. ¡No me jodas Mario!

—Calma, calma, que no he decidido nada de momento y no te quería preocupar, pero ha salido el tema y bueno, lo he soltado a bocajarro. Perdóname, aunque créeme que serían varias «sesiones» de cerveza y vas de puto culo y no te quiero agobiar, lo siento.

—Pues ya es tarde para eso. Así que venga, desembucha. Dame el teléfono de la del pelo azul para darle las gracias, porque si no es por el papelito te habrías ido sin decir ni *mu*.

—Anna, estabas para grabarte—, me dice mientras caminamos saliendo del bar.

—Gracias, yo también te quiero—. Miro a Angie y me entra la risa tonta.

—¿Crees que te llamará?

—*Ainnss* no sé, no es mi estilo hacer estas cosas la verdad. Así que casi mejor que no me llame, que corte ¿no?

—¿Corte, por qué?

—Bueno, lo hecho hecho está, aunque reconozco que ha sido divertido. Pero que conste que no me has acabado de explicar lo de Quim, te has ido de una conversación a otra como siempre haces y ya me veo mañana en el lavabo del trabajo escuchando tus audios, que más que audios parecen capítulos de un audio libro.

—¡Mira que eres exagerada! Dejémoslo en *podcast*. Estoy pensando que mañana enviaré al grupo una salida todas juntas y que se vaya él si quiere a su bola, que vea que no lo necesito, ¿te apuntarías?

—No creo que pueda Angie, los pocos días que tenga y pueda escaparme a ratos, ya que vacaciones de momento no puedo tener, tengo que estar con mi madre por tema de papeleos, médicos… en fin, he de aprovechar para cosas así y faltar lo mínimo a la agencia. Si quieres podemos irnos tú y yo de escapada un fin de semana, ¿qué te parece?

—No sería lo mismo sin ti, ya conoces a las chicas y necesito alguien que me frene o me desmeleno muy fácilmente —me pone morritos la muy golfa.

—Te desmelenas conmigo igual y luego me llamas aguafiestas, ¿ya se te ha olvidado la última?

—La verdad que reconozco que iba muy perjudicada, recuerdo poco, pero te tengo a ti que me lo recuerdas día sí y día también.

—¡Esa no te la perdonaré nunca, mala pécora! El frío que pasé en ese puñetero banco frente a tu casa esperando al cerrajero. ¿Y los dos idiotas que nos querían robar? ¡Pero si no llevábamos ni bolso! Porque ibas tan ciega que no recuerdas donde lo dejaste y luego ¡nadie lo había visto!

—Bueno, bueno… La culpa yo diría que es cincuenta-cincuenta guapa, porque tú saliste con el móvil y poco más. «Paso de llevar bolso, guárdame las llaves y la cartera», eso sí lo recuerdo, creo que es lo único—. Me señala con dedo acusador—. Entonces, si te llama, ¿qué harás?

—Pues no sé, ya se verá. Pero me da a mí que no lo hará. ¿Dónde tienes el coche?

—Aparqué en la calle de atrás, en la zona azul.

—Te acompaño y luego iré a comprar al súper que tengo la nevera vacía.

Mientras caminamos hacia el coche, se nos escapa una risa

a las dos, me gusta estar con Angie, es dicharachera, espontánea y muy divertida. Es guapísima, pero en el tema de amores tiene un imán para los idiotas. Ella me dice que a todo le saco punta, que soy muy exigente y que me deje llevar. Yo le digo que para según quien prefiero estar sola.

Nos despedimos y voy camino al súper, pensando en lo que hice. ¡Yo dejando una nota con mi teléfono a un desconocido!

Me río porque Angie consigue que haga unas cosas de quinceañera y ya voy para mis cuarenta y nueve abriles. Vivo en la zona del Eixample, es una zona céntrica y bien comunicada, no es necesario usar mucho el coche para mi día a día, ya que tengo el bus a una calle de casa y me deja casi en la puerta de la agencia.

Soy mi propia jefa de una agencia de publicidad que está situada en la calle Mallorca. Hacemos anuncios, tanto para televisión como para revistas. El principio fue duro, pero ya nos conocen y son muchas las firmas que nos solicitan modelos y marketing publicitario; tengo quince empleados de los cuales no cambiaría a ninguno, tienen buena energía y ponen toda la carne en el asador, es una pequeña familia que me da más alegrías que quebraderos de cabeza, aunque hay que estar al pie del cañón siempre, lo que a veces resulta muy estresante. Entonces es cuando saco la artillería pesada y me hacen la broma de que el pelo se me ha puesto negro de la mala leche que se me pone.

Cuando llego a casa dejo la compra y sigo pensando en el tipo del bar, bien vestido y esas canas que lo hacen tan interesante... vamos, que está para mojar pan, pero seamos realistas Anna, bórralo de tu cabeza porque no te va a llamar, estará casado o, ¿quién sabe? No creo que sea su tipo.

—Juan de verdad, tranquilo. Otro día quedamos, hablamos y te explico un poco de lo que me pasa, pero no es nada preocupante, solo que necesito cambios como te he comentado.

—Mario, no te pido que ahora me expliques todo, pero entiende que no me puedes dejar así y pirarte sin más.

—Una cerveza más y me voy, ¿sí?

—Disculpa, ¿nos traes un par más, por favor?

—Como te he comentado, últimamente es como que me ahogo. No sé, tengo necesidad de cambios y bueno... prométeme que no te reirás, ¿vale?

—¡Prometido!

—Pues, ¡no te rías, eh!

—Más que reír me estás asustando —me mira con su sonrisa de medio lado.

—Hace años, con Cristina, bueno ya conocías como era, se le metió en la cabeza que quería montar un negocio. Hasta ahí normal, perooooo el negocio que quería dirigir era un *sexshop*.

—¡Venga yaaaaaaa! ¿En serio, Mario?

—Me has dicho que te lo explique, ¿no? Pues eso, se le metió entre ceja y ceja y lo tenía tan claro que yo solo me reía y le decía que era mucho sacrificio llevar un negocio, que no necesitaba quebraderos de cabeza. Pero estuvo un tiempo que fue un calvario, hasta le dio por ir a reuniones de *tapersex* y cuando llegaba me lo explicaba todo. Bueno, al final quedó en agua de borrajas.

—Un *sexshop* —Juan pone las manos en alto y dice—, tranquilo que no me río.

—Bueno, pues que estoy dándole vueltas a ponerlo yo. ¡Apa ya está, ya te lo he soltado!

—A ver Mario, sin ofender, ¿qué sabes tú de un negocio así?

—Poco, muy poco, pero era su ilusión y no la animé y ahora soy yo quien necesita esos cambios, pues me puedo pedir una excedencia y…

—«Su ilusión», no la tuya, puntualicemos. Además, tú más bien eres, sin ánimo de ofender, de hacer el misionero y poco más —lo dice riendo casi a carcajadas.

—¡¿Perdona?! Que no sea de esos tipos que les gusta hablar de cómo folla no quiere decir que sea un soso, porque en pocas palabras me lo estás llamando. Para tu información, déjame decirte que Cristina era una diosa en la cama y muy elástica por cierto, así que calladito. Y con las amigas que me presentabas de tus ligues, ¡casi ni se me levantaba!

Juan se pone la mano en el pecho y dramatiza diciendo que no eran las chicas, que era yo que no estaba receptivo. Pero yo lo que recuerdo es que, para una con la que medio se podía hablar, las otras solo enseñaban escote, luego abrían la boca y me daban ganas de irme y que se animara Juan a hacer un trío.

—Pues, no te enfades, pero no lo veo Mario, lo siento. Si te soy sincero, a lo que aspirarías es a vender muchos *satisfyer*, y ya se venden solos por Amazon. Por cierto, ¿los niños saben algo de esta locura transitoria?

—El domingo pasado vinieron a cenar y les saqué el tema así por encima. ¡Pusieron los ojos como platos! Luego les dio la risa tonta y Carla me dijo: «Papá, ¿sigues yendo a terapia?». En cambio, Joan me dijo —: tu tranquilo papá, que Diego y yo te ayudamos—. A lo que Carla lo fulminó con la mirada.

Cuando me fui a colocar los platos en el lavavajillas les escuché cuchichear. Carla le decía a Joan —: Hermanito, ¡papá está fatal y solo falta que tú le animes a esa estupidez!

Y escuché cuando Joan le respondía—: Si era algo que mamá quería hacer, ¿quizás papá tenga esa espinita?

—Pues que se la quite viajando, comprándose una Harley Davidson… ¡yo qué sé! Es lo más surrealista que le he escuchado decir, así que tú punto en boca, ya se le pasará la neura.

—¿Tú te imaginas a papá enseñando penes?

—O bolas chinas —los escucho reírse casi a carcajadas.

Salgo de la cocina con el trapo en mano, los miro y les digo—: Que sepáis que os he escuchado. ¡Gracias por la comprensión!

Veo que Juan me mira y dice todo serio—: ¿Pero qué esperabas, que te pidieran hacerse socios? Perdón, lo siento. Pienso como Carla y espero que no te enfades conmigo.

—No me enfado, si en el fondo luego pensé «¿qué sabré yo de tantos jueguecitos que hay y que ni siquiera conozco?» Nos miramos y empezamos a reír a carcajadas —De momento lo dejo aparcado, pero que necesito hacer cambios en mi vida, eso sí lo tengo claro. Ya iré viendo como va fluyendo y qué camino debo empezar a andar si quiero que mi vida no sea la que actualmente tengo y no me gusta. ¿Te quedas más tranquilo de saber mis pajas mentales?

—Me has dejado anonadado, pero sí, al menos sé que no estás bien y estoy de acuerdo que tienes que hacer cambios o te acabarás jubilando en el banco y amargado. Bueno venga, ve a pagar que estoy seco de pasta, yo invito a la próxima terapia de cervezas, que serán bastantes. Gracias por decírmelo, más bien para no estar dándole al tarro sin saber que te pasaba.

Salimos del bar y nos ha dado tarde, como esperaba. Me despido de Juan y me voy para casa.

CAPÍTULO 3

Entro en casa y voy directo a la cocina, me preparo un café con leche, me descalzo y me tiro en el sofá. Pongo la televisión y voy zapeando sin más. Disfruto de la paz de estar un rato tranquilo, aunque sé que ya es tarde para poder ver un capítulo de *The Blacklist*. Es imposible ver solo un episodio, siempre necesito más. Es increíble lo nervioso que me pone y me zampo casi una tableta de chocolate. Luego tengo que quemar ese azúcar que me voy zampando bastante a menudo, entre jugar a pádel y mis sesiones de yoga.

Es una combinación perfecta, quemo calorías dándole a la pala y media hora de ejercicios haciendo mínimo el saludo al sol, ya que es bueno realizar estiramientos y me hace conectar conmigo mismo. Además de recordar a mi profesora favorita guiándome con los movimientos. Sé que mi elasticidad no se puede comparar con la de una maestra. Ella me inculcó ese hábito y reconozco que ya forma parte de mí. Siempre me quedé con *hatha*, porque es más pausado que el *kundalini*.

La recuerdo decirme—: Es como todo, tan solo es ponerse.

Entonces yo le decía—: O es esto ¿o me voy al gimnasio y me machaco con pesas?

Como nos reíamos, nos tirábamos los cojines y alguna vez entre risas y forcejeos, si estábamos solos, nos liábamos y acabábamos follando como animales. Si esa sala hablara, sus alumnos la hubiesen visto con otros ojos.

Inmerso en mis pensamientos y con el mando en la mano sin mirar nada de la televisión, empieza a vibrar el móvil. Es Carla, y me extraña que llame tan tarde.

—Hola, cariño.

—Hola, papá.

—¿Todo bien, Carla?

—Si si, tranquilo, sé que es tarde pero salí del trabajo, me fui de compras y al guardar los tíckets vi que no tenía la tarjeta. Papá, ¿tú puedes pedir que me la anulen? No sé dónde tengo que llamar y tiene que ser rápido.

—Carla, cariño, la has de anular tú. Y el teléfono para llamar, ¿no se te ha ocurrido mirar por internet? ¿O también perdiste el móvil?

—Perdona, es que me he puesto nerviosa y lo primero que se me ocurrió fue llamarte. Seguro que tú te sabes hasta el teléfono de memoria.

—¿Tienes papel?

—¡Qué viejo te estás volviendo papá! No hace falta papel, dímelo y ya lo anoto en el móvil.

—*Aiss* te lo doy, pero llama ya y mañana ya miraré si está desactivada y que no haya ningún cargo en la tarjeta. Mañana te llamo desde el despacho o me llamas tú a la hora de comer. Cariño te dejo, me voy a dormir, estoy muy cansado y es tarde.

—*Okey* papá, descansa y mañana te llamo. Y si quieres intento salir antes y comemos juntos.

—Carla, llama, mañana hablamos. Pero dejemos lo de comer para otro día.

—Papá, pero... ¿estás bien?

—Que si pesada, lo que quiero es irme a dormir. Un beso cariño, mañana hablamos.

Mucho «quiero ser independiente, blablabla», pero cuando les falla algo llaman a papá. En fin.

Apago la televisión y recuerdo que tengo el papel con el teléfono de la chica del pelo azul. No la voy a llamar, paso de complicarme la vida.

Dejo el papel en la mesa del comedor y me voy a dormir por fin.

Suena el despertador, lo apago y me doy unos minutos más hasta que suena la alarma del móvil. Tengo mucho sueño y hoy haré lo justo y necesario en el trabajo. Hoy necesito llegar a casa pronto y no ver a nadie. Ya tuve bastante anoche, varias cervezas y lo que llegamos a zampar, ¡por Dios! Así que hoy intentaré comer algo ligero cuando vuelva de la oficina. ¡*Ostis*! Si está el táper con las albóndigas que dejó hechas Rita, así que genial. No tendré que mover ni un dedo, aunque no sea cena ligera.

Me doy una ducha y me pongo algo cómodo, es mi ritual diario. Bajo a la cocina y al pasar por la mesa veo la nota con el teléfono de la del pelo azul, ya ni me acordaba. Miro el papel, lo arrugo y lo tiro a la basura. Pongo la televisión y mientras tomo un café con tostadas y pavo, miro las noticias.

Mirando hacia el jardín me apetece un rato corto de yoga. Como lo tengo todo a mano, pillo la esterilla y hago el saludo al sol, es lo mínimo que se hace cuando uno no tiene tiempo, unos buenos estiramientos y poder respirar de buena mañana aire puro me da energías.

Subo a la habitación y me arreglo para ir al trabajo, al salir voy a activar la alarma y me acuerdo que tire el papel con el teléfono de la chica, abro el pedal del cubo de la basura y lo encuentro. Miro y no se ha llegado a mojar y los números se ven nítidos, entonces no sé por qué, lo aliso un poco y lo guardo en la cartera.

Nunca he sido de esos de tener una chorbo agenda. La verdad, nunca la necesité. Cuando conocí a Cristina no tuve necesidad de mirar a otras, Bueno mirar sí, vas por la calle y ves una tipa con esas piernas de infarto o esos pechos bien puestos, pues uno mira, pero nada más. Así que por guardar un papel no es nada raro ¿no? «A no ser que quieras mojar el churro», me dice el *cabroncete* de mi yo interior. A veces creo que le tengo un poco de asco a ese cabrón hincha pelotas, luego me acuerdo que soy yo mismo y aun así lo mando a freír espárragos.

Pongo la alarma y voy para el parking. Arranco el motor, pero antes conecto el móvil para ir escuchando el *podcast* de mi programa favorito de la radio. Al ser por la mañana no lo puedo escuchar en directo, así que por las noches me lo descargo y lo escucho mientras realizo el trayecto hacia el banco. De esta manera se me hace más ameno el viaje. Lo malo es que al ser de humor puede pasar que me entre la risa escuchándolo y no sería la primera vez que alguno me mire con cara de «mira que bien se lo pasa el tío».

Hace muchos años hubo un día que dijeron a la audiencia que quien estuviera en ese momento escuchándolo desde su coche hiciera sonar el claxon, y yo me vine arriba y venga a pitar. Recuerdo ver gesticular al tipo que tenía delante, y yo no paraba de reír. Me pregunté, ¿nadie pita? ¿Tan poca gente escucha el programa? ¡Con lo bueno que es! Cuando me doy cuenta y recuerdo que es el que emitieron el día anterior. Así que os digo: tened cuidado con los *podcasts*, ya que a veces nos juegan malas pasadas, uno se desmelena y acaba haciendo el mayor de los ridículos.

Hoy hay mucho tráfico y puedo escuchar casi el programa entero, lo malo es que no podré tomar el café en el bar de Toni.

Llego al banco y Ana me saluda, tiene una sonrisa preciosa y además es de esas personas que te sonríen hasta con los ojos.

—Hola, Mario.

—Buenos días, preciosa. Por cierto, esa barriga crece por momentos, me lo vas a hacer pasar mal. ¿Eres consciente de eso?

—¿Por qué te crees que no me pillo la baja? Entrar en tu despacho y decirte, ¡Mario me estoy poniendo de parto! Eso no tiene precio y creo que sería capaz hasta de grabarte.

—Eres mala de narices, ¿lo sabes? ¿O son las hormonas?

—Ya me conoces, ¡dar chispa a la vida!

—Vida la vas a dar tú, pero apretando. A ver si el karma se venga y no te da tiempo ni a la epidural.

—Si no me da tiempo, le reventaré la mano a Josep de tanto apretar —me mira con cara de perversa y sonríe.

—¿Cómo tenemos el día hoy?

—Lo normal, nada en especial.

—Genial entonces, hoy estoy en plan de gestionar lo mínimo y cuando llegue la hora de salir, me iré como alma que lleva el diablo.

—¿Te encuentras mal Mario?

—No, no, simplemente necesito desconexión total. Y hoy es de esos días que me apetece hacer lo justo y necesario —guiño un ojo a Ana y me voy para el despacho.

La mañana transcurre normal, papeleo y alguna visita para tema hipotecas y cláusulas suelo, pero ya lo llevo bien y no dejo que me afecten; que reclamen por vía judicial y ya se llegará a un acuerdo o no, no soy Dios y los de arriba ya tienen marcadas unas pautas.

Suena el móvil y veo que es Carla.

—Hola, papá. ¿Puedes hablar?

—Hola, hija. Dime.

—El tema de la tarjeta lo puede arreglar llamando, pero me tendrás que avisar cuando llegue la nueva. Y ya puestos, ¿me podrías ampliar el crédito *porfi*?

—Carla, no te lo voy a ampliar, es suficiente con lo que ya tienes estipulado.

—Papá, si ya lo sé, es solo por si me sale algún pequeño imprevisto, tener más margen.

—No Carla, porque luego si me da por mirar tus extractos para que no te quedes en números rojos, me toca realizar una transferencia de tus imprevistos que tú dices, y no veo normal comprar un bolso de ¡900 euros! Así que ni-ha-blar. ¿Queda claro?

—¡Ese bolso era mi sueño! Es un *Neverfull* en el que me cabe todo. Y me han dicho que si lo cuido me puede durar toda la vida. Me dijo la dependienta que un *Louis Vuitton*, cuidándolo, tiene una vida de cincuenta años. ¿Qué fuerte, verdad?

—Carla, cariño, me es igual la vida que tenga un bolso. Controla, porque llegará un día que te cortaré el grifo, gastas más de lo que cobras.

—Papá, aunque te creas que es un capricho, no lo es. Para trabajar me va genial.

—Cariño, te tengo que dejar que tengo trabajo. Ven a comer el sábado a casa y nos vemos.

—Bueno, lo intentaré. No sé si saldré con las chicas o me quedaré limpiando con Nuria. Un beso papá, te quiero.

La jornada finaliza sin incidencias y por fin respiro aliviado. Hoy no me muevo de casa para nada, ya que tan solo deseo tumbarme en el sofá y poco más. Además, tengo la comida que dejó preparada Rita, así que la tarde presenta perfecta.

Llego a casa, me doy una ducha y me pongo cómodo. Me apetece escuchar algo de música, así que le digo a Alexa que me ponga Txarango. Es mi grupo preferido, aunque Juan se ría de mí. Dice que con lo clásico y serio que soy, no entiende que me guste ese tipo de género. Le explico, que la música se ha de sentir, en ella no hay ni edades ni géneros. Sé que lo va a poder comprobar cuando lo lleve a verlos en directo; ya que me lo pienso llevar conmigo a un concierto, sí o sí. Es escucharlos y sentir renovar mis energías. Son mis pilas *Duracel*, además de ser los putos amos encima del escenario.

Siempre que puedo les ayudo comprando discos, sudaderas, camisetas, libros, en fin, de todo, ya que me gusta ayudarles. Son una cooperativa sin ánimo de lucro, parte de sus ventas las destinan a ayudar a muchas ONG'S. Les compro incluso para regalar a familiares y amigos.

Después de la ducha, voy recogiendo cosas que fui dejando por medio. Mañana viene Rita y prefiero que esté todo como a ella le gusta, así podrá trabajar más a gusto y aprovechará más el tiempo que está en casa. No soy desordenado, pero siempre hay cosas que se van quedando por ahí y cómo tiene un carácter arrollador alguna vez me ha enviado algún *WhatsApp* terrorista —sonrío recordando.

Bajo a la cocina, me caliento la comida y mientras preparo la mesa le digo a Alexa que se desconecte, quiero ver las noticias mientras voy comiendo, luego una mini siesta y me pongo al día con la nueva temporada de The Blacklist.

Una vez que acabo, recojo la cocina y con café en mano me voy para el sofá, la tarde promete. ¡Qué paz, Dios mío!

Voy a dejar puesta la alarma del móvil para no darme una súper siesta y veo que tengo cinco llamadas perdidas de Joan, al tener la música puesta no las escuché. Miedo me da, y lo llamo enseguida.

CAPÍTULO 4

—Joan, ¿todo bien?

—Papá, te he llamado cinco veces. ¿No te da qué pensar eso?

—Estaba en la ducha y tenía la música puesta, no lo escuché. ¿Estás bien?

—Pues no papá, no estoy bien, estoy tirado en un pueblo... ¡y no sé ni llegar al hotel!

—¿Y Diego dónde está? ¿Te has ido solo a un pueblo sin él?

—A ver papá, hoy hemos salido con Diego para hacer unas mini vacaciones, nada, tres días aquí cerca, a Rupit. Pero resulta que llegando hemos empezado a discutir; nada serio, por tonterías y neuras que le dan a Diego. Y entonces, ¿sabes qué me ha hecho el muy cabrón? Pues ha parado el coche en seco y me ha dicho -¡te lo digo literalmente, eh!- ¡Joan, bájate ahora mismo del coche!—. Yo no daba crédito y lo he mirado pasmado, y de nuevo me lo ha repetido gritándome—: ¡Bájate del puto coche! ¡Ahora!

Papá, me quería morir, se le ha ido la pinza. Y aquí estoy, ¡en medio de la nada! No sé cuánto camino tengo hasta el pueblo y si cuando llegue Diego estará allí o no.

—¡Pues píllate un taxi Joan! ¡Por Dios!

—¿Cómo me voy a pedir un taxi? Aquí seguro que ni tienen, ¿tú no me puedes venir a buscar?

—Si hombre, de casa a Rupit. ¿Estás tonto o qué? ¡Que tengo más de una hora y media, por Dios! Seguro que Diego te llamará, no te va a dejar tirado en la nada, ¿no?

—Papá, llevo más de una hora mirando el móvil por si llama y no sea que no tenga cobertura y mira no, ¡no me llama! Porque cobertura tengo, como podemos comprobar. Porfa, porfa, ¡ven a buscarme!

—Joan no voy a ir ahora. Llamaré a Diego, seguro que algo le habrás hecho para que tenga un arranque de ira así. Diego no es de estos, y perdona hijo que te lo diga, pero tiene más paciencia que un santo. Lo has tenido que cabrear mucho para que haga eso, no es su estilo. Seguro que algún comentario o salida de tiesto le habrás dicho. Pienso que es cosa de vosotros dos, sinceramente... no veo que tenga que ir a no ser que sea de extrema gravedad, porque si fuese así, iría. Pero por lo que me dices es un NO rotundo.

—¡Pues muy bien! ¡Gracias por nada papá!

Respiro hondo y le pregunto por qué han discutido, a lo que me va explicando y me entra la risa, porque mi hijo es un desastre y muy dramático a veces, se merece una reprimenda y hoy Diego le ha dado de su propia medicina.

—Sabes papá, no me molesta que no vengas. Lo que más me jode es que siempre lo defiendes a él y soy yo TU-HI-JO.

—Joan, deja de dramatizar que se te da muy bien. Ya verás como todo se arregla y pasaréis unos días bonitos juntos. Rupit es un lugar precioso y muy tranquilo. Por cierto, si te acuerdas, tráeme una botella de Ratafía.

—Lo que te voy a traer es una novia porque estás MUY AMARGADOOOO.

—Joan.

—Adiós papá. ¡Y gracias por nada!

¡Buenooooo! ¿Me ha colgado el teléfono él muy...? Llamaré a Diego a ver qué tiene pensado hacer con el ángel de hijo que tengo. Espero mediar y que puedan pasar esas mini vacaciones tranquilos. Y a la vuelta ya hablaré con Joan.

Busco en la agenda el teléfono de Diego, llamo y tarda en contestar.

—Hola, Mario.

—Hola, Diego.

—Ya te ha llamado el nominado a los premios Goya, ¿no?

—El mismo que su madre parió y en gloria se quedó—, se lo digo en tono burlón.

—Diego, ¿me tengo que preocupar? ¿He de ir a buscarlo? ¿O es solo un escarmiento a cómo se está comportando últimamente? Me ha dicho dramatizando que lo has dejado tirado en la nada. Por cierto, ¿dónde estás?

—Tomando un café en la entrada del pueblo, no he querido ir al hotel sin él y tranquilo que no está tirado en la nada, solo hay un kilómetro hasta la entrada del pueblo. Mario, está todo bien de verdad, lo voy a buscar en... ¿media hora? —Le escucho reír.

—¡Eres la leche tío! Cualquier cosa me llamas, cuidaros mucho. Un abrazo.

—Otro para ti.

Después de hablar con Diego me estiro en el sofá, aunque me he quedado sin siesta doy gracias por no haber tenido que ir hasta Rupit.

Quiero mucho a mi hijo, pero reconozco que es un malcriado, hace pataletas de niño pequeño, tiene que madurar. Por suerte tiene a Diego a su lado, que es pausado y con una paciencia de santo. Me gusta mucho Diego para Joan. Ojalá esta relación dure y si es la definitiva, ¡ya sería la *hostia*! Los veo muy felices, a excepción de momentos como este.

Hace más de un año que viven juntos en un piso pequeño que alquilaron en el centro de Sabadell. Es un piso sin ascensor, pero compensa lo bien ubicado que está. Aunque se las apañan bien, una vez al mes va Rita para ayudar en la limpieza a fondo, ya que trabajando los dos, mi hijo dice que no se quiere poner a limpiar ventanas, ni cocina a fondo un fin de semana.

Diego dice que si se ponen los dos, pues que tampoco cuesta tanto. Y entonces otra pataleta del malcriado. ¿Y quién acaba pagando a Rita? El de siempre, *osease* yo.

Pongo *Netflix* y la maratón que me voy a dar de The Blacklist y helado no tiene precio. Hoy seré del «club de los tumbados». Miro el helado y se me hace la boca agua, cuantas ganas tenía de darme una tarde para mí.

He de reconocer que me costó mucho trabajar en esto de quedarme solo en casa, me era imposible, sentía que me ahogaba. Mi terapeuta me indicaba estrategias para llevar a cabo, y que no me generase ansiedad. No es nada fácil, he de reconocer, cuando se trabaja con uno mismo; y más yo que tengo a ese *cabroncete* de yo interior.

Son tantas veces las que me pregunto, ¿por qué tuvo que pasar? Un día te levantas como cualquier otro y la vida te cambia sin avisar, te da una *hostia* que te tumba y te la da con la mano abierta sin más; te deja en estado de shock, te falta el aire y quieres salir de esa película mala o de ese mal sueño.

Estás en casa, te pican a la puerta, abres y se presentan ante ti dos policías locales que te preguntan:

—¿Es usted familiar de Cristina Garza?

Respondes que sí y a continuación comentan—: ¿Podemos pasar?

Y esas palabras lo cambian todo, se vuelve todo borroso, notas que te falta el aire y no reaccionas. Quieres gritar, llorar, romper todo lo que ves a tu alrededor y sabes que no puedes hacerlo, ya que arriba en sus habitaciones están tus hijos. Has de subir y explicarles que mamá no vendrá, que se ha ido. ¿Cómo explicarles que su madre no solo se ausentará el fin de semana, sino que no volverá a casa nunca más? Te agarras a la barandilla, mientras intentas subir un escalón más, pero el mareo vuelve de nuevo y te sientas en la escalera y roto por el dolor, sale de tu garganta un grito roto que hace asustar a los chicos. Los ves bajar con una expresión de incertidumbre y mirándoles no puedes articular palabra, ellos se asustan y preguntan qué me pasa y tan solo consigo decir mamá. Noto el miedo en sus miradas y abrazándoles, intento buscar las palabras apropiadas, pero no es necesario, mis ojos han hablado por mí. Sentados haciendo un ovillo, los tres lloramos sin parar.

Despiertas sin tu mujer, vistiéndote para ir a un funeral, rodeado de gente que incluso ni conozco y no entendiendo nada. Intentas despedirte sabiendo que no puedes decirle adiós. Te invade la ira, la rabia, la frustración y sobre todo no poder despedirte, porque se va sin más.

Todo porque un conductor temerario decide pisar el acelerador más de la cuenta y dar por finalizada una vida que ni conoce y deja otras vidas patas arriba.

«¡Venga Mario! Querías una tarde de desconexión ¡No la cagues tío!», susurra el *cabroncete*, aunque esta vez apiadándose de mí. Si en el fondo me quiere y todo, pero es tan crítico este yo interior mío y es que todos en el fondo tenemos nuestro yin y yang.

Me descalzo con el helado en mano y a por la serie. Es más, voy hasta a apagar el móvil, no sea que no acabe ni un capítulo. Bueno, mejor lo dejaré en silencio.

Cuando me doy cuenta son las nueve de la noche y tengo la cabeza como un bombo. Esta serie no me deja indiferente y cuatro capítulos, así de un tirón... puto Reddington, no deja nada al azar. Cuando veo que me quedan pocos capítulos me pongo hasta a sudar, porque entonces veo que solo me queda una temporada hasta que vuelvan a rodar.

Me duele todo el cuerpo de tanto sofá. Me prepararé algo

ligero de cena, veré las noticias y para no ver otro capítulo iré zapeando a ver qué series hay y dejar en favoritos para cuando acabe esta.

Miro en la nevera y no es que tenga mucha cosa, así que opto por una ensalada completa y un poco de pavo a la plancha, tengo que ir a comprar sin falta y además ya no me queda nada de comida hecha por Rita. Compro lo que quiero y ella de vez en cuando mira la nevera y basándose en lo que hay hace comida, jamás le he pedido que lo hiciese, pero reconozco que muchas veces me va genial, así que me gusta comprar de todo un poco, y a que si le da por cocinar que le sea cómodo, jamás había tenido un especiero tan completo, pero veo que ella usa muchas especias, muchas no sé ni para qué son, así que yo las compro todas.

Recuerdo que una vez compré un bote pequeño de trufa y me envió un *WhatsApp* diciéndome:

—Mario, ¿qué cocinas con trufa? Yo nunca la he usado, ya me explicarás la receta—. Así que tuvimos que buscar platos que llevaran trufa o iba a la basura y barata no era. Desde ese día no forma parte de mi lista de la compra.

Una vez he cenado lo dejo todo en orden y al sofá nuevamente. Me pongo a ver qué series puedo dejar en favoritos. Muchas veces me recomiendan alguna, pero la verdad es que luego se me olvidan, parece que fue ayer cuando en esta casa solo se veía *Disney Channel*.

Escucho que el móvil empieza a vibrar, fijo que es Juan que no para de enviar *WhatsApps*. Estoy por no leerlos, ya que cuando es algo urgente me llama directamente; de nuevo vuelve a vibrar, así que desbloqueo el móvil y efectivamente es Juan, cómo lo conozco.

De Juan: Chavalín, ¿ya te has animado a enviarle un WhatsApp a la del pelo azul? Vaaaaa seguro que no, si lo haces y quedáis, y si ves que no se anima sola que se traiga a su amiga, ¡peazo tetas!—. Lo acompaña con iconos de guiños y caras de pena.

De Mario: Hola loco. No le he escrito y no me comas el tarro pesado, ya te dije que no.

De Juan: Eres un soso, ¡quítate el palo del culo hombre!

De Mario: Solo piensas con el pito tío, ¡eres muy plasta!

De Juan: Pues como la mayoría de los mortales, incluido el género femenino, que también piensa en lo mismo pero se lo callan—. Lo acompaña con emoticonos de risa.

De Mario: Es que me da palo, es estar horas flirteando y no me apetece y tampoco sería plan de ir a saco.

De Juan: A ver, tú le escribes, aún se acordará de ti y según fluya la conversación vas viendo si continúas para mojar el churro o educadamente le cuentas una milonga.

De Mario: Uf, ¿no te cansas verdad?

De Juan: ¿Y si es el amor de tu vida?

De Mario: El amor de mi vida murió.

De Juan: Perdona tío, no quise decir eso. Lo siento.

De Mario: Tranqui, si yo te entiendo, no hay nada que perdonar de verdad.

De Juan: Bueno, si te animas, lo dicho. ¡Y me lo explicas, eh!

De Mario: Serás el primero en saberlo. Ya me lo pensaré, pero de momento es NO.

De Juan: Por cierto, no te olvides que tú y yo SI tenemos una cita para hablar de tus «pajas mentales»—. Me pone iconos de cervezas y la flamenca que tanto odio.

De Mario: ¡Eso está hecho!

De Juan: Pues lo dicho, vamos hablando y de nuevo disculpa por lo de antes.

De Mario: ¡Que sí tío! Pero esta vez te toca venir a ti. Venga, te dejo que me voy a dormir.

De Juan: Okis, hablamos.

Dejo el móvil en la mesa y pienso en la del pelo azul.

Vibra de nuevo el móvil y no hago caso, será la coletilla final que me enviará Juan. De nuevo vuelve a vibrar, así que miro y veo que es Ana.

Abro el *WhatsApp* y está «escribiendo... escribiendo... escribiendo».

De Ana: Mario, disculpa. Sé que es tarde, no me encuentro bien y mañana no iré al banco.

De Mario: Ana, ¿te has puesto de parto?

De Ana: No creo, simplemente me duele mucho la espalda y me siento algo rara—. Lo acompaña con una cara triste.

Opto por dejar de leer y la llamo.

—Hola, ¿solo te duele la espalda? Ana, hace días que me di cuenta que te dolía y aunque no me dijiste nada ya me empezaba a preocupar, mañana vas al médico y pídete la baja de una vez, porque en cualquier momento tendrás que parir y ya estás a punto de caramelo, como se suele decir.

—Totalmente de acuerdo contigo. Pero, ¿solo estará Manel contigo?

—Tranquila que nos apañamos. Mañana llegaré antes y hablaré con central, me tenían que asignar una persona esta semana, si pueden que lo adelanten, tú por eso tranquila. Otra cosa ¿estás sola en casa, o Josep está contigo?

—Está en casa, esta semana no tiene guardias.

—Me alegro, a ver si vas a tener que salir corriendo y en vez de parir en el banco, acabas pariendo en un taxi.

—¡Serás exagerado! Salgo de cuentas en quince días.

—¡Carla se adelantó un mes! Nació con ocho meses.

—Tu hija ya salió queriendo comprar ropa. ¡Por eso se adelantó!

—Pues como Gisela salga igual tendrás un problema.

—Tendrá que hacer más guardias Josep —la escucho reír.

—Bueno Ana, te dejo descansar, y si necesitas algo me llamas. Un abrazo para Josep y un beso muy grande para ti.

—Un beso jefe.

Menos mal que ya se queda en casa esta mujer. Otra en su estado estaría de baja hace más de un mes seguro, es una curranta nata la tía.

Mañana llegaré antes al banco, así podré estar más tranquilo y me pondré a planificar, llamaré a central y enviaré un *e-mail* a recursos humanos.

CAPÍTULO 5

Hoy el día se presenta movidito, así que tendré que saltarme mi rutina diaria, ya que quiero estar en el despacho antes de abrir la oficina. Ana llega siempre quince minutos antes de abrir al público y yo llego algo más tarde, ya que luego me quedo haciendo gestiones una vez se cierra la oficina, pero hoy a saber a qué hora me voy.

Desayuno mientras veo algo de noticias, ducha rápida y por patas a currar. Voy rezando que no haya mucho tráfico. Hoy nada de programas, ni música, ni llamadas, vamos que na de na, tengo que ir pensando cómo organizarme para intentar que Manel no se me estrese y empiece a sudar como un cerdo.

Por suerte, siempre tenemos un par de camisas para emergencias. Bueno, por suerte no, soy tan meticuloso que no me puedo permitir mancharme o sufrir alguna fuga que, aunque nunca la tuve, una vez Manel sí, así que pude prestarle una camisa mía. Desde ese momento en vez de una, tengo dos en el armario de mi despacho, Ana también va dejando alguna cosa como el que no quiere la cosa.

Llego a la oficina, quito la alarma y vuelvo a cerrar. Envío un *WhatsApp* a Manel diciéndole que Ana no vendrá, así lo voy preparando para que cuando llegue tenga asumido que estaremos los dos solos; o más bien para que, si hay cola de clientes, no empiece a hiperventilar y me ponga de los nervios.

Lo primero que hago es enviar un *e-mail* a recursos humanos para el tema de la sustitución de Ana. Luego, en un rato, hablaré con central, esta tarde o mañana ya les enviaré la baja médica a recursos y que me digan cuando me mandan a esa persona para cubrir el puesto.

Manel llega enseguida y con la cara desencajada.

—¡Buenos días, Manel!

—Buenos días, Mario, —lo dice en tono lastimero. ¿Ya se ha puesto de parto? Esta mujer mira que es tozuda, pobre Josep.

—No me pareció que estuviese de parto cuando hablé con ella, pero la noté cansada y esa voz cuando te duele algo, como que respiras más profundo, pues así.

—Yo no la he querido molestar, pero miré su última conexión en *WhatsApp* y era esta mañana a las siete, para ser exactos.

—Pues no ha dormido mucho, pobre, porque me escribió tarde. Bueno, ya nos llamará o nos dirá algo Josep, de momento a esperar y a llevar el día lo mejor que podamos. Esta mañana avisé a central y a recursos, a ver a quién nos envían.

Son las 9,30h de la mañana y no sé de donde sale tanta gente. Obviamente estoy en el puesto de Ana. Hoy estaré en mi despacho solo para lo necesario, ya haré papeleo cuando cerremos; miro a Manel y me hace señas de que tiene hambre y como está atendiendo, le envío un Skype -lo usamos para comunicarnos entre nosotros-, y le pongo un «se siente» acompañado de una cara triste.

Manel, el muy *putas*, le dice al cliente: «un segundo por favor, estoy revisando su contrato» y se pone a escribirme.

—Vas a tu despacho y llamas a Toni, que nos envíe algo que podamos comer rápido, aunque sea en el váter. ¡Tengo mucha hambre! ¿Y no ves la cola que tenemos?

Cuando lo leo tengo que contener la risa. Este Manel si no desayuna se muere, y yo hoy ni café en el bar pude tomar, así que le digo a la clienta que estoy atendiendo que me dé unos minutos, que tengo que revisar unas gestiones que realizó y solo puedo desde mi ordenador, ella me dice que tranquilo y voy al despacho, pero a llamar al bar de Toni para que nos envíe algo de picar y le digo que nos lo traiga en plan camuflado, que no se note porque queda feo de cara al cliente.

Veo que llega Toni con la bolsa y salgo para recogerla. Le digo a Toni que luego me pasaré por el bar a pagarle y veo sentada en la zona de espera que tenemos frente a los cajeros a doña Encarna, me acerco hasta ella.

—Doña Encarna, buenos días. En un momento le hago pasar.

—Mario, buenos días. Tranquilo, estoy esperando a mi hija que está aparcando el coche.

—Pues cuando llegue les atiendo.

—Tengo dos personas delante, me he sentado porque me duele mucho la rodilla, hoy hay mucha gente, si no fuese porque ha venido mi hija a mirar unas cosas y preguntar no sé qué, vendría mañana.

—Espero no hacerlas esperar mucho. Hasta luego doña Encarna.

Entro en el despacho, dejo la bolsa con el desayuno y al salir me acerco a Manel y le comento:

—Ha llegado el envío, cuando tengas unos minutos lo repasas—. Cierro la puerta del despacho y voy hasta mi puesto de nuevo.

Manel sonríe y me siento de nuevo en el lugar de Ana y hago que pase el siguiente cliente.

Estoy atendiendo y de soslayo veo que una mujer se acerca a doña Encarna y se sienta a su lado. Me quedo blanco al verla, ¡es ELLA! y me digo a mí mismo «¡NO PUEDE SER, HOY NO!». La miro y sí, es ella, ese pelo es inconfundible. Empiezo a sudar y me aflojo la corbata.

El cliente al que estoy atendiendo me mira y dice—: ¿Se encuentra usted bien?

Simplemente muevo la cabeza y le digo que hace calor, continúo con los trámites mientras internamente estoy deseando que el cliente se levante para atender a otro y así la próxima, que es doña Encarna, le toque a Manel. Pero no, veo que el cliente de Manel se levanta y le da la mano; cuando se marcha, Manel hace pasar al próximo. Ahora sí o sí me toca enfrentar la situación.

Mi cliente se despide y veo que ella ayuda a su madre a levantarse de la silla y vienen hacia mí. Solo pienso que excusa decir si me reconoce o bien disimular que no la conozco. Estoy empezando de nuevo a sudar.

Antes de sentarse me saludan y ella le dice a su madre—: Mamá, siéntate ahí mejor.

Una vez sentadas, Encarna me pregunta por Ana.

—Mario, ¿Ana ya está de baja? No la veo, creo recordar que me dijo que le quedaba poco para parir, ¿ha tenido ya el bebé?

—Encarna, está de baja ya, así que estaremos sin ella unos meses. Le queda ya muy poquito para que nazca el bebé.

—Oh, espero que todo le vaya bien. Disculpe Mario, esta es mi hija Anna. Hoy ha venido para hacer unos trámites que yo no sé cómo hacer.

Anna me mira, no dice nada y se queda mirándome de nuevo, luego me saluda.

—Buenos días, Mario.

—Pues ustedes dirán—. Anna me vuelve a mirar y me dice:

—Disculpe —hace una pausa y pregunta—, ¿nos conocemos?

Yo me quedo mudo y trago saliva, a lo que su madre al momento le dice:

—Cariño, no me has acompañado nunca aquí, quizás confundas a Mario con otra persona.

Yo me quedo en silencio y nos miramos mutuamente, a lo que ella le contesta:

—Quizás lo confunda con otra persona, a todos nos pasa—. De nuevo, nos volvemos a mirar.

—Mario, he venido con mi hija porque tengo unos ahorros y me ha dicho ella que mejor los ponga no sé dónde. Bueno, mejor que lo hables con ella, yo solo sé, cuando llega mi paga, organizarme y guardar cuatro perras por lo que pueda pasar.

—Pues Anna, tú dirás.

—Había pensado en que mi madre podría dejar en la cuenta corriente un porcentaje pequeño y el resto, mirar si hay algún producto que le pueda dar algo de interés, aunque sea poco. Separar esos ahorros y ver qué opciones tiene.

—Hoy en día no es que se den muchos intereses, como ya sabrás. Podríamos mirar algún tipo de acciones que no sean de riesgo, pero no sé si será lo mejor para ella. Otra opción es abrir una cuenta ahorro con el dinero que queráis traspasar y que te pongas tú como persona autorizada, ya que si la ponemos a nombre de las dos, que lo podemos hacer, tributaría como una donación que tu madre te hace y seríais titulares las dos. De la otra manera, solo estarías autorizada ante cualquier eventualidad a poder operar viniendo aquí y realizando la gestión como tal, pero eso ya sería decisión vuestra.

Mario, mi hija tiene su negocio y no tiene mucho tiempo para estar haciendo muchos trámites y desplazarse hasta aquí si fuese necesario, me es igual que sea una donación y tenga que pagar hacienda, ¡yo eso lo pago y ya está! Total si me muero... ¿tendrá que pagar también, no es así?

—Encarna, tiene que durar usted muchos años, que tampoco es tan mayor.

—Ya tengo *mis añitos*, pero una intenta cuidarse, ¿verdad Anna?

—Mamá estás estupenda —observo que la mira con ternura.

Pues venga Mario, nos abre usted una cuenta nueva de esas... como ha dicho antes, la que le doy la mitad a ella, no sea que me dé una demencia senil y le complique las cosas a la niña, ya bastante tiene la pobre...

—¡Mamá! —exclama Anna mirando a su madre.

—Entonces una cuenta con dos titulares y traspasamos... ¿cuánto?

—Mario, deje usted mil euros que con eso yo ya voy lista, el resto a la otra cuenta.

—De acuerdo entonces, miro a Anna y le pido su carnet de identidad para realizar los trámites de la nueva cuenta, mientras, ellas van hablando de sus cosas. Una vez que ya queda todo gestionado les paso la pantalla para que firmen las dos la nueva cuenta y le doy el contrato en un sobre a Anna, también le entrego una tarjeta mía, le indico que ante cualquier duda que le pueda surgir, me puede llamar. Que ironía... ahora soy yo quien le dice que me puede llamar.

Anna y su madre se levantan, me dan la mano y voy detrás de ellas, con disimulo me acerco a Anna y le susurro:

—Sí me conoces, soy el del bar del otro día, el que te avisó lo de la paloma.

Anna se gira y me mira, continúa caminando del brazo de su madre y le dice—: Mamá, espérame aquí sentada, me dejé un par de papeles y se los voy a pedir a Mario—. Veo como le ayuda a sentarse y viene hacia mí.

—¿Así que tengo buena memoria? El primer impacto era de, ¿lo conozco? Pero la verdad que dudé y al no decirme tú nada, pues pensé, pasa tanta gente por la agencia que a saber a quién me ha recordado. Por cierto, ¿no me llamaste ni me enviaste ningún *WhatsApp*?

—Lo siento, voy muy liado y…

—Tranquilo, no te tienes que disculpar, ¡faltaría más! No pasa nada, te dejo, que tenéis cola en la entrada, parece ser que nos ponemos todos de acuerdo en venir al banco.

—Anna, espera —veo que se gira y me mira.

—Soy una persona reservada y no es que no te quisiera llamar, pero…

—Siempre hay un pero.

—No es eso Anna, hacemos una cosa, mañana sin falta te escribo, llevo tu teléfono en la cartera, de verdad. Lo guardé, pero no sabía qué decirte.

—Mario, está todo bien, de verdad. No te robo más tiempo, veo que tienes trabajo y además ahora también soy yo quien tiene tu teléfono. ¡Espero tu llamada! Buenos días.

Se va hacia su madre levantando la tarjeta que le di.

Veo que levanta a su madre con cariño y la toma del brazo de nuevo. Por suerte dejé de sudar en el momento que no le dio importancia cuando dijo que sí nos conocíamos.

Me toco la nuca y muevo el cuello. Me dispongo a atender a otro cliente, pero reconozco que me ha dejado *KO*. Antes de que el *cabroncete* me susurre algo le digo «¡tengo trabajo, olvídame!».

La mañana pasa volando, con tanto trabajo y ver a Anna, se me quitó hasta el hambre. Pude observar como Manel pudo ir picando algo entre cliente y cliente. Se las ha ingeniado toda la mañana para ir y venir a mi despacho.

Una vez que hemos cerrado al público voy a mi despacho. Hoy me va a tocar quedarme un par de horas, Manel entra y se sienta frente a mí.

—Uf, vaya mañanita la de hoy, ¿eh?

—Ni que lo digas, estoy muerto. Y tengo trabajo mío atrasado, pero bueno, me quedaré un par de horas y listo.

—¿Comerás aquí?

—Sí, iré al bar de Toni y de paso pagaré el desayuno.

—Pues si quieres me quedo a comer contigo ¿o preferirías estar solo?

—Por mi, genial.

—Entonces me quedo, ¡pero invito yo!

—Pues casi que nos vamos ya, no probé bocado y estoy que me muero de hambre. En cambio tú, cabrón, ¡venga paseítos hasta el despacho!

—Me lo comí todo—, dice riendo.

—Pues ve desconectando todo mientras voy al baño y nos vamos. Luego ya continuaré un par de horas.

Salimos del banco y vamos al bar, los menús son completos y además Toni siempre nos busca una buena mesa. Cuando me quedo a comer fuera de casa me gusta pedir algo diferente, por muy sencillo que sea, y los chipirones a la andaluza son mi perdición.

Manel, como no es de quedarse a comer, me dice que no sabe qué pedirse porque le gusta todo. El tío tiene un buen saque con la comida. Mira la carta y duda al elegir, para al final acabar pidiendo unos macarrones boloñesa y un entrecot con muchas patatas.

—¿Te vas a zampar todo eso? —digo cuando se va Toni con la comanda.

—¡Pues claro! Yo paso de esas ensaladas que tú te pides—. Me mira torciendo la boca.

—Son muy completas y a veces me da palo hacérmelas, y los chipirones son mi perdición. Así compenso una cosa con la otra.

Mientras nos traen la comida nos hemos pedido dos cervezas y a mí me sabe a gloria la mía.

—Mario, ¿se sabe algo de Ana?

—¡*Ostis* tú, ni miré el *WhatsApp*! Voy a ver si tengo algún mensaje de ella o de Josep.

Abro la aplicación y me ha escrito Ana hace un par de horas diciendo que está empezando a dilatar, que es normal, que no me preocupe, que puede estar así varios días.

—Ha escrito Ana, dice que le han dado la baja y parece que ya ha empezado a dilatar, pero que se encuentra bien. De momento no está de parto aún.

—Esperemos que todo vaya bien. ¿Y cuándo nos enviarán a alguien para cubrirla? Unos días más como hoy y ¡me hago el *harakiri*! —gesticula como si se clavara un puñal—. Mira, ya traen los platos, ¡a comer se ha dicho!

Pedimos los cafés y nos reímos del día que hemos llevado.

—Mario, ¿la chica que acompañaba a Encarna quién es, su cuidadora?

—Es su hija. Y no veo yo a Encarna con cuidadora, tampoco es tan mayor y con el carácter tan fuerte que tiene la señora la veríamos cada mes con una chica diferente—, nos miramos y a los dos nos entra la risa.

—No sabía que tenía una hija, nunca la vi, la recordaría. Y que pelo tan bonito tiene, ¿verdad? Además de un buen cuerpo. ¿Qué edad tendrá, algo más joven que tú, cierto?

—¿Me estás llamando viejo o joven? —lo miro y levanto una ceja.

—Tú pasas los cincuenta. Pues yo creo que unos cuarenta y cinco tiene.

—Ni idea, Manel. Y la compañía es muy grata, pero me voy al despacho, casanova de pacotilla.

Nos traen la cuenta, Manel paga y nos despedimos. Le digo que descanse, que como mañana sea igual nos tendremos que poner una sonda porque ni mear podremos, y él me responde:

—Entre mear y comer prefiero los paseítos a tu despacho que al servicio—. Me guiña un ojo el cretino.

Entro en el banco, desconecto la alarma y me pongo a adelantar faena, así mañana iré algo más relajado en lo que a mi trabajo se refiere. Primero pasar la baja de Ana que me envió por *e-mail*. Tengo un correo de central y otro de recursos, lo leo y me dicen que estaremos solos un día más. Me indican el nombre de la compañera: Carmen Romero.

Cuando me fijo veo que son las cinco de la tarde. He adelantado bastante, apago el ordenador y me pongo la americana, voy a apagar la luz del despacho y me acuerdo de Anna, me la quito, la dejo en la silla y me siento de nuevo. Miro el teléfono y decido llamarla ahora, busco la nota en la cartera, marco su número y atiende al cuarto tono.

—¿Si?

—Anna, hola. Soy Mario.

—Hola, Mario. ¿Y este número tan largo? He estado a punto de no atender la llamada, siempre es para venderte cosas o cambiarte de compañía de teléfono.

—Te llamo desde el banco, es una centralita, de ahí el número tan largo.

—¿Aún estás trabajando? Son más de las cinco de la tarde.

—Trabajamos ocho horas, a veces incluso más, no todas al público, obviamente. También hay mucho trabajo burocrático. Y pensé, «antes de ir a casa, aprovecho y la llamo». Bueno, dije de llamarte mañana, no hoy.

—Ah, pues muchas gracias por la llamada.

—Donde menos pensé en verte de nuevo era en el banco. No sabía que eres hija de Encarna, ella es clienta desde que abrió la oficina y nunca te vi por aquí, y la verdad me ha sorprendido gratamente.

—La verdad, me alegro de reencontrarnos, ¿sabes? No soy de ir dejando el teléfono a desconocidos, pero mi amiga está muy loca y me hace hacer cosas de estas.

—Siento no haberte llamado.

—No pasa nada, pero si te soy sincera se me quitaron las ganas de hacerlo de nuevo. Pensé, «¿una vez que hago una cosa así y no me llaman? ¡Soy patética!», me dije. Además, soy muy vergonzosa, por cierto.

—Pues por la primera impresión al verte no lo diría, es decir, tu pelo es bonito y no todo el mundo lleva un pelo de ese color. Quiero decir... hay que ser atrevida y muy segura de ti misma. Esa es la impresión que me dio y he de reconocer que cuando me hablaste se te notaba tan cortada, que me descuadró mucho, la verdad.

—Lo del pelo azul es una larga historia.

—Pues cuando quieras me la explicas tomando un café o si te animas, no sé, ¿cenar por ejemplo?

—Me lo pensaré —la escucho reír.

—Anna, yo también soy... digamos algo reservado. No me había pasado nada así y no sabía si era mejor llamar o no, esa es la verdad.

—Pues mira, hoy me pedí el día libre para ayudar a mi madre en sus cosas y tampoco me esperaba encontrarte, además con traje cambias mucho la verdad.

—Bueno, entonces te escribo mañana, lo haré desde mi teléfono y así podrás tener mi número, ¿te parece?

—Me parece perfecto, mañana hablamos y gracias por la llamada.

—Hasta mañana Anna.

Bueno, ahora sí me voy para casa, ya que con la tontería son las seis de la tarde.

Salgo del banco y camino a casa, me pongo en el coche la música a tope, hoy necesito mi música favorita e ir canturreando las canciones, eso me ayuda a sacar estrés.

Cuando me doy cuenta ya estoy dando al mando del parking de casa. Entro y me quito la corbata y al ir a dejarla en el perchero de la entrada, me acuerdo de Rita y la dejo colgada encima de la silla, luego ya la subiré al dormitorio. Me lo pienso mejor y decido subir ya, así me doy una ducha y me pongo cómodo.

Bajo y voy directo al sofá, estoy agotado. Mucha tensión en el trabajo y ver a Anna tampoco es que ayudara mucho. Luego no fue tan grave, para ser sincero, y además de la manera más tonta he acabado llamándola, mañana le enviaré un *WhatsApp* tal y como le dije.

Después de una hora en el sofá tirado, me dirijo a la sala que en su día usaba Cristina para impartir sus clases. No he tocado nada de ella, ya que la utilizo también para realizar ejercicios de yoga y además como gimnasio.

Aunque simplemente tengo en ella algunas pesas, un banco para abdominales y hace poco compré una cinta para correr, que solo la uso cuando me da pereza ir al polideportivo. Últimamente me está costando ir, creo que es una cosa que nos pasa a todos en algún momento. Sabes que una vez que estás allí vas a sentirte bien, ya que hablas con uno y con otro. Además tenemos una zona para tenis, y si lo que quiero es ir a jugar a pádel, entonces voy a unas pistas cercanas. Habitualmente voy con Andrés, mi vecino, ya que Juan es poco dado al deporte; dice que ya se machaca en el taller y no le queda mucho tiempo, yo le digo que él es más de sofá y fútbol.

Voy hacia la cadena de música que tenía Cristina y pongo un CD de los suyos para hacer los ejercicios de yoga, una música acorde ayuda mucho, aunque a veces no lo llego a finalizar entero, hago estiramientos, respiraciones y un poquito de meditación al final.

Me doy una ducha y preparo algo de cena. Mañana me levantaré un poco antes y así no tendré que ir estresado recién levantado, ya que el día será similar al de hoy.

CAPÍTULO 6

Hoy me he levantado a las seis de la mañana. Quiero ir relajado, ya me estresaré en el trabajo. Hoy viene Rita y lo dejará todo hecho y si me hace algo de comida, ya sería la *hostia*.

Voy a la nevera a ver qué tengo, porque al final no fui a comprar, pero algo hay en el congelador.

Una vez he desayunado y ya recogido todo subo a darme una ducha. Ya arreglado e impoluto me dirijo hacia el trabajo. Hoy sí me pondré mi programa de radio y lo iré escuchando en el coche.

Estoy llegando al banco y veo que Toni está fuera del bar fumando un cigarro, mientras me voy acercando oigo que me dice:

—Mario, ¿un café con leche?

—Hola, Toni. Sí, por favor, pero no me lo pongas muy caliente, que voy justo de tiempo.

Toni tira el cigarro y entra. Voy detrás de él, me siento en un taburete y le dejo en la barra el importe del café con leche.

—Mario, ayer cuando os llevé el desayuno teníais una cola de la *hostia*.

—Pues hoy pinta igual. Ana está de baja y estamos a la espera de saber si nos envían a alguien.

—Tómatelo con calma que para nervioso ya está Manel.

—Bueno Toni, gracias. Me voy a continuar, hasta luego.

—Hasta luego, Mario.

Entro en el banco, quito la alarma y vuelvo a cerrar. Dispongo de una media hora y poco más, así que miraré los *e-mails* que tengo e iré conectando todo, ahora no recuerdo si Manel revisó los cajeros, bueno que luego se encargue él.

Una vez llega Manel nos vamos organizando, es un día similar al de ayer, por suerte no tengo ninguna firma de notarios ni visitas de salir de la oficina. Cuando veo que está todo tranquilo le digo a él que se vaya a desayunar, luego si puedo iré yo.

Se acerca una señora y me pregunta:

—Buenos días, ¿podría hablar con Mario Arteaga?

—Buenos días, soy yo, usted dirá.

—Soy Carmen Romero. Me han enviado a cubrir una baja. Aunque tengo que empezar mañana, preferí venir hoy un momento para ubicarme y por si usted quería hablar conmigo antes.

—Mucho gusto Carmen, pero no me llames de usted, llámame Mario, por favor.

—Encantada, Mario. Veo que estás solo.

—El compañero fue a desayunar, no tardará, si quieres esperar a que venga y podamos ir al despacho o si prefieres, puedes venir un rato antes mañana, como tú veas.

—Pues espero que no tarde mucho tu compañero, porque están empezando a venir bastantes clientes.

—Carmen, ven mañana un poco antes y ya está. Me sabe mal de verdad, pero como hoy sea igual que ayer, no te podré atender.

—Tranquilo, mañana estaré aquí antes de las ocho.

—Hasta mañana entonces, Carmen, y gracias por venir hoy.

—Hasta mañana.

A los diez minutos llega Manel y dice: ¡Joder! Esto pinta como ayer.

Vamos atendiendo y la mañana pasa volando, cuando está

algo más calmado y solo hay dos clientes, le digo a Manel que voy a hacer un café rápido.

Cuando acabamos la jornada, nos vamos los dos para casa, con la alegría de que mañana ya tenemos una chica nueva en la oficina.

Llego al parking con la música a toda pastilla. Mientras espero que se abra la puerta me doy cuenta de que Andrés, mi vecino, me está esperando fuera.

Me saluda con la mano, pero se queda en el quicio de su puerta, eso quiere decir que me espere y no entre en casa. Aparco el coche y salgo a saludarlo.

—¡Muy buenas!

—¿Qué tal, *chavalote*? Te vi llegar. Bueno, mejor dicho, te escuché llegar. ¡Te vas a quedar sordo con la música tan alta tío! Que sepas que hasta te podrían multar, no escucharías una ambulancia si pasara.

—¡Qué exagerado eres! Esa música me hace eliminar estrés. Por cierto, ¿para cuándo unas partidas de pádel?

—Cuando a usted le venga bien —me dice en tono burlón—, me llamas y nos organizamos.

—¡Perfecto, grandullón! Hablamos—. Levanto el pulgar de la mano en gesto de aprobación.

Me despido de Andrés y entro en casa, me quito la corbata y la cuelgo en el perchero de la entrada junto con el maletín.

La puerta no está cerrada con llave, ¡¿qué raro?! Entro en el comedor y escucho desde la cocina a Rita decir:

—¡Ni se te ocurra dejarla ahí!

—¡*Hostia* Rita, qué susto me has dado! ¿Qué haces tan tarde aquí?

—Hola, Mario. Hoy tuve que hacerme una analítica y llegué más tarde y además, ¡te he hecho paella! Bueno, falta echar el arroz, no lo quise poner por si te daba por no venir.

—¿Te he dicho que te quiero? —Me acerco hasta ella y la abrazo fuerte.

—¡No me sobes pesado! Sube a ponerte algo cómodo mientras se hace el arroz, yo iré poniendo la mesa, hoy comeremos juntos y esta vez te quedas sin táper, ya que la otra ración me la como yo.

—Pues espera, no tardo y será un placer comer con una chica tan guapa como tú.

Bajo al comedor y ya está la mesa preparada y el arroz en la paella, voy a la nevera, saco una botella de vino blanco y le digo a Rita que ponga dos copas.

Nos sentamos a comer y me explica que le han pedido una analítica porque parece ser que tiene anemia y así descartar tiroides y cosas de esas.

Me pregunta por los chicos y pasamos un rato agradable. Le pregunto cómo fue que le dio por ir a comprar y hacer paella. Me dice que pasó por el mercado y viendo la hora que era, le apetecía darse una vuelta y realizar unas compras para su casa y ya puestos, pues hacer una para mí.

Antes de que se marche le pago las horas y le doy veinte euros por lo que ha comprado, me fulmina con la mirada y añade:

—¿Qué pasa, no aceptas una invitación de una chica guapa? Aunque dicen que a los hombres se les conquista con la comida, tranquilo que no te voy a pedir matrimonio.

Me pongo la mano en el pecho y lo acompaño con un suspiro profundo y nos empezamos a reír los dos. Antes de salir me abraza y me dice:

—Luego mira dentro del congelador —comenta mientras cuelga el bolso en su hombro.

Me despido de ella y le doy dos besos y una vez ha cerrado la puerta voy directo al congelador.

Me ha comprado una tarrina enorme de helado con nueces

de macadamia, es uno de mis favoritos y contento grito: ¡TE QUIERO RITA!

Me siento en el sofá con un café y me enciendo un cigarro, no fumo mucho, más bien soy fumador social, pero hoy esa paella lo ha merecido.

Cojo el móvil recordando que le dije a Anna que le escribiría. Me levanto voy por la cartera y busco el papel. Me siento y anoto su número en la agenda, lo miro de nuevo y no sé por qué lo vuelvo a guardar.

De Mario: Hola, Anna soy Mario, no pienses que se me ha olvidado escribirte. Un abrazo.

Queda con el doble *check* y me pongo a ver la televisión un rato tumbado en el sofá. Me estoy quedando dormido y escucho el sonido del móvil y veo que me ha contestado al *WhatsApp* que le envié.

De Anna: Hola, Mario ¡Pues ya te dejo fichado! —lo acompaña con un emoticono de un guiño.

De Mario: Bueno, pues ya tenemos nuestros teléfonos. Si te apetece tomar un café o necesitas alguna consulta de algo de tu madre, aquí me tienes —yo también le pongo un emoticono de guiño.

De Anna: Me he tomado un par de días en el trabajo para gestionar papeleos y cosas así, ya que a veces me es imposible. Pero para un café tengo tiempo, si te apetece y puedes... por mí sin problema.

De Mario: Mañana lo tengo bien, si quieres. Pensaba quedarme en el banco por la tarde, ya que se incorpora la chica nueva y mi trabajo es fácil que me quede atrasado. ¿Dónde podemos quedar y a qué hora te viene bien?

De Anna: Estaré por el centro y la hora pues no sé, ¿sobre las 17 h te va bien?

De Mario: Yo más de las 18h no me quiero quedar en el trabajo.

De Anna: Si quieres voy yo para esa zona, quiero ir al centro comercial a por unas cosas. Podemos ir hablando según cómo lo tengas tú, ¿te parece bien?

De Mario: Por mi perfecto, a medio día si quieres concretamos algo más.

De Anna: ¡Oye, pues muchas gracias por escribir!

De Mario: Gracias a ti por contestar.

De Anna: ¿Te olvidas que fui yo la que te dio mi teléfono?
—*Me pone emoticonos de risa.*

Le pongo yo emoticonos del mono con las manos en la cara.

De Mario: ¡Hasta mañana!
De Anna: ¡Hasta mañana!

Bueno, pues ya está, tomaré un café con ella, parece buena nena.

Dejo el móvil y continúo en el sofá. Ya que no me puedo dormir decido leer un rato; no tengo que hacer nada en casa ya que Rita lo dejó todo impoluto, y cuando me doy cuenta han pasado un par de horas. Entonces recuerdo que quería ir al supermercado, miro el reloj y si me voy ya, tendré tiempo de comprar.

Dejo el libro en la mesa, después me lo subiré a la habitación y leeré unas páginas más. Siempre quedo absorto en la lectura y las horas pasan volando; cuando no dispongo de tiempo le dedico un ratito antes de dormir.

Para cenar me haré un bol de fruta y le pondré un yogur, así no ensucio nada y ceno ligero.

Me despierto aunque aún no ha sonado la alarma, veo que son las 5,45 a.m. y decido levantarme ya. Son pasadas las siete cuando salgo de casa para el trabajo.

Carmen llegará pronto, quiero disponer de un rato y poder atenderla; así si le surge alguna duda poder aclararla, una breve entrevista no está de más.

Estoy llegando al banco y veo que Carmen ya está en la puerta. Eso me gusta, espero que no lleve mucho tiempo esperando, miro el reloj y son las 7,40 a.m. Al llegar le saludo:

—Buenos días, Carmen.

—Buenos días, Mario.

Entramos, quito la alarma y cierro de nuevo, Carmen me sigue detrás.

—Carmen, si me acompañas al despacho nos sentamos un momento.

—Gracias Mario.

Nos sentamos y la conversación fluye como si nos conociéramos de toda la vida. Es una persona muy agradable y eso nos ayudará a Manel y a mí en nuestro día a día sin Ana.

Me ha explicado que es madre soltera y tiene una hija de seis años, pero que no me tengo que preocupar, ya que también vive con su madre hace un año y es ella quien la lleva al colegio. No he querido preguntar, es su vida privada y ella explica lo que quiere.

Manel aparece y nos preparamos para abrir al público. Una vez presentados, Manel le ha dicho a Carmen cuál es su lugar de trabajo, es la mesa de Ana y yo hoy por fin podré estar en mi despacho.

A ratos voy saliendo a ver qué tal está Carmen y la veo sonreír, lleva años en la entidad y poca ayuda necesita.

Son muchos los clientes que al verla preguntan por Ana y ella les explica que ya está de baja y le queda muy poquito para ser mamá.

Hoy hemos podido hacer nuestra pausa de descanso los tres. Uno más en la oficina se nota mucho y yo me siento más relajado. Cuando llega la hora de cerrar les digo a los dos de sentarnos unos minutos en mi despacho, más bien por si Carmen tiene alguna duda y si Manel se siente cómodo con ella trabajando.

Una vez se marchan me voy con ellos y me quedo en el bar de Toni. Anna no ha enviado ningún mensaje, así que mientras me traen el menú le escribo para concretar horario.

De Mario: Hola, Anna, ¿qué tal? Me he quedado a comer y no tengo mucho trabajo, así que cuando te vaya bien me dices la hora.

De Anna: Hola Mario. Pues estoy en el centro acabando unos trámites que tenía pendientes, voy en metro y ahora he de ir a una gestoría, tengo que dejar una documentación y por suerte no cierran a mediodía y de allí me iré para el centro comercial y comeré algo rápido. Creo que para antes de las 17h estaré lista, si veo que es algo antes te escribo.

De Mario: Perfecto entonces, yo estaré cerca del banco, ¿el centro comercial al que vas es el de Glòries?

De Anna: Yessssss.

De Mario: Pues si quieres nos podemos ver por allí. Como lo tengo cerca caminado, después de comer voy.

De Anna: Okis pues, cuando estés llegando me escribes — lo acompaña con un guiño.

De Mario: Okey así lo haré, ¡hasta luego!

Una vez que ya he comido, me pido un café y Toni se sienta a tomar uno conmigo. Hablamos un poco y miro el reloj, son las 16,30 h le digo que me haga la cuenta. Él se levanta y le acompaño dentro para pagar. Me despido de él y me voy caminando hasta el centro comercial.

Mientras camino por la Avenida Diagonal, el sol me da en

la cara, respiro hondo porque al final no fue necesario quedarme en el despacho y así no tengo que ir corriendo a la cita. Es pensarlo y de golpe me quedo parado en medio de la calle y me digo «una cita yo». Me toco el pelo y me entran las dudas.

«Has tenido otras citas» me recuerda el *cabroncete*. Lo ignoro por completo, ya que las otras citas que me recuerda no son mías, son de Juan. Yo siempre he ido de acompañante ante sus ligues y las amigas de ellas. Ahora no es lo mismo, esta vez voy solo por iniciativa propia. Me siento en un banco de la acera pensando; en ese momento me llega un *WhatsApp* de Anna que ya está libre para ese café, le contesto que voy de camino.

Sigo sentado en el banco y me empiezo a agobiar, pero si he quedado tengo que ir. Así que como estoy a tan solo unos quince minutos caminando voy a aprovechar a llamar a Carla; de paso le diré que se vengan los tres a comer el domingo a casa, ya que hace días que no les veo.

—¡Hola, cariño! ¿Cómo estás?

—¡Hola, papá!

—He pensado que podríais venir el domingo a comer a casa, hace días que no os veo.

—Pues de momento lo tengo bien, no pensaba hacer nada ¿Has hablado con Joan?

—No, si lo puedes llamar tú.

—Papá, ¿dónde estás, se te escucha como si te faltase el aire?

—Voy caminando, quizás sea eso.

—¡Ah, vale!

—Bueno cariño te dejo, estoy en Glòries, vine hacer unas compras. Ya me confirmarás si venís los tres.

—*Okey* papá, un beso.

Cuando cuelgo ya estoy entrando en el centro comercial; me quedo por la zona de ocio. Sentado en un banco, escribo a

Anna para decirle que ya he llegado y que me encuentro al lado del cine.

La veo llegar, viste una americana negra y unos pantalones color crema ajustados y va con unos zapatos altos negros, la miro y observo que tiene un buen cuerpo.

Ella al verme me saluda levantando la mano y voy a su encuentro.

Se acerca a mí, me da dos besos y yo hago lo mismo.

—¿Qué te apetece tomar? —pregunta sonriendo.

—Pues no sé, tengo sed, algo fresco, tú mandas.

—Pues yo además de sed tengo algo de hambre, soy de merendar. Podemos ir allí, mira. ¡Tiene buena pinta el local!

—Bien pues, ¡venga, allí mismo!

Nos sentamos en la terraza, yo pido un café con hielo, ella se pide uno con leche y además una ensaimada de crema. Cuando ve que la miro me dice:

—Soy muy golosa, no lo puedo remediar. ¿Solo te pides un café?

—He comido tarde y no soy de merendar.

—Ah —expresa sin más.

Me pongo azúcar en el café, lo vuelco en el vaso del hielo y cuando voy a beber ya se ha zampado media ensaimada la tía. Se le ve relajada, no como yo, que no sé qué decir y para hablar del tiempo casi prefiero que siga comiendo.

Se da cuenta de que la estoy observando, se chupa los dedos y luego se limpia.

—¿Quieres probarla? ¡Está buenísima!

—No gracias, se agradece. Y viendo con las ganas que te la estás comiendo, sí que debe de estar buena, tomo nota para otro día. ¡Si vengo aquí, pedir ensaimada!

Nos reímos y me aflojo la corbata. Veo que me mira y dice:

—¿Por qué no te la quitas? —La observo y le digo que sí.

¡Me estás estresando!

Así que me quito la corbata, la guardo en el bolsillo y me desabrocho el botón primero de la camisa. Estamos en mayo y hace unos días muy buenos de temperatura, veo que me vuelve a mirar y dice:

—Así mejor, ¿verdad? Seguro que te sientes más libre.

—La verdad que agobia un poco llevarla todo el día.

—Lo mismo me pasa a mí con los tacones.

Me señala hacia abajo con el dedo y miro debajo de la mesa, se ha descalzado. Le sonrío y le digo:

—¡Para ser vergonzosa no te cortas un pelo!

—Es que me duelen los pies. Además, ya no somos desconocidos, conoces a mi madre, yo sé dónde trabajas y hemos wasapeado un poco.

De momento me siento cómodo y no hemos hablado de nada en particular, se agradece que fluya sin más, ya que soy de los que se levanta rápido y se va. Me ha pasado varias veces con Juan, porque al tío le es igual con quien aparezca su ligue. Alguna vez he llegado incluso a poner una alarma, fingir una llamada, disculparme y así poder irme sin ser descortés.

—Mario, ¿hace mucho que trabajas en el banco?

—Pues casi hará veinte años. Y tú, ¿a qué te dedicas?

—Tengo una agencia de publicidad. Realizamos trabajos para revistas y hacemos también anuncios. Tenemos firmas muy conocidas que siempre nos piden a nosotros los trabajos: fotos para catálogos, para ferias... en fin, de todo un poco. Reconozco que a veces es estresante, pero me gusta lo que hago.

—Así que ¿eres tu propia jefa?

—Sí, llevamos cinco años y no me puedo quejar, siempre he trabajado en esto. Un día decidí liarme la manta a la cabeza y ahí estoy, lidiando con todo. No es una agencia muy grande, pero me siento feliz y muy contenta con lo que tengo.

—Un negocio quita el sueño y mucho tiempo a la familia.

—Sueño he de reconocer que a veces me lo quita, tiempo a la familia, poco la verdad, vivo sola y no tengo hijos.
—¿Soltera?
—Divorciada, ¿y tú? ¿Divorciado también?
—Viudo.
—*Ostras*, lo siento.
—Tranquila, no podías saberlo. ¿En qué zona estáis?
—En la calle Mallorca tocando Rambla Catalunya.
—En la calle Mallorca, ¿cómo se llama la agencia?
—Stels Models
—No, no puede ser.
—¿Nos conoces?
—Personalmente no, pero sí sé dónde está, mi hija trabaja allí.
—¿Tu hija? ¿En serio?
—Sí, mi hija trabaja en tu empresa. El mundo es un pañuelo.
—¿Carla es tu hija?
—Sí, ¿cómo has sabido que es ella? Tendrás más empleados, ¿no?
—Me has dicho que eres viudo y sé que ella no tiene madre, una vez me lo comentó. Que por cierto metí la pata sin querer y de ahí que me lo dijera.
—¿Qué tal se porta mi hija? El año pasado se puso muy contenta cuando la hicieron fija.
—Es buena nena, tiene mucho carácter pero es muy trabajadora. Estoy contenta con ella, la verdad. Y no lo digo porque tú seas su padre. ¡QUÉ FUERTE! ¡Eres el papá de Carla!
—Sí, mañana le digo que te he conocido, ¡flipará!
—No le comentes nada, el domingo vendrán a casa y ya se lo comentaré yo. Tengo otro hijo aparte de ella, se llama Joan, es más pequeño. Se llevan dos años.

—¿Vive contigo tu hijo? Porque sé que Carla está compartiendo piso con una amiga, a veces pasa por la agencia.

—Joan vive con su chico, mis hijos dejaron *el nido* muy pronto, son muy independientes y yo vivo solo en una casa demasiado grande para mí, pero sus habitaciones están ahí para cuando las necesiten.

—Hoy en día, igual que salen, entran. No es como antes, cuando uno se iba de casa rara vez volvía. Ahora todo es más complicado para la juventud. Trabajo, compartir piso, vivir en pareja están en movimiento continuo, ya sea por ellos o por las circunstancias.

—Y tú no tienes hijos. ¿No has querido ser madre?

—No he podido, es largo de explicar.

—En ti parece ser que todo es largo de explicar.

—Mi vida es intensa, o soy yo la que la necesita así.

Nos reímos y aprovecho para decirle que he de marchar.

—Anna, se me está haciendo tarde, no es que no me quiera quedar más rato, pero tengo que llegar a casa y vivo en Castelldefels y he de preparar cosas…

—Tranquilo, ha pasado el tiempo volando. Yo también tengo que marchar.

—Pues si no te importa, otro día nos vemos y continuamos la charla. ¿Te parece?

—Si claro, cuando quieras.

—Voy a pagar y aprovecharé para ir al servicio.

Salgo y nos despedimos con un par de besos en la mejilla. Le doy las gracias por el ratito, ella sonríe y marcha, yo vuelvo hasta la zona del banco caminando para ir a buscar el coche y de ahí para casa.

CAPÍTULO 7

Una vez en casa me pongo cómodo y llamo a Joan para saber si van a venir el domingo a comer. Aunque le dije a Carla que le llamase, esta hija mía no es de fiar.

Lo llamo, pero no atiende la llamada, así que opto por enviarle un *WhatsApp*. Ya me contestará, es viernes y fácilmente esté en el gimnasio.

Me pongo a pensar en Anna. No me he sentido mal, para ser sincero. Ha sido un buen rato, fue agradable su compañía, aunque he de reconocer que el hecho de ir y quedar con alguien se me hizo algo extraño.

No busco pareja, vivo bien tal y como estoy, no dependo de nadie y no echo de menos compañía femenina, solo siento la falta de Cristina. Los chicos viven su vida y muchas veces pienso que siendo jóvenes podíamos haber vivido una vida diferente, viajar solos, ir a cenar, ver películas en el sofá sin prisas, cosas que hacen los matrimonios cuando se ven libres de nuevo.

Una forma de pensar que no me ayuda, lo sé, mi terapeuta me machaca mucho porque me dice que no puedo vivir de recuerdos constantemente; recordar es bueno, pero mirar hacia delante es mejor, no debo quedarme anclado a una vida que ya no existirá por más que yo quiera. Sé que es cierto, aunque es tanto lo que teníamos aún por vivir, que eso me sigue generando frustración.

Recibo un *WhatsApp* de Joan diciendo que si vendrán a comer, acompañado con un: ya te explicaré y muchos emoticonos de caras con corazón. Eso me alegra, pues quiere decir que esos días que han pasado fuera han ido bien.

Me viene a la mente Juan, le dije que si quedaba con Anna se lo diría y le tendré que explicar hasta el último detalle, porque para ser hombre es muy cotilla el muy cabrón. Miro el reloj y ya no estará en el taller así que le envío un *WhatsApp* diciendo:

—*Chavalín*, tengo cosas interesantes que contarte—. Le doy a enviar y no ha pasado un minuto cuando me llama directamente.

—¿Qué pasa tío?

—Muy buenas.

—¡Desembucha! Bueno, espera, que voy por una cerveza.

Lo escucho dejar el móvil, abrir la nevera y el sonido del tapón de la cerveza caer.

—Ya estoy, ¡soy todo oídos! ¿Es lo que me imagino?

—Algo así.

—A ver, a ver. Quiere decir que ¿te has decidido a escribirle?

—No.

—Entonces ¿para qué dices que tienes cosas interesantes que contarme? ¡Me había hecho ilusiones!

—¿Quieres cerrar el pico y dejarme explicar?

—Explica, explica. Si por eso te he llamado.

—Llamar a la del pelo azul no la he llamado, resulta que —me quedo en silencio y lo escucho decir:

—Tantarantán, tantarantán, tantarantán.

—Juan, ¡deja de hacer el idiota tío!

—¡Es para darle algo de énfasis! Tío soso.

—No la llamé, ¡vino a la oficina Juanito!

—No jodas. ¡Qué fuerte tío! Pero no pillo, ¿qué hacía en tu trabajo?

—Pues resulta, casualidades de la vida, que es hija de una clienta del banco y vino a acompañar a su madre. Yo cuando la vi me quedé en blanco porque pensé «¿y ahora qué hago?»

—¿Y? ¡Continúa coño! Como te gusta el suspense.
—Ella me miró y me dijo—: ¿Nos conocemos? Por suerte la madre le quitó hierro al asunto y quedó ahí.
—¡No me jodas! Tío, eres un cagaoooo.
—¿Me dejas que continúe? Gracias. Pues una vez hicieron los trámites que venían hacer, al irse les medio acompañe a salir y como yo iba detrás de ellas, me acerque un poco y le dije que sí que nos conocíamos. Cuestión que hablamos unos minutos y le comenté que le escribiría; pero en vez de escribirle la llamé desde el despacho. Al día siguiente le envié un *WhatsApp* para que tuviese mi número.
—¿Y ya está?
—Venga, ahora si haz repicar los tambores —me entra la risa tonta—, casi mejor los hago yo.
—Déjate de tambores y al grano.
—¡Pues ahí va! Hemos tomado café esta tarde en Glòries. Y la cosa no queda ahí.
—Mario o continúas o te cuelgo tío. Ya me bebí la cerveza y voy a necesitar otra si sigues así.
—¡Que Anna es la jefa de Carla! Toma, ahí lo tienes.
—¡NO JODAS! ¿En serio? El mundo es un pañuelo.
—Y en este caso, lleno de mocos.
—Pues menuda es tu hija, como se entere... no sé.
—Solo hemos tomado café, no le he pedido matrimonio. Ya veré que hago, ha sido simplemente una casualidad, no creo que piense nada raro.
—Entonces, si se lo explicas, omite lo del papel.
—Juan me estás estresando, no voy buscando nada.
—Tú quizás no, pero si te dejó su teléfono a ella si le gustas tú.
—Uffff bueno, ya se verá. Este fin de semana vienen a comer a casa los chicos, no me quiero estresar por un puñetero café.

—Bueno *chavalín* te dejo, tengo cosas que hacer y una de ellas es la cena.

—Sí, yo también me voy a preparar algo. Y cuando quieras te vienes una noche a casa.

—Vamos hablando.

—Ya te iré informando. Un abrazo tío.

—Otro para ti.

Me quedo en el sofá y pienso en todo un poco. Ufff, me está empezando a doler la cabeza y solo por tomar un puto café.

Voy a enviar un *WhatsApp* a Andrés, a ver si mañana se anima hacer unas partidas a pádel, eso me irá bien porque me he quedado pensando en Anna y en Carla, y tengo que eliminar adrenalina.

¿Será que no hay gente en el mundo y me vengo a tomar un café con su jefa?

En fin me voy a preparar algo de cena y me pondré a ver algunos capítulos de la serie, eso me hará no pensar.

Vibra el móvil, miro y es mi vecino. Dice que le va genial quedar mañana, que si a mí me va bien, quedamos en el horario de siempre. Me tocará madrugar un poco, pero merecerá la pena, sobre todo si gano, ya que últimamente me mete unas palizas el tío… además, así tendré más tiempo para organizarme.

Contesto con un simple *Okey* y dejo el móvil tirado en el sofá.

Voy a la despensa y busco un paracetamol. Ya en la cocina no sé ni qué cenar, se me ha quitado hasta el hambre y las ganas de prepararme algo. Me tomo la pastilla y opto por hacerme un café con leche y unas magdalenas, eso será mi cena hoy, si luego me entra hambre siempre tengo la opción B, comer helado mientras veo la serie. Se me van cerrando los ojos y no acabo ni el capítulo, apago la televisión y me voy a dormir.

Cuando me suena el despertador son las siete y media, he

quedado con Andrés a las nueve. Que bien me va a ir hacer unas partidas, hace más de un mes que no he tocado la pala.

Espero fuera que salga Andrés, siempre vamos con su coche. Dice que así lo mueve, ya que cada día va a trabajar en moto.

La mañana pasa volando entre risas y palazos y finaliza con una parada en el bar para reponer líquidos y zamparnos una bravas. ¡Bendito sábado! Y además hoy por fin le gané.

Ya en casa, me pongo la música a todo volumen, empiezo por poner una lavadora, preparar trajes para llevar a la tintorería y dejarlo todo listo. Si mañana vienen los chicos quiero que esté todo hecho, así que esta tarde dejaré la comida preparada y así solo será calentar.

Antes de comer me doy un baño en la piscina. Hace buena temperatura y me apetece darme el primer chapuzón de la temporada.

La tarde pasa sin más y deseando ver mañana a mis hijos. Joan y Diego trabajan en la recepción de un hotel en el centro de Barcelona, y aunque tienen horarios y turnos complicados si se pueden organizar siempre vienen a casa. Carla trabaja de lunes a viernes, con ella es más fácil, pero tiene mucha vida social y cuando no está en un sitio está en otro. Y hoy los tengo a todos, porque Diego ya es como un hijo para mí.

Me despierto por la claridad que entra por la ventana. Miro la hora. Es temprano, así que decido quedarme un rato más en la cama y me pongo a mirar un poco Twitter. Cuando me duele la espalda de tanta cama me levanto, me ducho, me coloco ropa de andar por casa y bajo a desayunar.

Parece que fue ayer cuando los domingos los niños venían a nuestra cama. Me encantaba hacerles cosquillas y jugar un rato con ellos, después era yo el que preparaba el desayuno para todos, mientras Cristina les hacía lavarse los dientes, peinarse y sobre todo que se pusieran las zapatillas para no ir descalzos, era una verdadera locura, la misma que a su vez nos daba vida.

CAPÍTULO 8

Desayuno mirando la televisión; voy zapeando y acabo viendo un documental de Megaestructuras.

Suena el timbre y miro por la cámara. Son Joan y Diego, abro la puerta de fuera y salgo a recibirlos a la entrada.

—Hola chicos.

—Hola—, me saludan los dos.

—Papá, ¡vaya pintas llevas! Pareces un pordiosero.

—Ahora subo a cambiarme de ropa por algo más decente.

Escucho a Diego que le dice a Joan—: ¿Tú te miras cuando estás en casa? ¡Deja a tu padre en paz, está en su casa y va como le da la gana!

Entramos dentro, subo a mi habitación a cambiarme y cuando bajo, Joan ya me ha cambiado el canal de la televisión. ¡Qué manía tiene con cambiarme los canales! Él llega, se sienta y se apodera del mando.

—Chicos, ¿queréis tomar algo?

—¡Vale! —dice Diego.

—¡Pues ya sabéis donde está la nevera!

Diego se levanta del sofá, va hacia la cocina a buscar algo de beber. En ese momento, aprovecho para preguntar a Joan qué me tenía que explicar. Con el mando en la mano, se gira para ver que Diego no nos escucha y me dice que luego me lo explica, pero que esté tranquilo que es bueno.

Como han llegado pronto les propongo si quieren que nos

quedemos fuera en el porche y si les apetece darse un baño, que suban y se pongan el bañador.

Diego dice que hace un poco de aire, pero que se estará bien en el sol y se lleva su cerveza al porche, yo voy a buscar una para mí y le pregunto a Joan si quiere algo, me pide que le lleve otra para él y algo de picar.

Estamos los tres sentados en el porche tomando el sol, hablando de todo un poco. Me explican que lo pasaron muy bien en Rupit y omiten la pataleta de Joan. Yo sinceramente lo agradezco.

Joan me dice que ha dejado en la mesa del comedor la botella de Ratafía que le pedí, es un licor típico de esa zona.

Suena el timbre de la puerta, ya que estamos fuera, voy directamente abrir.

Carla entra y me da un abrazo grande, mientras yo aspiro su olor abrazado a ella. Es mi pequeña y siempre lo será.

Carla entra dentro del salón, veo que deja el bolso en el sofá y vuelve a salir.

—¿Papá, qué has hecho de comer? —me pregunta sentándose de nuevo.

—Ayer dejé hecha carne en salsa con patatas.

—Pues tengo un hambre, ¿comemos ya? —comenta en tono lastimero—. Me he levantado casi para venir y solo tomé un vaso de leche.

—Pues no se hable más, ¡todos para dentro!—. Me levanto y me siguen los tres—. Id poniendo la mesa mientras voy calentando la comida.

—Papá, ¿has comprado pan? —pregunta Joan.

—Dios, ¡se me ha olvidado! Acércate un momento al bar de aquí al lado, ellos también venden pan. En mi cartera creo tener un billete de cinco euros, está encima de la mesa del comedor.

—Papá, llevo dinero, tranquilo.

¡Me estás estresando!

—Necesito monedas. Pero bueno, como quieras.

Veo que Joan va a mi cartera, busca el billete y lo veo hurgar en ella.

—Papá, ¿llevas el teléfono de Ana en la cartera, en un papel arrugado? —Lo saca con cara de asco.

—Joan, ¿estás hurgando en mi cartera?

—¿Qué le pasa a Ana? —comenta Carla mientras pone los cubiertos en la mesa.

Miro a Joan, lo fulmino con la mirada. Él me mira, abre los ojos como platos y se tapa la boca.

—¿Qué le pasa a Ana? —dice Carla de nuevo—, ¿ha tenido el bebé?

Joan mira sin decir nada, se dirige hacia la puerta para salir y yo le comento a Carla que Ana ya está de baja desde hace unos días, y pronto tendremos a Gisela en nuestros brazos.

—Cuando nazca, ¿podré ir contigo papá?

Diego entra en la cocina y le digo:

—Pensé que habías ido con Joan por el pan.

—Ha querido ir solo —se encoge de hombros y va a ayudar a Carla con la mesa.

Al momento me suena un *WhatsApp*, lo miro y es Joan.

De Joan: Papá, lo siento de verdad, no quise hurgar en tu cartera, pero vi un papel tan arrugado y algo sucio y me picó la curiosidad. Lo siento, parece ser que he metido la pata, ¿verdad? —Lo acompaña con emoticonos tristes.

De papá: No pasa nada, tranquilo. Es otra Anna, no «nuestra Ana».

De Joan: Bueno, estoy llegando, compré dos de pan.

Tenemos la mesa puesta y la comida calentándose cuando llaman al timbre. Diego sale a abrir.

Aparece Joan con el pan, lo deja en la mesa y me mira, Diego mirándolo le dice—: ¿estás bien? Vaya cara traes, tampoco está tan lejos el bar.

Apago el fuego y les digo a los chicos que se sienten a la mesa.

Diego trae la bebida: una jarra de agua, una botella de vino, unos refrescos y nos sentamos todos a comer.

—¡Papá, esta carne está buenísima! Si queda algo me llevo un táper—, comenta Carla guiñándome un ojo.

—Si se hace un día antes, queda mucho mejor, así lo hacía mamá—, les digo dejando el bol de ensalada en el centro de la mesa para que se sirvan ellos.

—Pues no envidia nada a la de mamá, fuiste buen alumno papá—, musita Joan con sinceridad.

—Bueno, explicarme, ¿qué tal os va todo chicos?

—Nosotros llegamos el jueves de Rupit y mañana ya de nuevo a trabajar, unas mini vacaciones tranquilas—comenta Diego mirándome—, Joan baja la cabeza y sigue comiendo.

—Pues yo si puedo intentaré pedir unos días en agosto—, comenta Carla.

—Por cierto, el otro día conocí a tu jefa —le digo a Carla.

—¿A mi jefa?, ¿a Anna? Si viniste a la agencia no te vi. Tampoco me dijeron nada.

—No fui a la agencia—. Joan me mira y abre los ojos como platos.

—¿Entonces? —dice Carla dejando el bol de ensalada.

Pues resulta que es hija de una clienta del banco y vino a arreglar unos temas de su madre.

—Que casualidades, ¿verdad? —comenta Diego.

—Estuvimos hablando y fuimos a tomar un café al centro comercial. Se ve buena persona, luchadora y muy agradable.

—Papá, no entiendo eso de tomar un café. Si es la hija de una clienta tuya del banco, ¿por qué fuisteis por un café?

—Tuve que llamarla por unos papeles y bueno, como estaba en el despacho y ella en el centro comercial, quedamos para hacer un café.

—No entiendo, ¿y cómo supiste que era mi jefa?

—Pues hablando de todo un poco—. Joan y Diego están callados, mirándonos.

—Papá, ¿estás flirteando con mi jefa?

—Tomar un café no me parece que sea flirtear, ¿o sí? —los miro a los tres.

Joan no dice nada y me mira, ahora entiende lo del papel de la cartera, lo deduzco por las expresiones de su cara.

—Muchas veces, nos encontramos con personas que ni sabemos que tenemos en común los unos con los otros —añade Diego.

—Pues estaríais mucho rato con ese café papá. Hasta llegar a saber en qué trabajaba y que es mi jefa.

—Carla, te lo comento como una anécdota simplemente, una casualidad, ¡no le des más vueltas hija!

—No le voy a dar más vueltas, tranquilo. Solo espero que haya sido un café simplemente y ya está.

El lunes cuando me vea, a saber que me dice, quizás se le ponga el pelo rojo en vez de azul.

—¿Tu jefa lleva el pelo azul? —pregunta Joan.

—Sí, tiene el pelo azul Joan. Y Carla, ¿dónde le ves el problema de tomar un puñetero café?

—Yo problema no le veo, pero si os tomáis otro café otro día, ¡quizás a eso sí se le llame flirtear! —dice levantando la voz.

—¿Perdona? ¿Me estás diciendo con quién me puedo tomar un café?

—Un poquito de calma, por favor—, interviene Diego.

—Papá, déjame tranquila—. Se levanta de mala gana de la mesa.

—Carla, estamos comiendo, vuelve a la mesa, pareces una niña pequeña.

—Carla, papá —dice Joan—, no tiene sentido todo esto. ¿Os estáis escuchando?

—Carla, siéntate —digo en tono severo—, tengamos la fiesta en paz.

Veo que Joan le hace un gesto con la cabeza a su hermana para que vuelva a la mesa, ella de mala gana se sienta y pincha con el tenedor un trozo de carne y musita casi en tono inaudible—: Está fría.

Me levanto y pongo su plato en el microondas un par de minutos, cuando se lo entrego comemos todos sin decir ni una palabra.

Joan rompe el silencio comentando que en el bar, tenían un cartel de los helados nuevos de este año. Diego dice que le apetece un helado, se levanta y pregunta a Carla: —¿Me acompañas y vemos que tienen?—. Carla asiente con la cabeza y salen por la puerta.

Joan y yo vamos recogiendo la mesa y preparando todo para luego tomar unos cafés, estamos en silencio los dos, hasta que Joan me dice:

—Papá, siento lo de la cartera y más ahora que sé de quién se trata.

—No pasa nada, de hecho he querido sacar el tema por si el lunes Anna le decía algo a Carla; entonces hubiese sido peor, pensaría que le oculto algo y no tengo nada con ella, solamente tomamos un café. Y lo del papel... es porque una tarde tomando algo con Juan ella me lo dio, eso fue antes de venir a la oficina con su madre.

—Me he perdido en algo, ¿no decías que la has conocido porque fue al banco? No entiendo lo de Juan, ¿os conocisteis antes? Eso acabas de decir, si no entendí mal.

¡Me estás estresando!

—Hace unos días estábamos tomando algo en un bar, al lado del taller de Juan. Anna iba con otra chica y estaban también en la terraza. Me levanté para ir al baño, entré dentro del bar, vi que le había cagado una paloma en la chaqueta, al verlo se lo dije y al irse, ella me dio ese papel, el que has visto con su teléfono. Pero no la llamé, pasaron unos días y lo que menos me esperaba era verla por la oficina, y menos que fuese la jefa de Carla.

—Ufff, ¡que estrés papá! Pero en resumidas... se puede decir que ligaste, ¿no? Y para más inri ¡con la jefa de tu hija!

—Me está empezando a doler la cabeza Joan, dejémoslo por favor. ¿Qué era lo que me tenías que explicar?

—¡Es verdad! Al final no te he dicho nada. En Rupit como sabes discutimos, pero luego lo solucionamos todo y he pensado que si para noviembre nos dan unos días de vacaciones, darle una sorpresa e irnos a Nueva York. Es la ilusión de Diego, allí hay hoteles de la cadena nuestra y nos harían precio de empleado.

—No es mala idea, aunque si es su ilusión, yo de ti más que sorpresa, buscaría una forma que lo sea igualmente, pero luego él pueda decidir también. Es decir: buscar los dos juntos qué visitar; elegir un hotel o incluso la zona; planificar alguna ruta. Además, sería una forma de compartir algo conjuntamente, para luego disfrutarlo con más ganas. Bueno, esa es mi opinión, no sé si es la correcta. En mi caso, la mayoría de veces era tu madre la que decidía, y como sabía lo que nos gustaba siempre acertaba y a mí ya me iba bien. ¡Menudo arte tenía en planear todo!—. Nos miramos y sonreímos al recordarla.

—Miraré cómo lo hago, quizás sea mejor que lo sepa —comenta mirando hacia afuera—. ¡Mira, ya están aquí con los helados! Voy a abrirles.

—Hemos traído todos los helados nuevos de la carta —comenta Diego dirigiéndose al salón.

Carla sonríe y la noto más relajada. Me parece que Diego tiene algo que ver en esa actitud de ahora. Dejan la bolsa en la mesita del sofá y se sientan los tres. Yo pregunto si voy haciendo los cafés, a lo que mi hijo comenta que primero los helados, después ya me ayudarán cuando los haga.

Así que me siento y les digo que quiero uno, pero que sea el de triple chocolate. Diego me mira y levanta una ceja, me da el que he pedido, a lo que acompaña con un comentario—. Menos mal que traje dos, sabía qué pedirías uno y yo me quedaría sin él.

—Papá, siento lo de antes —me dice Carla—, te pido disculpas.

Miro a Carla y le hago un gesto de que se coma el helado.

Me voy a levantar del sofá para hacer los cafés y Diego dice que los hace él, que me quede sentado, pero llama a Joan para que le ayude.

Carla se acurruca a mi lado y me pide disculpas de nuevo, le paso el brazo y la acerco hacia mí, le beso en la cabeza y ella me abraza muy fuerte.

—Me he comportado como una niña pequeña —comenta con un hilo de voz—, pero solo vi que si mi jefa formase parte de tu vida quizás podría traer problemas. Estoy fija y me ha costado mucho ganarme el puesto papá, además me gusta mi trabajo.

—Carla, cariño, solo me he tomado un café, no voy buscando nada, créeme.

—¿Y si es ella la que quiere algo? —pregunta sin vacilar—, eso no lo sabes.

Diego y Joan traen los cafés acompañados con unos dulces, se sientan y estamos los cuatro de nuevo en el sofá.

—Pues explícame algo más de todo esto. Mañana seguro que Anna me lo explica—, me hace un aspaviento con la mano para que empiece a explicar.

Respiro hondo y los tres me miran, así que empiezo por lo del bar y les explico lo que le pasó a Anna con la paloma y el porqué de que me diese su teléfono. Una vez que he acabado, estallan en carcajadas.

—¿Me estás diciendo que a mi jefa le cagó una paloma en la chaqueta y tú tímidamente, como un caballero, fuiste a decirle que se limpiase? ¡Me meooooo! ¡Para haberla grabado! Con lo tímida que es para según qué cosas. A mí me habría dado mucha vergüenza que un desconocido se me acercase para eso.

Los cuatro estallamos en carcajadas. En eso Joan se levanta e intenta imitarme; yo le tiro un cojín y les digo a los tres que lo peor fue cuando la vi en la oficina del banco. Volvemos a reír todos.

—Entonces, ¿le digo algo mañana a Anna de todo esto? —pregunta Carla.

—Di lo que quieras bueno yo omitiría lo de la paloma, igualmente reitero, solo fue un café sin más, que os quede claro a los tres.

—¡Sí, señor! —dicen los tres a la vez.

—Pues venga, vamos un rato fuera que se está mejor que aquí dentro. Y si queréis nos damos un baño e inauguramos oficialmente la temporada de piscina. Ayer me di el primero y el agua estaba genial. Subid, allí tenéis vuestras cosas.

Suben los tres a ponerse los bañadores y yo respiro tranquilo porque lo hemos podido hablar y nos sentimos más cómodos. Quiero aprovechar la tarde con ellos, estamos acabando el mes de mayo y la temperatura es muy buena para ponernos en remojo un rato todos juntos en la piscina.

Salgo del agua y me tumbo en la hamaca. Los veo reír, hacer el tonto como cuando eran pequeños, sonrío para mí y de pronto Joan dice:

—Papá, ¡ten cuidado que hay palomas merodeando por aquí! —suelta el tío sin más.

Diego le mete la cabeza bajo el agua y siguen haciendo el tonto de nuevo.

Después de unas horas dicen que se han de ir. Suben a cambiarse para marchar a sus casas, ya que mañana volverán de nuevo a la rutina diaria. Me despido de ellos y yo también aprovecho para poner en orden la casa.

Una vez que ya lo dejo todo ordenado, decido escribirle a Anna. Así podré explicarle que le comenté a Carla que nos hemos conocido. Si mañana hablan entre ellas, que pueda saber cómo ha ido, ya que mi hija es muy visceral y ambos lo sabemos.

De Mario: Hola Anna, ¿qué tal?

De Anna: ¡Holaaaaa!

De Mario: Hoy vinieron los chicos a casa y le comenté a Carla nuestro encuentro.

De Anna: Se quedaría sorprendida

De Mario: Sorprendida y medio enfadada. Luego se le pasó.

De Anna: ¿Se lo ha tomado mal? Lo digo porque mañana a ver que me suelta en el trabajo.

De Mario: Se fue tranquila, ya le aclaré que solo tomamos un café, que no hay nada más. Comenté lo del bar, que eres la hija de una clienta mía, en fin… un poco así por encima, pero todo bien.

De Anna: ¿Te puedo llamar?

De Mario: Si no te importa, mejor otro día o mañana si quieres, pero ahora necesito descansar, no te lo tomes a mal.

De Anna: Tranquilo. Gracias por explicármelo, así mañana si me dice algo sé que habéis hablado. No te robo más tiempo, descansa.

De Mario: Gracias, un abrazo.

De Anna: Otro para ti, buenas noches —lo acompaña con emoticonos de besos.

Dejo el teléfono, voy a la cocina y me caliento un vaso de leche. Hoy no me apetece cenar.

Me quedo pensando que quizás fui algo seco con Anna, pero no quiero hacerme la cabeza. Subo a mi habitación, pongo el despertador, la alarma del móvil y lo dejo cargando. Tengo el libro encima de la mesita, leeré un poco y así dejaré de pensar. Total, solo fue un café y no le quiero dar más vueltas, si un día voy a buscar a Carla al trabajo pues entro, saludo a Anna y ya está.

CAPÍTULO 9

Suena el despertador y me encuentro como si me hubieran dado una paliza de buena mañana. No he descansado nada, toda la noche dando vueltas, me levanté un par de veces, tomé un vaso de leche con cacao y aún así mi insomnio continuó. Solo espero que hoy en el trabajo la jornada sea tranquila. Esta corbata cada día me aprieta más, o es que los años ya empiezan a pasar factura.

Por suerte la jornada pasa rápido y cuando me doy cuenta son casi las dos de la tarde. Estoy contento con Carmen. Hoy me ha hablado un poco de su hija, se llama Paula. También me ha enseñado una foto de la niña, es muy bonita y con una cara de pícara... Tiene que ser tremenda para su edad, me ha comentado que recién cumplió seis años y no para quieta.

Estoy en el despacho y entra Manel, se sienta y me comenta un par de cosas que quedaron pendientes de mi firma. Carmen se apoya en el quicio de la puerta y nos dice que ya se marcha, él se levanta también para irse; en cambio a mí me queda un rato más, prefiero quedarme ahora y así no me tengo que quedar a comer y continuar.

Voy acabando las gestiones que tenía pendientes, reviso las firmas que me dejó Manel, me vibra el móvil y miro quien es. Anna me ha enviado un *WhatsApp*, abro la conversación y la leo.

De Anna: ¿Hola, que tal? Esta mañana ha venido a mi despacho tu hija. Se ha sentado, me ha mirado y me ha soltado:

«vaya, vaya, así que tomando café con mi padre». Cuando tengas un momento te llamo y te lo explico.

De Mario: Hola, Anna. Ese «te lo explico» no pinta bien. Cuando esté en casa te llamo, salgo del despacho ahora.

De Anna: Okis, un abrazo.

Salgo del despacho y camino hacia el coche me pongo a pensar qué le habrá dicho Carla. Es imprevisible, estoy por llamarla mientras voy conduciendo, pero a veces se va la cobertura en la ronda litoral y no sería muy ético dejarla con la palabra en la boca. Mejor llamar cuando haya llegado, tal y como le dije.

Una vez que he llegado, subo a mi habitación, me pongo ropa cómoda y hago la cama, hoy ni la deje hecha. No es algo habitual en mí, es más, hasta me molestaba cuando los chicos se iban y no la hacían, entonces me tocaba a mí al menos dejar estiradas las sábanas, pero ahora estoy solo y nadie se va a enterar.

Bajo a la cocina y me preparo algo rápido de comer: una buena ensalada, un poco de carne a la plancha y mientras voy preparando la comida, enciendo la televisión para ver las noticias, coloco un mantel individual y una vez lo tengo todo me pongo a comer. Ya con el café en mano llamo a Anna.

—Hola, Anna, ¿qué tal?

—Hola, Mario. Pues aquí, en el trabajo aún. ¿Tu ya estás en casa?

—Si, ya he comido y ahora estoy en el sofá tumbado un rato. ¿Prefieres que te llame en otro momento?

—Hoy nos dará tarde a todos, estamos con *castings* para una revista y tenemos que hacer una buena selección, en fin, es lo de siempre. Nos lo piden todo a última hora y luego tardan en darnos el *okey* a lo que quieren... es el pan nuestro de cada día.

—Pues no te robo tiempo, si quieres me puedes llamar tú cuando estés más tranquila. ¿Me tengo que preocupar?

—Pues casi mejor te llamo en un rato, y tranquilo no es nada preocupante y ni mucho menos urgente.

—Pues después hablamos, hasta luego.

—Hasta luego.

Me duele todo el cuerpo y sin más, me voy directo a la piscina. Me desnudo, me quedo en pelotas y me tiro de cabeza al agua. ¡Qué gusto!

El agua está fría, me sumerjo en ella y al sacar la cabeza escucho a lo lejos:

—Serás cerdo. ¡Ponte un bañador hombre!

Miro hacia arriba y veo a Andrés en la azotea de su casa, está tocando la antena parabólica y partiéndose de risa.

—¡Estoy en mi casa, me baño como me sale de las pelotas! Además si tú, ya «me la has visto». ¡Chafardero!

—¡Pero no es lo mismo! Te la he visto en los vestuarios, en cambio ahora eso colgando, ¡qué asco, por Dios! —lo dice a carcajadas.

—¡Bájate de ahí, a ver si te vas a caer! —más que hablar le grito.

—¡Pues invítame a una cerveza tío! Pero de momento, no salgas del agua hasta que no me vaya —comenta poniendo cara de asco.

Pasan diez minutos y ya está Andrés en la puerta. Abro la verja y le hago un gesto con la cabeza en dirección a la mesa de fuera, tengo dos cervezas y un bol con patatas fritas. Nos sentamos y empezamos a charlar sin más, me comenta que algo le pasaba a la antena, estaba intentando ver si había algún cable suelto o que se hubiese movido, dice que esta madrugada quiere ver la final de tenis del Open de Australia.

Pasado un rato, Andrés se va refunfuñando por la antena.

Entro en casa comiéndome las cuatro patatas que quedaron en el bol y tiro los botellines vacíos a la basura. No me he dado cuenta si ha sonado el móvil, ya que lo dejé dentro y ni me acordé que me tenía que llamar Anna. Veo que tengo una llamada perdida y la llamo directamente, es fácil que ya esté en casa.

—Hola, Mario.

—Hola, Anna, parece ser que hoy los horarios no nos acompañan.

—Eso parece, pero bueno.

—Explícame que te ha soltado mi hija, a veces es imprevisible.

—Pues bueno, no llegó la sangre al río como se suele decir. Entró en el despacho, se sentó frente a mí y dijo lo que te comenté antes —«¿Tomando café con mi padre?».

—Pero, ¿qué más?

—Por su cara, gracia no le ha hecho. Y el tono en que lo dijo... sabemos cómo es ella, pero bueno. Así que le dije—: Carla, nos conocimos por casualidad, tomamos un café y estuvimos hablando. Tu padre parece un buen tipo por lo poco que hablé con él, no creo recordar que haya venido a buscarte, o quizás nunca lo vi. No te voy a mentir, hablamos un rato, le comenté que tenía la agencia, por el nombre se quedó de piedra y fue cuando me dijo que trabajas aquí. Espero que el hecho de conocerlo no te sepa mal, más bien porque no te puedo asegurar si lo volveré a ver o no y, ya que has sacado el tema, pues prefiero que si hay algo que me quieras comentar, lo hablemos.

—¿No te hizo ninguna broma? ¿Te hablo seria? Ayer, hasta se rio un poco al explicarle.

—Mario, ¿le has explicado lo del bar? Dime que no se lo comentaste.

—Se lo comenté, lo siento. Quizás en el fondo era una manera de quitar hierro al asunto, que lo viera todo más... ¿simpático?

—Pues simpático no lo vio, ya que me dijo que estabas en un momento algo delicado y solo te faltaba meterte en más problemas. Mario, sinceramente no te conozco, no sé si tener una amiga puede causarte problemas, me has parecido un buen tipo. Estoy pensando, ¿qué te parece, si quieres claro, no sé, por ejemplo, podríamos ir a tomar otro café o si prefieres, mejor ir a cenar y hablamos?

—Pues si quieres, por mi bien. Solo con hablar de Carla tenemos conversación para rato. Casi mejor cenar y eso que te ha dicho de «un momento delicado», tu ni caso. No me parece que tener una amiga sea algo que me pueda dañar, aunque con una condición; si quedamos, no me pidas que te vaya a buscar al trabajo —susurro en tono de guasa.

—Tranquilo, ya miramos de quedar. ¿En Andorra, por ejemplo? —ironiza riendo.

—No es mal sitio, aunque nos pilla algo lejos. Hacemos una cosa, si puedes el viernes estaría bien, además no tenemos que estar pensando en si nos da tarde, porque los sábados no trabajáis. Bueno, al menos Carla sé que no trabaja, desconozco si el resto sí.

—Algún sábado nos ha tocado ir, aunque por suerte son muy pocos.

—Si te parece, entre semana vamos hablando y el jueves concretamos si en Andorra o en el bar más cercano —se lo digo riendo.

—¡Perfecto, estaré a la espera de noticias! —lo dice en voz cantarina.

—Buenas noches, Anna.

—Buenas noches, Mario. Estamos en contacto.

Cuelgo la llamada y miro *WhatsApp*, no tengo ningún mensaje de Carla; ni del grupo de familia ni de ella en particular. No sé qué pensar, ya se irá viendo. Quizás le doy demasiadas vueltas a cosas insignificantes.

CAPÍTULO 10

Esta mañana en la oficina no salgo del despacho para nada, ya que hay trabajo burocrático que solo puedo gestionar yo. Son demasiadas gestiones, necesito una pausa o me va a estallar la cabeza. Me levanto de la silla y voy a por la cartera que la tengo en el maletín.

Al salir, comento a Manel que voy a hacer un café rápido saliendo de la sucursal hacia el bar de Toni.

Me pido un café muy cargado y me quedo de pie en la barra, mi móvil empieza a vibrar y veo que es Paqui quien me llama, es la chica que ayuda a mi madre en casa, no es muy normal que me llame y atiendo rápido la llamada.

—Hola, Paqui, ¿todo bien?

—Mario, te llamo porque veo que tu madre no se encuentra bien. He llegado y me parece que tiene fiebre, está pálida y dice que hace un par de días que le duelen los riñones y la espalda. Me ha comentado que ha estado tomando paracetamol y algún ibuprofeno. Se ha levantado del sofá y he notado que se medio mareaba, no sé si acompañarla al médico de urgencias o llamar al 061, ya que a estas edades... ¿Qué quieres que haga? No te quiero asustar, pero quería hablarlo contigo.

—Pues casi mejor que llames al 061, llevarla al ambulatorio, si dices que está mareada, no lo veo cómo buena opción.

De fondo escucho la voz de mi madre decir a Paqui —: ¿estás hablando con Mario? Lo vas a preocupar.

—Mario espera un momento —me dice Paqui—. ¡Pues claro que lo he llamado, es lo que tengo que hacer te guste o no! —le recrimina a mi madre.

—Pásamela un momento y así hablo con ella —escucho como mi madre le está regañando.

—Te la paso —me dice.

—Mamá, ¿qué te pasa? Si me ha llamado Paqui es porque no te ve bien, no la pagues con ella; sabe que me tiene que llamar.

—No me pasa nada, ¡es una exagerada! —exclama alzando la voz—. Solo me he mareado un poco y ya se ha puesto nerviosa.

—Pues me ha dicho que hace días te duele la espalda y los riñones, ¿es cierto? —quedamos en silencio unos segundos. Suspiro y con voz queda le digo—: Mamá, pásame con Paqui, quiero hablar con ella un momento. Luego voy a verte a casa, ¿te parece bien?

—Cariño, claro que quiero que vengas a verme, ¿te preparo algo de comer?

—Mamá, luego te veo y no te preocupes por la comida.

Escucho que le dice a Paqui—: Ponte al teléfono con mi hijo, que no sé qué te quiere decir.

—Paqui, llama al 061. Le he dicho a mi madre que luego voy para su casa, así no le dará importancia y no te la liará. Cuando llames, con lo que te digan me envías un *WhatsApp*, es fácil que te manden un médico, yo estaré pendiente del teléfono y en un rato iré para allí, cualquier cosa me avisas.

—De acuerdo Mario, espero que no me tire nada a la cabeza. ¡Menudo genio tiene tu mamá!

Salgo del bar camino hacia la oficina. Voy a avisar a Carmen y Manel, comentarles que quizás tenga que salir antes hoy, que no me pongan ninguna visita de última hora.

Ha pasado media hora y me llama Paqui. Me explica que al momento vino una ambulancia y el médico ha decidido llevarla al hospital, siendo mayor no se la juega, le puso el termómetro y tenía fiebre, puede ser un virus o una infección, posiblemente de orina, dados los síntomas, ya que sí son varios días que le duelen los riñones y podría ser eso.

Me dice que me quede tranquilo, que va con ella en la ambulancia para el Hospital del Mar, el médico dijo que le harán algunas pruebas y que ha cogido el bolso de mi madre y la tarjeta sanitaria.

Salgo del despacho, les digo a Carmen y Manel que marcho al hospital, que mi madre va en una ambulancia, quizás no sea algo grave pero me tengo que ir. Sé que los dejo algo preocupados y les comento que ya les iré informando sobre la marcha.

El trabajo lo tengo cerca, me llevará tan solo unos quince minutos llegar, y directamente dejaré el coche en el parking que hay allí mismo.

Cuando llego, me dirijo a urgencias y en la sala de espera encuentro a Paqui sentada. Al verme se levanta y viene hacia mí.

—Hola, Mario. Está dentro, le están haciendo pruebas. De momento no han dicho nada.

—Gracias Paqui —me acerco, le doy un beso y la abrazo.

—Cuando me ha visto que estaba llamando al 061, no veas como se ha puesto conmigo ¡Menudo carácter tiene la *jodía*! «Genio y figura», ya la conoces.

—Paqui, marcha si quieres, ya me quedo yo. Cuando sepa algo te llamo. Muchas gracias por todo.

—No me las tienes que dar Mario, para eso estamos, pero sí decirte que ya va teniendo una edad para estar sola.

—Lo sé Paqui, pero por más que he intentado que se venga para mi casa no hay manera, es discutir contra una pared—. Se acerca hacia mí, me toca la mejilla y luego me besa.

—Pues me marcho, cuando sepas algo me llamas.

—Así lo haré. Y de nuevo, gracias.

Veo a Paqui marchar, estoy en la sala de espera y busco un lugar para sentarme, demasiada gente para tan poco espacio.

Pasa más de una hora sin saber nada, ya no sé ni a qué jugar con el móvil. Pensé en enviar un *WhatsApp* al grupo de familia, pero casi mejor esperar a ver qué me dicen.

Oigo por megafonía—: Familiares de Rosa Martín, pasen a mostrador—. Me levanto y me acerco a la chica que está allí. Me informa que ahora vendrán y me explicarán. Así que me quedo cerca de la entrada y del chico de seguridad. Al momento me viene a buscar una enfermera.

—¿Es usted familiar de Rosa Martín? —pregunta dirigiéndose a mí. La miro y le digo que soy su hijo. Ella me lleva para el box en el que está mi madre, me comenta que en unos minutos vendrá la doctora y me explicará.

—¡Hola, mamá! No sabías qué hacer para que te viniese a ver, ¿eh?

—¡Calla, calla! ¡La culpa es de Paqui, que es muy pesada! Me han hecho muchas pruebas, ya ni sé que más me van a hacer. No me dejarán ingresada, ¿no?

—Pues no lo sé, ahora me dirán.

Veo que viene hacia el box una doctora, cierra la cortina y pregunta a mi madre como se encuentra. Ella le contesta que bien, que solo se mareó un poquito y mirándome le dice que soy su hijo, la doctora sonríe y se presenta.

—Hola, soy la doctora García. Su madre tiene una infección de orina alta, es cuando afecta a los riñones, se denomina pielonefritis. En personas mayores, si se complica, puede ocasionar una sepsis.

—¿Es grave doctora?

—Vamos a dejarla ingresada unos días. Le suministraremos

antibióticos y calmantes, también algún día con suero y según vaya la evolución, iremos viendo. Si va bien, podrá ir para casa en breve y seguir el tratamiento con su médico de familia; pero de momento pasará algunos días aquí. Mínimo unos ocho, aproximadamente. En cuanto tengamos una habitación la subimos a planta.

—De acuerdo doctora. Una consulta, ¿daño en los riñones hay? ¿O solo es que ha estado muchos días con esa infección y ha empeorado?

—Normalmente es una bacteria, se inicia por la típica infección de orina, si no se trata va en aumento y es cuando da la fiebre, vómitos, dolor fuerte. En personas mayores es más complicado porque no quieren ir al médico o simplemente creen que tomando algo se les pasa, pero esté tranquilo que mejorará bien.

—Gracias. Una última consulta, ¿a qué hora pasan los médicos habitualmente, para informar?

—Cuando la suban a planta lo comenta usted con la enfermera, ella le responderá con más exactitud.

—Muchas gracias doctora —respondo.

Se dirige hacia mi madre, le toca la pierna y le dice: —Rosa, unos días aquí a descansar y ponerse bien.

—Gracias —contesta ella sonriendo.

Cuando se va la doctora mi madre y yo nos miramos en silencio unos minutos, a lo que acaba diciendo:

—¡No me mires con esa cara! No me dolía tanto, de haber sido así habría ido al médico.

—Mamá, ¡que nos conocemos! Bueno, pues ahora a descansar y recuperarse.

—Cariño, seguro que no has comido nada...

—Cuando te suban a la habitación iré a comer algo a la cafetería y de paso hablaré con los chicos.

Al momento viene un camillero para subirla a la habitación, ponemos sus cosas debajo de la camilla y me dice que le puedo acompañar.

Una vez que ya la han instalado en la habitación le digo que bajo a comer algo y que después iré a su casa a buscar el neceser con todo lo que necesite para su aseo, unas zapatillas y lo que ella crea que le pueda ser necesario.

Ya en la cafetería voy por una bandeja y me sirvo un menú. Una vez ya todo colocado me dirijo a la caja para pagar, busco un sitio para poder sentarme a comer y mientras voy comiendo aprovecho para enviar un *WhatsApp* al grupo de familia y otro a Manel. A Paqui prefiero llamarla cuando salga con el café a fumar.

En el grupo de familia le explico a los chicos lo de mi madre.

Papá: Chicos, han ingresado a la abuela en el Hospital del Mar, no os asustéis, tiene una infección de orina y al ser mayor prefieren que se quede unos días ingresada. Le van a poner antibióticos y calmantes para el dolor, está en la habitación 602 A. Besos.

Carla: ¿Estás con ella? Me paso luego.

Joan: ¡Ostis! Pues ya miramos de organizarnos.

Papá: Ahora estoy en la cafetería comiendo, luego iré a llevarle algunas cosas. Ahora subiré y luego me voy, después os llamo, estar tranquilos.

Dejo la bandeja en el carro y me pido el café para llevar, salgo fuera y llamo a Paqui.

Le explico un poco y ella me recuerda que si voy a casa de mi madre mire en la nevera, ya que quizás haya algo perecedero y sería desagradable encontrarse con alguna «fauna» dentro.

Subo a la habitación y veo que le han puesto el gotero, así que le digo que marcho y que luego vuelvo, me dice lo que necesita y me voy.

Paso la tarde de un sitio a otro y empiezo a estar algo cansado. Cuando llego de nuevo, ya han llegado Carla y Joan, hablamos un poco de organizarnos y mi madre dice que aunque está contenta que estemos allí, nos manda para casa a los tres.

Salimos de la habitación y les informo un poco de lo que me explicó la doctora, al salir nos despedimos y cada uno a su casa.

CAPÍTULO 11

He llegado al trabajo algo antes de lo habitual, ya que luego quiero estar en el hospital para cuando pasen los médicos.

Cuando llegan a la oficina Manel y Carmen me preguntan por mi madre. Les explico un poco y comento que es fácil que esté unos días sin ir a trabajar, iré viendo según se encuentre ella.

Manel me comenta que no me preocupe por nada, ellos se encargan de todo. Además, teniendo permiso retribuido puedo ausentarme y ante cualquier duda siempre me pueden llamar.

Cierro el ordenador afirmando que me cogeré ese permiso. De esa manera, le podré dedicar tiempo a ella e intentar dejar algo preparado, por si decide venir unos días a casa una vez que le den el alta.

Llego un poco antes de las diez de la mañana. Entro en la habitación y veo que mi madre está en la cama tumbada manteniendo una conversación con la paciente que comparte estancia con ella, es una señora de unos sesenta y cinco años aproximadamente.

—Buenos días —saludo a ambas.

Me dirijo hacia mi madre y le doy un beso, mientras le pregunto que tal pasó la noche y si han pasado los médicos a visitarla.

Ella niega con la cabeza. Me siento en la silla que hay para los acompañantes y saludo de nuevo a la señora de al lado.

Aparece una enfermera y cambia la botella de suero, retira la del antibiótico que ya está vacía y aprovecho para preguntarle cuándo pasan los médicos. Ella me comenta que ya han empezado la ronda por la planta, mientras lo dice, está tomando la presión a mi madre.

—De presión estás muy bien Rosa —añade y va hacia la señora de al lado, cuando acaba me mira y le doy las gracias.

No ha pasado ni media hora cuando entra un médico por la puerta saludando, apenas un escueto buenos días. Yo me levanto y me quedo a un lado, él mira el historial y pregunta a mi madre cómo se encuentra. Ella responde, ladeando la cabeza, que se siente algo mejor. Yo aprovecho la ocasión para preguntar que tal está y si le han hecho más pruebas.

—Anoche hicimos una analítica y ha salido un poco de anemia, no es alarmante, pero daremos tratamiento también. El tema de la infección lo trataremos con antibióticos, pasados unos días volveremos hacer más pruebas y analíticas. No se preocupe, está controlado y pronto podrá ir para casa, luego control ambulatorio. Le iré informando, basándonos en su evolución.

—Muchas gracias doctor —me separo para que pueda visitar a la señora de al lado y salgo de la habitación.

Una vez se ha marchado el médico, entro y me siento en la silla junto a mi madre, la miro y veo que ladea la cabeza en gesto de negación.

—¿Qué pasa mamá?

—No pienso ir a tu casa cuando salga del hospital, ya te lo adelanto.

—Pues pienso que sería lo mejor para todos. No me gusta que vivas sola y en mi casa hay espacio suficiente.

—¡Si hombre y que más! Yo me voy a mi casa, que estoy muy a gusto, tengo mis cosas, mi vida y mis amigas cerca, ¡me vas a meter en esa casa tan grande y sola!

—Bueno, bueno, sola, lo que se dice sola, no estarías. Además, puedo hablar con Rita y podría venir cada día.

—¡No y mil veces no! ¡Eres muy *pesadito* con el tema coño!—la señora de al lado nos mira atónita —Es el cuento de nunca acabar, yo con Paqui me basto bien, no necesito ir a tu casa, al menos de momento y si has venido a darme la tabarra ya te estás marchando por donde has venido.

—Mamá...

—¡Ni mamá ni leches! A veces me parece que tú no escuchas nunca, con lo listo que eres.

—Muy bien, no vamos a discutir. Me bajo a la cafetería a desayunar.

—Eso, bájate. Y que te dé un poquito el aire que falta te hace.

—Cuando te pones así es mejor dejar el tema. En fin, voy a tomar un café.

—¡Pídete una tila, te irá mejor!

Salgo enfadado hacia los ascensores, esta mujer puede conmigo, menudo carácter.

En el fondo la entiendo, pero hoy es esa infección y mañana, ¿qué será? Está mayor y un día tendremos un susto.

Ya en la cafetería me pido un bocadillo de jamón, un agua y un café con leche muy caliente, indicando que sea para llevar, así me lo comeré sentado en el Paseo Marítimo viendo el mar.

Mientras voy desayunando me acuerdo de las palabras de mi madre— «ve a que te dé el aire, te hace falta»—. Sonrío porque tiene un don innato para cabrearme; respiro la brisa del mar y se me pasa el enfado rápido. También ayuda, tener el estómago lleno.

Volviendo al hospital, paso por una tienda que hay dentro del mismo recinto. Entro y compro una revista para ella, así cuando esté sola se entretendrá un rato. También me acerco a la máquina que hay para comprar una tarjeta de televisión, realizo una recarga y que pueda tener la opción de ver algo que le guste.

Cuando llego a la habitación le entrego la revista. Veo que está más relajada y reconozco que yo también. Le enseño la tarjeta para la televisión, se pone contenta y me dice que me siente.

—Mario, no me acordé de pedirte ayer que me trajeras una bata. Tengo una de invierno y una más finita, ya que si me apetece dar un paseo por los pasillos ¡no quiero ir enseñando el culo! Estos camisones que nos ponen quedan abiertos por detrás.

Me rio y le digo que mañana se la traigo, o si prefiere le envío un *WhatsApp* a Carla y como ella también tiene llaves, si viene hoy que se la traiga.

—Deja a la niña tranquila, me la traes tú mañana. Y mira lo que esté en la nevera y tíralo la basura, si no, cuando llegue olerá todo a rayos.

—¡A sus órdenes mi general! —Me mira y empieza a reír.

Me vibra el móvil y es un *WhatsApp* de Anna preguntándome como estaba, para no estar mucho rato escribiendo le contesto con un escueto «luego te llamo».

Al poco rato le traen la comida. Preparo la bandeja acomodándosela, pero me dice que primero necesita ir al baño y además prefiere comer sentada. Así que le acerco sus zapatillas y con cuidado retiro la mesa. De esta manera podrá llevar consigo el armatoste ese que lleva el suero colgado y podrá ir sola.

Cuando acaba de comer me pide que la acueste y me dice que me marche para casa, que los hospitales cansan mucho y así podré tener tiempo de pasar por la suya. Le digo que si está bien me marcho y le doy un beso, pero antes de salir me llama.

—Mario, cariño, ve primero a mi casa, en la nevera hay carne que se ha de gastar o tendrá que ir a la basura, come allí, te será más cómodo—. Asiento con la cabeza y me despido de nuevo.

¡Me estás estresando!

En el coche camino a casa de mi madre llamo a Anna por el manos libres.

—Hola, Mario, ¿qué tal?

—Pues saliendo del hospital y camino a casa de mi madre.

—¿Qué ha pasado?

—Ayer ingresaron a mi madre, tiene infección de orina algo severa y anemia.

—¡*Ostras*! Pues no me ha comentado nada Carla. ¿Cómo se encuentra?

—Está bien, es una mujer muy fuerte.

—Me hace pensar que Carla no me lo haya comentado, ¿quizás no quiere que me entere de cosas familiares vuestras? En fin, pues si no te escribo, no me habría enterado.

—No le des vueltas si Carla no te ha dicho nada. Ayer vino un rato, pero fue cuando salió del trabajo, no le comentes nada.

—¿Quieres que anulemos lo del viernes? No me gustaría quitarte tiempo si estás liado de hospitales.

—De momento no anulamos nada, es más, me irá bien desconectar un poco de todo. Si te parece, vamos hablando y concretamos lo del viernes e intentamos poder quedar. Además, al ser cena, en los hospitales las sirven pronto y tendré tiempo después.

—Si necesitas algo me lo dices. Mario, te dejo que tengo una llamada de un cliente. Un abrazo.

Me cuelga directamente el teléfono. Ya estoy en casa de mi madre, así que voy a la cocina y me preparo algo de comer rápido. Mientras, busco la bata que me pidió. Antes de marchar, intento dejar todo arreglado y pongo en una bolsa algunas cosas de la nevera que se pueden estropear y yo las pueda aprovechar, además también bajo la basura para tirar.

Y ahora sí, camino para casa que estoy cansadísimo.

CAPÍTULO 12

Me despierto a la hora de siempre. Me irá bien estar un rato en casa sin estrés antes de ir al hospital, ya que ayer fue agotador. Pasé muchos nervios y saber que ya está controlado me deja más tranquilo.

Llamaré a Juan para comentar lo de mi madre. Me apetece verlo un rato, no sé si irá muy liado, pero seguro que encuentra un hueco a medio día o al cerrar el taller, intentaré que sea antes de que entre a trabajar.

Desayuno y salgo al jardín con la esterilla. Me apetece hacer un poco de yoga, ya que necesitaré estar relajado para lidiar con mi madre.

Subo a mi habitación para darme una ducha, antes dejo la cama hecha y me preparo la ropa. Elijo algo sport y sobre todo cómodo. Opto por unos vaqueros, una camiseta y unas deportivas. Estos días de ir sin corbata me van a ir muy bien.

Entro en el baño, me doy una ducha y me retoco la barba. Mirándome al espejo veo que necesito un corte de pelo, quizás pueda darme una escapada y acercarme al peluquero mañana.

Miro el perfume de Cristina y siento necesidad hasta de ponerme un poco, hoy no me conformo con solo olerlo. Cuando me encuentro en situaciones difíciles, es como tenerla cerca. Eso se lo omitiré a mi terapeuta, ya que me dirá que continúo anclado al pasado y así no hay forma de avanzar, me veo bajando la cabeza y asistiendo.

Vuelvo a mirar el perfume, quitó el tapón, aspiro su olor y susurrando digo: «Te echo de menos».

Lo vuelvo a cerrar y lo dejo en su lugar.

Una vez vestido, bajo a la cocina, me hago otro café y mientras, marco el teléfono de Juan para llamarle.

—Hola Juanito.

—¿Qué pasa *chavalín*? Si me llamas a estas horas, algo pasa o es que me echas mucho de menos, ¡soy adictivo, lo sé! Algunos tenemos esa virtud—. Sonrío al escucharlo.

—Te llamo porque estaré unos días que no iré a trabajar, han ingresado a mi madre en el Hospital del Mar.

—¡*Hostia* tío! ¿Qué le ha pasado a mi Rosita? ¿No será grave?

—No de momento, pero tiene una infección de orina y además en la analítica salió un poco de anemia, aunque está bien, los médicos prefieren que se quede ingresada unos días y asegurarse que esa infección no vaya a más.

—Bueno, dentro de lo malo es bueno; podría ser algo peor y más a su edad.

—Juan, he pensado que podríamos quedar a comer o cenar, no sé, solo si te va bien. Así me despejo y charlamos un rato. Ayer llegué cansadísimo y me apetecen unas horas de desconexión después de tanto hospital. Además, creo recordar que nosotros teníamos *una cita pendiente*.

—Sí, es verdad, teníamos una cita y yo además, tengo otra. Que es subir a ver a tu madre y que me dé la tabarra un rato. Aunque tengo el don de ser adictivo, también soy un poco *masoca*—. Lo escucho reírse.

—Bueno, pues entonces quedamos hoy, según tengas el trabajo quedamos un rato a la hora de comer o después que cierres el taller.

—Pues casi mejor por la tarde, ya que a medio día solo cierro una hora y media. Hacemos una cosa, cuando salga voy para allí, subo a ver a tu madre unos minutos y como ya habrá cenado le llevaré algún dulce. Después, nosotros nos vamos a cenar y charlamos un rato.

—Pues lo veo genial. Nos vemos después *chavalote*, un abrazo.

—Otro para ti. Voy a abrir el taller, hasta luego.

Voy a la cocina con la taza del café, la dejo dentro del lavavajillas, coloco también lo que ensucié del desayuno y ya me preparo para irme.

Cuando entro en la habitación, mi madre está sentada leyendo la revista que le llevé ayer. Sonríe al verme y le pregunto qué tal pasó la noche, me hace un gesto para que me acerque y me dice al oído: —casi no pude dormir, la vecina no paraba de roncar—. Veo que sigue con la bolsa de suero y la medicación. Observo también que en la mesa está la bandeja del desayuno; no ha quedado nada, eso quiere decir que desayunó bien. Me siento a su lado en una silla, ella deja la revista y me toca la mano acariciándola suavemente. La miro y sonrío.

—¿Qué te pasa mamá?

—Nada, estoy contenta de que estés aquí, aunque no me gustan los hospitales.

—Ni a ti ni a nadie.

—Me deprime estar aquí y las horas no corren, se hace eterno. ¿No me pueden dar la medicación y la tomo en casa?

—Mamá, serán pocos días, ayer lo dijo el doctor, ten un poco de paciencia.

—Paciencia, dices... ¡Si ya la tengo! —me hace un gesto para que me acerque a ella—. Entre los ronquidos y que no calla ni bajo el agua, me tiene desesperada—. Me lo dice susurrando para que la señora de al lado no nos escuche.

—Será solo una semana mamá. Por cierto, esta tarde vendrá Juan a verte.

Después de conocer toda la vida de la señora de al lado y de ver las noticias en la televisión, mi querida madre pone un programa de esos de cotilleos, cosa que a mí no me interesa ni lo más mínimo, así que opto por ponerme música en el móvil con los auriculares y no escuchar tantas sandeces.

Luego traen la merienda, ronda de enfermeras y ya acabando la tarde llega la cena. Al rato aparece Juan por la puerta y es ver mi salvación. Viene con unos dulces para mi madre, ella al verlo le sonríe y como siempre lo somete a un tercer grado, cosa que a él parece no molestarle, aunque de vez en cuando le suelta alguna *puita*.

Nos despedimos de mi madre y salimos del hospital, respiro hondo y suspiro, Juan me mira y me da un pequeño empujón con el codo.

—¿Dónde quieres que vayamos a cenar? —comenta con una sonrisa.

—Necesito caminar un poco, si te apetece podemos ir en dirección a la Barceloneta y cenamos en alguna terraza. Necesito que me dé el aire un rato.

—Por mi bien y explícame un poco que es lo que le pasa a doña Cascarrabias.

Vamos caminando y le explico un poco todo lo de mi madre, que estoy preocupado porque ya es mayor para vivir sola y que no hay manera de que entre en razón.

Nos sentamos en una terraza a cenar en el Paseo Marítimo. Se está genial, se respira olor a mar y una brisa que da vida, el olor a hospital parece quedarse impregnado hasta en la ropa.

Se acerca un camarero con la carta. Nos pedimos unas cervezas y vamos ojeando que nos puede gustar, optamos por pedirnos una parrillada de pescado, es bastante completa y además un buen vino blanco muy frío.

Cuando nos traen el vino y la bandeja con un surtido impresionante, literalmente babeamos los dos.

¡Me estás estresando!

—¡Qué pintaza tiene todo! —exclama Juan.

—Come que se enfría, ya hablaremos con los postres— comento pinchando con el tenedor un calamar.

—Por mí puedes hablar, mientras hablas no comes— se carcajea Juan pinchando un pescado frito.

—Juan, este viernes he quedado con Anna para cenar, quizás venga aquí de nuevo, me gusta el lugar.

—¡Al final tenéis una cita! Pues lo veo muy bien.

—Estuvimos hablando y con el tema de Carla tendremos conversación asegurada.

—Mario, ¿estás más animado? El otro día te vi agobiado por el trabajo y no sé, quizás por algo más.

—Sinceramente Juan, hace unos meses que no sé qué me pasa. Todo se me hace cuesta arriba. Noto que me falta energía, no te sé explicar. Cada día es lo mismo, una monotonía que me deja saturado y desde que estoy solo, me he dado cuenta de que la casa se me hace muy grande para mí. Le doy muchas vueltas a las cosas y no sé por donde empezar. Si vender la casa, si montar un negocio que me haga sentir cosas nuevas, pero si te soy sincero, me digo a mi mismo: ¿dónde voy a mi edad a cambiar de trabajo? Cuando gano un buen sueldo que más de uno querría tener.

—Un negocio, sea cual sea, requiere mucho esfuerzo Mario. Yo hay meses que lo paso mal, otras me viene rodado. Hay que tener un mínimo guardado para cuando llega algún mes difícil y decirte que la cosa no está para echar cohetes. También ha de ser algo que te guste, algo vocacional, que además conozcas los pros y los contras.

No creo que sea el trabajo lo que te haga sentir mal, eres tú quien no está bien consigo mismo. Acabas de decir que a veces te falta energía, pues quizás si haces algo que te llene lo suficiente tu día a día llevarías mejor otras cosas. No sé, es mi opinión.

—Siento que la corbata me ahoga. En el despacho me falta el aire, solo me siento algo mejor y es cuando tengo que salir de la oficina a visitar algún cliente o si he de ir a alguna firma; no sé, creo estar en una encrucijada. Incluso te diría que me encuentro como atrapado, no me sé explicar.

—Tendrás que ir tirando del hilo de ese ovillo, buscar algo diferente, por muy mínimo que sea y que te haga sentir bien al final del día. Si te apetece podemos hacer alguna salida. Mario, a mí siempre me tendrás para lo que necesites, pero sería bueno conocer gente nueva y abrir tu círculo de amistades.

—Antes todo era más fácil. Añoro cuando salíamos los cuatro juntos y no necesitábamos abrir el abanico a gente nueva.

—Ya, pero esa época ya pasó y no volverá a estar, sigues anclado en el pasado.

—Lo sé, y te prometo que lo intento. Pero reconozco que me cuesta mucho Juan.

—De momento, el viernes ya haces algo diferente, vas a cenar con Anna. ¡Date una oportunidad hombre! Tómalo como una nueva amistad simplemente, no te hagas la cabeza pensando.

—Por cierto, ¿cómo vas con el tema de Marina? ¿Estáis saliendo?

—¡Qué va! Fue un corto tonteo. El otro día vi que un chico la estaba esperando a la hora de la salida del colegio y se dieron un beso rápido, eso quiere decir que pasa de mi cara, no tengo nada que hacer.

—¡Ella se lo pierde, con lo buen partido que eres!

—Yo soy un buen partido y tú eres guapo, ¿qué hacemos cenando tú y yo solos?

—¡Teníamos una cita!

—Es verdad. Vamos a ver, que yo me aclare. Te aprieta la corbata, la casa te queda grande, a tu madre hay que cuidarla, Carla parece ser que no quiere que te veas con su jefa, y tú a ella le gustas. Yo de ti, me tomaba unas vacaciones a un lugar caribeño donde me inflaba a mojitos y de paso que te haga subir la testosterona o bien me iba a un retiro budista.

—Sin filtros ni anestesia, ¡si señor, con un par!

—¡La verdad, aunque duela tío! Pero yo casi me quedaría de momento quieto, ya que la Cascarrabias sigue ingresada y el viernes tienes una cita con la del pelo azul, vayamos paso a paso

—Hablando del viernes, me siento raro para ser sincero. No me esperaba conocer a alguien así por una nota y además tener a Carla en común.

—Quizás sea por algo, las casualidades no existen.

Me limpio la boca con la servilleta y nos traen los postres. Me he quedado en silencio sin saber qué decir. Juan me mira y me sonríe.

—Mario, date una oportunidad sin pensar demasiado, simplemente ve a cenar. Si ves que te agobias me haces un *llama cuelga* con disimulo—. Me lo dice riendo el muy golfo.

—O dame la pastilla de convertirme en sapo a las doce de la noche.

—¡En eso ya tienes experiencia cabrón! —Empezamos a reír a carcajadas los dos.

Hemos tomado los cafés y fumado un cigarro cuando pedimos la cuenta.

Volvemos caminando y Juan me habla de Martina y comenta que Maite le ha cambiado los días de visita por temas laborales. Aunque es su ex, también es mi amiga y además fue una separación amistosa; reconozco que Maite no es de esas de tocar las narices y entre ellos se llevan mejor separados que juntos, y Martina es feliz.

Fueron tiempos bonitos cuando salíamos los cuatro juntos, las risas estaban aseguradas siempre.

Hemos llegado cerca del hospital y Juan también ha dejado el coche en el parking de allí, así que vamos por los coches juntos, una vez dentro, nos despedimos con un fuerte abrazo.

—¡Mantenme informado de lo del viernes! —me exige con dedo acusador.

—Tranquilo que te llamo. ¡Mira que eres cotilla tío!

—¡El sábado sin falta eh!—. Lo va diciendo mientras abre su coche.

Miro el reloj y es tardísimo, mañana no sé si me podré escapar a cortar el pelo, quizás después que le traigan la comida a mi madre y se quede medio dormida tenga un rato para eso. Pero de momento, solo quiero meterme en mi cama.

Me despierto con el segundo despertador, estaba tan cansado que lo apagué y sonó el del móvil. Hoy quiero aprovechar al máximo, ya que mañana tengo que ir a trabajar, los días de permiso me finalizan hoy. Pediré un justificante y lo pasaré mañana a Recursos Humanos, luego hablaré con los chicos para saber si mañana por la tarde pueden pasar un rato por el hospital y el viernes por la tarde ya iré yo.

Desayuno rápido, me doy una ducha y de nuevo hacia allí.

Cuando entro en la habitación mi madre está en el baño. Al salir, veo que se ha duchado y solo lleva la botella de antibiótico, la de suero se la han retirado.

—Hola, mamá.

—Hola, cariño, qué pronto llegas hoy.

—Quería venir pronto porque los médicos no tienen hora fija y mañana ya tengo que ir a trabajar.

—Pronto me darán el alta, ya verás.

—¿Y luego qué, mamá?

—He pensado que venga unos días María a mi casa, ella

vive sola como yo, no le importará venir y así tú te quedas más tranquilo. Además, Carla está cerca, también puede acercarse algún rato.

—No es mala idea, porque venir a mi casa, es un no rotundo, ¿me equivoco?

—Mario cariño, no te enfades, pero prefiero estar en mi casa y como puedes ver me encuentro mucho mejor. También he pensado que si tengo que pasar visita con mi médico, lo puedo pedir por la tarde y tú me acompañas. ¿Qué te parece?

—Me parece bien mamá.

—Pues todo solucionado, ¿ves que fácil es?

Me acerco a ella y le doy un beso. Ella se estira en la cama y me pide que llame a la enfermera porque se ha acabado la botella del antibiótico.

Al poco rato de estar charlando pasan los médicos, me comentan que harán una nueva analítica y que no me preocupe, la infección está controlada y pronto se marchará a casa, si todo va bien, posiblemente el lunes le den el alta.

A medio día salgo del hospital para ir a cortarme el pelo. Esta tarde vendrá Joan un rato, Diego no podrá venir y Carla no dijo nada de momento.

Son las seis de la tarde y veo que entra Joan por la puerta. Mi madre se lo come a besos literalmente, así que le comento si él se puede quedar para cuando le traigan la cena y yo me voy para casa. Así podré preparar todo lo de mañana. Además, quiero acercarme a la tintorería por un par de trajes que llevé a limpiar.

Salgo de allí pensando que mañana quedaré con Anna, eso hace que me inquiete un poco.

Espero que Carla no le dé por aparecer y me pida que después la deje en casa, mejor será que la llame y decirle que por la tarde estaré yo. Le pediré si puede ir ella el sábado por la mañana.

Una vez en casa, lo primero que hago es ir a mi habitación, darme una ducha, ponerme ropa cómoda y prepararme la ropa para mañana.

Estoy pensando en que traje ponerme cuando recuerdo que, si voy del trabajo directo para el hospital, tendré que ir trajeado a la cena con Anna. Me siento en la cama, miro hacia el lado donde dormía Cristina y por un momento, me parece que incluso me falta hasta el aire.

Cierro los ojos y respiro, sabiendo que no es precisamente el aire lo que me falta. Es ella y siempre será ella.

Bajo a la cocina con la idea de preparar algo de cenar y ronda por mi cabeza enviar un *WhatsApp* a Anna con cualquier excusa para no ir a la cena. No quiero ninguna cita, no la necesito.

Estoy bien como estoy, si voy a cenar puede que nos veamos otra vez; en cambio, si lo dejo así tal cual, simplemente he conocido a la jefa de Carla y punto.

Estoy preparando una ensalada y escucho que vibra el móvil, continúo con ella y una vez que ya la dejo hecha, me limpio las manos, lo miro, y es un *WhatsApp* de Anna. Leo el mensaje. Me ha escrito para preguntar por mi madre y si me va bien quedar para cenar, vuelvo a leerlo de nuevo, no sé qué escribirle, me quedo en el sofá con el teléfono en la mano y acabo contestando—: Se encuentra mucho mejor, gracias. Mañana nos vemos para cenar—. Y cuando me doy cuenta ya le he dado a enviar.

Me apoyo en la isla de la cocina con las dos manos y bajando la cabeza me quedo unos minutos pensando. Juan fue sincero conmigo, bueno, siempre lo ha sido; quizás esté en lo cierto, debo poner de mi parte en muchas cosas y una de ellas es dar un paso adelante en conocer gente nueva, así que mejor dejar a un lado mis pajas mentales e intentar desconectar un rato mañana con Anna.

CAPÍTULO 13

Hoy ya voy a trabajar. Una vez aparco el coche, me acerco al bar de Toni a tomar un café rápido.

Al entrar en la oficina Manel y Carmen me preguntan que tal se encuentra mi madre. Entramos a mi despacho, me ponen al día de todo y por lo que explican se las han apañado bien estos días sin mí. Hoy intentaré adelantar faena atrasada y comer algo rápido para luego poder ir a ver a mi madre un rato. Me quedaré en el bar de Toni, no quiero más cafetería de hospitales.

A media mañana, me llama Josep para decirme que hace unas horas ha nacido Gisela. El parto ha ido muy bien y la niña ha pesado 3.400 gr. Le pregunto en qué hospital están y me dice que es en el Hospital del Mar, allí era donde llevaban el embarazo, me indica el número de habitación, tomo nota y le comento que hoy iré un rato aunque sea breve, omito lo de mi madre, ya lo explicaré cuando esté con ellos.

Salgo del despacho y les doy la noticia a Manel y Carmen, me preguntan brevemente cómo ha ido todo y les informo un poco.

La mañana pasa sin que me de cuenta. Unos días sin ir a trabajar y la faena que se acumula demasiado. Una vez hemos cerrado al público, le digo a Manel que es en el Hospital del Mar, le informo del número de habitación donde está Ana. Carmen, aunque no conoce a Ana, comenta que hagamos fotos del bebé y de ellos dos y así le podrá poner cara a Ana.

Nos despedimos al salir de la oficina y yo voy a comer al

bar. Mientras me traen la comida, envío un *WhatsApp* a Carla para decirle que se pase mañana un rato, esta tarde me quedaré yo. Ella contesta con un simple *Okis*.

Una vez he comido, ya con el café escribo un *WhatsApp* a Anna para concretar la hora.

De Mario: Hola Anna, disculpa que ayer no te comentase algo más, pero estaba muy liado.

De Anna: Hola Mario. Tranquilo, me hago cargo.

De Mario: ¿A qué hora quedamos?

De Anna: Pues como pronto sería sobre las 20,30h.

De Mario: Yo estaré en el hospital, si vienes hacia aquí podemos cenar algo en la Barceloneta. ¿O preferirías en otro lugar?

De Anna: Tú no te muevas, ya voy yo para allí. La Barceloneta me encanta y como iré en coche me va bien. Cuando vaya a salir te envío un WhatsApp.

De Mario: Perfecto, entonces nos vemos después— envío unos emoticonos de besos.

De Anna: Hasta luego— me envía emoticonos de besos también.

Salgo del bar y conduzco hacia allí con la música puesta a todo volumen.

Dejo el coche en el parking donde, por cierto, me estoy dejando una pasta diaria; pero no me queda otra, ya que en esa zona es imposible aparcar.

Cuando entro en la habitación, mi madre y la señora de al lado estaban mirando la televisión y comentando algo entre ellas, saludo a las dos y le doy un beso a mi madre.

Me siento a su lado y le pregunto que tal ha ido la mañana.

Me explica que ya no le duelen los riñones ni la espalda, que ha comido una sopa que no sabía a nada y una carne que parecía una suela de zapato, pero por lo demás bien.

Entra por la puerta de la habitación un señor algo mayor, parece ser el marido de la señora de al lado. Al verme, el hombre me saluda, va hacia ella dejando una botella de agua encima de la mesa y la besa con mucha ternura.

Mi madre susurrando me dice: —Es el marido de Amalia, viene por las tardes, por las mañanas el hombre tiene rehabilitación de la rodilla.

Aprovecho para decir a mi madre que Ana ya ha tenido a Gisela y que también está en este hospital.

—¿Ya has ido a verla? —lo dice con voz queda.

—No, luego en un rato me acercaré a maternidad y pasaré a ver a los tres.

—¡Pues, yo también quiero ir!

—Mamá, no les he dicho que estás ingresada. Luego me paso un ratito y mañana por la tarde si te dan permiso las enfermeras yo te llevo. Hoy solo iré un momento, es fácil que esté la familia y tengan muchas visitas hoy. Mañana si nos dejan te llevo a verla y le llevamos un regalo, ya que hoy no pude ir a comprar nada.

—Si le compras ropita, compra una talla de seis meses o más; otra opción sería comprar pañales que siempre van bien. ¿El parto fue todo bien? ¿Cuánto ha pesado el bebé?

—Me dijo Josep que el parto fue muy bien, ha pesado 3.400 gr y que es una preciosidad.

—¡Pues yo quiero ir a verla! Cuando me quiten la botella de antibiótico podré ir. Anda, ve y pregunta a la enfermera a ver qué nos dice—me hace un gesto con la mano como diciendo, sal y ve a preguntar.

—Cuando vengan a traerte la cena lo preguntamos.

—Mario, cariño, ¿te pasa algo hoy? Te noto un poco inquieto desde que has entrado por la puerta.

—Mamá, no me pasa nada. Tranquila.

—Si te pasara algo me lo dirías, ¿verdad?

—Que siiii. ¡No seas pesada! Estoy bien, solo quizás algo cansado.

—Estos días has estado tantas horas aquí, que no me extraña que estés cansado.

Me quedo pensando en lo que me ha dicho mi madre. Si me nota inquieto, ¿quizás sea porque cenaré con Anna? Yo me noto como siempre. Sacudo la cabeza pensativo, ya que no me encuentro nada nervioso, aunque sé que una madre tiene un radar para estas cosas y eso me hace pensar.

Me levanto de la silla y le digo que voy un momento a conocer a Gisela y de paso a tomar un café. Ella asiente con la cabeza y salgo de la habitación.

Me paro un momento en el mostrador y pregunto dónde está maternidad. La enfermera me explica la forma más fácil de llegar. Aprovecho para comentarle si mañana puedo llevar a mi madre unos minutos a conocer el bebé de una amiga. Me responde diciéndome que según el horario y avisando, si no es mucho rato no hay problema. También me comenta que de necesitar una silla de ruedas, tan solo he de pedirla. Me despido dándole las gracias y voy intentando recordar cómo me dijo que se llegaba.

Cuando consigo llegar allí, voy buscando la habitación de Ana. Una vez la encuentro, veo que está medio abierta la puerta y se escuchan risas desde dentro. Me asomo tímidamente y Josep al verme me hace un gesto para que pase.

Veo que Ana se encuentra tumbada en la cama con el bebé en sus brazos y los padres de ella en un lado de la habitación, junto a Josep.

Me acerco a ella y le doy un beso. Miro a Gisela, que está dormida, lo saludo a él y a los padres de Ana con un abrazo.

—Felicidades, chicos, ¡es preciosa!

—Mario, siéntate a mi lado—, dice Ana dando un suave golpe con la mano en la cama.

—¿Cómo te encuentras Ana?

—Cansada, pero muy bien. Además a Josep parece que se le va a dar mejor que a mí cuidar del bebé.

—¡Pues estoy agotado! —nos dice Josep riendo.

Miro a Ana y le digo: —Disculpa por presentarme con las manos vacías, pero, tengo a mi madre aquí ingresada y no pude ir a comprar nada para Gisela.

—Mario, ¿qué le ha pasado a tu madre?

—Tiene una infección de orina algo más severa, también le han detectado algo de anemia y los médicos de urgencias me dijeron que era mejor que se quedase unos días ingresada por seguridad, ya que a estas edades a veces se complica todo. Pero por suerte está muy bien, y por cierto, me ha dicho que mañana quiere que la traiga a veros un ratito.

—Claro que puede venir, además, así estará un rato entretenida.

—Manel te manda recuerdos y me dijo que pasaría un rato a veros el fin de semana.

—¿Cómo va todo por el banco? ¿A quién os han enviado de sustitución?

—Pues una chica muy maja, se llama Carmen y para tu tranquilidad es muy eficaz. Tú ahora solo a disfrutar de Gisela.

—Me alegro mucho jefe.

—Bueno familia, me voy a tomar un café y a estirar las piernas un rato. Mañana por la tarde me pasaré con mi madre un ratito.

—Gracias Mario. Y dale un beso a Rosa de mi parte.

—Hasta mañana familia.

—Hasta mañana —dicen los cuatro mientras salgo de la habitación.

Voy a la cafetería, me pido un café para llevar y salgo hacia el Paseo Marítimo. Respiro ese olor a mar que tanto me gusta y aprovecho para enviar un *WhatsApp* a Joan, ya que no se nada de ellos. De paso, preguntar si va a venir al hospital, además quiero hablar con ellos del tema de horarios que tengan para la semana que viene.

Si le dan el alta a mi madre, necesito saber si están disponibles según sus turnos, o bien ir yo a llevarla a casa. Si podemos organizarnos entre todos siempre es mejor.

Cuando vuelvo, al salir del ascensor veo que ya están repartiendo la cena, cruzaremos los dedos esperando que lo que le pongan le guste. Es entrar en la habitación y lo primero que me dice mi madre es:

—¿Has hecho fotos a Gisela? Dime que sí.

—Mmmmm pues no, lo siento mamá, estaba dormida y no lo pensé. Le he comentado a Ana que mañana por la tarde iremos a verlas y te manda un beso grande—. Al momento llega una enfermera.

—¡Mira, ya traen la cena! —comenta mirando a la enfermera que lleva la bandeja con la comida.

Le ayudo a levantarse para que cene sentada en la silla. Al levantar la tapa de la comida, arruga la nariz, mira y no dice nada. Mientras va comiendo vamos conversando un poco.

Cuando veo el reloj son las ocho de la tarde, ahora ya sí que empiezo a inquietarme. Mi madre después de la cena se ha vuelto a la cama y quiere ver la televisión un rato, noto que me mira como diciendo, «¿no te vas?»

Me levanto de la silla, voy al armario donde dejé la americana y le digo a mi madre que me voy. Le recuerdo que mañana por la mañana vendrá Carla y yo por la tarde. Dándole un beso me despido de ella y también de Amalia.

Salgo y me quedo caminando por los alrededores haciendo tiempo. De momento, Anna no ha dicho nada, y este rato en soledad me irá bien antes de verla. Siento una sensación extraña, no se qué es, pero no tengo esa alegría, simplemente nos hemos conocido y esta noche cenamos, no quiero pensar en nada más porque me iría para casa a descansar.

Otro tipo en mi lugar ya estaría pensando en el después de la cena, como tirarle la caña para luego saber si puede acabar la noche con sexo o no. Instintivamente, saco mi cartera y por no llevar no llevo ni un preservativo, ya que si algún día se dio el caso era Juan el que me los daba, siempre venía preparado: preservativos y trayendo a la amiga de sus ligues, la cual me la *encolomaba* me gustase o no. Pero este no es el caso. Y ni pensé en eso, para ser sinceros.

Me vibra el móvil, miro, y es un *WhatsApp* de Anna. Llegará en diez minutos. Dice que estaba buscando aparcamiento y al no encontrar va directa al parking del hospital, con lo cual me dirijo hacia allí de nuevo. Una vez he llegado, me quedo en la puerta de acceso esperándola.

La veo salir del parking. Lleva puesto un vestido negro con flores pequeñas, zapatos altos y una cazadora vaquera corta.

Al verme acelera el paso y me saluda con la mano antes de llegar a mí.

—Hola, Mario —me da un par de besos en la mejilla y dice—, mira que me gusta esta zona, pero es un infierno intentar aparcar, creo que nunca lo he conseguido.

—Si te sirve de consuelo, yo llevo medio sueldo gastado esta semana en el puñetero parking.

—Que putada, casi habría sido más cómodo pagar un taxi desde el banco hasta aquí. Bueno, ¿y dónde podemos cenar?

—Ayer estuve con un amigo cenando por aquí en un lugar muy acogedor y la comida muy buena.

—¡Ah vale! Por mi bien, si a ti no te importa repetir el mismo lugar. ¿Qué clase de comida sirven?

—Pues, cocina mediterránea y unas parrilladas de pescado buenísimas.

—¡Pues no se hable más! Venga, vamos para allá.

Vamos caminando, se para en seco y añade:

—Yo con chaqueta vaquera y tú en traje ¡menos mal que llevo tacones!

—Vine directo desde el trabajo y no fui a casa —la miro levantando un poco los hombros.

—Pues en ese caso dame la corbata y la guardo en el bolso, así será más informal y te liberas un poco de ella, ¿cómo podéis llevar eso al cuello?

—Lo mismo me pregunto yo cuando os veo a vosotras con tacones.

Me quito la corbata, se la doy, ella la guarda en su bolso y nos empezamos a reír.

—Mario, disculpa, no te pregunté por tu madre.

—Se encuentra mucho mejor, si todo va bien quizás el lunes le den el alta, tendrá que pasar revisión con su médico y bueno, estoy buscando la manera de que esté poco tiempo sola, ya que no quiere venir a mi casa y sinceramente no sé cómo hacerlo, es muy testaruda.

—Me alegro que se encuentre mejor. Si es mayor, es normal que te preocupes de que viva sola, seguro que encuentras la manera de solucionarlo.

—Entonces, ¿Carla no te ha comentado nada?

—Nada en absoluto, para que mentir. Veía que estaba muy pendiente del móvil, pero como ya sabía lo que pasaba, no le he comentado nada.

—Entiendo... Mira, ¿ves ese toldo azul? Ahí está el restaurante.

—De lejos se ve chulo, y tiene una bonita terraza.

—Se come muy bien y tú que eres golosa, aunque no vi ensaimadas los postres tenían buena pinta.

—Pues siendo así, comeré menos y me pido dos postres diferentes.

Los dos nos reímos y entramos en el restaurante, pidiendo estar en la terraza. El camarero nos acompaña hasta una mesa en el exterior, y una vez sentamos allí nos trae la carta y pedimos una parrillada de pescado, es la especialidad de la casa y para ir picando mientras, una ración de pulpo a la gallega. Yo quiero pedir algo más, pero Anna dice que mejor no, que debemos guardar sitio en el estómago para los postres.

Se acerca una camarera con la bebida, hemos optamos por un vino blanco y una botella de agua. Si tenemos que conducir lo más sensato es tomar una copa e ir intercalando las bebidas. Ella coge su copa y la alza diciendo *chin chin*, yo cojo la mía y brindamos sin más.

—Mmmm, ¡qué rico y que fresquito está! —cierra los ojos y sonríe—, me encanta.

—Si, este Albariño es un vino muy suave y con la cubitera y el hielo estará muy fresquito.

—Pues yo en casa, cuando tomo vino blanco pongo en el congelador la copa y lo descorcho con las tijeras.

—¿Cómo se descorcha con las tijeras? —la miro levantando una ceja.

—Pues muy fácil Mario: pillo el tetrabrik de la nevera y ¡tijeretazo al canto! ¡Apa descorchado en segundos! Además, una vez abierto ya lo puedo usar para cocinar.

—Eso lo compensa porque pones la copa en el congelador —empezamos a reír los dos.

—Bueno, tengo que decirte que me dejó un poco fuera de lugar la contestación de Carla el otro día. No pensé que lo tomara a mal y más cuando me dijiste que al contárselo hasta hizo alguna broma. Conocernos y que tengamos a ella en común es algo que nadie piensa la verdad, quizás sean celos, pero no se qué pensar.

—Digamos que pensará que se le puede complicar su trabajo, ha trabajado duro y ahora que está fija... Además, estamos todos muy unidos; desde que falta su madre somos una piña, aunque cada uno haga su vida.

—Y quiere mantener el círculo cerrado, por lo que me dices.

—Sinceramente, no sé lo que quiere. Puede ser una opción que no descarto, saben que salgo con mi amigo Juan, que voy a jugar al pádel y poco más.

—¿Cómo se llamaba tu mujer?

—Cristina.

—Y desde que Cristina falta, ¿no has salido con nadie?

—Lo que se dice salir, sinceramente no. Alguna vez si mi amigo Juan ha traído algún ligue, pues trae acompañante y me veo cenando o tomando algo con una persona que ha elegido él; pero bueno, solo eso, no voy buscando tener una relación.

—Es bueno saberlo —lo dice mirando la copa—, pero amigas ¿tampoco quieres tener?

En ese momento nos traen la ración de pulpo y los dos en silencio miramos el plato. Yo no sé si se ha ofendido por el comentario, así que opto por cambiar el tema.

—Por cierto, ahora recuerdo que nos quedó pendiente explicarme lo de tu pelo azul. Creo recordar que me comentaste que era algo largo de explicar.

—No me has contestado a la pregunta anterior.

—Lo de tener amigas, claro que tengo, todo el mundo tiene.

—*Okey* —dice escuetamente, coge la botella de agua y llena las dos copas.

En ese momento traen la parrillada de pescado, nos dejan la bandeja en medio de la mesa y nos ponen a cada uno un plato.

—Madre mía, ¡menuda bandeja! —va mirando que hay en ella y dice—, es muy completa y ponen cantidad.

—Come, pero no te olvides de explicarme lo del pelo, ya tengo curiosidad.

—Lo del pelo, pues fue que hace un año. Estábamos preparando un trabajo para un cliente importante y nos dejamos la piel. Lo teníamos bastante difícil para ser sinceros, ya que era una firma muy exclusiva y con muchas exigencias, además era lo primero que hacíamos para ellos. En cada reunión teníamos una sensación agridulce. Al salir, siempre dudábamos si nos lo acabarían dando, ya que trabajaban para otra agencia y nos miraban con lupa todo.

En resumidas, lo veíamos complicado pero no imposible, y en una reunión de equipo vi que mis chicos se iban desmotivando por todo el esfuerzo que habían hecho, y a mí ni corta ni perezosa me dio por decir: «¡vamos a ir a por todas, somos los mejores! Si conseguimos ese trabajo me pongo el pelo azul un año».

Me miraron con cara de asombro y empezaron a decir que no sería capaz.

Y ¿sabes que les dije? —dejo los cubiertos en el plato, la miro y hago un gesto de negación—. «Nos queda un día para presentarles el proyecto. Vamos a por todas, lo que hemos hecho está genial y lo sabéis, habéis trabajado muy duro y a mí me quedará muy bien el color de pelo azul. Así que haremos los últimos retoques y mañana quiero encima de esta mesa los *dossiers* y el tinte para mi pelo».

Empezaron a reír y me parece que solo por verme con el pelo azul se quedaron hasta sin ir a comer, hicieron una jornada maratoniana ese día y, ¿adivina quien fue a comprar el tinte? Tu queridísima hija.

Por la mañana en la reunión les brillaban los ojos a todos, estaban extasiados y Carla dejó un paquete con el tinte en medio de la sala de juntas y el resto aplaudían. Por la tarde llegó el cliente, presentamos el proyecto y nos dieron el okey, ya que solo faltaba pulir unas cosas que no les acababan de convencer. Por suerte gustaron esos cambios y al final nos lo adjudicaron a nosotros. Una vez ya se realizó el contrato con los términos y plazos acordados, estábamos contentos de conseguir un cliente tan importante.

Fue un trabajo en equipo estupendo y dio sus frutos. Para tu información, quiero decirte que el tinte está en la sala de juntas como recuerdo. Obviamente, tuve que ir a la peluquería para poder tener este color, ya que me tuvieron que hacer una decoloración. Te dejan un tono amarillo pollo y luego te ponen el color —mientras habla, va comiendo, pero poco—. Bueno pues ya conoces la historia de mi pelo.

—Una historia interesante.

Me mira, se toca el pelo y dice susurrando: —a veces se me queda de un verde horrible—. Empezamos a reír y nos servimos una copa más de vino.

Nos hemos acabado toda la parrillada y el pulpo. Anna me mira y me pregunta si pediré postre. Me sugiere que pidamos algo diferente y si no me importa compartir. Le sonrío y le ofrezco la carta de postres que nos han traído y dejo que sea ella quien elija. Mira la lista como una niña pequeña y noto que le cuesta decidirse. Mientras, yo la observo en silencio. A los pocos minutos cierra la hoja con una sonrisa, ya lo tiene decidido.

—Pues, después de tanto mirar, ¿qué te parece si pedimos tarta tres chocolates y un milhojas de crema con frutas?

—Me parece perfecto. Me gustan las dos cosas, pero solo los probaré, ya que no soy mucho de dulce—. Me mira y se pone a aplaudir. La camarera nos toma nota y a los pocos minutos nos traen lo que pedimos.

—Me gusta mucho este lugar —dice mientras se mueve en su silla—, aunque son algo incómodas las sillas para mi gusto.

—Lo harán para que la gente se marche rápido.

—Puede ser. Yo ya hace un rato que me he descalzado para estar más cómoda.

—¿Siempre te descalzas? —miro debajo de la mesa y ella mueve los dedos de los pies y sonríe.

—Solo cuando llevo muchas horas con tacones, suele ser casi siempre. Aunque en el trabajo tengo unas manoletinas y si no tenemos visitas, entonces voy plana.

Los postres tienen una pinta que hasta sin hambre apetecen, pero solo pruebo la tarta de tres chocolates y le ofrezco a Anna para que vaya comiendo también. Veo que me observa y dice:

Mario, mira en dirección a la calle.

—¿Pasa algo fuera?

—Nada, nada. Tú simplemente mira.

Miro tal como me indica, aún sin entender nada. Sigo mirando hacia fuera intentando saber qué es lo que tengo que mirar —Pues ya he mirado—. Ella me mira y sonríe.

—Levanta la cabeza y mira el techo—. Levanto una ceja y la miro sin entender nada de nuevo —¡No me mires así hombre! Es solo que creo veo que eres fotogénico, gajes del oficio.

—¿Me has hecho hacer pequeñas poses? —levanto la ceja de nuevo, mirándola fijamente.

—Pues que sepas que como modelo me servirías —mientras lo dice, me apunta con la cuchara de postre.

—¡Venga ya! —busco con la mirada a la camarera para pedir los cafés, la chica viene, nos pregunta y pedimos un café solo y otro con hielo.

—Mario, hay modelos y actores de todas las edades. Para anuncios nos piden de todo y tenemos mucha variedad para catálogos, desde niños hasta señoras y señores de más de sesenta años.

—¿Qué me vas a ofrecer? ¿Un anuncio de pegamento para dentaduras postizas? —Nos empezamos a reír a carcajada limpia.

—Vamos a ver. Tienes planta y feo no eres.

—Gracias por el cumplido.

—¿Tu hija nunca te ha dicho de hacer una sesión de fotos o un book? El mes pasado necesitábamos un perfil similar al tuyo y no era para dentaduras postizas—me mira riendo.

—Anda, anda, me daría mucha vergüenza. Y mi hija me ve como un viejo cascarrabias.

—Mira, nosotros hacemos fotos y pruebas de cámara. Hay personas muy fotogénicas, pero solo para fotografías. Las pruebas de cámara no quieren decir que seas guapo o feo, sino que en movimiento esa persona guste a la cámara. Son muchos los que no nos son útiles para rodajes; la fisonomía, el andar, la forma de moverse. Muchos factores que no encajan. Otras, en cambio, aún no siendo muy agraciadas... ¡Oye, en la cámara se les da de maravilla!

—Es todo un mundo, pero yo no sé si me veo frente a una cámara haciendo poses o intentando actuar, no sé, no me veo. Además, ¿quién se podría fijar en mí para un anuncio o un catálogo?

—Contarías con una ventaja, la prueba te la haría yo, y si no hacemos nada, nos quedamos con un rato de risas aseguradas para ambas partes, ¡y sería muy divertido!

—Ummm, no lo creo, no me visualizo haciendo eso —me encojo de hombros y le sonrío.

—¡Pues que sepas que eres un pelín soso! Ahí lo dejo.

—Prefiero el cumplido anterior—. Empezamos a reír los dos.

—¡Va venga, anímate! Lo podemos hacer a puerta cerrada y quedará en secreto. Uy, ha sonado algo mal eso de «lo podemos hacer» —se tapa la cara con las manos y me mira pizpireta.

—De momento lo dejamos en un «me lo pensaré».

—Buenoooo, pero te advierto que puedo ser muy pesada.

¡Me estás estresando!

Busco de nuevo a la chica y le hago el gesto que nos traiga la cuenta. La camarera regresa y nos la deja junto con dos tarjetas del restaurante, saco la cartera y cuando ella saca su monedero, insisto que esta vez la invito yo.

Salimos del restaurante y en silencio vamos caminando en dirección al hospital. De pronto Anna se queda parada mirándome.

—Mario, ¿cuánto tiempo hace que falta Cristina?

—Hace tres años—bajo la cabeza y camino despacio.

—Disculpa, quizás no debí preguntar, debe ser muy difícil.

—Tranquila, ya estoy acostumbrado.

—Podemos cambiar de tema si prefieres.

—Mi mujer —respiro hondo y me quedo en silencio unos segundos —falleció de un accidente de coche, iba camino a Girona hacia un seminario, era profesora de yoga. En unas horas nos cambió la vida sin más y me quedé con los chicos en una edad complicada. Doy gracias a la ayuda de mi madre y mis suegros, los tuve ahí para ayudarme en lo que necesitaba.

—Ahora entiendo más el comportamiento de Carla.

—Mi hija es buena nena, algo mimada como Joan, pero cuando algo así pasa, sin querer, o mejor diría queriendo, les consientes más de la cuenta. ¿Tú me dijiste que eras divorciada, si no recuerdo mal?

—Sí, hace seis años que nos divorciamos Luis y yo. Mi vida se quedó mangas por hombros y al poco tiempo fue cuando decidí montar la agencia.

—Sin hijos es algo más fácil una separación. Mi amigo Juan tiene una hija y aunque se lleva bien con su ex, siempre está ahí.

—Nosotros nos llevamos bien. Nuestro fallo fue centrarnos en adoptar un niño y dejar de querernos, toda la energía la utilizamos con el fin de la adopción y sin darnos cuenta fuimos separándonos emocionalmente. Otro día te lo explico si quieres más a fondo.

—Si, porque ya estamos llegando. Me dijiste que tenías el coche en el parking de allí, yo también lo dejé en ese.

—Bueno, pues ya hemos llegado. Muchas gracias por la cena Mario, lo he pasado muy bien.

—Gracias a ti por el ratito de desconexión, esta semana ha sido caótica.

—Si te apetece que otro día que nos veamos, solo tienes que llamarme, o bien si te animas hacer un rato de modelo para mí, estaré encantada de hacerte unas fotos, ¿y quién sabe?

—Estamos en contacto Anna. Quiero comentarte que, en estos momentos, no busco tener ninguna relación, no lo tomes a mal. Simplemente no es el momento, quizás suene algo borde, pero soy muy franco y bueno, no sé qué decir, lo he pasado muy bien y ya iremos viendo.

—Me gusta la gente sincera, así que tranquilo, podemos darnos la oportunidad de ser simplemente amigos, o quedarnos con lo que tenemos, una persona en común: tu hija—. Me sonríe con cara triste y me parte el alma haber sido tan brusco.

—Anna, es simplemente que estoy teniendo una temporada que no me aguanto ni a mí mismo, no te lo sé explicar, quizás fuese eso lo que te quiso comentar mi hija.

—Tranquilo, no le diré a Carla que hoy fuimos a cenar; con el temperamento que tiene no quiero problemas y menos ser causa de riñas familiares. De momento, ¿lo dejamos en un pequeño secreto entre amigos?

—Lo dejamos como un secreto. Decirte que lo he pasado muy bien y te doy las gracias, me puedes llamar cuando quieras y si me animo hacer esas fotos te llamo.

—Si en unos días no dices nada, quizás te llame yo para convencerte —me guiña un ojo y sonríe—, incluso si me lo propongo lo conseguiría, pero no me gusta agobiar a nadie.

—Pues lo dicho, estamos en contacto y gracias de nuevo—. Me acerco a ella y le doy dos besos en las mejillas.

—Gracias a ti. Si necesitas algo, ya sabes donde estoy. Que descanses, es muy tarde y estarás deseando llegar a tu casa.

—Si te soy sincero, la verdad es que sí. Buenas noches, Anna.

El coche lo tenemos en plantas diferentes así que cada uno va hacia la suya y cuando estoy pagando, con el tique en mano, recuerdo que lleva en el bolso mi corbata.

Bajo rápido las escaleras hacia la planta de abajo y la llamo casi gritando ¡Anna! ¡Anna!

Veo que se gira y su expresión es de felicidad, ¡mierda! Quizás piense otra cosa. Mientras me voy acercando y en tono alto le digo: —¡Anna tienes mi corbata en tu bolso!—. La veo rebuscar dentro y se empieza a reír, cuando llego hasta ella, me la entrega y dice:

—Eres igual que Carla de olvidadiza.

—Somos un desastre. De nuevo, muchas gracias.

—Buenas noches, Mario.

—Igualmente Anna.

Ya en el coche voy pensando que fui algo brusco con ella. Sé que yo le gusto, pero no puedo dar pie a que se malinterprete nada, de momento ya se irá viendo.

Cuando llego a casa voy directo a la habitación y me meto en la cama, mañana podré dormir un poco más, ya que Carla estará en el hospital.

CAPÍTULO 14

Cuando me despierto son pasadas las diez de la mañana. No puedo creer que haya dormido tanto, hoy me lo tomaré con calma, estos últimos días han sido agotadores.

Bajo a la cocina a desayunar y cuando miro el móvil veo que hay varios chats en el grupo de familia, empiezo a leerlos. Carla ha puesto que ha llegado a las nueve y que ha ayudado a la abuela a ducharse, no pensaba que llegará pronto y es que dice que ha quedado con unas amigas para ir a comer fuera. Joan ha contestado que después se acercará un rato él solo, ya que Diego tiene turno de tarde hoy. Sigo leyendo.

Joan comenta que hoy descanse yo y que vaya mañana, ya que ellos no podrán ir. Carla escribe que me pase por casa de mi madre a por ropa para cuando le den el alta. También dice que la llame una vez esté allí, así ella me irá diciendo qué quiere que le lleve y donde está todo lo que necesita. Contesto a los *WhatsApps* con un simple okey y que ante cualquier cosa me vayan informando.

Desayuno y me pongo hacer alguna tarea en la casa. Si el lunes viene Rita, el resto que lo haga ella más a fondo.

Abro la nevera y veo que necesito ir a comprar. Miro más o menos lo que puedo necesitar, hago una pequeña lista y tomo la nota que dejó Rita colgada en un imán a la vista. Puso todo lo que necesita que compre, así que añado lo que me ha pedido.

Decido ir a comprar antes de comer porque luego me dará bajón y me veo haciendo la compra por internet. Recuerdo que le comenté a Juan que le diría que tal fue la cena con Anna, miro la hora y sé que aún está en el taller, opto por enviarle un audio rápido, si no me empezará a preguntar hasta el último detalle.

De Mario: Hola, Juanito. Ayer la cena con Anna todo bien, nada importante, bueno de lo que piensas nada. Le dije que no quería una relación en estos momentos, que seguiremos hablando obviamente y que ya se verá. Ah, decirte que ella me hizo una proposición, si me animaba hacer una sesión de fotos y cámara, que podía hacerlo a puerta cerrada. Vamos, que me quiere pescar como modelo, yo aluciné con la propuesta y le dije que ya me lo pensaría. Bueno tío, me voy a comprar que tengo mucha faena, ya hablaremos, un abrazo.

Le doy a enviar y ya lo escuchará cuando pueda.

Salgo con la lista de la compra y las llaves de casa de mi madre. Prefiero hacerlo todo y así después no tendré que salir para nada.

Cuando ya estoy en casa de mi madre llamo a Carla.

—Hola, cariño, ¿qué tal estáis?

—Hola, papá. Pues aquí, pasando la mañana con la abuela. Le ayudé a ducharse, ha desayunado muy bien y en un rato le traen la comida.

—Me alegro mucho cariño, pásame con la abuela para que me diga qué quiere que le lleve de ropa.

—Okey te la paso, un beso papá. Abuela, papá ya está en tu casa —le escucho decir.

—Hola, mi niño bonito, ¿cómo estás?

—Hola, mamá. Estoy bien y como me dijo Carla que te llamara por el tema de la ropa, pues dime qué es lo que quieres que te lleve. Acabo de llegar a tu casa.

—En mi armario hay un vestido azul oscuro, está colgado al lado de una chaqueta blanca fina, ¿estás en el armario?

¡Me estás estresando!

—Sí, espera que miro.

—En la parte izquierda, ¿lo ves?

—Mamá, estoy buscando. ¡Será por vestidos! Madre mía...

—Oye guapo, tener ochenta y cinco años no quiere decir que me tenga que ir dejando, me gusta ir arreglada, además hace tiempo que no me compro nada, ¿lo has encontrado?

—Si, ¿qué más necesitas?

—La chaqueta blanca fina que está justo al lado, tráete esa misma, y también ropa interior, la verás en el primer cajón de mi mesita. ¡Ay que no se me olvide! En la entrada verás que hay una bolsa de tela negra, de esas para llevar al hombro, tráetela para la ropa que tengo sucia, en esa me cabrá todo, ya que no la voy a llevar en una de esas de plástico ¡qué vergüenza!

—Ya está, ¿algo más?

—No mi niño, eso es todo, ¿vendrás mañana verdad? Me ha dicho la niña que hoy te quedas en casa y luego vendrá Joan.

—Si, mañana iré. Hoy quiero ir a comprar y hacer unas cosas.

—Muy bien cielo, nos vemos mañana. Un beso y gracias por ir a casa.

—Otro para ti mamá.

Salgo de casa de mi madre con la bolsa y la ropa que me ha pedido, aprovechando que he aparcado bien, voy al supermercado y así gano algo de tiempo comprando allí.

Cuando estoy dejando la compra en el maletero me acuerdo de que tenía que comprar un regalo para Gisela ¡joder casi lo olvido! Lo cierro de mala gana y pienso donde puedo encontrar algo bonito por aquí.

Camino buscando alguna tienda que me pueda ser útil y no veo nada. Recuerdo que mi madre me dijo que una opción sería comprar pañales, pero no me convence la idea. Sigo caminando y veo una cadena de perfumerías grande muy conocida, quizás allí tengan algo bonito. Cuando entro me atiende una dependienta y pregunto que tienen para un recién nacido.

Me da la opción de hacer un tipo canastilla con productos de higiene, colonia y poner algún biberón y chupete. Me parece una buena idea, ya que son cosas que se usan. Una vez pone en el mostrador lo que ella considera y me da a elegir. Miro y le digo que lo ponga todo, y con ello hace una cesta preciosa.

Voy conduciendo camino a casa y me salta una llamada, veo que es Juan, así que le doy a responder.

—Holaaaaa

—¿Qué pasa *chavalín*? He escuchado el audio, acabo de salir del taller y voy camino a casa.

—Yo también voy en el coche, voy para casa ya, he ido un momento a casa de mi madre por ropa.

—Se te va la cobertura. ¿Cómo se encuentra ella?

—Voy con el manos libres y entrando en el cinturón del litoral, es fácil que se corte. Está muy bien, posiblemente el lunes le den el alta.

—Me alegro mucho. Y cambiando de tema, ¿le has dicho a Anna que no quieres nada con ella?

—Mas o menos, pero seguiremos hablando. Le comenté que no busco ninguna relación, para qué mentir.

—Pero tío, ¿cómo le dices eso? Eso es un hostión en toda la cara.

—¡Juanito tío, no me ralles!

—Y eso de que te quiere hacer unas fotos, ¿rollo modelo?

—Si, me partía de risa, ¿tú me ves a mí haciendo poses?

—A puerta cerrada podrías hacer otras poses, pero como le has dicho que no quieres nada quizás te lo haya comentado para poder verte otro día.

—Podría ser. También me dijo que soy fotogénico y que en la agencia tienen perfiles de todas las edades

—Pues hazte esas fotos, quizás hasta te puedan llamar para rodar un anuncio o una serie, estas cosas nunca se saben.

—Pues como se entere Carla, tengo discusión asegurada.

—Si te dijo a puerta cerrada, a no ser que alguna empresa te solicite no tiene por qué enterarse. ¿Te imaginas que salgas por la tele? Ya veo a los clientes del banco cuando firmen una hipoteca ¿Disculpe es usted el del anuncio ese?

—Estas como una regadera.

—Pues a mi me mola la idea, tienes planta y estás muy bueno para tu edad.

—Ja, ja, ja, que gracioso.

—Valdrías para un anuncio de bífidus activos, parece que tengas siempre metido un palo en el culo tío, ¡desmelénate un poquito hombre! Queda con ella, hazte esas fotos o lo que sea y lleva preservativos, nunca se sabe.

—Pues mira, vengo del supermercado y no compré.

—¡Cómpralos en la farmacia tío rata!

—¡Ya no sé ni donde se compran! —empezamos a reír los dos.

—Bueno te dejo que ya he llegado, vamos hablando tío, y si hay novedades me las cuentas eh.

—Vale *pesao*, un abrazo.

Empiezo a darle vueltas a lo que me ha dicho Juan y quizás no fue muy apropiado decirle a Anna que no quería tener una relación en estos momentos, pero me salió así sin más.

Si a mí me gustase alguien y me sueltan algo así, no me habría gustado posiblemente, pero tengo ese puto vicio de ser tan directo. Y lo del palo en el culo .no es que sea yo la alegría de la huerta, soy algo serio, aunque tampoco soy un antisocial ni creo que esté amargado, ¿o si? He de reconocer que Joan hace poco me lo soltó también.

Estoy en casa guardando la compra y sigo dándole vueltas al temita... ¡*me cago en toooo*!

Voy a la nevera, pillo una cerveza y me siento en el sofá con el móvil en mano. Voy a enviarle un *WhatsApp* a Anna.

De Mario: Hola Anna, le he estado dando vueltas a eso de lo de las fotos y quizás no sea tan mala idea, puede ser divertido.

De Anna: Holaaaaaa—lo acompaña con emoticonos de palmas.

De Mario: Estos días estoy muy liado como ya sabes, pero más adelante podemos mirar de hacer esas fotos.

De Anna: Solo tienes que decirme cuándo te va bien y miramos de quedar. Pero no te demores mucho, no sea que cambies de opinión.

De Mario: ¿Te puedo hacer una pregunta?

De Anna: ¡Dispara!

De Mario: ¿Me consideras una persona seria?

De Anna: Cada uno es como es, ¿por qué lo preguntas?

De Mario: No me has contestado, me has respondido con una pregunta —emoticono cara triste.

De Anna: Un pelín serio para mí si lo eres, es decir, eres pausado, educado, nada espontáneo, pero molas, eres guay —emoticono de guiño de ojo.

De Mario: Vamos, como se dice vulgarmente, que tengo un palo metido en el culo.

De Anna: ¡Que exagerado! —muchos emoticonos de risa.

De Mario: Tú eres simpática, pizpireta, vamos todo lo contrario que yo.

De Anna: Los polos opuestos se atraen...

De Mario: Eso dicen y doy fe de ello. Mi mujer era todo lo contrario de mí —«mierda, creo que acabo de meter la pata», me digo a mi mismo.

De Anna: ¡Ves! Y lo felices que fuisteis.

De Mario: La verdad, sí —suspiro porque parece ser que no

le ha dado importancia—. *Para gustos colores, como se suele decir.*

De Anna: *Pues tú a mí me gustas* —emoticono del mono tapándose la cara.

Me quedo mirando la pantalla y sin saber qué contestar. Ella sigue en línea y yo mirando la pantalla.

De Mario: *Tú también me gustas.*

De Anna: *Me alegra saberlo, independientemente que no quieras mantener una relación* —me pone un emoticono de guiño de ojo.

De Mario: *Una cosa no quita la otra. Si me decido hacer esa sesión de fotos te explico el motivo.*

De Anna: *¿Sesión de fotos y cena?*

De Mario *No es mala idea.*

De Anna: *A la próxima te invito yo, te daré un margen de tiempo, ya que estos días estarás muy liado y yo el próximo finde he quedado con mi amiga para irnos fuera, la chica que estaba conmigo el día del bar.*

De Mario: *Pues divertiros mucho, vamos hablando y vemos como podemos quedar y que nos vaya bien a los dos.*

De Anna: *¡Gracias! Estamos en contacto, un abrazo grande.*

De Mario: *Otro para ti también.*

Dejo el teléfono y me pongo a pensar que mi vida es algo monótona: de casa al trabajo, estar con los chicos de vez en cuando, ver a mi madre y alguna vez a mis suegros. La única vida social que tengo es ver a Juan y jugar al pádel con Andrés.

Por la mañana llego al hospital, cargado con la bolsa de mi madre y la cesta para Ana. Cuando me ve al entrar sonríe y comenta que es muy bonita y está hecha con mucho gusto.

Voy a pedir una silla de ruedas para irnos a maternidad pero me dice que prefiere ir caminando, me susurra que si mañana le dan el alta quiere asegurarse que está bien. Le acerco la bata para que se la ponga y al salir le comento a la enfermera que vamos un rato a ver al bebé, nos sonríe y nos dice que sin problema.

Cuando llegamos a la habitación de Ana, por suerte están solos. Entramos y Ana al vernos se pone muy contenta, Josep enseguida le acerca una silla para que mi madre esté sentada y yo les entrego la cesta.

—Mario que bonito regalo —dice Ana.

—Y muy práctico —comenta Josep—, nos va a ir de maravilla, muchas gracias.

—Nos alegra que os guste —añade mi madre.

Pasamos un buen rato hablando y haciendo fotos a Gisela, mi madre empieza a explicar anécdotas de cuando yo era pequeño y todos nos reímos.

Cuando subimos de nuevo a la habitación, mi madre se sienta en la silla. Dice que no quiere estar en la cama. Aprovecho para hablar con ella aun sabiendo que nos acabaremos enfadando.

—Mamá, he pensado que como no quieres venir para casa…

—Has pensado bien —añade con un tono hostil.

—Mamá…

—Suelta lo que tengas que decir —me mira esperando que hable.

—He pensado, que una opción sería que tengas eso de la tele asistencia. Vienen, hacen una instalación con unos micrófonos en toda la casa y solo tendrías que llevar un tipo collar que le llaman «el botón». Si te pasa cualquier cosa dentro de casa, le das al botón y ellos te llamarían. Creo que alguna vez ya lo habíamos hablado.

—¿Algo más?

—Pues si te parece bien, podríamos hablar con Paqui para que viniese cada día unas horas, te podría cocinar o acompañarte al médico, por ejemplo, independientemente de que ya sé que tienes a tus amigas que te ayudan, pero también son mayores mamá.

—Lo de Paqui me parece bien, contando que ella quiera claro, porque no quiero que venga una extraña a casa. Lo del botón una tarde te vienes y lo miramos con más calma, eso de llevar un collar colgando todo el día no me acaba de convencer.

—Podemos pedir una visita, que nos lo expliquen bien y ante cualquier duda que puedas tener, puedes preguntar.

—Bueno, ya iremos viendo.

—Mañana llegaré temprano y que los médicos me expliquen, comentaron que tendrías que ir haciendo un seguimiento con tu médico de cabecera. Luego si quieres llamamos a Paqui para saber si está disponible más días.

—Muy bien, luego hablamos con ella. Ayer me dijo Carla que alguna tarde podría pasar por casa, está cerca y no le llevaría mucho tiempo, cuando he necesitado algo ha venido enseguida. No te olvides que vive aquí al lado y viene a verme más que Joan.

—Mamá, Joan y Diego viven un poco lejos y sus horarios son complicados, Carla lo tiene más fácil en ese sentido. Y tranquila, que ya sé que son muchas las veces que viene y te ayuda con alguna cosa.

Mañana yo no iré a trabajar, cuando lleguemos a tu casa te ayudo en lo que necesites y miramos qué se ha de comprar y me acerco al supermercado.

—Vale, según la hora que salgamos de aquí ya iremos viendo. Gracias cariño, y no te enfades conmigo.

—No me enfado mamá, pero entiende que ya tienes una edad y que lo normal es que me preocupe. Sé que te vales por ti misma, pero ¿y si un día te caes o te pasa algo? No me lo perdonaría.

—Ven y dame un abrazo, eso es lo que necesito ahora.

Después de comer llamamos a Paqui y nos dice que puede venir unas horas cada día. Eso me alegra, ya que será mucho más fácil si viene diariamente. Pasamos la tarde tranquilos. Diego llama para saber a qué hora tiene que estar Joan para ir si le dan el alta mañana, le digo que no se preocupe, que iré yo. Me pediré fiesta y así podré hablar yo mismo con Paqui. Diego comenta que si necesito algo que les llame, uno u otro podrían ir si necesitamos ayuda.

Por la mañana camino al hospital, llamo a Manel para explicarle que no iré al banco, le comento que le dan el alta a mi madre y me quedo más tranquilo si soy yo quien habla con los médicos, él me dice que no me preocupe, ante cualquier cosa que necesiten ya me llamarán.

Cuando llego, ella ya se ha duchado y ha desayunado. Me pide que le acerque la ropa, pero que no se va a vestir no sea que por algún motivo no le den el alta. Al poco rato llega una doctora con los papeles del alta, me explica que las últimas analíticas salieron bien en referencia a la infección, aunque tiene algo de anemia aún. Me pasa el informe para su médico y las pautas a seguir. Una vez que la doctora se despide, se viste y ponemos todas sus cosas en la bolsa que le llevé.

Cuando llegamos a su casa envío un *WhatsApp* a los chicos para decirles que ya hemos llegado. Una vez que está instalada y tranquila en el sofá, llamo al ambulatorio y pido visita con su médico.

Cuando llega Paqui acordamos horarios los tres. Mi madre está contenta y dice que mañana vendrán unas amigas a verla.

Yo bajo a la farmacia y al supermercado, compro lo que necesita y una vez subo la compra me marcho ya para casa.

El día ha sido agotador y cuando por fin me puedo sentar en el sofá no me apetece ver ninguna serie. En cambio, llevo rato pensando en Anna. Miro el reloj y ya sé que no estará trabajando, no se por qué, pero la llamo por teléfono.

—Holaaaa.

—Holaaaaa, no esperaba tu llamada, ¿todo bien?

—Sí, sí, todo bien. Hoy ya le dieron el alta a mi madre y estoy molido.

—Pues a descansar que ya te toca.

—Me apetecía hablar contigo y te llamé sin más.

—Pues me hace mucha ilusión que me hayas llamado.

—¿Qué tal tu día?

—Muy bien, también un poquito estresante, pero bueno lo normal.

—Estarás deseando irte de fin de semana y desconectar.

—La verdad es que sí, pero solo estamos a lunes, así que no me lo recuerdes que se me hará más largo.

—Yo esta semana creo que me tocará quedarme casi a dormir en la oficina.

—Te invitaría a venir, pero es una salida de chicas, para ponernos al día de nuestras cosas y darnos unas sesiones de spa, tratamientos faciales y corporales, además de algún que otro capricho.

—¿Ir de compras?

—¡Qué va! Comer y beber como si no existiera un mañana y luego ¡a dormir la mona!

—¡Qué peligro tendréis!

—Naaaaaaa solo desconectar de todo.

—Eso es lo importante.

—Mario, estoy pensando si por algún casual me da por llamarte y estoy borracha, tú ni caso ¿eh?

—¿Piensas llamarme? ¿No te ibas para desconectar?

—¡Es broma! —escucho que se ríe a carcajadas.

—Me dejas más tranquilo—, reímos los dos.

—Bueno, pues voy a prepararme algo de cena.

—Gracias por la llamada Mario. Un beso.

—Otro para ti.

Cuando cuelgo el teléfono me digo a mi mismo «¿por qué la he llamado?»

De pronto aparece el *cabroncete* y me dice «¿el que no quería una relación eh? ¡Pues lo estás bordando!». Ay Dios, creo que me estoy metiendo en un lío y a ver como salgo de esta.

Me voy a la cocina a prepararme una ensalada y pensar, bueno, mejor dejar lo de pensar para otro momento, si lo hago acabaré con dolor de cabeza.

Dicen que cuando piensas mucho en alguien es que te gusta. Pues quizás sí que me guste Anna y no sé si será bueno o malo. Me quitaré el palo del culo y me dejaré llevar.

Miro la foto que tengo encima del aparador del salón, estamos Cristina y yo en París. Suspiro hondo, me levanto, tomo la foto y con tristeza digo en un susurro: «Te querré toda mi puñetera vida». Dejo la foto en su lugar y me voy a dormir.

Esta semana está siendo muy intensa. Mucho trabajo acumulado; visitas a casa de mi madre; llamadas de Paqui quejándose de que la pone de los nervios; Carla parece desaparecida del mapa; Rita dejando notas en la nevera diciendo que no he pasado por la tintorería y que tengo la nevera vacía; Joan diciendo que mis suegros no sabían que mi madre estuvo ingresada y que hace mucho tiempo que no voy a verlos. Me siento saturado y me faltan horas para todo.

¡Me estás estresando!

Lo bueno es que ya es jueves, un último pequeño esfuerzo y el fin de semana podré descansar. Nada de visitas, ni de pádel, ni salidas. Vamos, que nada de nada. Me pienso meter en casa, desconectar de todo y no hacer ni lo más mínimo. Hoy de nuevo me quedo a comer en el bar de Toni y adelantar faena, así mañana viernes podré salir a mi hora.

Me vibra el móvil y es un *WhatsApp* de Anna preguntándome como estoy.

De Mario: Hola, pues estoy saturado, vaya semanita que llevo. ¿Tú cómo estás?

De Anna: Pues yo deseando que llegue mañana para irnos de finde, ¿Qué te pasa que estas tan saturado?

De Mario: Pongo un circo y me crecen los enanos. Bueno, entre mi madre, los chicos, el trabajo, se han puesto todos de acuerdo para dejarme sin energías.

De Anna: Necesitas desconexión. Intenta darte un ratito para ti.

De Mario: Eso intento, pero cuando no es una cosa es otra —envío un emoticono de cara triste.

De Anna: Pues vaya, que pena. Se me había ocurrido que si estabas en Barcelona y no habías ido a casa podíamos tomar una cerveza, pero si estás agobiado, lo dejamos para otro día.

De Mario: No puedo ni con mi alma, te agradezco el detalle, pero no sería buena compañía hoy.

De Anna: Tranquilo, lo entiendo.

De Mario: Gracias de todos modos, ya me explicarás a la vuelta que tal las sesiones de spa —lo acompaño con un emoticono de guiño de ojo.

De Anna: ¿No te animas a una cervecita rápida? Te haré desconectar con mi alegre y dicharachera compañía, y tampoco te robaría mucho tiempo.

De Mario: Anna...

De Anna: Tengo un plan genial… Dices que estás saturado, te ofrezco mi hombro de amiga para que despotriques de todo, yo canalizo tu energía y me la quedo; cuando en el finde esté en una sesión de masaje, que quiten mi tensión y la tuya. Que conste que solo te escribí para saber que tal estabas, pero viendo que estás que das pena que menos que una pequeña ayuda.

De Mario: Mirándolo de ese modo, ¿me estás proponiendo que te cuente todas mis mierdas para tu quedarte con ellas y luego sacarlas en una sesión de masaje?

De Anna: Hummmmmm sip. Soy una amiga de la hostia, por un amigo lo que haga falta, ¡así soy yo! Y para que conste, esto no se lo digo a cualquiera, ¿eh?

De Mario: Eres tremenda y me has hecho reír. ¡Venga, me has convencido! Una cerveza rápida y ya otro día te ofreceré yo mi hombro y si quieres, incluso te puedo hacer hasta una clase de yoga.

De Anna: Cuando uno se siente saturado lo mejor es hacer un pequeño paréntesis con una cerveza muy fría.

De Mario: ¿A qué hora entonces? Pon una hora no sea que me quede dormido en el despacho.

De Anna: Yo a las siete ya estaré libre, ven tú para aquí, así no te duermes y tomamos algo cerca de mi casa, estoy a dos manzanas del trabajo.

De Mario: Okey, cuando esté aparcando por la zona te llamo.

De Anna: Perfecto, pues nos vemos en un rato. Por cierto, hay un parking a dos calles de la agencia, allí podrás aparcar.

De Mario: Pues venga, no tardo. Solo una cerveza y me marcho, ¿eh?

De Anna: ¡Que sí hombre! Me haces un resumen de tus agobios y te largas.

Miro el reloj, veo que son las seis de la tarde, acabo un informe y me marcho.

Cuando ya he aparcado llamo a Anna para decirle donde estoy.

—Hola, ya he llegado, estoy en la calle Valencia con Enrique Granados.

—Holaaaa. Mario, si no te importa, he subido a casa a ponerme unas deportivas. Si quieres te paso la dirección y subes un momento y te enseño el piso, es la calle de arriba, estas a unos minutos.

—De acuerdo, pero la cerveza la tomamos al aire libre, he visto un bar con terraza muy chulo y no hay mucha gente.

Anna me pasa su dirección y mientras camino voy pensando que soy débil, siempre me acaban convenciendo y acabo diciendo a todo que sí. Pero bueno, tendré que mejorar en ese aspecto y empezar a decir no a algunas cosas.

Estoy en el portal de su casa, pico al interfono y me abre; voy hacia el ascensor y al salir la veo en el rellano esperándome con la puerta abierta, nos saludamos y nos damos un par de besos en las mejillas.

—Pase usted a mi humilde morada —hace una reverencia para que entre, yo me río de la ocurrencia.

—Si has subido a por unas deportivas, hoy no te descalzarás —nos reímos los dos.

Mientras entro, observo que es una estancia grande y muy bonita, conserva el encanto de los pisos del Eixample, techos altos y ese estilo antiguo que los hace encantadores.

—Bonito jarrón —comento al pasar por el recibidor.

—Más que bonito, es diferente —me mira mientras observo el jarrón.

Me va enseñando la casa y me explica que quiere realizar algunos cambios, pero que un día por otro lo va dejando y no hace nada.

Al llegar al salón quedo perplejo ante la decoración. Un enorme sofá en forma de ele en un tono gris oscuro llama mi atención, en él hay unos cojines grandes negros y blancos, en la pared un par de cuadros abstractos con diversos colores, también hay una mesa auxiliar bastante amplia en color blanco y frente la televisión.

Al otro lado, hay una mesa, decorada con un centro floral y sus sillas. Frente a ella se encuentra un *buffet* alto, en él veo cinco jarrones iguales, son iguales al que tenía expuesto en la entrada, pero estos están todos alineados en forma paralela, me los quedo mirando y le digo:

—Veo que te gusta el modelo de jarrón de la entrada, tienes cinco iguales aquí en el salón.

—Si. Los compro en los chinos. Me gusta tenerlos a mano, para cuando llego muy estresada o cabreada y me dan ataques de ira, tiro uno o dos al suelo y me quedo más ancha que pancha.

Pongo los ojos como platos y me retiro de los jarrones, ella empieza a reír a carcajadas, yo la miro y no sé que decir. Sin querer trago saliva.

—¡Es broma! —dice cogiendo un jarrón y yo me vuelvo a separar un poco más. Se acerca a mi con el jarrón y me lo da para que lo coja.

—Estos jarrones los hace una amiga mía, son artesanales y los cinco que ves en el salón son unos encargos que le he pedido. Todo el que viene a mi casa se enamora de ellos y yo le hago encargos, si te gusta le puedo pedir que te haga uno.

—No gracias. Miro de nuevo el jarrón y se lo devuelvo.

—Vaya cara se te ha quedado cuando te he dicho que era para romperlos, tu cara era un poema —la tía se está partiendo de risa a mi costa.

—Me quedo más tranquilo. Y si ya has acabado, podemos ir bajando a tomar esa cerveza, no sea que sin querer se me rompa alguno y lo tenga que pagar sin haberlo encargado.

Salimos del piso y vamos en dirección al bar que me ha gustado, mientras caminamos le comento que vive en una zona muy céntrica y puede ir caminando hasta su trabajo, o bien tomar un bus y no utilizar el coche, ella simplemente sonríe.

Nos sentamos en la terraza y nos pedimos unas cervezas.

—Bueno Mario, explícame cómo está tu madre. Por cierto, Carla sigue sin decir nada; es más, no se ha pedido días en el trabajo cuando estaba tu madre ingresada, ni horas, ni vacaciones, ni nada.

—Nos hemos organizado bien, el que más ha estado al pie del cañón obviamente he sido yo. Mi madre se encuentra bien, pero nos hace ir a todos locos, con lo fácil que sería que viniera una temporada a mi casa.

—Es normal que quiera estar en su casa. Mi madre es algo más joven que la tuya y el día que diga de llevarla a la mía, se escucharán los gritos hasta en la Sagrada Familia.

—Estos días faltando al trabajo se me ha acumulado todo y estoy haciendo más horas que un reloj, pero bueno, lo normal. Y si cuento además que la chica que cuida a mi madre me llama cada dos por tres, pues todo se me junta. Toda esta semana, a ratos, me he ido escapando a su casa. Quiero que le pongan la tele asistencia, pero a todo le mete pegas, que si no es para tanto, que por qué tienen que tener llaves de su casa, que si la llaman para qué sería; en fin, cosas así que me acaban saturando y a los chicos tampoco puedo pedirles mucho, son jóvenes y van a lo suyo. En verdad me están ayudando bastante.

Carla ya acostumbra a ir a su casa porque están cerca y mi madre se agarra a eso y a que tiene sus amigas y vecinas de toda la vida y no necesita mucho más. Me ha llegado a decir que soy un exagerado, un controlador. Bueno, en resumidas, genio y figura hasta la sepultura, que se dice.

—Pues desde fuera la impresión que me das es que te ves muy solo y no llegas a todo.

—Es lo que tiene ser hijo único. Siento que por más que me esfuerce, no será suficiente. Me aterra pensar que le pueda pasar algo y esté sola.

—¿No tienes padre? —pregunta sin más.

—No. Nunca lo tuve. Mi madre me crió sola, él la abandonó cuando yo tan solo tenía un año.

—Mario, deja de pensar tanto, solo te va a generar angustia y que acabéis discutiendo día sí y día también. Ve poco a poco y sobre la marcha ya irás viendo y haciendo cambios. Por lo que me dijiste el otro día, ella se vale por sí misma, eso es bueno. Y el día que veas que da un pequeño bajón pues ya mirarás como hacerlo. Yo también soy hija única y te entiendo perfectamente. Relájate y ve paso a paso, estás haciendo una montaña de un grano de arena, pero ese es mi punto de vista, tampoco la conozco y que te preocupes es normal.

Y tema trabajo pues oye, prioriza lo más urgente y delega todo lo que puedas hasta ponerte al día, a todos nos pasa eso muchas veces y no llegamos a todo. Yo he llegado a pensar en ponerme un plegatín para dormir en la agencia, pero cuando me doy cuenta tomo medidas y oye, ya se hará. Muchos días me llevo el portátil para trabajar desde casa y me dan las tantas, aunque reconozco que cada vez lo hago menos.

Mientras me está hablando no dejo de mirarla sin decir nada. Ella se da cuenta y me mira, en ese momento me acerco y la beso. Es un beso rápido, pero cálido, no sé por qué lo he hecho, veo que se queda callada mirándome y da un sorbo a su cerveza.

—Gracias por escucharme y espero que esa energía estresante mía no te afecte mucho, ya que has de esperar hasta que te den el masaje para eliminarla.

—Me has besado.

—Sí.

—Eso ha ayudado a reconducir esa energía, creo que se ha canalizado mejor.

—No sé si habrá sido suficiente—. Me acerco de nuevo y la vuelvo a besar, pero más intensamente.

Ella acepta el beso y me mira, no dice nada, se ha quedado pensativa.

—¿Y? —opto por decir.

—Ha sido bonito y muy dulce, no lo esperaba.

—Yo tampoco pensé en besarte y me ha gustado mucho.

—A mí también me ha gustado. Así que brindemos por ello. ¡*Chin chin*!

Empezamos a reír los dos y me comenta a donde irán el fin de semana. Angie es su mejor amiga y de vez en cuando hacen salidas ellas dos solas, aunque tienen un grupo que de tanto en tanto salen todas juntas, pero con Angie es diferente. Ella forma parte de su vida, es como una hermana y a quien le explica sus penas y alegrías y viceversa.

Angie tiene un medio novio que es algo egoísta y este fin de semana lo deja plantado para irse con ella, y lo van a aprovechar al máximo.

Salimos del bar y ella me acompaña hasta el parking. Mientras caminamos seguimos hablando un poco. Yo le cojo de la mano y ella no la rechaza, noto un calor que me invade y me siento cómodo caminando cogidos de la mano.

Cuando llegamos al parking me despido de ella dándole las gracias.

—Anima esa cara, que no me vas a servir de modelo —me dice riendo—, y la sesión de fotos la haremos a la vuelta sí o sí, ¿le queda a usted claro, Don Mario?

—Me queda claro señorita.

—Pues en ese caso, antes de irme, regálame una sonrisa y un abrazo de oso.

Me acerco sonriendo, la abrazo y la beso de nuevo. Ella se separa, me mira y me besa dulcemente.

—Nos vemos a la vuelta, mucho ánimo y deja de pensar. Vive un poquito para ti.

—Nos vemos Anna, diviértete mucho y si te emborrachas tienes permiso para llamarme.

Entro en el parking pensando en Anna, me siento bien y la besé porque quise. Me noto algo más contento y eso me alegra.

Si la semana que viene dispongo de tiempo, pediré una visita con mi terapeuta para explicarle un poco lo que me está pasando, quizás tenga razón ella en que pienso demasiado. Mejor ir haciendo según se den las cosas, otra cosa más a pulir en mí, no se puede controlar todo, ya que muchas de esas cosas no dependen de uno.

Estoy deseando llegar a casa y descansar un poco, me lo tomaré todo de la manera más tranquila e intentando que las circunstancias no me superen. Y con el tema de mi madre, pues ya iré viendo según se encuentre ella, quizás ese miedo de que le pueda pasar algo es lo que me genera esa angustia y que me sienta desbordado.

CAPÍTULO 15

Por fin es viernes, hoy no me quedo ni una hora de más en el trabajo. Antes de ir para casa llamaré a mi madre a ver qué tal está y saber si el lunes la puede acompañar Paqui a la visita médica.

Joan y Diego este fin de semana dijeron que trabajan, Carla se ha ofrecido para ir el sábado a comprar cuatro cosas que pueda necesitar mi madre, así que parece que el finde pinta bien.

Al salir del trabajo me quedo a comer en el bar de Toni, tendré que pedirle vales descuento, ya me sé de memoria los menús diarios de tanto ir. Antes de llegar a casa me paso por la tintorería y aprovecho a comprar cuatro cosas que me comentó Rita que necesitaba. Intentaré no moverme para nada y quedarme en plan oso, hibernar todo lo que pueda.

Cuando entro en casa respiro la paz de estar solo, guardo todo lo que compré y me pongo cómodo para hacer un rato de ejercicio. Hoy usaré la cinta de correr y me pondré música, luego me daré un buen baño en la piscina y me quedaré como nuevo.

Mientras estoy haciendo un poco de cardio en la cinta, me acuerdo de Anna. Ayer me dejé llevar y hoy me siento bien. Si tengo un momento la semana que viene quiero ir a ver a mi terapeuta y explicarle todo lo que me ha pasado, aunque conozco su respuesta. Son muchos los frentes que debo solucionar y me sentiré más cómodo hablando con él.

Miro el reloj y quizás ya hayan llegado al hotel, pero no pienso llamar ni enviar ningún mensaje, si ella quiere o está muy borracha ya dará señales de vida, como me dijo.

De momento tampoco quiero comentar nada con Juan de Anna, seguro que se me planta en casa con una botella de vino y unas cervezas y hasta con palomitas.

Después de un poco de cardio doy unas brazadas en la piscina, esta vez en calzoncillos, no sea que si me ve Andrés se escandalice. Subo a mi habitación, me afeito y me doy una relajante ducha, miro el perfume de Cristina, lo abro y aspiro su olor. Me quedo sentado en la taza del váter con el frasco en la mano y empiezo a llorar.

Sé que lloro porque ayer me sentí feliz con Anna, y por el temor de que mi madre un día falte y eso me haga sentirme más solo. Pero sobre todo lo hago porque me siento mal, simplemente por el hecho de que me guste ella. Me he podido dar cuenta de que me gusta, cosa que me aterra, y más que con mi carácter tan agrio no me haya dado esquinazo. Cierro el bote y lo toco con mucha suavidad mientras digo:

—Nunca dejarás de estar en mi corazón y si lo de Anna llega a algo, cosa que dudo, siempre estarás en mi repisa del baño. Tu esencia jamás morirá, te lo prometo Cristina.

Salgo del baño, me siento en la cama y miro hacia su lado y la imagino riendo. Sé que me diría: *Mario, vive. Hazlo por ti y por mí. Quítate esa corbata y libérate de todo un poco. Eres joven y no puedo estar una eternidad sufriendo por ti aquí arriba.*

En su momento tuvimos varias charlas de lo que queríamos el uno para el otro. Hablábamos también de los niños y de como si alguno de los dos faltase un día, teníamos que ser fuertes y seguir mirando hacia delante; que si alguna vez tuviésemos ganas de llorar, debíamos retirarnos en soledad, darnos esos minutos para luego continuar con más fuerza. Es un trabajo que tengo que hacer por mí y por ella.

He puesto una pizza en el horno y esta noche haré una maratón de series. Empieza a vibrar el móvil muy seguido, miro, son notificaciones de *WhatsApp* y es Anna. Me informa que ya han llegado y que el hotel está genial, me envía fotos hasta del baño. En una de ellas, están las dos posando en el espejo y haciendo *morritos*. Me entra la risa porque parecen quinceañeras, también me dice que la siga en Instagram y me escribe su *nick*, ¡si yo no soy de redes sociales! Y eso me hace pensar que si me hago uno viendo lo que pueda colgar, me reiré bastante.

Le escribo diciendo que es muy bonito el hotel y que disfruten mucho, le mando un saludo para Angie, ya que doy por hecho que le habrá hablado de mí, incluyendo lo del beso.

Saco la pizza del horno y mientras voy comiendo decido abrirme un Instagram, no sé ni que fotos pondré, pero bueno. Veo mucha gente y páginas interesantes. Busco a Anna, le doy a seguir y me pongo a mirar las fotos que tiene puestas, algunas son muy simpáticas y veo que ha colgado la foto con Angie que me ha pasado, parece ser que se puede comentar en ella y si le doy a un corazón, quiere decir que me gusta la publicación. Así que de momento no hago nada, voy mirando por la aplicación, puedo ir siguiendo muchas personas, famosos, amigos, en fin es un mundo todo esto, pero bueno ya iré viendo.

Me preparo un café, me quedo en el sofá y decido darme una maratón de series. Pongo un episodio de *The Blacklist*, luego otro y otro. Como agradezco estar sin hacer nada y poco a poco se me van cerrando los ojos. Cojo el cojín grande y ya no recuerdo más. Me he quedado dormido y me medio despierto porque noto que tengo algo de frío. Miro el reloj y son las cinco de la mañana. Subo las escaleras adormilado y me meto en la cama.

Despierto por la claridad que entra desde la ventana y son casi las diez de la mañana, no me puedo creer que haya dormido tanto. Mientras me doy una ducha, pienso en que me voy a preparar un señor desayuno: huevos, beicon y zumo de naranja. Hoy necesito consistencia, son de esos días que te levantas con antojo de colesterol en vena, y ¡qué coño, un día es un día!

¡Peazo desayuno que me he metido por dios! Me siento con mucha energía y llevo días pensando que tengo que organizar la sala de yoga, entre la cinta de correr y todo lo que he ido metiendo allí está que da pena. Así que me voy directo sin titubeos y empezaré a tirar cosas y reorganizaré el espacio.

Me planto en medio de la sala y no sé por dónde empezar, últimamente lo guardo todo. «A muchos viejos les da el síndrome de Diógenes», me dice mi yo *cabroncete*.

Voy directo a unas estanterías que están llenas de cajas con etiquetas. Muchas de ellas son de Cristina, las miro y voy a abrir una y la vuelvo a dejar en su lugar; «no es el momento», me digo. Hay demasiadas cosas que quiero hacer y si abro una la cagaré de lleno y tengo mucho día por delante.

Me pongo música y comienzo a sacar unas cajas, son de ropa mía que hace mucho tiempo que no uso, empiezo a revisar y busco una bolsa para empezar a separar lo que seguro que no me voy a poner y una vez lo tenga todo en bolsas, un día lo dejaré en la parroquia o en un contenedor de Humana.

También veo una caja con cintas de casete antiguas, directamente la separo para tirarlas. Hoy en día si quieres lo tienes todo por internet.

Sigo sacando cajas, es un no parar, la mitad irá a la basura, demasiadas cosas que ya ni uso, solo ocupan espacio y polvo. También hay algunas que son de los chicos, en su momento dejaron aquí. Las separo y dejo ese lugar para poner la caja de herramientas y cuatro cosas que a veces necesito.

Cambio de sitio la cinta de correr y coloco el banco de abdominales y pesas en una esquina, la alfombra y donde hago yoga lo dejo tal cual está, saco algunas cosas que tenía guardadas de otra caja y al abrirla cuál es mi sorpresa al ver que allí estaban medio escondidas unas cintas de video que grabamos cuando los chicos eran pequeños. En su día las buscaba para mandar a que me las pasasen a CD, ya que al ser de video no las puedo volver a ver, y tampoco darles una copia a los chicos, me daba mucha tristeza que no las pudiéramos volver a ver nunca más, así que las dejo junto la cadena de música y las tendré a mano para llevarlas a alguna tienda especializada.

El día pasa volando cuando uno se pone hacer cosas, reconozco que me ha cundido el día y como estoy animado a organizar, continúo y es un no parar.

Por la mañana hablo con los chicos por *WhatsApp*, me comentan que están bien, también aprovecho y llamo a mi madre, en ese momento está acompañada con unas amigas que han ido a verla y la escucho feliz.

De Anna no se nada, voy a Instagram y veo si ha puesto alguna foto más. Ha colgado una foto del desayuno junto con un comentario que dice: *Esto es vida.*

Sonrío y sigo mirando, hay otra foto de ellas dos en albornoz, otra de anoche con unas copas anchas brindando, parece ser que tomaron unos gin-tonic, no me atrevo a escribirle, ya me lo explicará a su vuelta si quiere, lo está pasando bien y me alegra mucho.

De Juan solo sé que este fin de semana tenía a Martina con él, iba a llevarla de excursión y a montar a caballo, luego le escribiré para ver que tal esta esa pequeña amazona.

Ayer fue un no parar de hacer cosas, y sigo teniendo ganas de reorganizar, pero con menos intensidad, así que después de desayunar subo a mi habitación y empiezo a sacar ropa, cuando me doy cuenta tengo toda la cama llena de camisas, polos, jerséis, y camisetas.

Voy separando ropa, lo que no me voy a poner lo dejo en un lado y lo que sí quiero a otro, tengo demasiada, eso sin incluir los trajes y esa infinidad de corbatas. Me dan ganas de tirar la mitad, pero de momento mejor las guardo, aunque algunas son aburridas las voy usando.

Vaya fin de semana de ermitaño y marujón me estoy dando, si uno se aburre es porque quiere, eso de encontrarme tan activo para cosas así no pasa cada día y prefiero aprovechar hasta que me dé otra venada de estas.

Después de comer estoy tirado en el sofá viendo un documental y vibra el móvil. Miro la pantalla y es Anna quien me llama, descuelgo el teléfono y bajo el volumen del televisor.

—Hola, Anna, ¿qué tal todo?

—Holaaaaa, súper bien, ya hemos llegado. Se ha hecho muy corto.

—Suele pasar, ¿lo habéis pasado bien?

—Lo hemos pasado súper bien, y menudo hotel más bonito, es para repetir sin dudarlo.

Nos han dado unos masajes que lo flipas, hemos comido de maravilla y no hemos parado de cotorrear. ¡Dios mío, casi nos dábamos *hostias* por explicarnos cosas! —lo dice riendo—, bueno lo típico de reunión de chicas, casi ni hemos dormido.

—Sí, vi las fotos por Instagram, muy bonito todo y cuando vi la foto de esas peazo de copas, pensé, cómo se emborrache y me llame he de decir que estaba preparado para esa llamada.

—Solo tomamos un par de copas, lo justo para que no se nos secara la lengua de tanto cotorrear —su tono es alegre mientras me va explicando—, mucho que explicar. ¿Y tú qué has hecho?

—Me he quedado en casa reorganizando cosas y descansando un poco, no he salido ni a por pan.

—Bueno, es lo que querías

—Yesssssss

—¿Has pensado un poquito en mí?

—Dijéramos que algo si, ¿y tú?

—Sí, he pensado en ti y también en el beso, me gustaría poderlo repetir.

—Si te veo y te beso, ¿me podré saltar la sesión de fotos?

—Ummmm creo que no. Beso y fotos es todo un *pack*.

—Es bueno saberlo.

—Primero beso y luego fotos, no sea que después te rajes o te enfades y me quede sin las dos cosas.

—¡Chica lista! Aunque si son cuatro fotos no creo rajarme.

—No serán cuatro fotos, es más, tendrás que traer varios conjuntos de ropa, es decir, algo informal, algún traje, un bañador ya te iré diciendo.

—¿Tendré que llevar una maleta de ropa?

—Si quiero hacer una buena sesión, necesito varias cosas y una de ellas es tener varios estilos, pero tú no te preocupes, será pan comido, ya verás.

—Me está empezando a dar miedo todo esto de las fotos.

—No seas aburrido hombre, lo pasaremos bien, confía en mí.

—Si es por pasar un buen rato, se me ocurren otras cosas.

—Sr Arteaga: Quiero que sepa que voy a hacerle esas fotos, sí o sí, ¿le queda claro?

—Sí señorita, me queda claro—. Reímos los dos.

—Tema fotos zanjado hasta nueva orden.

—No hay más preguntas señoría —le doy un tono de abogado a mi voz.

—Mario, te tengo que dejar, voy a guardar la maleta y preparar cosas para mañana, vamos hablando.

—No te canses mucho y estamos en contacto, un abrazo grande y gracias por la llamada.

—Un beso Mario.

Dejo el teléfono en la mesita y sigo en el sofá, la mayoría de las veces es ella quien toma la iniciativa, eso es algo que tengo que cambiar, mañana seré yo quien le llame. Pienso en la sesión de fotos y me da vergüenza solo pensarlo, aunque reconozco que puede ser divertido.

Necesito poner mi mente en orden, mañana llamaré a mi terapeuta para pedir una visita, eso me ayudará a ver las cosas desde otra perspectiva.

Me he dado cuenta de que pienso demasiado en Anna, nunca me había pasado algo así. Me noto diferente, no sé si es por su carácter o por que me atrae más de lo que creo, es una sensación bonita que hacía mucho tiempo no tenía y empieza a darme un poco de miedo.

Son pasadas las once de la noche cuando me voy a dormir, me acuesto pensando qué quiero hacer con mi vida. Lo que tuve no lo tendré, eso tengo que asumirlo. Cristina se fue y por mucho que quiera no la volveré a tener a mi lado, tengo bonitos recuerdos y unos hijos maravillosos y también una vida por delante. No he buscado nada y se ha puesto en mi camino una persona. Necesito darme una oportunidad y si no sale bien, pues me quedo como estoy.

Me levanto como de costumbre, hago mi ritual diario y mientras desayuno viendo las noticias pienso en invitar a Anna a comer a casa este sábado, esta tarde le llamaré, será una forma de tomar también yo la iniciativa. Salgo de casa contento y con alegría.

Al llegar al trabajo Manel y Carmen me dicen que me ven más guapo. Yo levanto la ceja diciendo que llevo el traje habitual y la corbata de hace tres siglos por lo menos. Ellos ríen, mientras ella me dice: —¡Pues hoy tienes el guapo subido jefe!

—¡Dejar de mirarme y poneros a trabajar!—mientras lo voy diciendo sonrío yo también.

Son las ocho de la tarde cuando decido llamar a Anna.

—Hola, chica de pelo azul.

—Hola, don trajeado.

—¿Qué tal tu día? Seguro que habrás estado más relajada hoy en la agencia gracias a ese spa y masajes.

—Sinceramente duró poco, a las dos horas estaba rígida del estrés.

—Vaya, que pena.

—¿Y tú qué tal?

—Yo muy bien la verdad, he llegado nuevo a la oficina, eso de tirar y reordenar cosas me ha ido genial.

Hoy estuve pensando que si te apetece y quieres, me gustaría invitarte a comer a casa el sábado. Hace buen tiempo y te puedes traer el bañador, no es un spa, pero la piscina está muy bien, tengo unas hamacas muy cómodas para torrarse al sol y comeríamos fresquitos en el porche.

—Pues de momento no tenía planes.

—Pues no los hagas, ya tienes uno, comer conmigo el sábado.

—Vale, llevaré algo de postre y la cámara de fotos.

—¿La cámara de fotos? Ha sonado a trabajo.

—¡Exactamente! Quizás en tu casa podamos hacer algunas fotos que luego yo las pueda utilizar, el resto las haríamos en el estudio otro día.

—Que bonito, yo invitándote a mi casa a que te des un chapuzón y tú quieres aprovechar la ocasión para hacer lo que tenías en mente, ¿no te das por vencida, eh?

—Ummm, no.

Y además, si te soy sincera, es para que te sea más cómodo y no te quedes rígido como un palo, prefiero empezar en tu zona de confort.

—Si continúas, retiro la invitación.

—No sería nada galán por tu parte hacerme eso. Además, en tu casa tienes ropa para hacer cambios, tienes bañador, es exterior y pensándolo bien, no sería mala idea. Luego cuatro fotos de estudio y poco más, ¡no te asustes hombre!

—Parece ser que no tengo escapatoria.

—No. Tú pones la comida y yo la cámara. Y que conste que te sale barato, porque una sesión de estas, para tu información, vale mucha pasta, son varias horas y luego hacer selección, algún retoque.

—Pues entonces tendré que esmerarme con la comida.

—No esperaba menos de ti. ¿A qué hora quieres que vaya?

—Pues si dices que son varias horas casi mejor vente a media mañana.

—Perfecto, el viernes confirmamos.

—Te paso la ubicación por *WhatsApp*.

—Genial, ya verás que es fácil, ¡soy muy buena con la cámara! Lo pasaremos bien.

—Eso espero, pero puede ser que acabes de cabeza en la piscina. En tus manos está.

—Eres un cagaooooo

—Pues mira, quizás te sorprenda y hasta me contrates. ¡Pienso darlo todo!

—¡Menos lobos caperu!

—Bueno rata sabia, vamos hablando, un beso.

—Otro para ti.

Cuando cuelgo el teléfono estoy pensando en lo de la sesión fotográfica. Me voy directo al espejo y me miro en él, al momento me veo haciendo poses y me entra la risa, entonces se me ocurre una cosa. Si ella se ha emperrado en realizar la sesión de fotos, yo le voy a hacer una clase de yoga enterita, a ver hasta donde aguanta.

Voy a la sala de yoga, reviso si quedó bien organizada y

busco otra esterilla y un cojín para ella, lo dejo junto a la mía en la alfombra.

Salgo de la sala riendo y el *cabroncete* va diciendo, «¡el sábado promete macho!».

Y tanto que promete, me digo, pero no seré malo y haremos ejercicios fáciles.

Antes de cenar llamo a mi madre para comentarle que mañana comeré en su casa y estaré un rato con ella.

De allí me pasaré por la consulta de Ferran, mi terapeuta. Cuando le llamé, me dio visita para mañana a las siete de la tarde.

Desde hace un tiempo las visitas son más espaciadas, pero necesito continuar con la terapia. Él considera que mientras no deje ese pasado doloroso y acepte lo que pasó poco puede hacer. El trabajo lo tengo que hacer yo y ver la vida de otra manera, así que mañana le explicaré algo de Anna y de los cambios que quiero realizar en lo laboral.

Me estoy preparando la cena y me vibra el móvil, miro y es Carla.

—Hola, cariño, ¿cómo estás?

—Hola, papá. Muy bien, ¿y tú?

—Bien, mañana por la tarde pasaré por casa de la abuela.

—Yo la llamé ayer y la noté muy animada. Papá, hay algo que te quería comentar. El viernes nos traen un armario que hemos comprado para mi habitación, pero hay que montarlo, ¿podrías venir a casa el sábado y nos ayudas?

—El sábado me es imposible.

—Porfa papá, ven a ayudarnos, Nuria y yo no podremos.

—Carla no puedo de verdad, si quieres voy el domingo.

—Tengo la habitación patas arriba y el domingo lo quiero dejar todo organizado.

—Pues hija, lo siento, pero no puedo.

—Ah... pues nada.

—Habla con tu hermano o con Diego y que os ayuden ellos.

—Papá, Joan es un desastre, tiene menos fuerzas que el pedo de una burra.

—Pues cariño, yo he quedado y no puedo anularlo —«¡Mierda, he metido la pata!», pienso para mi mismo—, el domingo si quieres voy temprano y os ayudo, tampoco será para tanto.

—¿Con quién has quedado?

—Carla...

—Solo he preguntado, perdón por la indiscreción —lo dice con retintín.

—He quedado para comer.

—¡Cuánto secretismo por Dios!

—Carla, he quedado con Anna para pasar el día.

—¿Con mi jefa?

—Si, con tu jefa. ¿Algún problema?

—Pensé que solo os visteis para un café ese día. Por lo visto, parece ser que fue alguno más.

—Carla, no tengo ganas de discutir cariño.

—No, no, tranquilo que no vamos a discutir. Pero no me habías dicho nada, bueno ni ella tampoco.

—Pues parece ser que tampoco le explicaste tú nada a ella de lo de la abuela.

—¡No he faltado al trabajo! ¿Por qué tenía que comentarlo con ella? No le interesa, ¿o sí?

—Dejémoslo Carla, ahórrate ese tonito conmigo. Si quieres voy a ayudarte el domingo, o si prefieres voy con Anna el sábado y somos uno más.

—Déjalo papá, ya nos apañamos nosotras.

—Carla, que ella sea tu jefa no te da derecho a decirme con quien puedo verme o no. Lo considero muy egoísta por tu parte y eso ya lo hablamos la otra vez—omito que fue al despacho de Anna de malas maneras.

—Tranquilo, puedes salir con quien te plazca.

—Pues por el tono diría que es todo lo contrario, si lo sé te miento y acabo antes.

—¡Bueno pues que os divirtáis mucho! ¿Algo más que tenga que saber?

—Sí, viene hacerme una sesión de fotos y posiblemente algún día tenga que ir a la agencia para hacer algunas más.

—Anda mira, ¡que guay! ¿Vas a formar parte de nuestro equipo de modelos?

¡A veces nos piden anuncios de dentaduras postizas!

—Pues mira, quizás si me lo piden lo haga. ¿Formaría entonces parte de vuestro equipo dices?

—Ja.

—Entonces, ¿voy el domingo o no?

—Tranquilo ya me busco la vida, disfruta de tu sábado.

—Que no te quepa la menor duda.

—*Okey* papá, ya hablamos.

—Carla, si el domingo quieres que vaya, iré encantado. Un beso hija.

Carla cuelga el teléfono bastante enfadada y sin despedirse, pero no le voy a permitir esas pataletas, luego bien que se queja de su hermano.

Otro tema que tratar con Ferran en la consulta.

«¡Tú ni caso casanova!». Ya salió el *cabroncete* a dar su opinión.

Me ha quitado hasta las ganas de cenar, pero pensándolo bien, no se lo voy a permitir, ganaría ella y no pienso dejar de hacer cosas por las tonterías de esta niña malcriada. Me pongo a cenar viendo unos capítulos y mañana será otro día.

Me he levantado pensando en el día que me espera, hoy tengo dos gestiones de hipotecas y hasta donde llegue, llegué. No me quedo ni una hora de más.

Cuando llego a casa de mi madre me encuentro que Paqui aún no se ha ido, así que hablo un poco con ella y me dice que mañana la puede acompañar al médico y que me llamará después.

Ayudo a preparar la mesa y convenzo a Paqui que se quede con nosotros a comer. Pasamos un buen rato, mejor dicho, lo paso yo viéndolas discutir como hacen siempre. Mi madre es genio y figura y Paqui por suerte no le hace ni caso.

De allí voy a la consulta de Ferran. No sé si en una hora podré explicar todo lo que me está pasando. Hay veces que salgo de la consulta peor de lo que he entrado, es que el tío me da una caña que me deja *KO*, veremos esta vez que pasa.

Después de una hora de terapia, salgo con ganas de comerme el mundo, me ha ido dando pautas para cada situación. Nota importante, no mezclar conflictos ni crearlos. Hacer lo que me venga en gana sin importar lo que digan mis hijos.

En el tema Anna, me ha aconsejado que me deje llevar. Que me lance sin miedo y si va mal pues es una experiencia más. Si sale bien que lo disfrute, en resumidas que no le dé tantas vueltas a todo. Cambios en el trabajo, de momento, que intente dejarlo aparcado, ya que, según él, lo laboral no es el detonante en estos momentos. Siempre tengo tiempo de pedir esa excedencia o una baja.

De momento me ha dicho que vaya poco a poco, empiece a hacer cambios pequeños e intente dejar el pasado a un lado para poder avanzar. No me ha dicho nada que en el fondo no sepa y que ya hayamos tocado en otras sesiones, pero siempre me hace pensar que hay más opciones que yo no soy capaz de ver.

Él me hace ver las cosas desde otro ángulo, la decisión siempre es mía claro, pero sabiendo cómo enfocar una situación con sus pros y sus contras. Hay una cosa que me ha dejado más tranquilo, me ha comentado que el amor que siento por Cristina, aunque ya no esté con nosotros, debo conservarlo en una cajita pequeña, pero puedo tener más cajitas: las de mis hijos, de mi madre, de mis amigos y hasta de un nuevo amor.

No por querer o enamorarme de otra persona debo que eliminar esa cajita. Esa formó parte de mi vida y la tengo que conservar. No por tener a alguien nuevo, se va a destruir o desaparecer. Eso me hace recordar una canción que escuchaba tiempo atrás y me recordaba mucho a Cristina y mi situación, ahora me viene a la mente una pequeña estrofa.

El tema es de Alejandro Lerner: Cómo vivir después de ti.
Dejaré que el tiempo cure todas las heridas
Y aunque queme por dentro
Sé que voy a renacer
Cuando el cielo llora, nunca nadie le pregunta
¿Dónde duele? ¿Por qué llueve? ¿Por qué deja de llover?
¿Qué es lo que pasa, si todavía estoy vivo, todavía respiro?
¿Cómo entregarme en cada nuevo suspiro después de ti?

Recordando esta pequeña estrofa, me digo a mi mismo que quiero y debo poner de mi parte. Necesito renacer, sentirme vivo y dar un paso hacia delante.

Salgo de la consulta con energía y perdiendo los miedos que según Ferran tengo. Miedo de volver a sufrir, pero la vida es así, puede salir bien o mal y la única forma de saberlo es dejarme llevar.

Me ha hecho la broma el muy puñetero, de que juego con la ventaja que ya sé lo que es vivir en soledad, cosa que otros no y si va bien pues quizás tenga que aprender a convivir con las manías y virtudes de otra persona, aunque eso ya se irá viendo.

Cuando llego a casa al entrar en la cocina veo una nota de Rita en la nevera, voy hacia allí para leerla, será que tengo que comprar algo, pero ya compré lo que me encargó el otro día. La leo y empiezo a reír a carcajadas.

Mario ¿se puede saber cómo coño has hecho la compra esta semana? Te dejé anotado todo lo que necesitaba y has comprado lo que te ha dado la gana, te pedí nata para cocinar y has traído nata para montar, también te pedí limpiador multiusos, el del bote azul y me has traído limpia suelos azul que huele a rayos, te pedí carne para estofar y me has traído carne para empanar, así que tienes un kilo de carne empanada en el congelador solo para freír, y por cierto ¿qué se supone que tengo que hacer con esas bolsas de ropa que están en la sala grande?

El jueves llegaré tarde y pienso hacer de comer arroz a la cubana en vez de paella. Jo- de- te.

¡Uf, pues sí que lo hice mal! Mejor no la llamo, si no empezará a gritar y me dejará hasta sin arroz a la cubana.

Dejo la nota que más bien parece una carta terrorista. Voy al congelador, miro y veo que hay un montón de carne ya empanada. Bueno, lo iré compensando con ensaladas o se lo pongo a los chicos cuando vengan a comer a casa.

Subo a mi habitación a ponerme algo cómodo y me vuelvo a mirar en el espejo, sonrió y me doy cuenta de que por más crema que me ponga, al sonreír esas arrugas no desaparecen, me miro la barba y me gusta cómo la llevo, bien definida y me da un toque interesante, ya no sabría estar sin barba.

Bajo de nuevo a la cocina y como Rita lo dejo todo limpio, no quiero ensuciar nada, así que opto por cenar un bol con fruta y añadiendo un par de yogures.

La semana pasa sin más, por fin hoy ya es viernes, tengo muchas ganas de ver a Anna mañana, hemos ido enviándonos

WhatsApp y algún audio que otro, además ya le envié la ubicación para llegar.

Cuando llego a casa después del trabajo, reviso que esté todo limpio y ordenado, aunque sé que lo está, voy dando vueltas como un animal enjaulado.

Carla no ha dicho nada de que vaya a ayudarlas, parece ser que sigue enfadada o bien que ya tiene quien le monte su armario, así que no me pienso preocupar, si necesita algo ya lo dirá.

Hablo con Anna por teléfono para concretar la hora, me comenta que antes de las once habrá llegado. Primero quiere pasar por la agencia a buscar todo el material que necesite, ayer viernes no quiso llevarse nada y así no tener que lidiar con Carla ante cualquier improperio que pudiera decir. Me ha comentado que aunque toda la semana se ha comportado de lo más normal, ayer ya la notó algo tensa y soltando alguna púa que otra, pero no queriendo entrar en su juego, optó por ni hacerle el menor de los casos.

CAPÍTULO 16

Me despierto, miro el reloj y al momento me siento algo inquieto. Es la primera vez que viene una mujer a casa. Observo el lado de la cama de Cristina y cierro los ojos, me quedo sentado en el borde, recordando las palabras de la última sesión con Ferran.

Ella seguirá en mi corazón, esa cajita siempre irá conmigo, pero tengo que aceptar esa pérdida, solo así podré dar un paso adelante y todo, absolutamente todo, depende de mí. Es un trabajo que debo realizar si deseo tener una vida alegre, dejando atrás la tristeza. Me levanto, abro la ventana para ventilar la habitación y me dirijo al baño a darme una ducha y bajar a desayunar.

Decido que sea un desayuno completo, algo más de lo habitual, ya que no sé a qué hora comeremos. Con el tema de las fotos, esta mujer es imprevisible y prefiero ser prevenido, no sea que comamos tarde.

Voy dando vueltas por la casa revisando que esté todo en orden, subo a mi habitación y veo que no hice la cama, rápidamente la dejo hecha. No puedo parar quieto, miro la hora y no creo que tarde en llegar. Me voy a mirar el móvil y veo que no tengo ningún mensaje de ella.

Salgo al porche y me enciendo un cigarro, al momento veo un coche llegar, me dirijo a la entrada y veo que es ella la que está aparcando.

Salgo a recibirla y me da dos besos en las mejillas, al oído me susurra —No sé si es correcto besarte en la boca, desconozco si tus vecinos son cotillas, mejor ser precavidos—. Sonrío y le ayudo con las bolsas.

—Hay más bolsas en el maletero —me dice en tono burlón.

—¡Dios, has traído un arsenal! ¿Tanto es necesario?

—¡Y lo que me he dejado para que no te asustes! Tranquilo, hoy no lo haremos todo, hay algunas fotos que tienen que ser en el estudio. Toma, es el postre, ponlo en la nevera.

Le digo que pase, y me sigue con las bolsas.

—¡Guau que *peaso* casa!

—Dejamos las bolsas aquí y luego las entramos, primero quiero dejarlo en la nevera y enseñarte la casa.

—Más que enseñarla haremos un tour. ¡Es enorme!

—Venga, exagerada.

—Exagerada dice. ¡Menudo casoplón tienes! —va diciendo mientras entramos.

—Es una casa de dos plantas, muy funcional y como has podido ver al llegar tengo el porche, la piscina y detrás una barbacoa que usamos mucho en verano cuando vienen los chicos. Pasa, mira, este es el comedor o salón, me gusta mucho que las vistas den a la piscina.

—Es muy bonito y acogedor.

—Esta es la cocina, grande con isla y muy bien equipada.

—¡Ostras, con nevera americana!

—No, es una simple nevera y congelador vertical.

—Ah, ¡pues mola mucho!

—Ven que te enseño el baño de aquí abajo.

—Muy bonito.

—Ahora te voy a enseñar una parte de la casa que utilizo mucho, pasa por favor. A esta sala le llamamos la sala de yoga, ya que en su día se hizo para Cristina. Aquí impartía sus clases.

Mantengo parte de ella y como puedes ver hay una zona que la utilizo como gimnasio, además en esta parte de aquí atrás, si te fijas, hay estanterías que están a rebosar de cajas. Muchas son de mis hijos y cosas que van quedando sin usar. Es una sala que es medio gimnasio y medio trastero.

—Es práctica y hace su función.

—Ven, te enseño la parte de arriba.

Mientras subimos veo que se fija en los cuadros que están colgados en la pared de la escalera.

—Esta es la habitación de Joan. Está tal cual, ya que nunca se sabe, al igual que se van, vuelven. Hoy en día mejor dejarlo todo tal cual.

—Muy bonita.

—Y esta es la habitación de Carla, las dos habitaciones como has visto tienen su baño y cuando vivían aquí era lo mejor, porque así cada uno tenía sus cosas y no discutían. Bueno… discutían igual porque si uno cogía el secador o cualquier otra cosa del otro. Eran peleas hasta por un simple champú.

—Muy cuqui la habitación de Carla.

—Ven, que te enseño la mía.

Abro la puerta y al entrar mira y abre los ojos como platos.

—¿Esto es para ti solo? Madre mía. ¡Dios, sí más que un armario parece un vestidor! ¡Es como una suite de un hotel!

—Y aquí mi baño.

—¡Guau, me encanta! Es preciosa Mario, pero veo que es muy distinta al resto de la casa, no sé si me explico. Es como si formase parte de otra casa, como si la hubiesen traído de una exposición hasta aquí. Sinceramente, es muy bonita y grande, pero desentona con el resto, no sé si me sé explicar.

—Sé lo que quieres decir. Esta habitación se redecoró después de que Cristina faltase, mis hijos quisieron que hiciera algún cambio en la casa y opté solo por mi habitación, el resto está igual, es decir, no he tocado nada de como estaba desde que la compramos.

—Ahora comprendo esa diferencia. ¡Pues hiciste buen trabajo! Es preciosa.

—¿Bajamos y te enseño la parte de la piscina?

—¡Pues a ver esa piscina! Traje el bikini, tal y como me dijiste.

Salimos fuera y vamos directos a la piscina, tengo unas tumbonas y una zona *chill out* en el jardín, cuando llegamos se queda sin palabras, lo va mirando todo.

—Mario, ¡es una pasada!

—Mira ven, aquí está la zona de la barbacoa.

—Esta zona me gusta más —comenta riendo.

—Lo suponía, ¿por qué será?

—Sinceramente, es espectacular, me gusta todo.

—Ahora para mi solo hasta demasiado grande.

—Debes tener alguien que te ayude, ¿verdad? Solo con limpiar una casa así da mucho trabajo.

—Tengo una chica que me ayuda con la limpieza y tema piscina me voy defendiendo yo, aunque a veces me ayudan mi vecino o Juan.

—Vamos, que todo el que llega aquí trabaja, ¿me vas a hacer cortar el césped?

—Ya te has traído trabajo, creo recordar.

—¡*Hostias*, es verdad! Venga a por faena —empezamos a reír y vamos hacia la entrada donde dejamos las bolsas que trajo.

—¿Te apetece tomar algo?

—Pues si, una cerveza si tienes.

Entramos en la cocina y saco unas cervezas y una bolsa de patatas fritas. Le comento de sentarnos en el porche.

—Anna, antes de empezar, explícame que quieres hacer. Me dijiste no sé qué de cambios de ropa y no recuerdo qué más.

¡Me estás estresando!

—He pensado realizar varios tipos de fotos y viendo la casa se me ocurren muchos más —me sonríe abriendo mucho los ojos.

—Miedo me das. Venga, explica.

—Hoy nada de traje, eso lo dejamos para fotos de estudio. Me gustaría que hicieras mínimo tres cambios de ropa, también en bañador, teniendo esta piscina y cuando vi la sala de yoga, me gustaría hacerte algunas también allí, tú vas haciendo y yo me encargo de decirte la postura que quiero, en ese momento paras y te saco las fotos, tranquilo que no te voy a estresar, tu confía en mí.

—Pues hablando de yoga... después por la tarde me gustaría que hiciéramos una clase, no soy mal maestro, tú solo déjate llevar.

—Ahí estaba el truco. ¡Eres muy malvado! Disculpa un momento, voy a dejar las bolsas en el coche de nuevo —hace amago de levantarse.

—No señorita, yo cedí a lo de las fotos y desinteresadamente te daré una clase de yoga, no es un mal trato. ¿O sí?

—Vale, está bien... Una cosa por la otra. ¡Trato hecho!

Chocamos los botellines de cerveza en un símbolo de brindis.

Nos tomamos las cervezas y me va diciendo qué quiere que me ponga de ropa. Me pide alguna prenda informal, además que tenga preparado un bañador, también lo que use habitualmente para el yoga y me dice que busque algo de deporte y la pala de pádel.

Mientras subo, buscando lo que creo que le gustará, voy preparando varios modelos y también el bañador.

Me asomo a la ventana y veo que está sacando la cámara, el trípode, unas pantallas blancas y unos objetivos que se podrían sacar fotos hasta de Marte. Le llamo y ella mira hacia arriba, le digo que suba y mire lo que he sacado de ropa. Cuando sube a mi habitación empieza a reír, levanto la ceja mirándola.

—Me has hecho recordar, cuando tenemos una cita y empezamos a sacar ropa porque no sabemos qué ponernos.

—Que graciosa.

Se acerca a mí, se pone de puntillas y me besa. Yo la agarro por la cintura y le señalo el armario.

—Te doy permiso para que seas tú quien elija la ropa que consideres que me quede mejor. Toco su nariz con mi dedo y le devuelvo el beso, me separo y me siento en la cama viendo como abre mi armario.

—¡Dios mío cuanta ropa! Pareces una mujer. Tienes más que yo.

Me tapo la cara y a ella le entra la risa.

Empieza a mirar y va diciendo: quiero alguna camisa de color claro, un par de camisetas sin marca y unos tejanos, ¿pantalones negros tienes? Pero que no sean de traje, algo más informal.

Me levanto de la cama y le ayudo con su búsqueda, guardo lo que no necesita, se puede decir que es casi todo lo que yo elegí, y me hace poner los tejanos y una camiseta color crudo.

—Bajemos el resto de ropa y así no tienes que ir subiendo y bajando cada vez.

—Que considerada —comento con una media sonrisa.

—¡Pues empecemos, la mañana promete!

Una vez lo tiene todo preparado le digo que qué quiere que haga, ella mira la zona *chill out* y me dice que vaya para allí. Camino algo inquieto porque me da un poco de vergüenza.

—Mario, ve al sofá grande, quédate detrás apoyando las manos sobre el respaldo y te inclinas como si no me escuchases y si además me regalas una sonrisa ya sería la *hostia*.

Voy hacia allí, hago lo que me pide y la miro.

—No es necesario que aprietes tanto las manos, ¡se te van a quedar agarrotadas!

—Uffff, esto no va conmigo, creo.

—Mario...

—Vale, vale, me relajo.

—No te muevas —me dice dejando la cámara y viniendo hacia mí. Se pone detrás de mí, hace un gesto que no veo y levanta el brazo en alto.

—¿Se puede saber qué haces?

—¡Quitarte el palo del culo!

Empezamos a reír los dos y ella se vuelve hacia su cámara. Yo la miro y ladeo la cabeza riendo.

Empieza a disparar una y otra foto mientras me va hablando: que si gírate, ahora siéntate mirando hacia casa del vecino, mírate los zapatos, ven hacia mi caminando, y mientras habla escucho el sonido de los disparos de la cámara. Ella va hablando y yo por momentos me veo estresado, me dice que piense en algo alegre, luego algo triste, en el trabajo, y yo solo escucho la cámara sonar cada vez más rápido. Me paro en seco, pongo los brazos en jarras apoyando el peso en una cadera.

—¿Esto va a ser así todo el rato? —pregunto en tono seco.

Ella se va acercando, como si no me hubiera escuchado. Se agacha, luego se separa y sus manos no paran de tocar el objetivo de la cámara, me pongo la mano en la cabeza medio peinándome y cierro los ojos, solo escucho disparos.

—¡Me estás estresando! —bramo enfadado.

—Venga, hacemos una pausa —dice algo resignada.

—Gracias, la necesito —digo en tono conciliador.

—¡Pero si solo llevamos media hora! Ay Dios...

—Es la primera vez para mí. Además, no sé que quieres que haga porque no me has explicado nada, solo das órdenes y yo necesito saber qué es lo que tengo que hacer y así interiorizar o al menos intentarlo, de esta manera me sería más fácil.

—*Okey*, pero vamos a hacer una cosa. Cámbiate, ponte el bañador, yo me solidarizo contigo y me pongo el mío.

Te hago unas fotos en la piscina: en la tumbona, saliendo

del agua, o mejor dicho, tú haz como si yo no estuviese aquí y yo ya improvisaré y así te sentirás más relajado.

Simplemente ponte el bañador y date un baño, una vez tenga las fotos, dejo la cámara y me doy yo también un chapuzón contigo. Que de tanto mirar esta piscina me están dando muchas ganas y mientras hacemos una pausa en el agua, vamos hablando de la sala de yoga y como haces tus ejercicios y yo cómo te las haré.

—Así me gusta más, me parece que será más fácil.

—Pues venga, ya tardas. ¡A enseñar pectorales toca!

Entramos dentro para ponernos los bañadores y me siento algo más relajado.

Cuando salimos con los bañadores nos miramos los dos.

—No está usted nada mal señor Arteaga.

—Usted tampoco señorita Gual.

Después de un rato en la piscina, podría decir que alguna que otra vez, incluso, soy capaz de posar por iniciativa propia y viendo como Anna iba sacando fotos.

Me tumbo en la hamaca y ella deja la cámara encima de una mesita cerca de las tumbonas, me mira y comenta que por el momento hace una pausa, le apetece darse un baño y le está empezando a dar hambre.

Me levanto de la tumbona y juntos nos metemos en la piscina. Miro como se sumerge en el agua y comienza a nadar. La observo disfrutar del momento y me dan ganas de ser yo quien le haga fotos, pero no sé cómo funciona su cámara, así que opto por salir y coger mi móvil. Ella está nadando y no se da cuenta de que he salido. Cuando me ve con el teléfono en la mano empieza a reír.

—¿Vas a hacerme fotos con tu móvil? —comenta pizpireta.

—Pues sí, me apetece ahora ser yo quien te haga fotos y viendo tu cámara no creo saber usarla bien.

—Poco ha durado el baño conjunto.

Dejo el móvil en la mesita junto a su cámara y me tiro de cabeza en la piscina. Voy en su busca y le hago una ahogadilla, ella saca la cabeza y viene a por mí. Yo forcejeo y me empieza a salpicar con el agua. Al momento veo que se ha sumergido para intentar sumergirme. Yo me doy cuenta y abro las piernas y cuando está llegando, me agacho un poco y soy yo quien la agarro y no la suelto.

Forcejeamos y la abrazo fuerte, ella pone sus piernas rodeando mi cintura y sus brazos rodean mi cuello.

Nos miramos y unos fundimos en un beso, luego otro y así estamos un momento, noto que mi entrepierna se despierta, ella se da cuenta y empieza a besarme en el cuello, yo la atraigo a mí con dulzura. Pongo mis manos en su trasero y las aprieto con fuerza, mientras la escucho suspirar hondo y la vuelvo a besar. Siento sus pechos pegados a mí y mi erección crece mucho más.

—Vamos dentro, tenemos más lugares en la casa y muy cómodos— susurro en su oído.

—Me gusta la piscina para la primera vez.

—Mi vecino nos podría ver, o peor, que nos vea su mujer.

—Pues entonces mejor entremos —hace un mohín mirándome algo desanimada.

—Creo recordar que dijiste que tenías hambre.

—Y la tengo, pero en este momento cambiar esto por un plato de comida, no me seduce.

—Pues hice de comer mi especialidad: carne en salsa con patatas.

—¿Y podré mojar mucho pan?

—Todo lo que quieras. Además, hice una ensalada muy completa, el postre lo desconozco —le doy un beso rápido.

—Convénceme algo más.

—De vino tengo un buen rioja y aprovechando que estamos en bañador, puedo ir calentando la carne y mientras, nos tomamos una copa aquí fuera, nos secamos un poco y comemos en el porche. Después del postre sorpresa y el café, podemos hacer una pausa para la digestión, nos tumbamos en el sofá sin prisas y retomamos lo que nos ha quedado pendiente, yo me aseguro que no está fisgoneando mi vecino y hago de buen anfitrión no matándote de hambre.

—Venga, me has convencido.

Salimos del agua y le acercó una toalla. Caminamos hacia el porche, yo entro en la cocina a calentar la carne y llevar dos copas y la botella para afuera. Una vez fuera me siento frente a ella y le sirvo el vino, me mira y me pide un brindis por este buen ratito que tenemos. Brindamos y se ofrece a ir preparando la mesa, una vez todo preparado saco en una bonita bandeja la carne que hice y la ensalada.

—Esta carne tiene una pinta espectacular —comenta mientras olfatea.

—Espero que te guste.

—Pan, quiero pan y te lo has dejado dentro. ¡Pienso rebañar hasta el plato!

—Si comes mucho pan, después no podrás con el postre.

—Tranquilo, tengo buen saque.

—¿Qué has traído de postre?

—Tarta de hojaldre con crema y frutas, espero que te guste.

—Me gusta mucho, gracias.

Mientras comemos la voy observando, come con ganas y casi se ha zampado media barra de pan ella solita, sonrío al verla, le he prestado una camiseta mía que obviamente le queda grande, pero a la vez le da este punto sexi.

—¡Qué rico estaba todo, estoy llenísima!

—Te creo, te has zampado media barra de pan tú solita.

—¡Qué exagerado! Tú también has comido y has rebañado el plato.

—Dame tu plato, que los llevo dentro y traigo el postre.

—Mejor lo comemos dentro y tomamos el café en el sofá.

Sonrío y ella pone morritos, se levanta y juntos recogemos la mesa de fuera.

Pongo la tarta de frutas en la mesita del sofá junto con los cafés y nos sentamos. Corto un trozo grande para ella y uno más pequeño para mí. Comemos la tarta en silencio y le ofrezco un poco más y niega haciendo un pequeño gesto.

—Esta noche creo que no voy a cenar nada, me he puesto morada a comer y me está dando un bajón no sé si dejar para otro día la sesión de fotos que nos ha quedado pendiente.

—Por mí sin problema, tampoco me apetece mucho, si quieres puedes ponerte cómoda, y dejo que te descalces, aunque hoy vas sin tacones —sonríe, se descalza y se hace un ovillo junto a mí.

—Gracias —dice en un susurro.

Le paso el brazo por encima y se acurruca algo más a mí. Me mira y yo la beso, baja la cabeza y lentamente me acaricia el pecho. Respiro hondo y acaricio su pelo muy suavemente, ella mete su mano dentro de mi camiseta y empieza a acariciarme.

Bajo mi mano hasta su espalda y mientras lo hago, con la otra levanto su mentón y la beso sin prisas. Ella responde y nos fundimos en un beso largo, mi mano baja hasta su trasero y noto como mete su mano dentro de mi bañador, empieza muy suavemente a acariciarme y yo creo que voy a explotar.

Quiero contenerme y ver como va fluyendo, pero en este momento me cuesta mucho, ya que ahora mismo, la levantaría y la subiría encima de mí, la desnudaría rápidamente y me la follaría como un animal. Es lo que últimamente he hecho cuando quedaba con Juan y sus amigas, pero esta vez no lo quiero así. Ella parece darse cuenta y me lo pone fácil, se incorpora, se quita mi camiseta y queda en bikini. Me mira y con rapidez me quita la mía, se sienta encima de mí y pasándome los brazos por mi cuello empieza a besarme, yo mientras la beso ya le estoy desabrochando la parte de arriba del bikini. Sus pechos quedan expuestos a mí y los acaricio con fuerza, ella gime y arquea su espalda, paso mi lengua por sus pechos y succiono sus pezones.

Cada vez me noto más duro y ella va buscando mi erección sentada encima de mí. Bajo mis manos y aprieto fuerte tu trasero y luego busco con mi mano la tela del bikini, separo la tela hasta llegar a su sexo, ella da un suspiro y me facilita la entrada, está muy húmeda, introduzco dos dedos dentro de ella y con la otra mano acaricio su clítoris, gime y me devora la boca con pasión, yo me bajo el bañador como puedo.

Mi miembro sale para recibirla y en ese momento ella se levanta, se quita la braga del bikini y tira de mi bañador, lo lanza al suelo y yo me quedo observando, se agacha y me abre un poco las piernas, sigo sentado y ella se inclina hacia mí, me va besando todo el cuerpo bajando lentamente hasta llegar a mi pene, mira y lo toca suavemente y acerca su boca hacia él, pasa su lengua de arriba abajo y con su mano toca mis genitales y yo no creo que pueda aguantar mucho. La imagen es muy erótica, ya que desde mi distancia veo su cara y su lengua jugando conmigo, creo que voy a explotar, así que traigo su cara hacia mí y la separo.

Ella me mira con ganas de continuar, la beso y noto mi sabor en su boca, con delicadeza la tumbo en el sofá y comienzo a besar todo su cuerpo. Noto como la piel se le eriza y eso me hace ir bajando, abro sus piernas y me recreo mirando su sexo, lo acaricio con suavidad y no dejo de mirarlo, me acerco, beso suavemente su pubis y con mi lengua voy formando círculos en su clítoris, está hinchado y sensible a mi lengua.

De pronto me quedo paralizado, ella se da cuenta y me mira y murmurando dice:

—Si quieres paramos, tranquilo.

—No es eso, pero acabo de recordar que no tengo preservativos, lo siento.

—Si es eso, tranquilo, yo tengo. Aunque no pueda tener hijos es siempre más seguro llevarlos.

—En mi caso siempre es Juan quien me da alguno que otro, mi vida sexual es algo esporádica.

—Si te sirve de consuelo, la mía también. Voy al bolso a por uno.

—¿Te he cortado el rollo un poco verdad?

—Tú no te muevas, y no me has cortado nada —se levanta y me da un beso y va hacia su bolso.

—Anna, es la primera vez que hago esto en mi casa.

—Siempre hay una primera vez, pero repito, si quieres lo dejamos

—No quiero dejarlo, necesito tenerte y sentirte.

Una vez llega con el preservativo es ella quien me lo pone dándome caricias y besos, continuamos en el sofá y tras el parón, los dos vamos lentamente recreándonos en el momento.

Esta vez me siento diferente a otras veces que tuve algún polvo esporádico y sin sentido alguno. Me siento bien y quiero disfrutar del momento. Optamos por separar la mesita y nos tumbamos en la alfombra, veo como se levanta y sienta a horcajadas moviéndose y sé que poco podré aguantar, ella cabalga encima de mí y creo que me voy a volver loco de placer, nos movemos más deprisa y cuando me dice que no aguanta más, toco su clítoris y explotamos los dos en un éxtasis de placer.

Nos quedamos abrazados un rato hablando, luego subimos a darnos una ducha, estamos sudados y con olor a sexo.

Cuando bajamos a la cocina me pide un café y nos sentamos de nuevo en el sofá. Ella ve el resto de la tarta y empieza a comer, alegando que no lo puede remediar y que es de merendar. Empezamos los dos a reír a carcajadas.

Empieza a vibrar mi teléfono y veo que es Joan, así que mejor atender la llamada.

—Hola, hijo, ¿qué tal?

—Hola, papá. Te llamo porque voy a matar a tu hija, me tiene de los nervios.

—¿Qué le pasa a Carla?

—Estamos en su casa para ayudarle, al final nos hemos podido escapar, pero no podemos montar el puñetero armario y ha empezado a despotricar que si tu no podías venir que estabas muy ocupado y está con un humor de perros.

—No te preocupes, mañana voy a ayudar. ¿Estaréis vosotros?

—Pues según la hora que vengas.

—¿Cómo es el armario para que no lo podáis montar?

—¡Pues una mierda de armario papá! Y además, no tenemos escalera para aguantar uno de los dos la parte de arriba, ¿te la puedes traer tu mañana?

—Si, ¿algo más que podáis necesitar?

—¡Un bozal para que se calle la niñata esta!

—Bueno, cuando la veas más calmada me decís la hora. Te tengo que dejar Joan, luego hablamos.

—Hasta luego papá y gracias.

Anna me mira y me pregunta si todo va bien, comento lo del armario y se encoge de hombros.

—Pues mañana te toca hacer de manitas por lo que dices, yo casi mejor que me voy a marchar ya.

—Nos quedará pendiente la sesión de fotos de yoga.

—Creo que por hoy fue suficiente, pero si, me gustaría hacerte esas fotos y por cierto decirte que eres muy elástico.

—Pues a ti te quedará pendiente mi clase de yoga, no te vas a escapar y por lo poco que pude ver necesitas elasticidad.

—¡Serás cretino! A una dama no se le dice eso. Que poco tacto Sr. Arteaga.

—Ven aquí y dame un beso —nos besamos y nos abrazamos.

—Gracias por este bonito día, y por las risas.

—Gracias a ti por todo, mañana te explico qué tal ha ido el bricolaje.

Anna va recogiendo sus cosas y yo le ayudo a entrarlas al coche, nos despedimos, pero sin beso, según ella mejor no ser comidilla de mis vecinos, yo sonrío y le guiño un ojo y veo como marcha.

CAPÍTULO 17

Son las diez de la mañana cuando meto en el coche la escalera, cabe justa, pero por suerte la puedo llevar, además también me llevo una caja pequeña de herramientas, mejor ser previsor.

Ayer hablé con los chicos y Joan y Diego podían estar por la mañana, ya que por la tarde estaban los dos en turno en el hotel.

Cuando llego a casa de Carla me abre Nuria la puerta, entro la escalera y ella me ayuda llevando la caja de herramientas.

—Tu hija tiene toda la casa patas arriba por el puñetero armario —dice mientras deja la caja de herramientas encima de la mesa.

—Ya veo.

—Está en su habitación, Joan y Diego están a punto de llegar.

Al momento sale Carla de su habitación y me da dos besos, la noto algo tensa y no sé si es por el armario o porque ayer vi a Anna, así que opto por no decir nada.

—Papá, ¿entramos la escalera a mi habitación?

—Si, así me hago una idea de por qué no pudisteis montarlo ayer vosotros.

—Pesa mucho y Diego no podía solo, Joan es algo inútil y además necesitábamos una escalera para la parte de arriba.

—¿No se podía montar en el suelo y luego levantarlo?

—Yo qué sé. ¡Mira como lo tengo todo!

—¿Qué le pasaba al armario para tener que cambiarlo?

—No cerraba bien las guías y era un puto coñazo cada vez que lo quería abrir.

—Bueno, ¿me preparas un café?

—Yo también quiero uno si hacéis —escuchamos a Nuria decir.

Vamos a la cocina y Carla hace los cafés para los tres, mientras lo estamos tomando suena el interfono de abajo y va Nuria a abrir, son los chicos.

Carla hace un par de cafés más y Joan y Diego entran riendo.

—Papá, ¡qué alegría de verte!

—Hola, chicos.

—Espero que estés de mejor humor que ayer hermanita —comenta Joan mirando a Carla.

—Eres un flojo y me pones de los nervios, y sí, estoy de mejor humor hoy, gracias.

—Pues no lo parece bonita —comenta Joan con algo de sarcasmo.

—Chicos, no empecemos como ayer por favor —ahora es Diego quien comenta.

—Si empezáis como ayer yo me piro y aquí os quedáis —comenta Nuria.

Dejamos los vasos del café en el fregadero y vamos a la habitación a montar el armario. Diego me dice que simplemente si le ayudo le será más fácil, que él se sube a la escalera, ya que ayer vio cómo lo podía montar, solo tengo que ayudar con el tablón de arriba y si he traído la caja de herramientas podemos atornillar mejor con mi destornillador eléctrico.

En poco menos de una hora ya queda montado el puñetero armario.

—¡Apa bonita, ya tienes tu mega armario montado! —comenta Joan en tono provocador.

—Sobre todo gracias a tu ayuda hermanito—. Carla responde algo borde a su hermano.

—Tengo hambre, ¿tienes para hacer unos bocatas? —comenta Diego.

—Si, esta mañana bajé y compré pan —Nuria nos dice a todos.

Diego se ofrece a hacerlos él y vamos todos hacia la cocina.

—A papá mejor se lo haces grande, ayer tuvo que quemar muchas calorías y las tendrá que reponer hoy —comenta Carla.

—Carla, ¿algún problema? ¿Es de eso que te viene el enfado? —la miró fijamente a los ojos.

—Ya estamos de nuevo —interviene Nuria cruzándose de brazos.

—¿Qué me estoy perdiendo? Bueno... ¿qué nos estamos perdiendo Diego y yo?

—Nada hijo, tu hermana que no ve bien que vea a su jefa.

—Uf paso, ya tuve bastante ayer. Entonces ese humor de perros era por eso. Diego, acaba el bocadillo que nos vamos.

Diego no dice nada y nos quedamos al momento todos en silencio. Carla bufa y se cruza de brazos.

—Carla, para tu información, aunque no me gusta decir tacos, te lo voy a dejar muy claro, ¡salgo con quién me sale de los cojones! ¿Entendido? Si eso supone un problema para ti lo siento, no depende de ti, así que no te queda otra que aguantarte.

—¿Y tenías que llevarla a casa?

—¡Es mi casa y la llevo si me da la realísima gana! A ver si ahora voy a tener que pediros permiso hasta para mear. Por cierto, esta semana iré a la agencia hacerme una sesión de fotos, te lo adelanto para que lo asumas y me dejes tranquilo.

—¡Puedes venir a la agencia cuando te salga de las narices! No es mía, es de Anna, yo solo trabajo allí.

—¿Os estáis escuchando? —interviene Joan—. Es patético por parte de los dos, sinceramente, dais pena de verdad.

—Bueno, patético o no, vine a ayudar y no a discutir, así que casi mejor me voy, ¿os dejo la escalera y la caja de herramientas?

—No la necesito, —dice Carla en tono pausado y bajando la cabeza—, solo era para montar el armario, gracias.

Entro en su habitación para llevarme la escalera y las herramientas. Una vez llego a la cocina, me encuentro con un silencio que me mata, pienso mantenerme firme, ya se le pasará el enfado.

—Bueno chicos, me voy para casa, cualquier cosa estamos en contacto —me acerco a todos y les doy un beso de despedida.

Cuando voy camino a casa conduciendo me siento muy enfadado. No somos de discutir de esta manera y pienso que si en vez de Anna fuese otra persona la reacción sería la misma. En el fondo entiendo que pueda hacerles daño, pero si quiero sentirme mejor debo hacer lo que yo crea, ellos hacen su vida y a mí me puede parecer mejor o peor, pero siempre la voy a respetar. Decido poner mi música y dejar de pensar, mientras voy conduciendo, subo el volumen y voy cantando como si se me fuera la vida, eso sí, con las ventanillas subidas. Poco a poco mi humor va mejorando y voy eliminando estrés escuchando y cantando un tema de Txarango: Bendita Vida.

Que todos los problemas
serán aprendizajes.
Quizás verán nacer poemas,
quizás caminos para amar mejor.
Lo que tenga que ser llegará,
Los miedos son muros que saltar.
Cuando te duela el mundo aquí puedes llorar.

¡Bendita la vida! ¡Bendita la vida!
Que la pena se vuelva canción.
Que el dolor siembre flores en el corazón.
¡Bendita la vida! ¡Bendita la vida!
Ya sabemos antes de empezar
que este corazón loco nos va a hacer llorar.

Me siento tan identificado con este tema que lo pongo una y otra vez, la escucharía en bucle horas y horas, cuando me doy cuenta ya estoy entrando en el parking de casa. Y el enfado... lo dejé en el coche.

Cuando llego a casa llamo a Anna por teléfono y pasamos un buen rato hablando. Explico un poco cómo ha ido la mañana con Carla y ella me comenta que no le dé más vueltas, es la primera vez que saben que veo a alguien y quizás es normal ese comportamiento.

Hemos decidido que el mejor día para ir a la agencia será el miércoles, ya que quiero pasar un rato por casa de mi madre y si me quedo en Barcelona, aprovecharé.

Anna comenta que no me preocupe por Carla en el trabajo. Sabe cómo manejar la situación sin darle la importancia que pueda querer darle mi hija, aunque me recalca que una vez ponga un pie por la agencia sea amable con ella. Que comente que quiero hacerme una sesión de fotos y qué mejor lugar que donde trabaja mi hija. Además, hace hincapié que cuando nos veamos sea de una forma profesional, sin más. Si ella quiere comentar algo que lo haga, pero nosotros no, así no se sentirá incómoda a cara de sus compañeros.

Yo le he comentado que un día antes la llamaré para decir que iré. Si ella me llama perfecto, pero si no es así, lo mejor es que la avise del día que iré.

Por la tarde recibo un *WhatsApp* de Joan, me lo envía por privado, abro la aplicación y lo leo.

De Joan: Hola papá. Espero que no estés enfadado por lo de Carla. Yo he estado pensando que quizás sea porque echa de menos a mamá y verte con alguien se le haga raro, además no nos olvidemos que es su jefa. A mí no me parece mal que salgas, conozcas gente y con el tiempo puedas rehacer tu vida, eres joven y te mereces ser feliz. Si ese día llega ten un poquito de paciencia, ya que todos, incluido tú, echamos de menos a mamá y tenemos que aprender a vivir sin ella. Quizás a mí me sea más fácil por el hecho de tener a Diego a mi lado; en cambio Carla no tiene pareja y solo cuenta con un hombro al que llorar que es Nuria, y no creo que sea lo mismo. Papá, yo te apoyo en tus decisiones y quiero que seas feliz igual que lo soy yo, cuenta conmigo y poco a poco Carla también irá cambiando de forma de pensar. Te quiero papá.

Lo leo una y otra vez. Sé que todos tenemos una vida por delante y nos esforzarnos un poco para darnos apoyo. Entiendo que es difícil, pero quiero quitarme ese palo del culo, poner de mi parte para no convertirme en un viejo o abuelo amargado con el tiempo.

Contesto a su *WhatsApp* dando las gracias por su apoyo. Sé que poco a poco dejaremos de enfadarnos por cosas así si todos ponemos de nuestra parte.

Han pasado dos días y no se nada de Carla, mi humor empieza a empeorar y en el trabajo creen que es por el tema de mi madre, yo me limito a decir que voy algo agobiado, pero que no se preocupen que estoy bien.

Con Anna vamos hablando y comenta que Carla está bien en el trabajo, no dice nada y con ella está como siempre. Eso ayuda algo si tengo que optar por llamarla; me gustaría que fuese ella, para ser sinceros. Decido esperar a mañana y si no dice nada la llamaré.

De Juan hace más de una semana que no hablamos, los

videos chorras y subidos de tono que envía eso no cuenta, me tiene el móvil saturado y tengo que ir eliminando algunos.

Sigo sin saber nada de Carla, su silencio empieza a atormentarme y necesito hablar con ella. Miro el reloj y no es mala hora, así que no lo pienso más y opto por llamarla.

—Hola, papá —escucho su voz algo triste.

—Hola, cariño, ¿ya tienes tu habitación acabada?

—Si, por fin está todo en su sitio y el armario ha quedado muy bonito. Quiero cambiar la cortina, pero ya lo miraré el mes que viene.

—Me alegro mucho. Carla, el miércoles iré a la agencia a eso de las fotos y me gustaría poder vernos antes y hablar, no me siento bien con esta situación y hablarlo por teléfono no es lo más adecuado. ¿Qué te parece si comemos o cenamos? Si quieres, claro.

—Yo también he estado pensando y creo que lo mejor sería que lo hablemos.

—Creo que tenemos mucho de qué hablar y no solo por Anna.

—Si —hace un silencio eterno y sigo esperando—. Papá, si quieres podemos quedar a la hora de la comida. Son solo dos horas, pero tendremos tiempo.

—¿Dónde quieres quedar?

—¿Me vienes a buscar al trabajo?

—¿A tu trabajo?

—Si papá, me gustaría mucho. De hecho, nunca has venido a buscarme.

—Pues mañana estaré allí, saldré un poco antes de la oficina.

—Perfecto entonces, yo seré puntual también.

—Te quiero cariño, descansa. Mañana nos vemos.

—Hasta mañana papá, un beso.

Cuando cuelgo la llamada, me siento aliviado, pero a su vez también algo triste al escuchar su voz, ya que en otro momento estaría contenta por los cambios en su habitación.

La mañana pasa volando en el trabajo y no he tenido tiempo de pensar en Carla, solo espero que poder hablar nos ayude a los dos. Necesito saber lo que se siente y explicarle tal y como me encuentro. Esta vez no sirve lo que siempre decimos a los demás cuando nos preguntan y acabamos contestando «estoy bien».

Salgo de la oficina y al llegar he podido encontrar aparcamiento en la zona azul. Me quedo en una esquina de la calle algo retirado de la puerta de su trabajo y le envío un mensaje de que ya he llegado.

Al momento la veo salir con una compañera, me ve y vienen las dos en dirección a mí.

—Hola, papá —me da un beso y mira a su compañera—. Yuli, te presento a mi padre.

—Hola, Yuli, encantado —me acerco y le doy un par de besos.

—Ha venido a buscarme, hoy comemos juntos —comenta con una sonrisa.

—Disfrutar de la comida, nos vemos en un rato —Yuli nos mira y se despide de nosotros.

—Es la primera vez que vienes a buscarme al trabajo —comenta con tristeza.

—Es cierto, tenía que haber venido antes y hemos tenido que discutir para que sea la primera vez, lo siento.

—Sabes, a veces fantaseaba en encontrarte en la puerta algún día, rollo sorpresa.

—Lo siento hija, de haberlo sabido hubiese venido muchas veces. ¿Dónde podemos comer?

—En Enrique Granados, hay un bar de menús muy bueno, está cerca.

—Pues venga, vamos.

Caminamos dirección al bar y ninguno de los dos nombra a Anna. Mientras, me va explicando cómo ha decorado y cambiado cosas de su habitación, aprovechando el cambio de armario. Cuando llegamos al bar nos sentamos en una mesa y ojeamos el menú, nos toman nota y nos traen la bebida.

—Entonces, ¿es mañana cuando vienes a hacer la sesión de fotos? —toma su refresco y da un pequeño sorbo a su bebida.

—Si, mañana quiero ir a ver a la abuela, comeré en su casa y luego vengo para aquí.

—Eso de hacerte fotos, ¿era algo que tenías pensado? No sabía que querías un book, de haberlo sabido lo podríamos haber mirado.

—Sinceramente, nunca me lo planteé, si hubiera sido así te lo habría comentado, créeme.

—¿Entonces?

—Pues Anna me lo propuso sin más y me quiero dejar llevar, es decir, si eso supone pasar un buen rato y divertirme, bienvenido sea, aunque reconozco que de momento, más que diversión me ha generado pánico —sonrío al recordar.

—Anna cuando coge la cámara puede llegar a ser estresante, pero es muy buena y exigente.

—Carla cariño, necesito explicarte cómo me siento y quizás entiendas muchas cosas. También quiero que me expliques cómo estás tú.

—Te escucho papá.

—Desde que falta mamá, todo me es más difícil, hay días que llego a casa y me siento muy solo ahora que vosotros no estáis, incluso me he llegado a plantear venderla. El trabajo cada vez me atrae menos, la corbata me ahoga y necesito cambios. Por eso fue la idea de poner un negocio, simplemente busco que poder hacer que me haga sentir bien porque no lo estoy.

—¿Sigues con las sesiones de Ferran?

—Si. Más esporádicamente que al principio, pero si, voy yendo. Ferran dice que sigo muy anclado al pasado y aunque recordar es bonito, debo poner de mi parte en muchas cosas para poder avanzar y ser consciente que mamá no volverá. Tengo que abrirme a un abanico de gente nueva. Salir, entrar, disfrutar de la vida y sobre todo dejarme llevar ante situaciones nuevas. Salir de mi zona de confort que, según él, es una jaula en la que estoy preso.

Joan el otro día me dijo que estaba amargado. Juan, que parezco un viejo cascarrabias, ¡yo solo quiero ser feliz! Pero me cuesta mucho sin mamá.

—Si te sirve de consuelo, yo cada día la echo de menos. Necesito tantas veces poder explicarle lo que me pasa, o un simple abrazo. y no lo tengo, pero sí a ti y decirte que eres el mejor padre del mundo, pero también necesito a mamá.

—La necesitamos todos cariño —susurro tristemente.

—Sobre el tema de Anna, quiero que sepas que la quiero mucho. Ella ha confiado en mí y soy feliz con mi trabajo. Es una persona muy luchadora, nadie le ha regalado nada. Cuando os conocisteis, y no siendo por mí, te imaginé junto a ella y me descuadró en mi mente: mi padre y mi jefa, así sin más, no me sé explicar papá.

—Carla, yo no he ido buscando a nadie, ha pasado así, sin más. Nunca he querido una relación si te soy sincero, pero ha surgido y es una forma de dar un paso adelante. Ya sea para bien o para mal, podía haber conocido a otra persona y quizás ni os hubierais enterado.

—¿Y si tú le haces daño a ella, o ella a ti? ¡Me sentiría fatal papá! Me importáis los dos.

—Si nos hacemos daño, cosa que de momento es una amistad, ¿cómo decís vosotros? ¿Con derecho a roce?

—¡Papá!

—Pues eso, entonces ya se verá. Igualmente, no veo a Anna puteándote si yo le hago daño, por lo poco que la conozco no la veo así. Tu la conoces más que yo.

—Anna, aunque demuestra mucha fuerza, es débil y es muy fácil hacerle daño, por eso sé que le cuesta tener pareja.

—Cariño, estamos dejando que se enfríe la comida, me he fijado que el camarero está esperando a traer el segundo plato.

—Volviendo a lo de las fotos, para ti será un juego, pero Anna como vea potencial tendrás un problema, ¿lo sabes?

—Un problema, ¿por qué?

—Como encajes en el perfil que pida un cliente, esta envía tus fotos y se queda más ancha que pancha, ten en cuenta eso. Yo te veo solo como padre, pero ella papá... es tremenda, créeme.

—Carla, cariño, deja que me hagan unas bonitas fotos, luego serán para vosotros y además gratis, el otro día me dijo que eso vale una pasta.

—Y no te mintió —me mira y empezamos a reír los dos.

—Ya viene el camarero con el segundo plato —será mejor que comamos y dejemos de hablar—. Acerco el mío vacío para que el chico se lo lleve.

—Entonces, mañana serás modelo de mi jefa por un día.

—Eso parece —sonrío mirándola.

—Papá, ¿puedo pedirle a Anna que nos haga una foto juntos? Aprovechando la ocasión.

—Será un placer. Pero también un secreto, como se entere Joan hará un drama por una foto si él no está.

—Será nuestro secreto, ¡palabrita del niño Jesús! —sonríe mientras empieza a comer.

—Carla, ven a comer mañana a casa de la abuela y juntos venimos para la agencia.

—Vale, luego llamo a la abuela y le comento que iré.

—Carla, todo irá bien, no quiero tener enfados como el del otro día, te prometo que iremos hablando y no es mi intención hacer daño a Anna, ni creo que ella me lo quiera hacer a mí; pero sí que necesito que si nos vemos no te sientas incómoda y no te importe si hoy es Anna u otra, dejemos que la vida fluya sin más y te pido mucha comunicación a partir de ahora, quiero saber cómo te sientes, me tienes para lo que necesites hija.

—Lo sé papá, igualmente te digo yo a ti.

—Carla, ¿has visto qué hora es?

—¡Dios! que solo me quedan quince minutos, pide los cafés, no quiero ni postre.

Una vez salimos del bar le acompaño y esta vez hasta la puerta de su trabajo, me despido de ella con un fuerte abrazo y un par de besos. Ella entra y me guiña un ojo. Me voy feliz para casa y mañana veremos qué tal se nos da a los tres.

CAPÍTULO 18

Anoche hablé con Anna y le expliqué cómo se sentía Carla. Entendió su actitud y le gustó escuchar que la aprecia y la respeta mucho. Ya no vio que era ella el obstáculo, que en el fondo nos quiere a los dos y eso la hizo sentir mejor.

Mi madre está encantada de que vayamos los dos a comer hoy. Me comentó que también estaría Paqui en casa. En el fondo sé que lo hace para así hacerme saber que se encuentra bien atendida.

Salgo del trabajo y cuando llego a casa de mi madre abro la puerta, ya que tengo llaves, y saludo. La primera en venir a recibirme es Paqui y susurrando me dice que se encuentra muy bien, que esté tranquilo. De fondo, escucho a Carla también.

Llego al comedor y están las dos sentadas en el sofá, les doy un beso, me quito la americana y la dejo colocada en el respaldo de una silla.

Nos sentamos a comer los cuatro y pasamos un buen rato. Tanto Carla como yo omitimos el tema de las fotos, porque mi madre me haría un tercer grado.

Cuando acabamos de tomar el café Carla finge que se le ha hecho tarde y comenta que si la puedo acercar al trabajo. Me pongo la americana y ella coge su bolso, al irnos veo que mi madre a escondidas, como si fuese un camello pasando droga, le da dinero. Siempre hace lo mismo, pero esta vez levanto la ceja y le digo muy serio:

—¡Quiero para mí el doble de lo que le acabas de dar a ella o te vienes a vivir a mi casa!

—¿Chantajes a mí? ¡Ja, ni lo sueñes cretino!—. Se acerca y me besa.

—Por probar no perdía nada —le guiño un ojo y le doy un beso.

Paqui viene también a despedirnos y salen las dos al rellano mientras llega el ascensor. Las miro y me voy tranquilo.

Cuando llegamos a su trabajo, vemos que Anna está abriendo la persiana, nos saludamos y Carla comenta:

—Podéis daros un beso, yo vigilo que no os vea nadie.

—Ummm mejor no —responde Anna—, por allí veo que llega Yuli.

Entramos y Anna le comenta a Carla que me enseñe la oficina y las salas, mientras así va preparando unas cosas en el estudio. Al momento van llegando el resto de los empleados y mi hija me presenta a sus compañeros. Es un equipo joven y se respira muy buen ambiente. Empiezan a bromear entre ellos y ella dice que quizás sea yo el próximo fichaje de la agencia, ya que he venido a realizar una sesión. Todos sonríen y una chica morena de pelo corto comenta:

—Pues tu padre tiene porte y es muy elegante, seguro que nos lo quedamos. En la próxima reunión pedimos votos para ficharlo —mira a Carla y le saca la lengua con expresión burlona.

—Si no sale por patas antes, como la jefa empiece a agobiarlo, a mi padre le da un patatús —sonríe en plan perverso.

—¡Serás mala! Lo vas a asustar, pobrecito —ahora es Yuli la que interviene.

Aparece Anna, se planta frente a ellos con los brazos en jarra y comenta:

—¡Chicos, menos cháchara y a trabajar! Me lo llevo al estudio. Venga, venga, a currar que me lo ponéis nervioso.

—Nervioso ya lo ha puesto su hija —canturrea Yuli casi en un susurro.

Anna me mira muy seria y me señala el estudio. Voy caminando como si fuera al matadero.

Cuando entramos en el estudio me quedo alucinado de tantas cosas que hay para realizar las sesiones de fotos, algunas incluso imaginables. También veo un taburete alto y una cámara de video con un trípode.

Anna cierra la puerta y se tira a mis brazos y me besa con pasión.

—Tú tranquilo que esto es pan comido, solo déjate llevar.

—Pues como sea como el otro día en mi casa... la que sale por patas serás tú.

—¡En plazas peores he toreado, forastero!

—Por cierto Anna, que no se me olvide, Carla quiere que nos hagamos una foto los dos juntos.

—¡Pues ya sabes, colabora, pórtate bien y os hago varias!

—¡Uy, que carácter!

Ha pasado una hora y estoy de los nervios: que si mira para arriba, ahora siéntate y cruza la pierna. Camina y cuando yo te diga, te giras y me miras. Quítate la americana y colócatela hacia atrás, por encima del hombro, perfecto, así, no te muevas. Lo peor sin duda ha sido ponerme frente la cámara y hablar, eso no lo he llevado nada bien. Parece ser que Anna está un poco desesperada conmigo, porque me ha pedido salir un momento y me ha dejado solo en la sala. De fondo creo escucharla refunfuñar llamando a Carla. No escucho del todo lo que le dice, pero algo de la conversación he podido escuchar.

—¡Tu padre tiene un palo metido en el culo! Madre mía, menuda tarde me está dando, no hay manera que se relaje, y eso que le he amenazado, diciendo que os quedáis sin la foto juntos.

—Está muy tenso, ¿verdad? —escucho a Carla decir.

—Tenso es poco Carla ¡No sé qué hacer ya con este hombre!

—Deja, yo me encargo, ¿puedo?

—Todo tuyo bonita, a ver si contigo se relaja más—. Me separo de la puerta y entra Carla.

—Hola, papá. Tienes en el móvil música, ¿verdad?

—Si claro, ¿por qué?

—Pues, ¿te importaría poner Txarango?

—No pillo por donde vas.

—Tú hazme caso, vamos a hacernos unas fotos con música y bailando.

—¿Lo dices en serio? —pregunto levantando una ceja.

—Papá, confía en mí.

Hago lo que me pide y acercando un altavoz para conectar el móvil, me invita a bailar. Anna se queda atónita y empieza a tirar fotos sin parar. Yo no me doy cuenta hasta el tercer tema. Carla ha parado la música y posamos tal y como ella quiere. Una vez hemos acabado, mi hija se le acerca y escucho susurrarle algo al oído:

—Ya lo tienes relajado y contento, ahora es todo tuyo.

—¡Si no lo veo no me lo creo! Me has dejado anonadada —su cara es de sorpresa.

—Pues aprovecha que estoy que me salgo—. La miro y le guiño un ojo.

Pasada media hora y viendo que no deja la cámara de fotos, me cruzo de brazos. Ella me mira y dice:

—¡Ni de coña paramos! Continuamos un ratito más, ahora estoy disfrutando yo. Tú ya has disfrutado bailando hace un rato —empezamos a reír, me acerco a ella y la beso muy dulcemente.

—Lo dejamos ya —mi tono es imperativo—. Te recuerdo que ya solo nos quedan las fotos haciendo yoga.

—Tienes razón, por hoy es suficiente —tira de mi corbata, me acerco a ella y me besa—. Pero ahora cuando salgamos, le pido seriedad ante mis chicos Sr. Arteaga, si no, no me respetarán.

—No se preocupe señorita Gual —salimos del estudio y me dirijo a la mesa de Carla para despedirme de ella y de todo el equipo.

Conocer donde trabaja mi hija me ha gustado. Cuando entré y Anna le dijo a Carla que me enseñase la agencia, lo primero que vi fue un mostrador para recibir a los clientes, una sala de espera con televisión y muchas revistas. El lugar en el que se encuentra ella junto a sus compañeros, es acogedor.

Las mesas forman una especie de isla, como lo llama ella. Me explica que de esta forma tienen más comunicación entre ellos.

El despacho de Anna no es muy grande, aunque sí muy acogedor. La sala de juntas podría estar mejor, pero hace su función, y al final está el estudio. Reconozco que me ha sorprendido saber las cosas que hay para realizar fotos y que jamás hubiera imaginado. También me enseñó el *office*, donde tienen de todo: nevera, cafetera, microondas, y lo que más me gustó es la enorme cesta llena de fruta en medio de la mesa.

Carla me comentó que Anna la manda pedir a una empresa. Cada semana les llega una y todos ellos cuando quieren, puede ir y comer lo que quiera. Ese detalle me ha gustado, se ve que le gusta cuidar de sus empleados. Me dirijo a casa con una sensación diferente, una experiencia algo rara para mí, pero bonita a su vez.

Cuando he acabo de cenar y ya con el café, viendo un rato la televisión recibo un *WhatsApp* de Carla diciéndome que caí muy bien a sus compañeros, sobre todo al género femenino, le han comentado que no parecía su padre y que estaba de muy buen ver.

Parece ser que tengo el guapo subido. Sinceramente, he de reconocer que no me puedo quejar para mi edad, me mantengo en forma e intento cuidarme lo máximo posible.

Tengo incluso ganas de hacerme esas fotos en la sala de yoga, y sobre todo, que Anna pueda realizar conmigo algún ejercicio, eso será divertido, no seré malo y le enseñaré lo más fácil.

Pensando en el tema de las fotos, apago la televisión, subo a mi habitación para acostarme, se empieza a notar el cansancio de esta tarde, observo el libro que tengo en la mesita de noche y decido no leer, estoy muy cansado. Ojalá pueda dormir del tirón.

Me despierto con la alarma del móvil, no recuerdo que parase el despertador. Me siento en la cama y miro hacia el lado de Cristina, sonrío porque me siento en paz. Poder hablar con Carla me hizo bien, creo que mejorará todo un poco por parte de los dos en relación con Anna.

Cuando entro en el baño, me observo en el espejo recordando los comentarios de los compañeros de Carla. Miro mis brazos, mi abdomen y me acerco más para mirarme mejor la cara y haciendo alguna mueca y fijarme si se me acentúan las arrugas o las patas de gallo. Algunas tengo para mi edad, de ahí la constancia en ponerme mis cremas.

Recuerdo que Cristina comentaba que usaba más cremas que ella. Reconozco que para ser un hombre tengo muchos potingues. Soy de los que dicen que hay que cuidarse por dentro y por fuera. Miro el perfume y al abrirlo aspiro su olor. Me quedo unos minutos con los ojos cerrados; una vez los abro, cierro el frasco y lo coloco de nuevo en su lugar.

Realizo mi ritual matutino y luego me dirijo hasta el trabajo. Paro un momento a tomar café en el bar de Toni y charlamos un rato.

Cuando entro a la oficina saludo a Carmen y al ir a mi despacho veo que Manel está hablando por teléfono desde su móvil. Su tono es bastante seco y parece que no está de buen humor. Dejo el maletín encima de la mesa y salgo para que continúe su conversación, mientras comento con Carmen unas gestiones que tiene pendientes de mi firma.

Pasados unos minutos veo salir a Manel de mi despacho. Me mira pero no dice nada. Toma asiento en su escritorio y continúa con su trabajo.

A media mañana salgo a desayunar y aprovecho para hablar con Anna unos minutos. Me ha comentado que este fin de semana le gustaría poder acabar el resto de las fotos, pero quizás no pueda. Me ha explicado brevemente que anoche le llamó su amiga Angie llorando y hoy comían juntas para charlar un rato.

Por lo poco que me ha comentado, su amiga ha roto con su chico y quizás el fin de semana lo pase con ella. Según cómo la vea hoy y se encuentre de ánimos hará una cosa u otra. Por la tarde cuando esté en casa le llamaré y si no viene, hablaré con Juan para quedar y ponerlo al corriente de todo lo que me ha pasado estos días.

Cuando llego de vuelta a la oficina voy directo a mi despacho. Me fijo que el cliente que está atendiendo Manel se levanta para irse. Él se despide del señor y entra para comentarme que va a desayunar. Aprovechando el momento le pregunto:

—¿Va todo bien Manel?

—Sí, todo bien —responde secamente.

—Haces mala cara.

—Tranquilo Mario, no es nada que no se pueda solucionar.

—Si te puedo ayudar en algo ya sabes, aquí me tienes para lo que necesites.

—Problemas familiares Mario, pero nada preocupante, muchas gracias y disculpa por usar tu despacho esta mañana.

—¿Estas tonto o qué? Sabes que puedes usarlo cuando lo necesites, anda, ve a desayunar y a despejarte un poco.

—Si, lo sé, me voy a desayunar que tengo hambre —comenta mientras cierra la puerta.

Lo miro marchar y pienso que este hombre no pierde el apetito por más problemas que tenga.

Cuando llego a casa me cambio de ropa y voy directo a la nevera. Hoy venía Rita y quiero ver si tengo algún táper con comida, ojalá sea así y no me tenga que preparar nada. La abro y hay un táper grande lleno de macarrones. Es tal mi alegría, que mientras los voy poniendo en el plato voy medio bailando llevándolo hacia el microondas. Esta mujer vale millones, con ella mi vida es más fácil, pido a Dios tenerla muchos años a mi lado.

Después de comer y ya con el café en mano me pongo un documental. No sé con qué fin, ya que siempre me quedo dormido en el sofá. Entrada la tarde escucho el sonido del móvil al vibrar y veo que es Anna quien me llama, descuelgo y le saludo.

—Hola, guapísima, ¿qué tal todo?

—*Hello* —comenta pizpireta.

—¿Qué tal fue la comida con Angie? ¿Cómo se encuentra?

—Bueno… mal, lo que se dice mal, no estaba. Como dice ella, era: «crónica de una muerte anunciada». Pero la vi afectada y aunque duela, creo que es lo mejor que podía hacer.

—Pues dedícale el fin de semana y así se distrae un poco.

—Si, creo que eso haré, aunque me ha dicho que te quiere conocer. Bueno, ya me entiendes, porque conoceros, os conocéis del día del bar.

—¡Cierto, rata sabia! —comento en tono burlón.

—Igual que de vista, yo conozco a tu amigo Juan.

—Anna, estoy pensando que podría ser buena idea quedar los cuatro, ir a tomar algo. O bien podría organizar una cena aquí en mi casa, ¿qué te parece?

—No es mala idea, pero no se yo si le apetecerá ir, quizás

solo quiera desahogarse un poco. Más adelante no lo descarto, aunque déjame preguntarle.

—Yo había pensado quedar con Juan este fin de semana, al comentar tú de estar con Angie. Por eso se me ha ocurrido la idea.

—Por mi sería genial, luego le escribiré a ver qué le parece, pero no te hagas ilusiones. Nosotros, si quieres, podemos vernos entre semana un ratito. Mario, te cuelgo que tengo una llamada y me da a mi que es Angie, un beso.

No me ha dado tiempo a despedirme porque ha colgado rápido. Bueno, ya me irá informando. Voy a aprovechar para hablar con Juan un rato y saber si le va bien vernos este fin de semana.

Después de casi una hora hablando con Juan, que me ha exigido que le explicase todo, pero todo, hemos quedado en vernos el domingo por la mañana y pasar el día en mi casa. Para comer, haremos un poco de carne a la brasa y así poder disfrutar de la piscina y las tumbonas y no cocinar. Por fin cuelgo el teléfono algo agotado.

Mira que le gustan los cotilleos al tío, es tremendo, muchas veces me recuerda a mi madre con tanta pregunta. Según tengo el día, acabo con monosílabos o adornando el contenido. Ya me veo el domingo, volviendo a explicar lo mismo que hoy y sometido a un tercer grado.

Después de cenar me pongo a ver la tele un rato y empieza a vibrar el móvil una y otra vez, miro y es Anna que me ha enviado unos *WhatsApps*, como no me apetece estar escribiendo decido llamarla.

—Hola, guapa.

—*¡Holaaa!*

—Prefiero hablar a escribir —comento risueño.

—¡Genial!

—Entonces, por lo que me has escrito, mañana ves a Angie y el sábado puedes venir a mi casa.

—Si, saldremos a cenar y tomar unas copas. Además, me ha exigido que no anule lo nuestro de las fotos y menos por ella.

—Anna, no se te escucha bien.

—Es que tengo puesto el manos libres, estoy cenando.

—Pues hablamos en otro momento, te dejo cenar.

—No, no, es una forma de no cenar sola. ¿Me escuchas mejor ahora?

—No mucho más, pero bueno. ¿Qué estás cenando?

—Ummm pues, me hice un bocadillo de beicon con queso, no me apetecía liarme a cocinar mucho.

—Que rico.

—Sí que lo está, además el pan lo puse calentito y chafado. ¡Está que te cagas de rico! —se le escucha hablando con la boca llena, o eso me parece.

—Yo cené algo más ligero, una ensalada y una tortilla.

—Que cena más aburrida, prefiero mi bocata.

—¡Buen provecho campeona! Y explícame entonces qué hacemos el sábado.

—Pues si quieres podemos quedar como el otro día, a media mañana, y tranquilo que al ser las últimas fotos no te voy a agobiar mucho.

—Eso espero, si no lo pagarás caro con la clase de yoga que te haga.

—Que rencoroso eres —empezamos a reír los dos.

—¿Le has comentado a Angie de quedar los cuatro? Juan vendrá el domingo a pasar el día, ahí lo dejo. Coméntalo el viernes con ella, haremos carne a la brasa.

—¡Hala, como mola! ¿Con alioli?

—Yesss.

—¡Yo quiero también!

—Pues mañana intenta convencer a Angie. Bueno solo si la ves bien, claro.

—Por una barbacoa puedo ser muy pesada, y si además es con alioli y pan tostado… Uffff, se me está haciendo la boca agua.

—Venga, acaba de cenar y vamos hablando, que entre lo del alioli y el bocadillo de beicon que te estás zampando, estoy por ir a la cocina y prepararme cena de nuevo.

—Pues yo de ti lo haría. ¡Date un homenaje hombre! Se puede cenar dos veces, lo dice mi protocolo.

—Ah, siendo así, —hago una pausa y añado—. Me quedo más tranquilo si decido hacerme una doble cena.

—Bueno *chiquet*, te dejo, que me voy a preparar un café con *muuusso* hielo.

—Un beso y vamos hablando.

—Otro para ti, mañana hablamos.

Me despierto pensando que por fin ya es viernes. Vaya semanita que he tenido. Mañana haremos esas últimas fotos, y he que reconocer que tengo ganas de ver el resultado final, ya que es algo que nunca hice. Si tienes alguna foto que medianamente quedas bien, la guardas como oro en paño, pero que un profesional con su cámara, te saque fotos..., eso ya son palabras mayores.

Esta tarde buscaré ropa cómoda para mañana. Algo que sea presentable y no de pordiosero como dice mi hijo. Creo recordar que tengo unos pantalones negros tipo chándal con cordón y quedan ajustados a los tobillos, esos me podrían quedar bien para la sesión, si los acompaño con una camiseta blanca de manga corta que la dejó Rita planchada.

Eso me hace pensar que hoy, si hablo con Anna, le he de recordar que se traiga ropa cómoda para cuando hagamos yoga los dos juntos.

Por la tarde hablo con Anna, me llama antes de salir a cenar con Angie. Me ha comentado que mañana llegará a las once. Le he dicho que traiga ropa cómoda para cuando hagamos yoga. Sobre lo del domingo de quedar los cuatro, esta noche lo volverá hablar con su amiga, ya que parece ser que ayer le comentó un poco por encima y ella simplemente suspiró.

Me voy a preparar algo de cenar, recuerdo el bocadillo de beicon y no me lo pienso dos veces, me preparo uno de casi una barra de pan. Voy a la nevera y cojo una cerveza, se me está haciendo la boca agua con solo mirarlo. Después lo remataré con una tarrina de helado y una buena maratón de series, hasta la hora de ir a dormir.

Ya está aquí el sábado y me he despertado algo inquieto, así que decido levantarme y no quedarme en la cama, prefiero tenerlo todo a punto. Son las diez de la mañana y parezco un león enjaulado, venga a dar vueltas por toda la casa. Fui a la sala de yoga y preparé un pequeño espacio para las fotos y saqué también una esterilla más para Anna, la he dejado en un rincón.

Queda poco para las once cuando suena el timbre, es Anna. Salgo a abrirle y me pide que le ayude con lo que ha traído. Entramos y dejamos todas las cosas en la sala de yoga. Ella lo observa todo, yo la miro levantando una ceja.

—¿Algún problema?

—¡No, al contrario! Veo que la has ordenado, el otro día estaba con esas bolsas grandes y cajas amontonadas en ese rincón —se acerca a mi y me da un beso corto pero muy dulce.

—La he ordenado esta mañana, así te será más fácil trabajar —susurro en su oído—. ¿Te apetece un café?

—Si por favor, fuerte de café y muy calentito —me guiña un ojo y sonríe.

—Pues vamos a la cocina y nos lo tomamos allí.

Preparo los cafés y nos sentamos en la isla de la cocina, he puesto también un plato con unas galletas.

—¿Qué tal anoche con Angie? —pregunto mientras me pongo azúcar en el café.

—Bien, nos dieron las tantas hablando, he dormido menos de cuatro horas.

—¿Esta más animada?

—En estos momentos es una montaña rusa, igual llora que ríe, es fuerte y en el fondo sabe que es lo mejor que ha podido hacer.

—Entonces, ¿se animará mañana a venir?

—Al despedirnos anoche me comentó que esta tarde me diría algo. Si decide venir mañana, de nuevo estoy aquí otra vez —se tapa las manos con la cara y empezamos a reír.

—No es necesario que venga ella si quieres mañana venir, Juan estará encantado de verte.

—Bueno, ya veremos.

Nos acabamos el café, coloco los vasos y el plato dentro del lavavajillas y nos vamos directos para la sala a empezar la sesión de fotos.

—¿Estás preparado? —sonríe pizpireta.

—Si, en este territorio me sabré defender.

—Pues entonces tú mandas, haz lo que tengas que hacer como si yo no estuviese y veremos que sale de todo esto.

—¿Quieres decir que puedo ir a mi bola? ¿No me vas a agobiar?

—¡En absoluto! ¡¿Por quién me tomas?!

—Solo por si te falla la memoria, te recuerdo forastera que luego haremos una clase tu y yo.

—¿Por qué te crees que hoy no te voy a agobiar? Tonta no soy —empieza a reír y yo pongo los ojos en blanco.

Mientras voy a buscar la esterilla, me paro frente a la cadena de música y le doy al *play*. Enciendo una barrita de incienso y coloco la esterilla donde tengo más libertad de movimientos, me descalzo y veo que Anna se fija en mis pies.

—Tienes unos pies bonitos y quedan muy sexis en la esterilla.

—Es la primera vez que me lo dicen —observo mis pies y me encojo de hombros—. ¡No me pongas nervioso, que aún no he empezado!

—¡Vale, vale, me callo! —observo que ya está preparada con la cámara en mano.

Respiro hondo y empiezo mis ejercicios mientras ella va sacando fotos. Veo que no para de moverse de un lado a otro, decido mirar a un punto fijo y hacer como que no la veo.

—¡Qué elegancia! Me dejas sorprendida con esos movimientos tan precisos y esa elasticidad —va diciendo mientras escucho los disparos de la cámara.

—No me distraigas —susurro mientras cambio de postura.

—¡Ups, perdón! Me quedo calladita —la escucho decir.

Pasada media hora, decido no hacer la parte de la relajación, eso lo dejo para cuando hagamos la clase juntos. Camino hacia la minicadena y paro la música.

—Pues ya está, espero que hayas tenido suficiente —comento mientras bebo un poco de agua.

—¡Tengo un arsenal de fotos, lo vas a flipar! —su expresión es de entusiasmo.

—Pues si es así, déjame ver alguna, así flipamos los dos —sonrío y le guiño un ojo.

—Ummmm bueno, pero solo un poquito. ¡Solo si me prometes que haré ejercicios fáciles!

—Te lo prometo, pero déjame ver alguna, me puede la curiosidad.

Me acerco, y ya a su lado ella acerca un poco la cámara hacia mí para poder verlas juntos. Empieza a tocar botones y cuando pone la primera foto y le va a dar a la siguiente, pongo mi mano encima de la suya, quiero ver la foto bien antes de que pase a la próxima.

—¡*Hostia*! ¿Ese soy yo? —exclamo sorprendido.

—A que no te lo esperabas así, ¿eh?

—Eres muy buena con la cámara.

—Y tú empiezas a ser un buen modelo. Eso también me ayuda.

—¿Cómo quedaron las otras fotos? —la miro con una sonrisa de medio lado.

—Quedaron bien, pero no te las pienso enseñar. Para ver esas, tendrás que esperar.

—Pues si ya está, vamos a hacer el vermut y descansamos, esta tarde ya haremos la clase de yoga.

—¡Qué bien! Ya tengo un poquito de hambre —empieza a dar palmaditas con las manos—. De comer, ¿hay que hacer algo o ya lo tienes hecho?

—No hice nada, pediremos comida.

—¡Ah vale!

Nos sentamos en el porche con unas cervezas, para picar: un plato de patatas fritas, un bote de olivas y unos tacos de queso. Hemos pedido comida china y como hace buena temperatura podemos comer también fuera.

Mientras comemos, le voy explicando un poco lo que aporta diariamente realizar yoga, le explico por encima la filosofía yoguista, la importancia de saber respirar bien y de encontrar ese momento diario para conectar cuerpo y mente.

Ella se limita a escuchar y sigue comiendo como si le explicasen parte de una película, de vez en cuando asiente y por su cara noto que todo le suena a chino; vamos, que no tiene ni puñetera idea, es de las que piensan que el yoga es aburrido.

Una vez hemos acabado de comer, entramos dentro y nos

tomamos el café en el sofá. Poco a poco veo que se está quedando dormida. Paso mi brazo por encima y ella se acurruca hacia mí.

—Si estás cansada, duerme un poco —le susurro.

—No estoy cansada, pero he dormido muy poquito y ahora me está dando bajón.

—Pues duerme un rato —insisto de nuevo.

—No me voy a dormir, pero déjame diez minutitos así, con eso tengo suficiente y luego nos ponemos con la clase de yoga. Además, no quiero irme muy tarde.

—Que pena que te quieras ir pronto, tengo para cenar un jamón ibérico que es impresionante, además de un buen vino de rioja.

—¿Y postre tienes?

—Ummm algo tengo, tranquila.

—Bueno, me lo pensaré entonces.

Pasamos un ratito en el sofá en silencio y le digo que suba a ponerse la ropa cómoda que trajo. Se levanta y sube a cambiarse. Cuando baja y entra en el salón me la quedo mirando y empiezo a reír. Lleva puesto un pijama de punto, la parte de arriba es negra y con corazoncitos rojos pequeños y el pantalón es rojo de pata ancha.

—¿De que te ríes granuja? —su tono es divertido.

—De tu ropa cómoda. No esperaba verte en pijama y me ha hecho mucha gracia.

—¿Y que hay más cómodo que un pijama? Nada. ¿Algún problema?

—No, no, por mi bien, mira si te quieres quedar a dormir, ya no te tengo que prestar ninguno mío.

—¡Es que no sabía que traer! Si te sirve de información, decirte, que he traído el más bonito y nuevo, los que uso dan pena, tienen hasta agujeros —empieza a reír.

—Bueno, pues vamos para la sala. Te prometo que te gustará y además seré piadoso.

Ella se encoge de hombros y me sigue caminando, aunque sin muchas ganas. Cuando estamos allí le acerco su esterilla y la pongo cerca de la mía, pero con el suficiente espacio para movernos con libertad. Nos descalzamos y nos ponemos cada uno en su esterilla.

—Podemos empezar con el saludo al sol, son doce posturas, pero iremos haciéndolas poco a poco, no es necesario que hoy las hagamos todas. Simplemente podrás ver que son muchas asanas, como decimos los yoguis, y van acompañadas de la respiración, es decir, exhalando e inspirando.

—¡Bueno, pues vamos allá! —se frota las manos algo nerviosa.

Me acerco a la minicadena, y ya con la música de fondo comienzo la clase, y con voz pausada paso a describir la primera postura:

—Exhalamos y con la espalda recta, repartimos el peso de nuestro cuerpo sobre las plantas de los pies, y unimos las palmas de las manos frente a nuestro pecho, ahora nos concentramos en nuestra respiración. Iremos inspirando, y vamos a estirar los brazos arriba y luego un poco hacia atrás. Ahora exhalamos y llevamos las manos al suelo junto a los pies. Inspiramos y llevamos la pierna derecha hacia atrás, la rodilla al suelo y miramos hacia arriba. Ahora, retenemos la respiración y llevamos la otra pierna hacia atrás y mantenemos las dos piernas estiradas, los brazos estirados también.

—¿Y cuándo respiro? ¡Si ya me he perdido!

—Anna, acabamos de empezar, no hemos hecho ni una postura.

—Pues eso de retener la respiración no me gusta —se cruza de brazos y me mira seria.

—Tranquila, continuamos. Dejaremos la parte de retener la respiración de momento.

—Gracias —susurra en tono triste.

Retomo de nuevo el ejercicio explicando los pasos a seguir:

—Nos quedamos de pie con las piernas juntas y los brazos extendidos, flexionamos la pierna derecha y la vamos a apoyar sobre el muslo, respiramos profundamente y nos mantenemos unos minutos.

—Mario, ¡me tiembla la pierna!

—Tranquila, es normal, tus músculos no están fuertes, solo es eso, baja la pierna si quieres.

—¡Yo lo que quiero es merendar!

—Anna, si solo llevamos diez minutos mujer.

—Pues no me veo, eh. Parece algo fácil viéndote a ti, pero a mí esto como que no. Me va a costar sangre, sudor y lágrimas.

—¿Merendamos y luego continuamos?

—Merendar sí. Continuar, yo continuaría haciendo otros ejercicios que sí sé hacer.

—Si es lo que me imagino... es un buen argumento para dejar la clase por hoy.

—Ah, ¿pero habrá más clases?

—¡Claro que sí señorita de pelo azul!

—Creo que se me ha quedado rojo de la falta de aire.

—Tranquila, sigue azul. Venga, vamos a merendar —mientras lo voy diciendo apago la música y salimos de la sala en dirección a la cocina.

Estoy preparando los cafés y Anna se me acerca por detrás y me abraza. Dejo el mango de la cafetera y apoyo las manos en el mármol. Susurrando me dice:

—Soy un desastre de alumna, ¿verdad?

—Sí. Igual que yo, que soy un desastre de modelo.

—¿Y hay algo en lo que podamos mejorar? —mientras pregunta, su mano se cuela por mi camiseta me va acariciando el pecho—. Me giro suavemente, ella quita su mano acercándose a mí, yo la beso con deleite.

—¿Ya no quieres merendar? —voy besando su cuello mientras espero su respuesta.

—Hay meriendas que no se perdonan, esta es una de ellas. La otra más tarde quizás.

Poco a poco la voy acercando hasta la isla que tengo en la cocina, separo un taburete y la siento en ella, cuando me acerco un poco más, enrosca sus piernas en mí y me pasa los brazos por encima de los hombros. Mirando su pijama sonrío y acaricio su hombro. Ella mirándome añade:

—¿Te ha gustado mi pijama eh? No es sexi, pero si muy suave. ¿A que si?

—Sí, es suave, pero te prefiero sin él —con delicadeza subo la tela y le quito la camiseta del pijama, ella queda expuesta ante mí con un sujetador negro de encaje y transparencias.

—Así me gustas más —tiro su camiseta al suelo.

—Yo también te prefiero sin camiseta —me mira y yo le ayudo a que me la quite.

Beso, su cuello y ella inclina su cabeza hacia atrás, sigo besándola, retirando un poco su pelo detrás de su oreja. Mi lengua baja hasta su hombro, mientras mis manos acarician su espalda, desabrocho el sujetador y ella se lo quita lanzándolo al suelo. Observo sus pechos y sus pezones duros me reclaman, los voy acariciando mientras con mi boca succiono uno de ellos, noto su piel erizarse y ella agarra mi cabeza pidiéndome que no pare y se arquea un poco más. Coloco mis manos en sus caderas mientras mi lengua va bajando hasta su ombligo. Levanto la mirada y ella me besa con pasión. Con mis manos intento deshacerme de su pantalón y ella apoyando sus manos en la isla levanta un poco su pelvis para facilitar la tarea y con rapidez lo bajo para después quitarlo.

Me agacho un poco y ella me mira fijamente, separo la tela de su tanga y comienzo acariciar su sexo, ella abre más las piernas y me ofrece su manjar. Yo la prefiero sin el tanga, así que se lo quito y voy besando sus piernas bajando hacia sus pies, tomo su pie y observo sus bonitas uñas pintadas de rojo y en ese preciso instante me viene a la mente Cristina. Respiro hondo y cierro los ojos, acaricio su pie con mucha delicadeza, intentando en vano olvidar, pero me han venido recuerdos al ver ese color de uñas. No es el momento de pensar en Cristina, sería una falta de respeto hacia Anna, pero mi mente se ha quedado en otro lugar. Intentando disimular me levanto y de nuevo me acerco a besar su sexo y así no mirarla. Ella parece darse cuenta y toma mi barbilla y la levanta, y cuando nos miramos noto caer una lágrima en mi mejilla.

Anna me mira y con su pulgar quita mi lágrima y me besa dulcemente. Mi mirada es triste y ella sin más me susurra:

—Tranquilo, es normal, a veces, estas cosas pasan.

—Lo siento —mi voz es un simple susurro ahogado.

Veo como se baja de la encimera de la isla y se sienta en el suelo invitándome a sentarme a su lado.

—Mario, ¿me aceptas un consejo? —su tono de voz es muy dulce.

—Si claro —mi mirada está puesta en el suelo esperando que continúe hablando.

—No debes reprimir tus sentimientos. Sácalos y luego continúa, porque si no sacas ese sentimiento hacia fuera no se puede avanzar. Párate, llora si has de hacerlo, sí es para después caminar con más fuerza.

—¿Me estás pidiendo que llore delante de ti?

—Si crees que lo tienes que hacer, hazlo, estoy a tu lado —se acerca un poco más a mí y me abraza.

—Anna, esta situación no me es cómoda, lo siento de verdad, no volverá a pasar —ella me abraza más fuerte y abrazándola empiezo a llorar como no lo hacía desde hace mucho tiempo.

—Muy bien, así me gusta «amigo», que saques esa pena. Tranquilo, a mí no me hace daño, sería egoísta por mi parte darme cuenta y no ayudarte.

—Anna, eres lo más bonito que me ha pasado desde hace mucho tiempo. Gracias «amiga» por esa comprensión, y espero que no se repita de nuevo esta situación. El otro día lo pasamos muy bien, no sé qué ha hecho que me sienta así hoy.

—Hoy puede ser esto, mañana cualquier cosa cotidiana. Y si, lo pasamos bien el otro día y lo podemos pasar bien muchas más veces; pero insisto, yo lo veo como algo normal, poco a poco las cosas te irán cambiando, ya sea conmigo o con otra chica. Date tiempo Mario.

—Anna, eres bonita por dentro y por fuera, y si me ayudas, estoy seguro de que lo seguiremos pasando muy bien juntos.

—Por cierto, tenemos que solucionar el tema de los preservativos, porque no me pareció que lo tuvieses controlado —sonríe de medio lado.

—Ummmm, no te voy a mentir, se me olvidó comprar, soy un desastre.

—Creo que no los necesitamos, yo no me voy a quedar embarazada y parece ser que nuestra vida sexual es sana, más bien porque somos un desastre los dos en el tema de relaciones. En pocas palabras, no somos de tener un desfile de personas entrando y saliendo de nuestras camas.

—Entonces, eso me hace pensar que quizás con un buen vino y un exquisito jamón, esta noche te puedo compensar el gatillazo de ahora.

—¿Gatillazo? ¿Qué gatillazo? ¡No recuerdo nada, solo que íbamos a merendar!

Me levanto del suelo, le doy mi mano y cuando se levanta, le doy un abrazo con fuerza y susurrando al oído le digo: —Gracias—, la beso dulcemente, nos miramos y luego empezamos los dos a reír.

CAPÍTULO 19

Son pasadas las ocho y nos dirigimos hacia la cocina. Aunque la cena va a ser sencilla, cenar en el comedor será una buena opción. Prepararé una mesa elegante: un bonito mantel, copas de cristal y unos platos de diseño. El jamón y el rioja que tengo lo merece y además quiero compensar a Anna por la paciencia que ha tenido conmigo esta tarde.

Saco de la despensa una botella de buen vino y la descorcho para que se oxigene.

Anna me mira y sonríe.

—¿Qué te hace tanta gracia? —comento mientras coloco la botella en el mármol.

—Si supieras como descorcho yo el vino —se tapa la cara con las manos.

—Sorpréndeme —levanto una ceja esperando su respuesta.

—Pues con unas tijeras y tetrabrik en mano —realiza un gesto de agarrar y cortar—, zasss, ¡abierta!

—Recuerdo que algo comentaste —sonrío poniendo los ojos en blanco—, es bueno saberlo, así podré llevar yo una botella si voy a tu casa.

——¡Cretino, que tampoco es malo el que compro! Pero luego lo puedo usar para cocinar —hace una mueca y se encoge de hombros.

—Anna, ¿te puedo hacer una pregunta?

—Sí, dime.

—¿Por qué no puedes tener hijos? Dejamos pendiente la conversación aquel día.

—Cierto, es verdad. Pues resulta, que tengo una malformación del útero. Lo que se suele llamar matriz infantil, es decir, es más pequeño de lo habitual y eso me impide ser madre. Cuando conocí a Luis yo sabía el problema y lo hablamos en su momento. Igualmente nos aconsejaron intentarlo; algunas mujeres, aunque pocas, llegan a conseguirlo, pero tras varios abortos se vio que no sé podía —se sienta en un taburete y continúa explicando su historia mientras yo voy preparando la cena.

Para mí era algo que ya tenía asumido hace muchos años y al estar con Luis quisimos probar. Él sí quería ser padre y nos decidimos por la adopción. Fue una opción dura y con un proceso largo. Inviertes mucho esfuerzo y sinceramente las parejas que han adoptado son muy felices, pero digamos que por alcanzar ese deseo, todos nuestros esfuerzos se centraban en eso y nos fuimos desgastando por el camino. Una cosa llevó a la otra y sin querer dejamos de ser nosotros para ser unos futuros padres.

Toda la energía se volcaba en esa meta. Son muchos pasos, trámites, nervios y cuando nos dimos cuenta nos vimos distanciados y agotados. Entras en una rueda que te atrapa y son muchas las veces que focalizas la frustración con el otro. No fuimos conscientes que mientras caminábamos en esa dirección, nos dejábamos atrás a nosotros mismos. Así que un día nos sentamos a hablar y ambos nos sinceramos. Decidimos que era mejor dejarlo y no ser padres, pero luego llegó la parte de pareja. Estábamos cansados, era... ¿cómo explicarte? Nos quedamos vacíos, sin saber qué aportarnos. El resto lo puedes imaginar, una separación por mutuo acuerdo.

—Es una historia triste —comento mientras voy colocando el jamón en una bandeja pequeña—, lo más bonito hubiese sido poder ser padres y que ese esfuerzo tuviera sus frutos.

—En su momento, sí fue muy triste—se baja del taburete mirando el plato de jamón—, pero a fecha de hoy estoy contenta. Luis hace unos meses que es padre y tiene una bonita familia, Lidia es una buena nena y me alegro mucho por ellos.

—Eso dice mucho de ti —camino hacia la nevera a buscar una cuña de queso y longaniza—, alegrarte por él y no sentir rencor es algo que pocas personas harían.

—No puedo sentir rencor o celos por su paternidad, es alguien al que he querido mucho y en el fondo siempre querré. Yo no le pude dar lo que él quería y ahora lo tiene, se merece ser feliz.

—Ven, ayúdame a preparar la mesa del salón, no vamos a cenar en la cocina —voy camino hacia el comedor y ella viene detrás de mí.

Una vez tenemos la mesa preparada regresamos a la cocina y llevamos la cena, que consiste en pan untado con tomate y por encima un chorreón de aceite de oliva virgen, jamón ibérico, queso Téte de Moine, cortado con el laminador y su resultado, es una forma de flor que decoro con unas anchoas saladas y conjuntamente potencian el sabor de ambos, chorizo cular, y una longaniza de Pagés.

Ha quedado una mesa preciosa y a la vez que Anna toma asiento, yo voy a la cocina por el vino. Mientras camino hacia allí la escucho decir:

—Y yo que me quería ir pronto a casa, ¿quién es el mortal que se resiste a una cena así?

—Gracias, me alegro de que te guste y te quedes a cenar —una vez sentado en la mesa, sirvo el vino para ambos.

—¡*Chin chin*! —Anna levanta su copa para brindar.

—Brindemos por nuestra amistad —levanto mi copa y brindamos.

—¿Amistad? o ¿folla amigos?

—No me gusta esa palabra. No le pongamos nombre, Anna. Como te comenté el otro día, creo que no estoy preparado para una relación, la prueba la has tenido esta tarde.

—¿Por qué te crees que dije lo de «amigos»? Mario, no le demos vueltas a nada, simplemente dejémonos llevar.

—Anna: eres encantadora, simpática, honesta, pero necesito cambios en mi vida e intentar caminar mirando hacia delante, debo sanar y sobre todo, poner de mi parte para el día de mañana no verme como un viejo cascarrabias y amargado.

—¡Pues esto merece otro brindis! Y cuenta con mi ayuda. Aquí me tienes para lo que necesites.

—Eres un amor. Gracias —levanto mi copa y bebemos de nuevo.

Cuando nos venimos a dar cuenta, casi nos hemos acabado la botella de vino. Anna, mientras comía, bebía y si se le acababa, me hacía un gesto para que le pusiera más, incluso se levantó a por su teléfono antes de empezar a cenar e hizo unas fotos al plato de queso en forma de flores.

Hemos ido hablando de muchos temas mientras íbamos comiendo, los platos han quedado vacíos.

Ahora me tocará improvisar un postre, ya que ella es de dejar espacio para el dulce. Me levanto, recojo los platos y le digo que no se levante. Voy a preparar algo de postres. Mientras voy recogiendo, veo que coge su teléfono y va mirando Twitter.

Improvisando con lo poco que tengo y que quede bonito a la vista, en un plato pongo: un flan, que acompaño con helado de nueces de macadamia y encima un par de galletas crujientes. El resultado no está mal, así que llevo los dos platos a la mesa.

Anna, mira los platos y no la veo muy animada viendo el postre.

—No es gran cosa, lo sé, pero no tenía mucho más —sonrío al dejar su plato delante de ella.

—Tiene buena pinta, pero creo que bebí mucho vino y me siento mareada.

—Pues de verdad debes estar muy mareada si me rechazas el postre, con lo glotona que eres.

—Puedo con él —comenta mientras observa su plato.

—Anna, sería mejor que te quedes a dormir aquí.

—Ceno y me quedo a dormir aquí, todo lo que no pensaba hacer. Yo que me quería ir pronto a casa, pero viendo que estoy algo mareada será lo más sensato.

—¿Tú no eras la que decías que nos dejásemos llevar?

—Sí, pero no tengo braguitas de repuesto. No vine con idea de quedarme —sonríe tímidamente.

—Pijama tienes, ropa interior… yo no uso tanga pero te puedo dar unos *slips* míos, algunos tengo sin estrenar.

—Bueno «cuando no hay pan, buenas son tortas», es así cómo se dice, ¿no?

—Sí. Ese dicho, también lo dice mi madre.

—Y la mía —comenta ella riendo.

—¿Dónde dormiré? —pregunta vacilante.

—Donde quieras: en el cuarto de invitados, en la habitación de Carla o la de Joan.

—Y, ¿no puedo dormir contigo?

—Poder por poder puedes, pero si es solo dormir, de lo otro, hoy nada.

—¡Apa! Otra vez sin follar —suelta a bocajarro—, pero esta vez la culpa es mía. Si lo sé, bebo solo agua, así que ¡ya estamos empatados los dos hoy!

—Eres un caso. Voy a hacer los cafés —me levanto para ir a la cocina—, ella se levanta también y sin más suelta:

—¡*Ostis*! Pues sí que se me ha subido el vino. Casi mejor que no tome café.

—¿Vas a vomitar? —la observo inquieto.

—No creo, pero mejor no ingerir nada más.

—Pues mejor dejamos los cafés y subimos a dormir —tomo su mano hacia las escaleras.

—Y todo esto, ¿lo dejamos sin recoger? —mira hacia la mesa.

—Sí —observo la mesa de soslayo—. Venga, vamos a dormir.

—Mario, tampoco tengo cepillo de dientes —susurra mientras subimos.

—No te preocupes, tengo alguno nuevo guardado.

—¡Eres un partidazo! —me da una palmada en el culo y se ríe.

Entramos en la habitación y literalmente se tira en la cama.

—¡Ay Dios! Las escaleras me han matado.

—Pues... ¡sí que te ha sentado mal el vino!

—¡Es que bebo muy poquito y estaba tan rico! Mario —su tono es de preocupación—, si cierro los ojos la habitación me da vueltas hacia el lado derecho.

—¿Hacia el lado derecho? —observo como levanta su mano haciendo círculos.

—Ahora, es hacia el lado izquierdo, uy ahora ya no sé —empieza a reír y me contagio de su risa.

Voy al baño a lavarme los dientes y cuando salgo está dormida. Me desnudo y me quedo solo en calzoncillos, con delicadeza me meto en la cama e intento que se mueva un poco para poder taparla, ya que por la noche refresca. Pasados unos minutos, noto que se acerca a mí y me abraza. No tengo sueño y es la primera vez que duermo con otra persona que no sea Cristina. La sensación es diferente, siento el calor de su cuerpo y recuerdo el día que hemos pasado hoy. Sonrío y noto que me voy quedando dormido.

Me despierto por la patada que me ha dado Anna estando

dormida. Miro la hora y veo que son las siete de la mañana, me doy la vuelta y la veo dormir. Su cara es dulce y unos mechones de pelo le caen sobre la almohada, hace un bonito contraste su color azul con las sábanas blancas. Sigo observándola mientras me pregunto hacia dónde me llevará todo esto.

Decido levantarme y preparar el desayuno. Necesito darme una ducha, pero en vez de hacerlo en mi habitación, iré a la de Joan, es la mejor opción si no quiero hacer ruido y despertarla, ya que aún es pronto.

Bajo a la cocina, enciendo la cafetera y voy hacia el comedor para recoger lo que quedó de anoche, luego me preparo un café. Mientras, miro la nevera y sigo sin saber qué preparar, quizás un poco de todo: dulce y salado.

Mientras me tomo el café, voy ojeando alguna noticia del día desde mi móvil. Prefiero no poner la televisión. Empiezo a preparar un desayuno variado: un plato con un surtido de embutidos, pan tostado, mantequilla y mermelada, pongo una de fresa y otra de melocotón y unas galletas variadas de esas que vienen en caja. Dejo preparadas algunas naranjas también, por si le apetece un zumo natural, además de un bote de cacao en polvo y café.

Escucho bajar a Anna por las escaleras. Miro hacia la puerta y la veo entrar tímidamente.

—Buenos días —Su tono es un susurro y con un ápice de vergüenza, diría yo.

—Buenos días. ¿Has dormido bien?

—Sí, gracias.

—Estoy preparando el desayuno, si te quieres sentar está casi todo preparado.

—Me gustaría darme primero una ducha rápida y lavarme los dientes.

—Dame un momento, subimos y preparo lo que necesites.

—Siento que anoche me sentase mal el vino.

—Tranquila, a veces pasa. La parte buena es que hemos dormido mucho, ya que nos fuimos a dormir pronto —me acerco hacia ella para darle un beso, pero me hace la cobra.

—No me lavé los dientes —comenta mientras se separa de mí.

—Vamos, ven arriba y te doy lo que necesites.

Subimos hacia mi habitación y al entrar veo que ha hecho la cama y ha abierto la ventana para que se ventile la estancia. Me dirijo al baño y le preparo un par de toallas limpias y saco un cepillo de dientes nuevo, se lo ofrezco, me mira y comenta:

—Necesito aquellos calzoncillos que me ofreciste ayer—. Sonrío, abro un cajón y le doy una caja con tres *slips* nuevos.

—Para salir del paso, espero que te sea útil, aunque no sea tu talla.

—Gracias, me es útil, no tardaré mucho.

—Pues voy bajando y preparo unos zumos y el café.

—Muchas gracias —sonríe con un slip negro en la mano.

Cuando llega de nuevo a la cocina, la observo, se ha puesto la ropa de ayer. Se sienta en un taburete y mira todo lo que he preparado.

—Espero que tengas hambre —le acerco un zumo recién exprimido.

—Un poquito sí que tengo —toma el vaso de zumo y empieza a beber, ¿a qué hora llega Juan?

—Comentó sobre las once, más o menos. No le he dicho que estarás tú.

—¿No le importará que esté? Quizás prefiera que estéis solos.

—Tranquila, es muy cotilla. Si estás tú, el tercer grado te lo hará a ti en vez de a mí.

—Creo que voy a insistir a Angie que se anime a venir —comenta riendo.

Mientras desayunamos la noto más relajada y hablamos un poco. Yo le hablo de Juan y ella a mí de Angie.

Cuando acabamos de desayunar, mientras yo voy recogiendo todo, Anna sale fuera a llamar a su amiga e intentar convencerla para que venga a comer. Cuando entra sonríe victoriosa.

—¿Y? —levanto una ceja esperando su respuesta.

—Me ha costado convencerla, aunque al final dice que viene. Ayer salió a cenar con las chicas y le dio tarde, pero me ha dicho que sobre las dos o así estará aquí, le pasé la ubicación.

—Me alegro de que venga.

—Pues que sepas que me ha hecho un tercer grado, he tenido que responder alguna pregunta algo incómoda —sonríe y pone los ojos en blanco.

—Pues creo que estos dos se van a llevar bien cuando se conozcan —voy hacia ella y la beso dulcemente.

—Pues no sé, Angie es imprevisible. Es muy simpática, pero cuando quiere puede ser algo borde, espero que la resaca no saque su lado oscuro.

—Hablando de lado oscuro, tenemos un rato hasta que llegue Juan —la atraigo hacia mí y la vuelvo a besar.

—Ups, ¿recuerdas que llevo tus *slips*?

—Lo superaré. O mejor dicho, te los quitaré enseguida —tomo su mano y nos dirigimos hacia mi habitación.

Cuando subimos me siento en la cama y ella viene hacia mí. Le ayudo a quitarse la ropa y al verla con mis *slips* sonrío diciendo: —no te quedan nada mal—. Sonríe y se los va quitando.

Ella me quita la camiseta y nos tumbamos en la cama. Con sus manos busca el botón de mi pantalón para quitarlo, una vez me quedo en calzoncillos, me mira riendo.

—¿Qué te hace tanta gracia? —miro mis calzoncillos.

—Tú con *boxes* y yo con *slips*, para hacernos una foto.

—Tú ya no los llevas, te los has quitado.

—Y es lo que voy a hacer con los tuyos —sonríe picarona.

Una vez se deshace de ellos, se sienta encima de mí y toma el control, y yo sin más me dejo llevar. Comienza a besarme y se me eriza la piel. Acaricio su espalda con delicadeza. Su piel suave despierta en mis manos un interés en explorar su cuerpo centímetro a centímetro. Mi miembro despierta dándole la bienvenida como un mástil, ella continúa besándome, bajando hacia mi pecho, y al llegar hasta mi ombligo, suspiro cerrando los ojos.

Cuando se acerca hasta mi pubis, toma mi miembro y se lo lleva a la boca, acariciando con delicadeza mi glande, llevo mis manos hasta su cabeza y acaricio su pelo. Ella levanta la cabeza para mirarme y vuelvo a suspirar.

Solo deseo que no pare. Mientras su lengua va subiendo y bajando intento contener las ganas de empujar su cabeza más hacia dentro, pero si lo hago, no aguantaré mucho más, así que la retiro de mí y ella se sienta buscando el contacto con mi pene y cuando lo encuentra empieza a jugar moviéndose lentamente, está muy mojada y eso me facilita la entrada enseguida. Una vez que estoy dentro de ella, agarro sus caderas y sus movimientos son más rápidos. Con mi mano voy buscando tocar su clítoris y ella arquea su espalda pidiéndome que no pare; nuestros movimientos son cada vez más rápidos y como una ola que arrastra con todo, en unos segundos ambos llegamos al clímax.

Nos quedamos exhaustos, manteniéndonos en silencio por unos momentos mientras seguimos abrazados. Anna se gira hacia mí mirándome fijamente.

—Hoy ha estado genial —acerca su nariz a la mía jugando con ella.

—La verdad es que sí —suspiro al recordar el día anterior. Hoy mi cara es de felicidad.

—¡Pues a la ducha de nuevo, olemos a sexo! —salta de la cama muy rápido.

—Sí. Además, Juan estará al llegar —yo también me levanto con brío.

Nos damos una ducha rápida y bajamos a la cocina, nos sentamos a tomar un café. Anna tiene la mirada fija en su café, deja la cucharilla en el plato, me mira y me pregunta:

—Mario, el bote de colonia que está en la estantería de tu baño, era el perfume de Cristina, ¿verdad?

—Sí, es lo único que conservo de ella en mi habitación. Necesito tenerlo, aunque mi terapeuta no lo aprueba —la miro y me encojo de hombros.

—Conozco esa colonia, huele muy bien. Dijéramos que es como tu tesoro, ¿verdad?

—Algo así. Hay quien mira álbumes de fotos y yo, de vez en cuando, lo abro, huelo y lo vuelvo a cerrar.

Quedamos en silencio unos minutos y se escucha el timbre de la entrada. Juan acaba de llegar.

—Salgo abrir, es Juan —me bebo de un sorbo el resto de café y me levanto para ir a abrirle.

Juan me está aporreando el timbre, siempre hace lo mismo con la excusa que la casa es grande y muchas veces no lo escucho.

—Voy, voy —grito mientras me acerco a la entrada.

—¿Qué pasa *chavalín*?

—Hola, ¡sí que vienes cargado! —comento mientras miro la bolsa grande que trae.

—He comprado de todo, así no me llamarás rata.

—Mejor, porque seremos dos más para comer.

—¿Y eso? —levanta una ceja esperando mi respuesta.

—No estoy solo, está Anna dentro.

—*Ostis*, no me avisaste. ¿Interrumpo algo?

—No pesado, venga, tira para dentro.

—¿Y quién más viene? Has dicho «seremos dos más» y Anna es solo una.

—Más tarde vendrá su amiga, la rubia que vimos en el bar aquel día.

—¡Cómo mola! Y yo que pensaba aburrirme contigo hoy.

Cuando entramos, vamos directos hacia la cocina donde se encuentra Anna. Ella se levanta y saluda a Juan mientras yo dejo encima de la isla la bolsa que él ha traído.

—Hola, soy Anna.

—Hola, Anna —se acerca a ella y le da un par de besos en las mejillas—. Soy Juan, nos vimos aquel día en el bar.

—El día de la paloma.

—Y del papelito —le recuerda él.

—Sí —se tapa la cara con las manos.

—Me ha explicado Mario que eres la jefa de Carla.

—Y la hija de una clienta de él —sonríe ella tímidamente.

—Tantas personas en común y os conocisteis en un bar cerca de mi taller. Que curioso todo, ¿verdad?

—Y eso lo hace diferente —intervengo yo en la conversación—. Venga, vamos a ver qué nos has traído.

—Espero que sea suficiente, no sabía que seríamos cuatro.

—Tranquilo, tengo carne en la nevera y además haremos una ensalada completa.

—Y alioli —comenta Anna—. Me dijiste que te salía muy bueno y yo lo quiero probar.

—Contando que se tira una hora para hacerlo —comenta Juan—. Eso sí, lo hace a mano poco a poco. Con el mortero va chafando los ajos con un poquito de sal, pone la yema de huevo y con mucha delicadeza, que no se le puede ni hablar al señor, va echando el aceite lentamente, hasta que le queda bien ligado.

—¡Guau! Y con un pan tostado, de me hace la boca agua —Anna pone los ojos en blanco mientras se lo imagina.

—Pues salgamos fuera con unas cervezas y vamos preparando el fuego y el alioli —con la mano los invito a salir.

En la zona de la barbacoa dispongo de una mini cocina. Está compuesta por unos armarios bajos y una nevera pequeña, además de un fregadero con encimera para la preparación de la comida, lo cual es muy útil. A unos metros, tengo una mesa y sillas de exterior dentro de una carpa lo suficientemente grande para disfrutar de una buena sombra o paravientos, según la necesidad.

Mientras ellos van conversando cerveza en mano, yo voy preparando la leña y todo lo necesario para hacer unas buenas brasas.

—Anna, ¿a qué hora llegará tu amiga? —Juan empieza ya a preguntar.

—Me comentó que antes de las dos estaría ya por aquí.

—Mario, ¡saca algo de picar coño! La cerveza a palo seco no me gusta.

Veo que Juan se sienta en la mesa con Anna y no tardará en hacerle un tercer grado, así que voy dentro a buscar algo para ir picoteando con las cervezas y me siento junto a ellos.

Efectivamente, Juan no para de preguntar a Anna por todo y ella educadamente va contestando. Solo espero que no tarde en llegar Angie y así tenga carnaza nueva, o no, ¿quién sabe? Porque según ella su amiga es de las que sueltan un zasca y se queda más ancha que pancha.

Ya lo tenemos todo preparado a la espera de que llegue Angie, el alioli me ha quedado espectacular, pero como quería que no me agobiara ninguno de los dos, porque si no, no me concentro, se corta y hay que empezar de nuevo, los envié a preparar la ensalada a la cocina.

Suena el timbre y aunque estoy fuera, doy un grito de aviso:
—¡Anna, han picado, ve a abrir! —para que sea ella quien vaya a recibir a su amiga.

Veo salir a los dos de la cocina y pongo los ojos en blanco, pero Juan viene hacia mí y es solo Anna quien va a la puerta de la entrada. Cuando entran, se quedan unos minutos hablando ellas dos, mientras nosotros seguimos con la tarea de mantener unas buenas brasas para la carne.

Cuando entran vienen hacia nosotros y nos presentamos formalmente, ya que la otra vez solo fue verla sin más. Se le nota un poco incómoda, pero Anna empieza hacer bromas sobre las brasas y el alioli. Ella sonríe tímidamente y aunque se ha maquillado, su cara es algo triste, o eso me parece a mí.

Dejo a Juan al mando del fuego y como un buen anfitrión, le ofrezco una cerveza y le enseño la casa. Anna se queda con él ayudándole. Cuando salimos hacia afuera, me comenta que tengo una casa muy bonita y acogedora. Me acerco a la barbacoa y la carne está casi hecha y Juan nos manda a sentarnos a la mesa.

—Espero que todos tengáis mucha hambre, esta carne es un manjar de dioses. Mario, ve y saca una botella de ese rioja tan bueno que tienes —con las pinzas en mano me señala la cocina.

—Yo prefiero agua —comenta Anna riendo—, si no te importa, claro.

—Agua y vino, ¿algo más? —los tres niegan con la cabeza—, y voy a por las bebidas.

Nos sentamos a comer y de vez en cuando me voy levantando para ir sacando la carne de las brasas, de esta manera no se queda fría. Anna prueba el alioli y me felicita por lo bueno que está.

Angie come muy poco, pero noto que se siente más cómoda que antes. Juan la hace reír explicando anécdotas nuestras.

¡Me estás estresando!

Anna lo anima a continuar y la comida se hace muy divertida gracias al payaso de mi amigo.

Anna también pone su granito de arena explicándoles con pelos y señales las sesiones de fotos y Juan se levanta de la silla intentando imitarme. Yo le tiro una servilleta y reímos todos.

—Pues tienes planta, ¿quién no te dice que puedas ser modelo? —comenta Juan cuando se vuelve a sentar en la mesa.

—Esta semana preparo el book. De todas las fotos que hice, solo necesitaré unas quince, no más —interviene Anna.

—¿Me has hecho más de cien fotos para solo tener quince? —levanto una ceja mirándola—. Empiezo a pensar que lo hiciste para fastidiarme y hacerme pasar un mal rato.

—Hice más de doscientas —susurra Anna.

Me tapo la cara con las manos y reímos los cuatro. Juan toma su móvil y comenta riendo:

—Venga chicos, vamos a hacernos un *selfie* los cuatro. No será una foto profesional, pero tendremos un recuerdo de este encuentro, con este pedazo de barbacoa de fondo.

Juan nos hace levantar de la silla y ponernos detrás de la barbacoa para hacer el *selfie*. Al momento pedimos que nos enseñe la foto y cuando la ve Anna comenta:

—¡Qué foto más sosa! Vamos a hacernos un par más.

Volvemos a posar y Anna coge el mortero de alioli y lo mantiene en sus manos, él al verla agarra las pinzas de la carne y Angie se limita hacer una mueca mirando a su amiga. Yo levanto una copa de vino en señal de brindis. Le pido el móvil a Juan, ya que soy más alto que él y así ganar unos centímetros más alejando la cámara. El resultado es una foto muy simpática y divertida.

Juan me envía las fotos, yo se las envío a ella y ella hace lo mismo con Angie.

Me han ayudado a recoger la mesa para poder servir los cafés. Mientras los estamos tomando suena el teléfono de Angie.

Ella mira y da a rechazar. De nuevo vuelve a sonar y opta por dejarlo en silencio, ya que parece ser que no va a atender la llamada, pero hay insistencia y todos miramos el móvil vibrar.

—Es Quim, ¿verdad? —comenta Anna mirando a Angie, y ella se limita asentir con la cabeza.

El resto nos quedamos en silencio. Observo a Juan que va mirando a Angie disimuladamente. Mientras estábamos haciendo la carne, tuve una breve ocasión y le advertí de la situación de ella. Preferí asegurarme y que no hiciera algún comentario fuera de lugar, o alguna pregunta que la pudiera incomodar.

Angie, a raíz de las llamadas, se ha quedado seria y algo ausente. Juan, como la está observando con disimulo, le hace un gesto a Anna con la cabeza para que se fije en ella.

—Que pena que no tenemos biquini para darnos un baño en la piscina —comenta Anna—, hace calor y apetece meterse en el agua.

—Podríamos jugar a cartas —intervengo yo.

Angie sigue callada y hace un pequeño gesto de negación.

—Chicos, os propongo salir a tomar un helado por el paseo marítimo, invito yo. Sé de un lugar que los hacen buenísimos —ahora es Juan quien hace la proposición.

—Angie, ¡levanta el culo! Que salimos un rato —su tono es imperativo.

Nos levantamos y entramos en casa, ellas a buscar sus bolsos y yo a coger mi cartera, las llaves y poner la alarma.

—Mario, vamos en mi coche, lo he dejado en tu vado —dice Juan guardándose el móvil detrás del pantalón.

Salimos los cuatro y en el coche ellas se sientan en la parte de detrás, Juan arranca y vamos en dirección al paseo marítimo.

Estamos un rato paseando y finalmente nos sentamos en la terraza de la heladería. La carta de helados es espectacular y Anna comienza a dar palmas la muy golosa, todos reímos viéndola y cuando nos los traen, ella empieza hacer fotos para subirlas a las redes sociales.

Juan aprovecha la ocasión para pedir a las dos una solicitud de amistad en Instagram. Ellas las aceptan y cuando comento que yo también tengo, me mira sorprendido y le doy a aceptar.

—¡Apa, ya os tengo a todos fichados! —Juan sonríe victorioso.

—¡Chicas, no sabéis lo que habéis hecho!, es muy cotilla el tío —exclamo poniendo mi mano en la frente y cerrando los ojos. Cuando los abro, los cuatro estallamos a carcajadas.

—¡Serás cabrón tío! Las vas a asustar. ¿Así me vendes? —Finge cara de enfado.

—Solo las pongo en sobre aviso, porque cotilla lo eres.

—¡Es porque estoy todo el día solo en el taller!

—Y esa desesperación hizo que fuésemos amigos hace quince años —añado en forma de púa.

—Pues que sepas, que a veces me arrepiento, ¡y esta es una de ellas!

Reímos mientras saboreamos esos helados artesanales que sinceramente son dignos de foto.

Nos dirigimos hacia el coche riendo de las anécdotas que va explicando él. Incluso Angie ríe ahora con ganas. Una vez en la puerta de mi casa, Juan se despide de nosotros y Angie aprovecha la ocasión para también marchar. Anna y yo entramos, recogemos sus cosas y le ayudo a meterlas en el maletero.

Nos despedimos con un tímido y rápido beso.

Son casi las ocho de la tarde y me apetece darme un baño en la piscina, después recogeré todo lo de fuera, ya que al irnos lo dejamos tal cual estaba.

CAPÍTULO 20

Son las once de la mañana y decido salir a tomar un café. Desde que puse los pies en el despacho, Manel parece ser que se ha propuesto tocarme las pelotas. Menuda mañanita me está dando el tío. Cuando se pone en ese plan mejor dejarlo y no seguir su juego. Quizás esté pagando conmigo sus problemas familiares, pero como no sé que es, tampoco le puedo ayudar, así que mi ayuda hoy se limita a dejar que me toque los cojones un poco y que lo pague con alguien.

Carmen también se ha dado cuenta, así que hoy dejamos que Manel sea el jefe de la oficina, nos limitamos a decir a todo que sí.

Salgo hacia el bar de Toni a tomar un café. Hoy me voy a quedar en la terraza y sin prisa. Cuando estoy sentado y relajado, me entra un *WhatsApp* de Carla, abro la aplicación y leo:

—Cuando tengas cinco minutos llámame, besos.

Miedo me da, solo pone que la llame. A saber qué quiere esta hija mía. Aprovecho la ocasión, ahora que estoy solo y así hablar con ella unos minutos.

—Hola, cariño, ¿cómo estás?

—Hola, papá.

—¿Todo bien?

—Si, si. Una pregunta, ¿ayer estuviste con Anna?

—Si, ¿por?

—Por nada, o sea… es que esta mañana Anna me ha pedido

muy amablemente si este mediodía podría quedarme a comer con ella. Quiere que le ayude con unas fotos que te hizo y hacer juntas una selección para tu book.

—¿Te ha pedido que le ayudes?

—Papá, ¡que ha hecho unas trescientas fotos! Se le ha ido la pinza. Por cierto, no habrá ninguna foto comprometida, ¿no? ¡No quiero ver cosas raras! —la escucho reír.

—Que yo sepa, no. ¡¿Trescientas fotos?! ¿En serio?

—Poco le faltará. Y como me ha comentado que había fotos tuyas haciendo yoga preferí comentarte.

—Carla, te pago la comida, pero no la dejes sola y controla las fotos, esta mujer es tremenda —mi tono es burlón.

—¡Tremenda es poco! Una última pregunta papá. ¿Te sientes bien con Anna?

—Mm si, ¿por qué?

—Te hago una confidencia, ¡pero no se lo digas, eh!

—Carla, desembucha que tengo que volver al trabajo.

—Hoy cuando Anna llegó al trabajo, estaba… ¿cómo te lo explico? Sus ojos brillaban, y con un *pendrive* en mano me comentó lo de las fotos y me pidió si podía quedarme a ayudarla. No me lo esperaba y bueno, simplemente quería que lo supieras. Solo espero que no os hagáis daño.

—Ay Carla, no dramatices y no me des la brasa. Yo estoy bien y he de reconocer que lo he pasado genial haciendo esas fotos, fue algo diferente. Yo me quedo más tranquilo si estás con ella, pero déjale caer que no vaya por libre y haga lo que le dé la gana.

—Tranquilo papá. Te iré informando —escucho su voz cantarina.

—Carla, cielo, te tengo que dejar, luego hablamos.

—Un beso papá. ¡Y esta conversación no la hemos tenido!

—Un beso cariño.

Cuando llego al banco veo que tenemos muchos clientes esperando. Miro a Manel y su cara ha empeorado, pero doy gracias que ya ha desayunado hace rato.

Carmen atiende con mucha paciencia a un señor que se está quejando por todo, desea retirar una suma importante y no ha avisado con el tiempo necesario, eso quiere decir que me va a tocar atenderlo a mí.

Estoy cansado de tantos recortes, del cierre de oficinas y de la falta de personal. Todo esto nos repercute a los trabajadores, ya que nos genera mucho estrés y no damos una buena atención al cliente. Nada tiene que ver con la calidad que se daba antaño.

Esta corbata cada vez me ahoga más. Solo pienso en las vacaciones y poder desconectar esos quince días en agosto.

Cuando finalizamos la jornada, al salir, nos despedimos los tres con un escueto, «hasta mañana». Hoy el día nos ha superado a todos y solo deseamos irnos para casa.

Cuando llego al parking y voy llegando hacia mi coche, no me lo puedo creer. ¿Qué ha pasado? ¡Me cago en tooo! Algún idiota le ha metido una rallada al coche. Me acerco y me entran hasta sudores. Tengo un BMW X5 de color negro y se ve a un kilómetro, o eso me parece a mí. Bueno, ¡pues ya me han dado el día! Lo último que me faltaba para rematar mi humor de perros.

Entro en el coche y lo primero que hago es poner mi música, eso me ayudará a no pensar en la puñetera rallada. Total, si tengo el seguro a todo riesgo. Ya lo dejaré en el taller cuando tenga un momento o esté de vacaciones.

Mientras conduzco pienso en Carla y Anna. Me las imagino pegadas a la pantalla del ordenador mirando mis fotos. «¿Qué saldrá de todo eso?», me pregunto, ya que no tengo ni idea de cómo es eso del book. Bueno, ya lo veré, además me sale gratis.

Ya una vez en casa me preparo algo rápido para comer y de vez en cuando miro el móvil para revisar si tengo algún mensaje de Carla o Anna. De momento, nada.

Ha pasado una hora y es tal la curiosidad que decido escribirle a Carla para saber qué tal han quedado las fotos. Le doy a enviar y solo me queda esperar que conteste.

Estoy tumbado en el sofá viendo un documental y me está entrando sueño. Apago la televisión y subo a mi habitación con la intención de ponerme el bañador y coger el libro, ya que hace muchos días que no leo nada. Me daré un baño en la piscina y luego leeré un poco, también aprovecharé para tomar un rato el sol en la tumbona.

Me doy un baño y me tumbo a leer. Es cierto que muchas veces pienso que es demasiado grande la casa para mí solo, pero en momentos como este, me siento un privilegiado por tener esta zona al aire libre, y más hoy que tuve un día duro y se me ha hecho cuesta arriba en el trabajo. Estar fuera sin ruidos, sin nadie, hace que se me olvide que he trabajado hoy, todo el estrés se borra en un plumazo.

El móvil vibra en la mesita que tengo al lado de la tumbona y veo que es Carla quien llama. Dejo el libro abierto boca abajo a mis pies y contesto al teléfono.

—Hola, tesoro.

—Hola, papá. He salido a tomar un café y te hago un pequeño resumen porque estoy alucinando de las fotos que te hizo Anna. ¡Es la puta ama! Hay unas de ellas que son dignas de enmarcar, cuando las veas te vas a quedar de piedra. Es que la *jodía* es buena con la cámara en la mano. No sé, quizás al ser las tuyas, me he quedado anonadada.

—¿En serio?

—Papá, hemos elegido un poco de las tres sesiones y te aseguro que son muy bonitas. ¡Si hasta pareces un profesional! Yo no te veía con esos ojos.

—¿Y las nuestras? ¿Han quedado bonitas?

—Esas ya me las he guardado para mí. Bueno, para nosotros quise decir.

—Pues tengo ganas de verlas.

—Si te llama Anna, yo no te he llamado, ¿eh? No quiero problemas.

—Tranquila, será nuestro secreto. Que raro que no haya llamado, ¿no?

—Creo que te quiere dar una sorpresa cuando esté todo hecho. Así que tu calladito.

—Carla, una pregunta. ¿Esas fotos son solo para que yo las tenga? Es decir, las hizo con el fin de pasar un rato, no por nada más, además... ¡si no sé posar!

—Mmmm. Pues por lo que dijo, tiene idea de pasarlas a alguna firma, pero no te preocupes, tienes que dar tú el consentimiento.

—Me quedo más tranquilo —escucho a Carla reír.

—Papá, te tengo que dejar. Recuerda, no sabes nada.

—Tranquila hija, seré una tumba. Un beso y gracias.

—Otro para ti.

Me tumbo de nuevo en la hamaca con la mente puesta en el tema de las fotos. Tengo ganas de saber cómo ha quedado el trabajo de Anna.

Pienso en lo que me ha comentado Carla y, aunque es mi hija, ella ve muchas fotos de otras personas en la agencia, y el hecho de que le hayan gustado me hace pensar aún más en ellas, ya que ha dicho que me ve solo como su padre, y si se ha sorprendido será por algo.

Con móvil en mano le doy a la cámara y en modo frontal me hago un par de *selfis* y miro a ver cómo han quedado, solo con el fin de verme.

El resultado no es el esperado. Sinceramente, no soy nada

bueno en auto fotografiarme, así que le doy a borrar, coloco el teléfono encima de la mesita y vuelvo a por el libro para seguir leyendo un rato más.

Empiezo a leer de nuevo pero me es imposible, mi mente está en la conversación de Carla. Esperaré a que llame Anna y me comente algo.

Intento recordar alguna foto que quizás haya podido utilizar, pero me es imposible, hizo demasiadas. Me levanto de la tumbona y voy a la cocina a prepararme un café, ya que de leer nada de nada.

Tomando el café recuerdo la puñetera raya del coche y decido llamar para pedir cita y que me pongan además uno de sustitución, ya que conociéndome, se me van a ir los ojos cada día mirando la ralladura. Me han dado hora y podré dejarlo la semana que viene, así que ya está solucionado.

Estoy con las manos apoyadas en la isla y me acuerdo de Anna. ¡Joder!

Exhalo negando con la cabeza. ¿Qué me está pasando? ¿Todo en mi casa me la va a recordar? «¡Es lo que tiene pasar tanto rato con ella aquí!». Ya estaba tardando en aparecer el *cabroncete* de mi yo interior. Niego de nuevo cerrando los ojos, sabiendo que aún no ha acabado «¡Te estás pillando guaperas!», me dice como coletilla.

Salgo de la cocina en dirección a la sala de yoga, entre Anna y el puñetero *cabroncete*, casi mejor que intente hacer algo de relajación y dejar todo lo que pueda mi mente en blanco.

Pasada casi una hora, mi mente ha quedado algo más tranquila, sigo estirado y haciendo unas respiraciones. Cuando salgo de la sala hacia mi habitación para darme una ducha, me fijo que tengo muchas notificaciones en mi móvil, lo desbloqueo y son dos llamadas perdidas de Anna y unos treinta *WhatsApps* del grupo familiar. Ojeo por encima los mensajes, no hay nada importante. Después ya hablaré con ella y contestaré los de los chicos.

Salgo del baño con la toalla enrollada a la cintura, buscando algún pantalón que sea fresco y una camiseta ancha. Bajo al salón y me tumbo en el sofá con el móvil en mano. Contesto los *WhatsApps* de los chicos y llamo a Anna.

—Hola, preciosa, ¿cómo estás?

—Hola, guapísimo. Muy bien.

—He visto que me has llamado, pero estaba en la sala de yoga haciendo unos ejercicios y no lo he escuchado.

—¿Eliminando estrés?

—Sip, hoy ha sido un día un poco caótico en el trabajo. Además, cuando he ido a buscar el coche tenía una rayada enorme. ¡Si llego a saber quién me lo hizo, lo mato! Lo normal, digo yo es dejar una nota con un teléfono, que para eso están los seguros, ¿no? Así que una vez he llegado a casa; llamé al concesionario, solicité día y hora y casi pelearme para que me faciliten uno de sustitución mientras lo reparen.

—¡Que putada lo del coche! —comenta sin más.

—Y tú, ¿qué tal? Explícame.

—Mi día ha ido bien en general. No he ido a comer a casa, comí con tu hija. ¿Sabes por qué? He cogido todas las fotos tuyas y bueno, las he seleccionado. He hablado con tu hija y le he pedido si se podía quedar y que me ayudase. Mario, han quedado preciosas y cuando las veas te van a encantar, de verdad.

—¡Ah, pues muy bien! Tengo muchas ganas de ver esas fotos, pero explícame, ¿qué fotos has seleccionado? ¿De yoga, de la piscina, del estudio?

—Sinceramente, me ha sido bastante difícil. Es que había fotos muy buenas, y bueno, pues he tomado unas pocas de todas. Las del estudio han quedado muy bien, pero las del yoga, ¡impresionantes! He tenido que hacer una selección y buscar las mejores, algunas de primer plano, otras con traje, en el exterior. En fin, de todo un poco.

—Por cierto. Las fotos que hicimos con Carla, ¿cómo han quedado? Esas sí que las quiero ver, pero además porque me hace mucha ilusión tenerlas.

—Pues han quedado muy bonitas. Sobre todo, la que estabais bailando y en las que os hice posando, también muy chulas. Esas te van a encantar, te las voy a enviar enseguida para que las tengas. He pensado que podríamos vernos y que vieses lo que seleccioné, a ver qué te parecen. ¿Cómo lo tienes para poder quedar? —afirma emocionada.

—Lo tengo bien, pero ¿para venir tú, o ir yo allí?

—Si vienes tú mejor, así sería más fácil. Ven a la agencia, te las enseño y si te traes un *pendrive*, las tienes todas para ti.

—¿Te va bien si voy mañana?

—¡Claro que me va bien! Si estoy deseando que las veas —la escucho reír—. Pero mejor, ven por la tarde y así también estará tu hija, le hará ilusión que las veamos juntos los tres.

—Perfecto entonces. Si quieres, lo que podemos hacer es, mañana cuando salga del trabajo voy para allí y os invito a las dos a comer, ¿qué te parece si comemos los tres juntos?

—Por mí perfecto. Igualmente, habla con Carla para saber si puede quedarse mañana a comer con nosotros, si es así, por la tarde vamos a mi despacho y miramos esas fotos los tres juntos.

—Si, en un rato la llamaré para que no haga planes y pueda comer con nosotros.

—De acuerdo. Entonces mañana nos vemos.

—Pues te dejo. Voy a llamar en un momento a Carla y después a prepararme algo de cenar. Tú cena y descansa.

—Gracias. Pues quizás me haga para cenar un bocadillo de tortilla, no tengo muchas ganas de hacer nada hoy. Un beso y hasta mañana.

Es colgar el teléfono y me voy directo a buscar el pendrive. Creo recordar tener uno en el cajón del mueble del salón. Una vez lo tengo, lo guardo en el maletín del trabajo. Al momento llamo a Carla.

—Hola, cariño, ¿cómo estás?

—Hola, papá, ¿qué tal? —su tono de voz es alegre.

—Carla, hace un momento que he estado hablando con Anna y me ha comentado el tema de las fotos. Mañana, cuando salga del trabajo iré directo para la agencia. Me ha dicho que lleve un *pendrive* y así poder pasármelas y tenerlas para mí. Como iré directamente, hemos pensado en comer por allí en cualquier bar. ¿Qué te parece si comemos los tres juntos?

—Hoy me he quedado a comer allí. ¿Y mañana queréis que me vuelva a quedar?

—Carla, ya que voy, me gustaría mucho que vinieras tú también.

—Bueno venga, me quedo. Comemos juntos, pero entonces qué se supone, ¿qué vienes a ver todas las fotos? ¿qué te ha explicado Anna?

—Bueno, me ha explicado que han quedado muy bonitas las fotos y que ha seleccionado unas quince de ellas para el book. Quiere que las vea y que me lleve un *pendrive* y así me dará todas las que ha hecho. Yo he preguntado por las nuestras y dijo que son geniales, que me van a gustar mucho. No le he comentado nada que tú y yo hemos hablado esta mañana.

—Mejor. No esperaba menos de ti —la escucho reír—. No quiero explicarte nada más papá, mañana ya verás el trabajo que ha hecho mi querida jefa contigo.

—Carla, no me asustes —murmuro con voz queda.

—Bueno, pues te veo mañana. Un beso papá.

—Otro para ti cariño.

Cuando cuelgo la llamada con Carla, contesto los mensajes de los chicos. Joan y Diego están empezando a mirar las opciones de su viaje, y van enviando fotos de hoteles. Ellos dos no saben nada de las fotos, aprovecho para comentar cuándo pueden venir a casa, alegando que hace días que no les veo. Carla, como se imagina el por qué, insiste también en que nos veamos. Joan dice que según el cuadrante de horarios, en un par de días nos informará y ya miraremos de poder coincidir.

Me levanto del sofá para prepararme cualquier cosa de cenar y ver un poco las noticias. Pasadas un par de horas decido irme a dormir pronto, pero con la mente puesta en las puñeteras fotos. Ya no sé si es simple curiosidad o la necesidad de observar, a través de ellas, algo nuevo en mí. En fin, mañana lo sabré.

Por más que lo intento no consigo dormir. Me siento inquieto y no paro de dar vueltas y pensar en muchas cosas a la vez. El hecho de comer los tres juntos me pareció bien en su momento, pero ahora no sé cómo me sentiré. Solo espero que Carla no se encuentre extraña viéndonos a los dos, por mucho que diga que lo empieza a aceptar.

El tema de explicar a los chicos que me estoy viendo con Anna no será difícil, ya que con Carla está todo bien. Si tengo esas fotos, quiero que las puedan ver. Joan quizás tenga un poco de celos por no estar él, pero bueno, ya habrá más ocasiones.

Me levanto de la cama y bajo a la cocina para prepararme un vaso de leche con cacao. Eso quizás me ayudará a conciliar el sueño y no darle a la cabeza. Cuando subo de nuevo a mi habitación, cojo el libro y me pongo a leer unas páginas, eso también me ayudara a dejar de pensar y poder dormir.

El día ha amanecido fresco y eso se agradece, ya que en poco tiempo tendré que dormir hasta con el aire acondicionado. Tras seguir mi ritual matutino, me siento mejor que anoche, solo espero que hoy Manel esté de mejor humor que ayer. Camino al trabajo voy escuchando mi programa favorito, ayer me bajé el *podcast* y como hay bastante tráfico, es fácil que pueda escucharlo entero.

Cuando he aparcado el coche observo a mi alrededor, fijándome quién habrá podido ser el que me lo haya rayado. Niego con la cabeza y decido no dar tanta importancia a la rayada. Miro la hora y tengo diez minutos para tomar un café antes de entrar a trabajar. Como siempre, Toni me ve aparecer y ya me trae el café con leche, tal y como a mí me gusta.

Cuando entro en la oficina se respira tranquilidad, ojalá sea así toda la mañana. Saludo a Carmen y observo que Manel está atendiendo a un cliente, veo que no tiene el entrecejo fruncido. Me dirijo a mi despacho y a los pocos minutos entra él y deja una documentación que quedó pendiente de mi firma. Levanto la cabeza, lo miro y me sonríe. No comento nada de ayer, si tuvo un mal día eso nos pasa a todos, él sabe que si necesita cualquier cosa me la puede pedir.

La mañana transcurre algo mejor que ayer. Tengo trabajo acumulado, pero ya me quedaré una tarde y me pongo al día, hoy solo quiero salir a mi hora e irme a comer con las chicas.

Cuando salgo de la oficina, envío un *WhatsApp* a Anna antes de llegar al coche. Le he comentado que en unos quince minutos estaré allí si no hay mucho tráfico.

Aunque encuentro varios lugares en zona azul, prefiero dejarlo en un parking, así que me dirijo al que voy siempre. Una vez lo dejo y guardo el tique en mi cartera, salgo y mientras camino observo a Carla y Anna fuera de la agencia. Eso quiere decir que ya han cerrado y me están esperando. Me acerco hasta ellas y saludo a ambas con un beso en las mejillas.

—Hola, chicas.

—Hola —exclaman con entusiasmo.

—¿Dónde queréis comer? —pregunto sin más.

—Si te gustó el bar que fuimos la última vez, podemos ir allí —comenta Carla.

—Por mí, perfecto —sonrío mirando a las dos—. ¿Tú que dices Anna? ¿Te parece bien?

—Sí, vamos a ese, es el que acostumbramos a ir. Es el mejor de por aquí.

En menos de diez minutos ya estamos esperando que nos den mesa. Una vez nos sentamos, nos ofrecen la carta y el menú del día. Los tres optamos por pedir menú y para beber, una botella grande de agua. Solo han pasado unos minutos cuando nos traen los platos.

—¡Qué rapidez! —exclamo sorprendido.

—Son rápidos con el servicio, y la comida muy buena —comenta Anna—, piensa que la mayoría de clientes son oficinas y no tienen mucho tiempo, así que somos muchos los que venimos aquí.

—Bueno, entonces en un rato veré el trabajo que has hecho conmigo —sonrío mirando a Anna.

—Carla hoy me ayudó un poco con algún retoque y también con la maquetación del book —sonríe mirándome—. Es un trabajo de las dos.

—Por cierto, he traído el *pendrive* —sonrío levantando las cejas.

—Esta mañana mientras estaba con tus fotos, pensé en grabarte cuando las estés viendo —Carla sonríe con algo de sarcasmo—, pero no sé si mi jefa me dejará.

—Carla, estás acojonando a tu padre —ahora es Anna quien sonríe mientras habla—. Se está quedando blanco solo de pensarlo.

—Chicas, ¡a comer! —ante mi tono imperativo, ellas empiezan a reír.

Cuando llegan los postres, Anna sin un ápice de vergüenza coge su cucharita y nos pide probar un poco del nuestro. Tanto Carla como yo le acercamos los platos y los ponemos junto al suyo en línea recta, mientras ella aplaude poniendo los ojos en blanco. Nos traen los cafés y pido al camarero que prepare la cuenta. Una vez salimos, siento que estoy algo nervioso, pero no digo nada, no quiero ser la mofa de las dos. Al llegar a la agencia, me comenta que tenemos una hora hasta que lleguen el resto de los chicos, así que podemos estar los tres tranquilos en su despacho, eso me ayuda, luego ya veremos al salir.

Una vez entramos, vamos directos hacia el despacho de Anna. Carla se para un segundo en su puesto para encender su ordenador, pero al momento viene detrás de nosotros. Ella enciende su pc y le pide a mi hija que acerque las dos sillas cerca de ella y así poder estar los tres mirando la pantalla. Nos sentamos y Anna mirándome, dice:

—¿Preparado? —yo simplemente asiento con la cabeza.

—Pues, ¡ahí vamos! Espero que te guste.

Ella abre una carpeta que pone mi nombre. Me mira y sonríe tímidamente.

—Primero, te vamos a enseñar las fotos en sí. Luego te enseñamos el book.

—Anna, ¡abre la carpeta ya! —exclama Carla—. Tengo trabajo acumulado y no puedo estar mucho rato.

—¡Pues te quedas hasta más tarde!

—¡Si hombre! Y qué más —deja ir una risita.

Anna clica en ella y se abre otra subcarpeta, hace un doble clic y salen las primeras fotos.

Lleva el cursor hacia la primera y veo la fotografía en grande. Observo y me quedo callado.

—En estas, aún tenías el palo metido en el culo —se limita a observar la foto mientras comenta—, luego ya vas mejorando, son las primeras, las de la piscina, pero han quedado muy bien.

—¿Este soy yo? —pregunto con la mirada fija en su Mac—. Y, ¿dices que estas no son buenas?

—Papá, solo has visto una, espera a verlas todas.

Mis ojos solo miran la pantalla. Anna lentamente va pasando las fotografías, y comenta alguna, yo en cambio no digo nada, estoy sorprendido y ni me reconozco.

Cuando llega a una que estoy apoyando los brazos en el sofá de fuera, mirando a la cámara hasta con chulería diría yo, pongo mi mano en la suya para que no pase a la siguiente. Ella levanta la mirada y Carla me observa sin decir absolutamente nada.

—Anna, me esperaba unas fotos bonitas y de calidad, pero sinceramente, tengo que reconocer que hasta me cuesta creer que ese de la pantalla sea yo. ¡Son perfectas!

—Pues espera y verás —sonríe tímidamente.

—Papá, tengo que reconocer que cuando vi las fotos yo también me quedé sorprendida, ya que te veo simplemente como mi padre y quiero que sepas que tienes mucho potencial. No lo digo por ser tu hija, sino como trabajadora de la agencia. Vamos, que si no te conociera, le diría a Anna que te fichase.

—Pues si en estas tenía el palo metido en el culo. Creo recordar que las del estudio también. Ese día te pusiste muy nerviosa conmigo —la miro y le guiño un ojo.

—La verdad es que sí, pero ¿a qué soy la puta ama? ¿O no? —abre los ojos y gesticula.

—Ya te dije ayer que era muy buena —comenta Carla mirándome.

—¿Cómo que le dijiste ayer? —Anna mira a mi hija levantando una ceja.

—Ups —Carla se tapa la boca con las manos.

—Chicas, ¿continuamos? —exclamo intentando zanjar el tema—. Seguimos mirando una y otra, así sucesivamente, en algunas nos reímos los tres, viendo mi cara de espanto, y con otras en cambio nos quedamos embobados. Pasamos a la carpeta de las que hicimos en el estudio.

Con el traje parezco un modelo de Macson, y cuando por

fin veo las fotos de Carla y yo juntos, ahí sé que mi corazón está pleno de felicidad.

Muchas de ellas son muy simpáticas, haciendo el tonto, bailando y riendo, esas son mis favoritas y cuando veo en las que posamos juntos, sé que tendré un problema en el momento que Joan las vea, ya que él también querrá hacerse varias con Diego y nosotros.

Carla parece ser que me lee el pensamiento y comenta que ya tendremos ocasiones para hacer una sesión todos. Anna simplemente afirma con la cabeza.

—Y ahora, vas a ver las de la sala de yoga, son mis favoritas—, comenta Anna.

Abre la carpeta y empezamos a mirar las fotografías, son preciosas y verme haciendo esos movimientos me ha recordado cuando veía a Cristina en sus clases.

Esa elegancia y perfección, ahora los veo reflejados en mí. Una vez acabamos de verlas, es cuando Anna abre un cajón y saca un book en papel. Una foto mía de portada, y una bonita selección que ella ha elegido. Es perfecto. También indica mi nombre, altura, peso, etc. Lo vuelvo a mirar y ellas dos están pendientes de mi reacción, hasta que Carla no aguanta más y dice:

—Bueno, ¿qué? ¿No vas a decir nada? ¡Espabila papá!

—Chicas, no tengo palabras para expresar todo esto. Anna, has hecho un trabajo impresionante, y cuando me veo, me cuesta creer que soy yo, ¡si es que hasta parezco un modelo profesional!

Me tapo la cara con las manos y cuando las retiro paso un brazo por cada una de ellas abrazándolas. ¡Sois las putas amas! —afirmo sonriendo.

—Sabíamos que te iban a gustar —Carla sonríe, se miran entre ellas y chocan las manos.

Dejo el *pendrive* encima de la mesa para que no se me

olvide que me ponga las fotos. Ella abre otro cajón y saca unos documentos.

En ese momento, Carla se levanta y nos dice que vuelve a su puesto, que ya es tarde. Yo me quedo en el despacho con Anna. Cuando cierra la puerta mi hija y nos deja solos, ella me enseña unos documentos. Los miro, no entendiendo nada, y levantando la ceja le digo:

—Y esto, ¿qué es? —la observo esperando su respuesta.

—Mario, el trabajo ha quedado genial. Carla y yo hemos pensado que si tú quieres, podríamos tenerlas para nosotros. Si nos solicitan un perfil como el tuyo, poder ofrecerlo a nuestros clientes. Esos documentos simplemente son la autorización por el tema de la ley de protección de datos. Obviamente las fotos son tuyas, las hicimos a nivel personal, pero cuando empecé a mirarlas se las enseñé a tu hija y pensó igual que yo. Quiero decirte que quedó sorprendida, ya que ella solo te ve como su padre, pero al verlas desde aquí, las vio con otros ojos. Tenemos clientes que nos solicitan trabajos solo a nosotros y siempre quieren caras nuevas y perfiles muy diversos.

Son muchos los trabajos que nos solicitan: anuncios televisivos, portadas, catálogos de ropa, incluso nos piden perfiles similares al tuyo, para formaciones internas de empresas, ya sea solo fotos o video con voz.

—Anna, he de reconocer que tu trabajo es muy bueno. Yo simplemente me dejé llevar por hacer algo gracioso y tener unas fotos bonitas, que por cierto, traje el *pendrive* —lo tomo en mis manos y mientras se lo hago ver lo voy moviendo—. Tener esas fotos me hace mucha ilusión, pero de ahí a exponer mi cara… Si algún cliente tuyo me llamase, no sé, no lo veo. Además, pongamos en el supuesto que se interesan, yo trabajo y quizás no pueda asistir si me llaman.

—No te compromete a nada Mario, la última palabra siempre la tendrás tú.

—Firmar y dar autorización sería agradecerte en parte tu trabajo, pero no lo tengo claro.

—Tranquilo, lo entiendo. Carla me avisó que serías reacio. No sería para anuncios de dentaduras postizas como le dijiste —sonríe mostrándome los dientes y moviendo la cabeza.

—¡Qué malas sois las dos! Hacerme esto a mí.

—Venga, dame el *pendrive* que te las paso en un momento.

Se lo acerco y ella coge la documentación y cuando la va a guardar, pongo mi mano encima de la suya. Me mira sin decir nada y yo busco un bolígrafo de la mesa, aparto su mano y cuando me doy cuenta, los he firmado. Le entrego los documentos y ella sonríe.

—Te los firmo porque considero que es lo mínimo que puedo hacer. Es un buen trabajo y le has dedicado muchas horas para simplemente tenerlo en un *pendrive*. Solo espero que no se interesen por mí.

—Mario, ofrecerlas no significa que te llamen y menos de hoy para mañana. Y, ¿quién sabe? Puede incluso ser hasta divertido y te ganarías cuatro duros —me guiña un ojo y observo que se levanta y cuando me tiene frente a ella me besa dulcemente—. Gracias por firmar.

—Estoy pensando que voy a tener una larga charla con mi hija. Ha pasado de enfadarse por vernos juntos, a querer que haga de modelo para vosotros. ¡Devuélveme a mi hija! ¡Es usted una encantadora de serpientes, señorita de pelo azul! —me acerco hasta ella y le beso con pasión.

Salimos del despacho y al llegar al puesto de Carla, me paro para despedirme de ella y observo que Anna le guiña un ojo disimuladamente. Mi hija se levanta de su silla y las dos me acompañan hasta la puerta.

—Bueno papá, pues ya tienes tus fotos.

—Tenemos una conversación pendiente jovencita —finjo tono de enfado y le doy un par de besos.

—Si este fin de semana comemos todos juntos, dejaré que me des la tabarra. ¿Tú vendrás Anna? —pregunta pizpireta.

Nos miramos un momento los tres y yo me quedo callado, Anna responde a Carla diciendo en voz queda:

—No creo que pueda.

Salimos a la puerta y al despedirme de ella comento:

—Este fin de semana, si Joan y Diego pueden, queremos hacer una comida en mi casa. No te comenté nada porque quiero aprovechar la ocasión de que puedan ver las fotos, además Joan empezará a preguntar y quiero informarles que nos estamos viendo tú y yo.

—Mejor que estéis solos —sonríe y me da un pequeño golpe en el hombro—. No te beso porque no quiero ser la comidilla del equipo.

—Yo tampoco quiero que lo seas. Vamos hablando preciosa.

Ella entra y yo camino hacia el parking.

CAPÍTULO 21

Estos días han sido algo estresantes, hay veces que siento que faltan horas para poder llegar a todo. En resumidas, lo que nos pasa a la mayoría de los humanos.

Joan, tras mirar los cuadrantes de trabajo, ha comentado que podrán venir a comer hoy sábado, ya que el domingo ambos trabajan. Carla también vendrá, comentó que me ayudará a preparar la comida. Creo que no viene a ayudarme, sino que quiere que estemos solos un rato antes de que aparezcan los chicos.

A ratos he ido viendo de nuevo las fotos, algunas las he pasado al móvil, sobre todo las de Carla. De momento a Juan no le he pasado ninguna, ya se las enseñaré más adelante.

Estoy fuera en el porche desayunando y escucho a mi vecino Andrés refunfuñando por algo de la piscina. Me levanto y lo llamo a voz en grito.

—Andrés, ¿qué te pasa? ¡Deja de hablar solo, parece que estás majareta!

—Vecinoooo, ¡estoy hasta los cojones de la piscina! —grita enfadado—. Putos filtros.

—¿Cómo lo tienes mañana para hacer unas partidas? —grito yo también.

—¡Ya estás tardando en pedir pista!

—Pues llamo ahora y la pido para las nueve como siempre. Te dejo que te sigas peleando con los filtros —me despido de él levantando mi mano.

—¡Hasta mañana entonces!

Estoy leyendo la prensa desde el *iPad* y pican a la puerta. Miro la hora y son las once y media de la mañana, Salgo a abrir y veo que es Carla.

—Hola, papá.

—Hola, ¡joder, sí que llegas pronto! —le doy un par de besos.

—¡Yo también te quiero papá! —entra y lleva algo en las manos que no sé que puede ser.

—¿Qué has traído?

—¡Un bizcocho! Ayer por la tarde lo hice. Nuria estaba de un humor de perros y preferí meterme en la cocina antes de ponerme a discutir con ella. Igualmente estuve tentada de tirarle la harina por la cabeza, pero me contuve.

—Me alegra saberlo —ironizo.

—Y como te dije que llegaría pronto para ayudarte con la comida, ¡pues aquí estoy!

—Ya —levanto una ceja mirándola—, y yo me lo creo.

—Bueno —me guiña un ojo la muy puñetera—, y para hablar un poquito de tu nueva faceta.

—Ven, vamos a la cocina, dejamos el bizcocho y nos tomamos un café.

—¡Vale!

Nos sentamos en la cocina a tomar el café y la miro esperando que empiece hablar.

—Papá, llevo días pensando en ti. Hace unos meses te dio la neura de que querías montar un negocio porque necesitabas cambios, ¡era una puta locura! Ya que además, querer poner un sexshop no lo vi nada normal, pero sí pienso en las fotos que te hizo Anna. ¿Te has parado a pensar que quizás eso te ayude a conocer un mundo nuevo? Es decir, sería una forma de realizar algo diferente y dejar de estar tan amargado como dice Joan que estás.

¡Me estás estresando!

—¿Joan dice que estoy amargado?

—Más o menos. Comentó que no te veía bien últimamente, que sientes necesidad de hacer cambios, pero no haces nada, solo quejarte por todo.

—Cambios. Te recuerdo que cuando te enteraste de que nos veíamos Anna y yo, me la liaste parda. Ahora, en cambio, no te importa si voy con ella y además quieres que haga de modelo. «Quien te entienda que te compre» como se suele decir.

—Papá, en el tema de Anna simplemente no me lo esperaba, para qué mentir. Me pilló por sorpresa, no quiero que te hagan daño y tampoco que lo hagas tú. Anna es mi jefa y muy buena persona, si sales con alguien que no conociese, me sería igual.

—Carla, el tema de Anna ya lo hablamos hace días. De momento, solo nos vemos, pasamos un buen rato, pero no quiero etiquetar nada, es pronto para eso. Anna sabe que no estoy preparado para una relación y sinceramente, a fecha de hoy, sería yo el que podría hacerle daño a ella en ese sentido. No se lo merece, es un sol de persona, pero no sé si llegaremos a algo.

—Yo por lo que vi el otro día, os gustáis mutuamente.

—Es muy difícil ocupar el puesto de mamá.

—El puesto de mamá nadie lo podrá ocupar, papá. Será otro diferente. Si haces comparaciones, harás sufrir a Anna y sufrirás tú. Mi pregunta es: ¿Qué sientes al estar con ella? Pon un adjetivo.

—No lo sé. Simplemente me siento cómodo a su lado, nos reímos, lo pasamos bien en general, pero hay veces que sé que me cuesta un poco todo. Si a eso le añado ser parte de la plantilla de modelos en vuestra empresa...

—Tómatelo como algo que te hará salir un poco de tu rutina. Sería ocasional, no se están siempre haciendo *castings*, aunque hay gente que se dedica solo a ese mundo, pero son los menos, para ser sinceros.

—¿Y si me llamasen para uno? Tendría que faltar al trabajo, según el horario

—Eso ya se vería papá, no te agobies.

—Tú has venido a ayudarme con la comida, ¿verdad? —me levanto y dejo la taza de café en el fregadero.

—Sip, ¿en qué te ayudo?

—Está todo hecho. Hice ensalada de pasta y pondremos unos filetes empanados que tengo congelados.

—Por cierto, ¿qué les vas a decir a los chicos?

—Pues les explicaré un poco todo. Luego nos tocará aguantar el ataque de celos de tu hermano, por no estar él en las fotos.

—Eso se arregla rápido. Invitamos un día a Anna y que nos haga una sesión a todos juntos.

Vamos preparando la mesa de fuera y dejándolo todo listo para cuando lleguen los chicos. Carla coloca en una bandeja el bizcocho, pero lo deja en la cocina, alegando que el postre y el café mejor tomarlo dentro, de esta manera podemos ver las fotos si las ponemos en la televisión. La idea me parece buena, así que ya dejo puesto el *pendrive* preparado.

Suena el timbre de fuera y va Carla a abrir. Son los chicos. Cuando entran van cargados con cajas de ropa y cosas que no utilizan, ya que en su casa no les caben. Salgo a recibirlos y viendo todo lo que traen directamente miro a mi hijo y le digo:

—Joan, todo eso a tu habitación. En la sala de yoga nada, el otro día la dejé ordenada.

Sin soltarlas de sus brazos, se acercan los dos, me dan un beso y directamente suben a dejarlas allí. Una vez ya han dejado las cajas en la habitación, salimos todos y nos sentamos a tomar el vermut. Joan comenta que tienen el hotel reservado, han optado por uno de los más sencillos de la compañía, ya que solo es para ir a dormir, y aunque les hacen descuentos por empleados, prefieren que esté lo más céntrico posible.

¡Me estás estresando!

Diego nos explica las rutas que querrían hacer y Joan comenta que ya puestos, podrían coger un avión y pasar por Las Vegas, le gustaría casarse allí. Todos empezamos a reír. Sabemos que mi hijo es muy melodramático, no nos lo imaginamos casándose ellos dos solos, sin fiesta por todo lo alto.

—Pues aprovechando, me gustaría ir a Las Vegas. Sería un puntazo casarse allí —comenta Joan mirando a Diego.

—Joan, ya lo hemos hablado ¡Las Vegas está en la otra punta de Estados Unidos! Y sabes que es un no rotundo.

—En Las Vegas y vestido de Elvis —exclama Carla riendo—. ¡Que sepas que vale una pasta, eh!

—No es solo por la pasta, mi sueño es ir a Nueva York, no a Las Vegas. Y Joan no tiene muy claro las distancias, como podéis observar. Además, no me apetece que una vez pasado el subidón del momento vengan los lloros porque no estáis vosotros y el dramatismo para hacer la boda por todo lo alto cuando lleguemos aquí. Demasiado estrés en un vuelo de más de cinco horas.

—Pienso igual que Diego, eso os llevaría tiempo y mucho dinero por un capricho tuyo Joan —exhalo imaginando la situación.

—¡Pues sería muy original y bonito! —replica Joan.

—Original, sí. Caro, también —replica Carla—, además de triste. No te veo yo dando el «sí quiero» de esa manera.

—Diego, no cedas a sus chantajes. No me apetece vestirme de gala para estar en el salón con el *iPad* —cuando acabo la frase estallamos todos a carcajada limpia.

—Tranquilos, lleva un mes insistiendo que me quería dar una sorpresa y la sorpresa se la ha llevado él —Diego mira a Joan y le guiña un ojo y mi hijo le pone morritos.

—Bueno, ¿y vosotros cómo estáis? ¿Qué os explicáis de nuevo? —Joan nos mira a Carla y a mí.

—Nada en especial, últimamente tengo una vida muy aburrida —Carla hace un mohín.

—¡Te pareces a papá, hermanita!

—La vida de papá es más emocionante que la mía.

—Chicos —con un tenedor tocando un vaso, hago un sonido para llamar su atención— os quiero explicar algo.

—Ay Dios, se va a liar parda —suspira Joan.

—Tranquilo hijo, no se va a liar nada.

—Pues explica, que nos tienes en ascuas —reclama Diego.

—A ver. Quiero que sepáis que me estoy viendo con Anna, la jefa de Carla.

—Se va a liar, se va a liar —susurra Joan a Diego.

—Joan, Carla está al corriente de todo, tranquilo, relájate hombre.

—¡Ah! —exclama Joan.

—Os explico. Tema de Anna, pues eso, a fecha de hoy nos estamos viendo. No somos novios ni cosas raras, de momento, amigos.

—Con derecho a roce —puntualiza Carla.

—Amigos con derecho a roce, como vosotros decís. A fecha de hoy, no es nada serio, pero si algún día venís a casa y está ella, que no os pille por sorpresa.

Otra cosa, la abuela no sabe nada, así que no lo comentéis y a los yayos tampoco, ellos serían los últimos en saberlo si fuese algo serio.

—A ver papá, en resumidas: tienes una amiga que te la estás follando y es la jefa de Carla. Si no recuerdo mal, el otro día tu querida hija te montó un pollo por el mismo tema, ¿y ahora le parece bien? ¿Dónde me he perdido? —cierra los ojos moviendo la cabeza y a su vez suspira.

—¿Qué pasa? ¿No puedo cambiar de opinión? —Carla se encara con su hermano.

—Papá, vamos a tener problemas. ¿Lo sabes, verdad? —Joan me mira esperando respuesta—. Tu hija a veces parece bipolar.

—¡¿Perdona?! Yo pareceré bipolar, ¡pero tú eres idiota! Y para eso no hay pastillas, guapo.

—Un poco de calma, por favor —interviene Diego.

—Chicos, por favor. No os he acabado de explicar.

—¡Ay Dios! ¿Se ha quedado embarazada? —Joan se deja caer en la silla dramatizando.

—¡Ves como eres idiota! —le grita Carla.

—Si es por eso, tranquilo, no está embarazada, ni lo estará.

—¡Menos mal! —suspira Joan— he llegado a hiperventilar

—Diego, qué paciencia tienes con mi hermano. No te cases con él.

—Muy bien, pues se acabó. No explico el resto. ¡Venga a comer!

—Papá, la culpa es de tu hija, ¡me pone muy nervioso! —se lleva la mano al pecho suspirando.

—¡Imbécil! —Carla se levanta en busca de la ensalada de pasta y la carne.

—Comemos y os voy explicando el resto tranquilamente. Si os insultáis, os vais para vuestra casa. ¿Queda claro? —miro a Joan muy serio y él asiente con la cabeza.

Carla trae la comida y Diego va a por las bebidas. Nos sentamos a comer mientras se genera un silencio incómodo.

—He traído un bizcocho que hice ayer —murmura para romper el hielo.

—Lo comeremos dentro con los cafés. Os tengo que enseñar algo. Pero primero os vamos a explicar un poco Carla y yo.

—Cada vez entiendo menos —comenta Joan y Diego le da un pequeño codazo.

—Días atrás, vino Anna a casa. Me hizo unas fotos profesionales. Posteriormente además hicimos algunas en el estudio. De todas ellas, se han seleccionado varias, exactamente unas quince para un book. Le pedí a Anna que me pasara a un *pendrive* todas las fotos, que luego os quiero enseñar. También informaros, que he firmado una autorización para que pueda presentar mis fotos a sus clientes. Al principio no lo tenía claro, pero según ellas, fácilmente me puedan llamar para alguna cosa puntual. Puede que eso me pueda ayudar y a su vez realizar algo diferente de tanto en tanto, aunque aún dude un poco.

—¡Podrías haber empezado por ahí! —exclama Joan.

—¡Es lo que tiene no dejar explicar, y dramatizar como haces siempre! —Carla le lanza una puya a su hermano.

—¿De cuántas fotos estamos hablando? —Diego se frota las manos con impaciencia.

—Casi unas doscientas o algo más. En algunas de ellas, salimos papá y yo juntos, quise aprovechar la ocasión ya que vino a la agencia. Te pongo en preaviso no sea que te dé un ataque de celos —otra puya que le lanza Carla de nuevo a su hermano.

—No me importa hermanita. Quizás un día le pueda pedir a Anna que nos haga a nosotros, tal y como ha comentado papá. Es fácil que podamos coincidir si viene aquí a casa.

—Bueno, pues si habéis acabado todos, entramos dentro y tomamos los cafés con el bizcocho y vemos las fotos.

—Vosotros id preparando los cafés, mientras Joan y yo vamos recogiendo la mesa —Diego se levanta para ir llevando platos a la cocina.

Mientras yo voy preparando cafés, Carla coloca el bizcocho en trozos pequeños en un plato grande. Le da una bonita presentación, y al llevar chocolate negro encima, de vista se ve muy apetecible.

Nos sentamos los cuatro en el sofá y Carla pone en el centro de la mesa el bizcocho para ir picando mientras tomamos el café.

Yo enciendo el televisor y coloco el *pendrive*. Se muestra la carpeta de las fotos. Joan aplaude nervioso, Diego se lleva un trozo de bizcocho a la boca esperando y Carla me sonríe.

Empiezo a ir pasando fotos lentamente. Se hace un silencio total que tan solo dura unos segundos. Observo a mi hijo y a Diego. Sus caras hablan.

—Pero, ¡¿este eres tú?! —Joan se levanta del sofá y acercándose al televisor exclama—. ¡Me muero del amor!

—¡Joder! —Diego pone cara de asombro.

—Anna es muy buena con la cámara, como podéis apreciar —Carla se tira el pelo hacia atrás con gesto de satisfacción.

—Tu jefa será buena con la cámara, pero tu padre tiene planta y feo no es, nunca lo vimos posando y nos está dejando sorprendidos —Diego inclina su cabeza hacia delante para observar mejor una foto.

Voy pasando fotos y cuando aparecen las de Carla y mías, Joan hace un pequeño mohín.

—Después ya os pasaré algunas al *WhatsApp* de familia y así las tenéis —les informo a todos.

—Me gustaría tener algunas fotos de todos juntos —susurra Joan—. ¿Anna nos podría hacer más adelante alguna sesión? ¿O sería abusar?

—Tranquilo, se lo comenté el otro día porque sabía que las pedirías y me dijo que sin problema —añade Carla.

—¡Genial entonces! Además, así la podremos conocer Diego y yo.

—Ya se irá viendo —intervengo secamente.

Una vez hemos visto todas las fotos, apago la televisión y nos levantamos para salir de nuevo.

—Me apetece darme un baño y tomar un poco el sol —Carla se dirige hacia las escaleras para subir a su habitación y ponerse el bikini.

—¡Carla, espera! —Joan va detrás de ella—, yo también subo a ponerme el bañador.

Al final todos nos ponemos los bañadores y nos metemos en la piscina un rato.

Nos hemos tumbado en las hamacas mientras ellos continúan en el agua. Estamos en silencio hasta que ella mirándome pregunta:

—Papá, ¿por qué no llamas a Anna y que venga a tomar un café? Aprovechando que hoy estamos todos. Así podrían conocerla.

—Carla, no considero que sea buena idea de momento. Yo esperaría quizás más adelante. Además, sabe que veníais, si le llamo ahora no sé qué argumentar para que venga.

—Pues simplemente le dices: Anna, estoy con los chicos en casa, ¿te apetece venir un rato, tomar un café y así los conoces? Sería algo informal.

—Mirándolo de ese modo…

—No es tarde, podría venir un rato y sería una forma fácil para un primer encuentro.

—Ya, pero eso supone presentarla y de momento, como os he dicho, no es nada serio.

—¡No seas antiguo papá! Ya sabemos que no le vas a pedir matrimonio. Tampoco la presentes como una «folla amiga» —empieza a reír.

—¡Qué graciosa!

—¡Venga, llámala!

—¡Vale, pesada! —me levanto de la hamaca para entrar y llamarla.

Cuando salgo de nuevo, están los tres tumbados en las hamacas hablando.

—Chicos, en un rato vendrá Anna a tomar café —me dirijo a los tres.

—Entonces, ¿te ha dicho que si puede venir? —comenta Carla.

—Sí. Tardará menos de una hora. ¿Ha quedado bizcocho?

—Sí, guardé un trozo, por si lo querías para desayunar mañana.

—¿Vamos a conocer a Anna? —aplaude Joan.

—Si, pero el hecho que venga no implica nada, así que no quiero comentarios fuera de lugar.

—Tranquilo, nos portaremos bien.

—¡Más os vale! Y nada de pedir que nos haga fotos, ¿queda claro?

—¡Clarísimo! —Joan levanta las manos y pone los ojos en blanco.

—Entonces, casi mejor que nos vayamos vistiendo. No es apropiado recibirla en bañador —expone Joan.

—¡Simplemente, nos ponemos una camiseta y ya está! ¿Qué problema hay? Estamos tomando el sol —Diego se incorpora molesto de la hamaca.

—Yo subo a vestirme, ya tengo el bikini seco —comenta Carla calzándose las chanclas.

—Subid los tres y vestiros, mientras voy recogiendo la cocina. En un momento subo a cambiarme de ropa yo también.

Mientras voy subiendo las escaleras, escucho que están los tres en la habitación de Joan riendo.

Me asomo al quicio de la puerta y Carla tiene una caja abierta de las que han traído. Está sacando ropa y separando unos jerséis.

Joan le está diciendo que se puede quedar el jersey rojo, pero que el gris lo quiere seguir usando aunque lo deje aquí, que ese no se lo lleve. Yo me limito a observarlos. Cuando Carla me ve apoyado en la puerta, me lo muestra diciendo: —¡Tu hijo no para de gastar mucha pasta en ropa! ¿Sabes qué cues-

ta este?—. Yo niego y me encojo de hombros, y ella añade:—
¡Doscientos pavos! Y luego me regañas a mí porque me compré
un bolso caro.

Entro y se lo quito de las manos y me lo pongo por encima.

—¡Qué pena! Es pequeño para mí —y se lo devuelvo a Carla. En ese momento escuchamos el timbre, es Anna que ya ha llegado.

—Voy a abrir, mientras, ir recogiendo todo lo que habéis dejado por medio, pero no tardéis en bajar.

Salgo y al verla ella me saluda, voy a besarla y me hace la cobra.

—¡Que nos pueden ver! No empecemos con mal pie —sonríe y entra tímidamente

Observo que lleva un paquete de pastelería, me lo ofrece alegando que no iba a venir con las manos vacías y compró un surtido de dulces.

Entramos a la cocina y escuchamos las risas de los chicos por las escaleras, están bajando y van directos hacia afuera.

—¡Estamos en la cocina! —alzo la voz para que no salgan y veo que retroceden.

—Hola —dicen los tres al unísono.

—Hola —saluda Anna.

—Anna, te presento a mi hijo Joan y a mi yerno Diego. A Carla ya la conoces —sonrío en tono burlón.

—¡Hola, jefa! —Carla se acerca y le da un par de besos.

—Hola, Anna —Joan se dirige a ella y le da un beso.

—Hola —Diego le ofrece una sonrisa y también le da la bienvenida con otro beso.

—¿Os apetece café? Anna ha traído un surtido de dulces —les enseño el envoltorio.

—Como no sabía qué os podría gustar, traje un poco de todo —se dirige a los tres sonriendo.

—Anna, me encanta tu pelo —Joan la mira y sonríe—, es un tono azul precioso.

—Gracias, tengo que ir a la peluquería a retocar un poco el corte.

Mientras ellos siguen de pie en la cocina, voy preparando los cafés y coloco en un plato el resto de bizcocho que hizo mi hija, le hago un gesto para que vaya colocando los dulces en la mesita del sofá y tomarlos allí. Una vez lo tenemos todo listo, nos dirigimos hacia el salón.

Carla explica a Anna que hemos estado mirando las fotos y que nos han gustado mucho a todos. Joan insiste en volver a verlas, parece ser que quiere llevar la conversación a su terreno y pedirle que les haga algunas fotos. Yo cambio el tema, preguntando algo más sobre el viaje de ellos. Anna comenta que ha estado en Nueva York y les sugiere lugares para visitar no tan turísticos, pero con mucho encanto. La charla fluye en torno a viajes, y como se acerca la época de vacaciones vamos hablando de ciudades y pueblos interesantes.

Pasado un rato Diego se endereza, estira los brazos y nos dice a todos que deben marcharse ya. Joan se levanta y Carla también.

—Yo también marcho —Anna se incorpora rápidamente—. Ha sido un placer conoceros.

—¿Os vais todos? —pongo los brazos en jarras.

—Nosotros mañana trabajamos y tenemos que preparar uniformes y dejar la casa algo arreglada —Diego mientras habla mira a Joan.

—Yo he quedado para cenar con las chicas y salir de fiesta —Carla se encoge de hombros.

—¿Tú también has quedado para irte de fiesta? —pregunto a Anna.

—Yo no, pero tengo cosas que hacer en casa —responde algo nerviosa.

—No es una buena excusa —añade Joan—, quédate con mi padre un rato más, o mejor dile que te lleve a cenar fuera y se rasque el bolsillo.

Todos empezamos a reír y mirándome comienzan a nombrar restaurantes cercanos para que la lleve a cenar. Anna roja como un tomate baja la cabeza y se queda sin palabras.

—¡Pues no se hable más! Tú no te vas. Después te invito a cenar, pero mientras tanto, me ayudas a recoger todo esto.

Los chicos estallan en risas y se despiden de nosotros con un par de besos.

Una vez nos quedamos a solas, me acerco a ella y le abrazo con fuerza.

Nos quedamos unos segundos los dos sin decir nada, tomo su barbilla y alzándola un poco, le doy un beso y muerdo suavemente su labio. Ambos nos fundimos en un apasionante beso y la atraigo más hacia mí, tocando sus glúteos con fuerza.

—¿Pensabas dejarme solo, eh?

—Si. ¡Se iban los tres! ¿Cómo querías que me quedase? Me dio vergüenza.

—Te pusiste roja como un tomate. ¿Qué te han parecido los chicos?

—Tu hijo me ha enamorado, es tan mono, se ve buen nene.

—Menudo elemento, no dejes que te engañe, es el lobo disfrazado de caperucita.

—No te creo. Lo vi alegre, espontáneo y muy simpático. Diego se ve pausado y más cerebral.

—Son polos opuestos y doy gracias que esté con él. Mi hijo necesita a alguien que de vez en cuando lo ponga en su sitio, a veces hay que tener mucho temple para lidiar con él y aguantar sus pataletas, que te aseguro que son muchas.

Lo último ha sido que se quiere casar en Las Vegas, pero él no contaba con que es un dineral y muchas horas de vuelo, ya que se van a Nueva York. Ahí se ha tenido que poner serio Diego para quitárselo de la cabeza.

—¡Qué gracioso es tu hijo! Casarse en Las Vegas —empieza a reír.

—Tú ríete, pero estoy seguro de que algo nuevo se le ocurre en ese viaje. Pobre Diego.

—Pues a mí me ha robado el corazón. Me ha gustado mucho conocerlos.

—Ya te quería pedir que les hicieras unas fotos a ellos, pero nos hemos negado.

—Cuando quiera se las hago, pero vamos a hacerle sufrir un poquito de momento.

—Pues a mí, no me hagas sufrir y subamos un rato.

—Subimos. Pero luego, ¡me llevas a cenar fuera, eh!

Subimos a mi habitación y Anna me pide darse una ducha rápida. Mientras ella está en la ducha, entro para dejar una toalla limpia. Ver su silueta desnuda me excita. Tras el cristal, esas curvas me vuelven loco. Me desnudo y sin más, me meto dentro con ella. Al verme sonríe y me pasa la esponja para que le frote su espalda. Se gira dejándome espacio y apoya sus manos a la pared, yo con mucha suavidad acaricio sus hombros y voy bajando y enjabonando.

Cuando llego a sus glúteos, tiro la esponja y me acerco algo más. La escucho dar un pequeño suspiro y llevo mi mano buscando su sexo, la noto moverse y me abre sus piernas, yo pegado a su piel la voy besando, mientras con mi dedo busco llegar a su clítoris.

Mi miembro duro acaricia su trasero y suavemente me voy moviendo. Sintiendo caer el agua por mi cabeza, me inclino y beso su cuello, noto como se eriza y con mucho cuidado introduzco dos dedos dentro de ella. Aunque sus manos siguen apoyadas a la pared, su cuerpo va en compás al movimiento de mi mano.

Ahora su respiración es agitada, y girándola hacia mí la beso con deleite. Cierro el grifo y nos dirigimos a la pica del lavabo. Con delicadeza la dejo sentada y observándola, veo que se expone para mí y tirándola un poco hacia delante, con inquietud, ella agarra mi pene hasta llevarlo a su interior.

Pasa sus brazos por mi cuello y enrosca sus piernas a mis caderas y yo busco tocar su botón de placer. Con unos movimientos casi sincronizados llegamos al clímax ambos. Me apoyo en sus pechos, y ella besa mi cabeza y nos quedamos abrazados varios minutos.

—Tenemos que volver a ducharnos —me susurra al oído—, estoy sudada y con olor a sexo.

—Si, pero esta vez mejor de uno en uno o no nos iremos a cenar —la levanto con cuidado de la pica del lavabo.

—¡Yo sin cenar no me quedo! Así que fuera de aquí grandullón. Y si eres tan amable, tráeme otros calzoncillos de esos que tenemos a medias, ahora me da manía ponerme mis braguitas.

Ya una vez duchados, nos vestimos y bajamos para irnos a cenar.

—Podemos ir a cenar aquí por el pueblo o bien por el Paseo Marítimo. ¿Qué te apetece comer? —comento mientras cojo mi cartera y las llaves.

—Me es indiferente, pero no quiero irme muy tarde —responde ella—, mañana necesito levantarme temprano, tengo la casa un poco atrasada.

—¿No te quedas a dormir? —hago un puchero mirándola

—No, así que esta noche beberé solo agua.

—Bueno en ese caso mejor nos quedamos por el pueblo. Sé de un bar que hacen unas tapas muy buenas, podemos picotear.

—Pues venga, voy por el bolso y nos vamos.

Una vez llegamos al bar, nos quedamos en la terraza y pedimos un surtido de tapas y de beber unas cervezas sin alcohol.

El tiempo pasa volando hablando de los chicos, del trabajo y de la madre de Anna. Cuando miramos el reloj son más de las once de la noche. Una vez hemos llegado, ella va directamente hacia su coche alegando que así no se deja liar por mí. Nos despedimos con un beso y yo entro en casa.

Ha sido un día bonito en general, estuvimos juntos y no me sentí extraño por tener a Anna con los chicos. Casi olvido que había quedado con Andrés para jugar a pádel mañana.

CAPÍTULO 22

Estoy en el despacho cuando recibo un *WhatsApp* de Anna. Me dice que si tengo un momento que le llame, ya que un cliente suyo se ha interesado en mí para realizar un trabajo interno de empresa. Han pasado varias semanas desde la sesión de fotos y he de reconocer que ya había olvidado el tema.

Cuando salgo a desayunar aprovecho y la llamo.

—Hola, preciosa.

—Hola, bombón.

—Explícame eso de que he sido seleccionado por un cliente tuyo.

—Tenemos un cliente habitual que nos solicita trabajos para formaciones internas. Es algo fácil, que te puede llevar un par de días solamente.

—¿En qué horario sería? No quiero faltar al trabajo.

—Tranquilo, podrá ser por las tardes; ya le expliqué a Jordi que por las mañanas no puedes y como lo han pedido con margen de tiempo, no me ha puesto trabas. Además, nos conocemos desde hace años y se amolda a nosotros.

—Siendo así...

—Si quieres venir esta tarde, Jordi vendrá para concretar el trabajo, así os podéis conocer y lo dejamos todo atado.

—Bueno, pues cuando salga del trabajo comeré algo por aquí y me acerco.

—Ven a comer a casa, tengo comida y así descansas un poco a medio día.

—Perfecto, cuando salga del trabajo voy directo para allí. Te tengo que dejar, que se me acabó el tiempo del desayuno.

—Nos vemos en un rato, un beso.

—Un beso.

Mientras cruzo la acera para llegar a la oficina, pienso en Anna. Con esta mujer parece ser que no me voy a aburrir nunca, en qué líos me mete la muy puñetera. Sonrío recordando también a mi hija, cuando me decía que sería una forma de romper mi rutina. Ahora ya no lo veo tan claro, pero bueno, veremos qué pasa.

Después de una jornada agotadora, apago mi ordenador sabiendo que me quedan algunas gestiones que no he podido finalizar hoy. Salimos de la oficina y Manel sugiere ir a tomar algo al bar de Toni. Yo rechazo la invitación y Carmen la acepta, alegando que hoy necesita una pausa antes de ir a buscar a su hija al colegio.

Me dirijo a casa de Anna con muchas preguntas en mi mente. Cuando llego me recibe con una bonita sonrisa, la beso y una vez dentro nos dirigimos a la cocina.

—Ayer hice macarrones, espero que te gusten —comenta mientras saca una olla de la nevera.

—Me gustan mucho y sobre todo si es con parmesano.

—Es tu día de suerte, porque tengo un paquete por abrir —me guiña un ojo y vuelve hacia la nevera a por el queso.

—¿Te importa si comemos aquí en la cocina?

—En absoluto, si me vas diciendo dónde están las cosas, mientras calientas los macarrones, voy preparando la mesa.

—Tranquilo, siéntate que lo tengo todo a mano —comenta mientras deja una jarra de agua encima de la mesa.

Cuando me siento, la voy observando y me fijo en sus zapatillas de andar por casa, están desgastadas y diría que hasta mal cosidas por un lado. Ella se da cuenta de que miro sus pies y mirándome añade:

—Son horribles y están muy viejas, pero son tan cómodas que me resisto a tirarlas. En casos como este, se me olvida que vivo sola.

—No se van solas a la basura, porque no saben abrir el pedal del cubo —añado riendo.

Ante mi comentario, ella me regala un pequeño baile exagerando el movimiento de sus pies. Yo pongo los ojos en blanco y estallamos a carcajadas.

—Bueno, déjate de bailes y explícame lo de ese cliente tuyo que me solicita.

—Jordi es cliente mío desde el inicio. Es dueño de una empresa que se dedica a dar formaciones y cursos para otras. Igual hacen un curso de ventas, como realizan formaciones internas audiovisuales. El empleado se conecta y realiza la formación y si no la supera, tiene que realizarlo de nuevo, ya que hay puntuación como en cualquier examen.

Ellos, por ejemplo, hacen fotos de la empresa, de los productos e incluso graban videos y audios. Posteriormente lo editan y lanzan esas formaciones, pero son muchas las veces que nos piden un perfil concreto. Esta vez nos ha pedido una persona elegante, de unos cincuenta años y que de aspecto de un ejecutivo.

Esta tarde vendrá a verme y quiero que estés tú. Así os podéis conocer y no sería necesario que fueses a la entrevista, ya que cuando hablé con Jordi le dije que tenía la persona ideal. Él te podrá explicar lo que necesita de ti, y si por algún casual no llegáis a un acuerdo, pues entonces busco a otro. Pero por lo poco que me comentó es algo fácil. Para empezar, te iría bien.

—Bueno, pues ya veremos que nos dice tu cliente. Por cierto, están buenísimos los macarrones.

—¡Gracias!

Hice solo plato único, hay fruta o si prefieres, en la nevera hay yogures.

—Comeré algo de fruta y después un café.

—¿Qué te parece si después vamos caminando hasta la agencia? Así damos un pequeño paseo y no tienes que mover el coche.

—¿Y luego me vengo solo? —levanto una ceja mientras cojo una naranja.

—Siempre te puedes quedar un rato más y cuando se vaya Jordi, según la hora que sea, puedo salir antes y que cierre Carla.

—Eso me gusta más, porque seguro que luego tenga preguntas que hacerte, soy de los que le da bastantes vueltas a las cosas.

—Mario, tranquilo hombre. Si te digo que es algo que puedes hacer, créeme. Para empezar y saber si posteriormente quieres continuar, esto te va a ir bien.

—Vale, confío en ti.

—Pues venga, nos tomamos el café, me visto y nos vamos.

Anna sale de su habitación vestida con tejanos oscuros y una camisa azul claro, entra en el baño para retocarse mientras yo voy recogiendo la mesa. Una vez preparada, se quita sus zapatillas y se calza unos bonitos zapatos de tacón.

—Si vamos a ir caminando, ¿ir con tacones es apropiado?

—Son cómodos, cuando me duelen los pies, si estoy sola en el despacho me puedo poner las manoletinas o simplemente descalzarme.

—Pues si ya estás lista, nos vamos cuando quieras—. Voy al comedor y me pongo la americana.

—No te la pongas, llévala en el brazo, hace calor —comenta mientras coge su bolso y salimos.

Caminamos por la calle Mallorca buscando algo de sombra, corre una pequeña brisa que se agradece.

—Estoy pensando, tú que dices siempre que te ahoga la corbata y mira por donde, tu primer trabajo es ir trajeado —me observa y empieza a reír.

—Ahora que lo dices no me había parado a pensarlo —finjo expresión de enfado—, casi mejor lo rechazo, ya llegará algo más informal y divertido, porque pinta a que va a ser tedioso lo que haga.

—A veces lo aburrido se convierte en diversión, según nos lo planteemos —se acerca a mí y me besa.

—¿Tenemos tiempo de pararnos, y tomar un café con hielo? Tengo sed y quiero disfrutar un poco más antes de llegar —tomo su mano y sin esperar respuesta vamos en dirección a un bar que tiene terraza—, solo serán cinco minutos, bueno diez.

Nos sentamos buscando algo de sombra y nos tomamos el café bastante rápido, al menos he conseguido refrescarme un poco.

Cuando llegamos a la agencia, Anna abre, quita la alarma y enciende luces. A los pocos minutos va llegando el personal. Nosotros dos vamos directamente a su despacho.

—¿Carla sabe que estoy aquí hoy?

—Si, se lo comenté antes de irnos a mediodía. Es fácil que venga para el despacho en cuanto entre por la puerta.

Al momento, pican y Carla asoma la cabeza.

—¿Se puede?

—Pasa y cierra —Anna levanta la vista de unos papeles que está preparando.

—Hola, papá. Lo tuyo es llegar y besar al santo, como se suele decir.

—Hola, tesoro —me acerco a ella y le doy un beso.

—¿Nervioso? —pregunta mientras me abraza.

—Un poco, no sé qué querrá que haga este señor y voy muy perdido.

—Tranquilo, Jordi es como de casa, tú déjate llevar y será él quien te explique. Vuelvo a mi puesto, tengo mucho trabajo, hasta luego chicos.

Carla sale del despacho cerrando la puerta y Anna me explica que está revisando una documentación antes de que llegue Jordi. Mientras la observo en silencio, veo en ella a una mujer luchadora y muy segura de sí misma. Sin darme cuenta, sonrío de medio lado recordando el día que la conocí, entregándome con vergüenza ese papel doblado. Viéndola aquí en su trabajo me parece otra persona.

Absorto en mis pensamientos, la escucho chasquear los dedos.

—¿Sigues aquí o te has ido? —sonríe mientras me observa.

—Disculpa, me estaba acordando el día que nos conocimos en el bar.

—Uy, ¿y eso es bueno o malo?

—Te veo aquí sentada, tan segura de ti y tan «jefa» que me vino a la mente esa chica vergonzosa que conocí en el bar.

—Pues soy la misma, pero en diferentes situaciones. Este es mi territorio, el que domino y eso me da seguridad, en cambio, dar un trozo de papel con mi teléfono a un desconocido es un tema muy distinto —me guiña un ojo y se me queda observando en silencio.

Pican a la puerta suavemente y asoma la cabeza Yuli.

—Anna, acaba de llegar Jordi, ¿le hago pasar?

—Si por favor —se levanta, bordea su mesa y yo me levanto de la silla.

Ella asomándose a la puerta lo ve entrar y lo saluda.

—Hola, Jordi, ¿qué tal? —se acerca a él y le da un par de besos—. Te presento a Mario, mi nuevo fichaje y un buen amigo.

—Hola, Mario. Un placer.

—Igualmente.

Ella acerca una silla para que se siente y nos sentamos los tres.

—Me ha comentado Anna que es el primer trabajo que vas a realizar.

—Si, siempre y cuando des el visto bueno. En esto soy novato, mi profesión es otra.

—Ya me ha comentado que eres director de banca. También que ha sido cosa de ella la iniciación a este mundo nuevo.

—Dijéramos que ha sido muy persistente.

—Pues tranquilo, se puede decir que estamos en familia, y no te será difícil, ya verás.

—Bueno, pues explícame un poco en qué consistiría.

—Tengo que realizar una formación interna de una empresa. Es un recordatorio anual para sus empleados. Conocimientos que ya tienen y algún protocolo nuevo. Quieren que sea dinámico y con pequeños toques de humor, que no sea aburrido, tedioso. El perfil tiene que ser de un ejecutivo, pero a la vez alguien cercano al empleado.

—¿Y mi trabajo en qué consistiría?

—Básicamente, como es una formación *online*, sería narrar unos *PowerPoint*, alternando con tu cara y posteriormente, una vez finalizado el curso, pasar unas preguntas y que el empleado las conteste, y si son correctas se daría el okey y si no, comentarías que tiene que volver a revisar el contenido. Te lo resumo así por encima, para que veas en qué consiste.

—Pero, por lo que explicas, sería más aconsejable alguien con dotes de actor.

—No necesariamente, podría ser también simplemente con cualidades de hablar en público. No te asustes. El curso entero es una hora una vez montado todo, y en el tema de realizarlo, posiblemente nos lleve una o dos tardes, eso sí, dedicándole unas tres o cuatro horas, según te veas tú. Me ha comentado Anna si lo podríamos compaginar con tu trabajo, y por mí sin problema.

—Mario, te has quedado blanco —Anna mira a Jordi riendo—, si no te ves, lo dejamos correr, tengo otro candidato.

—Anna, con tu permiso me llevo a Mario a tomar un café, bueno si él quiere, claro.

—No es mala idea Jordi, llévatelo un rato.

—¿Mario?

—Sí, vamos a tomar algo, me irá bien —me levanto y él también se levanta.

—¡Convéncemelo, eh! No me lo asustes más —ella me guiña un ojo—, cuando vengáis traedme a mí un café *porfi*.

Cuando salimos Carla me mira de reojo, pero no dice nada. Una vez fuera, nos dirigimos al bar más cercano y nos sentamos en la terraza, pedimos unos cafés, el mío con mucho hielo.

—¿Muchas dudas? —comenta Jordi mientras pone el azúcar a su café.

—Pues no sé qué decirte. Me parece, que me va a costar un poco, solo es eso.

—Es normal, nunca has hecho algo así. A ella le hace mucha ilusión y a mí me encajas con el perfil que me piden, y no lo digo porque seas su novio.

Es decir la palabra «novio» y me quedo con el vaso de hielo en la mano sin soltarlo, no digo nada y paso a volcar el café en él y dejo que se enfríe un poco.

—Conozco a Anna desde que empezó. Somos amigos y solo trabajo con ella porque es la mejor, pero si ves que no quieres hacerlo, pues buscamos a otro, tampoco es plan hacerte sentir mal.

—Si lo puedo compaginar con mi trabajo, no hay problema. Además tengo la ventaja como dice ella que estamos en familia, eso me ayudará por si más adelante se me presenta otra ocasión. Así que me voy a aprovechar de tu amistad con ella para lanzarme al vacío —empezamos a reír los dos.

—Entonces, ¿cuento contigo, o me vas a hacer buscar a otro?

—Cuenta conmigo, «en peores plazas he toreado», como dice el dicho.

—Perfecto entonces. ¿Qué te parece pasado mañana? Así puedes organizarte.

—Para mañana sería algo justo, miércoles sin problema.

—Por cierto, toma mi tarjeta, viene mi teléfono y la dirección del trabajo.

—Muchas gracias Jordi —aprovechando, le entrego yo la mía.

Una vez nos hemos acabado los cafés me levanto para ir a pagar y pedir el de Anna.

Volviendo camino a la agencia, Jordi me va explicando un poco de su empresa y yo le comento algo de mi trabajo. Al entrar saludamos y vamos directos hacia el despacho. Ella al vernos levanta la cabeza de unos papeles y levantando la ceja nos mira y nos dice:

—¿Saco la documentación? ¿O la dejo en el cajón?

—El miércoles empezamos —comenta Jordi mirándola—, me debes una cena.

—¿Teníais una apuesta? —pregunto mientras dejo su café en la mesa.

—¡Qué va! Simplemente es agradecerle, que sea con él tu primer trabajo.

—Me quedo más tranquilo —reímos los tres.

—Pues aquí tenéis la documentación para firmar, después la pelota te la paso a ti, Jordi.

Una vez queda todo firmado, él se despide de nosotros acordando vernos el miércoles. Yo continúo en el despacho sentado frente a ella.

—Me hace mucha ilusión que hagas ese trabajo, no es gran cosa, pero para empezar está muy bien.

—¿Le has dicho a Jordi que somos novios? —levanto una ceja mirándola.

—No, ¿por qué?

—Cuando hemos ido a tomar el café, me ha comentado que encajaba en el perfil y que no me había elegido por ser el novio de Anna.

—¿En serio te ha dicho eso? Este Jordi es un caso —lleva sus manos hasta taparse la cara—, luego hablaré con él.

—Tranquila, no pasa nada. A ver si ahora, por darle la bronca, me lo hace pasar mal.

—Somos buenos amigos. Cuando empecé fue uno de mis primeros clientes y me ayudó mucho. De vez en cuando quedamos para comer y el otro día cuando vino y le dije que estábamos saliendo, quizás él lo ha interpretado como que somos novios.

—Solo te lo he comentado porque me ha sorprendido, parece ser que es el primero que le pone nombre a lo nuestro —nos miramos en silencio los dos.

—¿Quieres irte ya?

—Si, pero no es necesario que me acompañes, veo que tienes trabajo y prefiero irme solo. Además, así aprovecho para comprar y de camino, paso a recoger los trajes de la tintorería.

Anna se levanta bordeando su mesa, yo me acerco a ella y nos damos un beso de despedida.

—Mañana hablamos. Ya te explicaré. De momento no sé ni la hora que tengo que estar en la empresa de Jordi.

—Es fácil que te llame esta tarde a última hora —musita sin más.

—Ojalá. No querría estar trabajando y esperando su llamada. Voy a despedirme de Carla y tus chicos —salgo del despacho cerrando la puerta.

Llego hasta la mesa de mi hija, me despido de ella y de sus compañeros.

Caminando hacia el coche, intento imaginarme cómo será el trabajo que deberé realizar, pero no tengo ni la más remota idea, así que mejor dejar de pensar en eso. Al ser amigo de ella, se me hará más fácil, ya que psicológicamente hablando, no es un desconocido. No es lo mismo llegar a un lugar, presentarme y que me expliquen qué tengo que hacer y poco más. Poder charlar con Jordi hoy ha sido positivo para mí.

Una vez llego hasta el coche, coloco en el maletero unas compras que hice y me siento al volante. Camino a la tintorería, pongo mi música y me dejo llevar.

Al llegar a casa empiezo a sacar la compra, y en eso suena el móvil. Sale un teléfono que no tengo en contactos y es fácil que sea Jordi. Atiendo la llamada rápidamente.

—Hola.

—¿Mario? Soy Jordi.

—Hola, Jordi, ¿tú dirás?

—Te llamo por el tema horario, no concreté nada hasta poder hablar con mi equipo. ¿Miércoles, a las cuatro de la tarde? ¿te va bien?

—Perfecto. Cuando salga del trabajo comeré algo rápido y voy para allí.

—Mario, sobre el tema de vestuario, como ya vas en traje, poco tengo de decirte, pero si tienes uno de color gris claro, sería perfecto.

—Tengo uno, además no es muy clásico, quedaría más informal.

—Tráete si puedes varias corbatas; así podrán elegir si fuera necesario, y ya puestos, un par de camisas de diferentes colores.

—Por suerte, de todo lo que me pides, tengo un amplio surtido.

—Pues no te robo más tiempo, nos vemos el miércoles a las cuatro de la tarde, un saludo.

—Gracias por tu llamada Jordi, un saludo.

Con el móvil aún en mano, envío un audio a Anna, para informarla de que me llamó su amigo, por el tema de vestimenta y para concretar el horario.

Dejo el teléfono encima de la mesa y voy a la cocina a prepararme algo de cenar. Mientras, voy haciendo una lista mentalmente de todo lo que tengo pendiente, así mañana cuando llegue del trabajo, prepararé la ropa que necesito para llevarme allí y dejar organizada la casa.

Me siento en la mesa con el plato que me he preparado. No tengo mucha hambre, así que me he puesto un poco de pollo a la plancha acompañado con espárragos verdes. Mi mente no para de pensar en el lío que me he metido. Veremos que sale de todo esto.

«¿No querías aventura y salir de la monotonía?», ya está aquí el *cabroncete* dando su opinión. «No has empezado y ya te quieres tirar para atrás. Eres un cagaoooo».

Una vez he acabado de cenar, recojo todo y directamente subo a mi habitación para irme a dormir, mañana será otro día.

Me despierto antes de que suene el despertador y ya me quedo levantado. Hoy sé que no me podré quedar en el trabajo más horas de las necesarias. Me doy una ducha y bajo a desayunar. Hoy Carmen se pedía el día libre para acompañar a su madre al médico, y solo espero que no se nos complique la mañana siendo uno menos. En otros tiempos éramos más personal, pero con los recortes la cuestión cambió. Es curioso como cambia todo, años atrás, sentía que estaba en mi zona de confort: un puesto estable y con un buen sueldo. A fecha de hoy, no salgo corriendo porque hay que ser consecuente y ya tengo una edad, aunque no descarto realizar algunos cambios, y sé que en el fondo lo que voy buscando es una alternativa y paliar este desasosiego.

Salgo de casa en dirección al trabajo. Hay mucho tráfico y cuando entro en la ronda litoral está todo parado. Suspiro pensando que quizás llegue justo, así que hoy me dará tiempo de escuchar mi programa de radio, lo malo es que no podré tomar café en el bar.

Cuando salgo del parking miro el reloj y tan solo llegaré cinco minutos tarde.

Entro en la oficina y Manel me saluda mientras voy directo a mi despacho.

De momento está todo tranquilo y no es necesario que tenga que salir a atender a ningún cliente, tan solo lo haré cuando él salga a desayunar, a no ser que se complique la mañana.

Por suerte ha ido todo bien, algunos momentos puntuales de mucha faena, aunque nos hemos desenvuelto sin complicaciones. A mitad de mañana he recibido un *WhatsApp* de Anna, pero no le he podido responder, además tampoco tengo muchas ganas de hablar hoy.

Salgo del banco con la única intención de llegar a casa y dejar todo preparado, ya que si son dos tardes que voy estar con Jordi, cuando vuelva que solo sea cenar y poco más.

En dirección hacia el parking recuerdo que no se nada de mi madre. Aprovecho el trayecto para hacerle una llamada y saber cómo está.

—Hola, mamá.

—Hola, tesoro, ¿cómo estás?

—Muy bien, algo liado con el trabajo, pero todo controlado.

—Hace días que no se nada de ti, me tienes olvidada, pero tranquilo que estoy bien.

—¿Fuiste al médico?

—Sí, fuimos ayer por la mañana, me acompañó Paqui.

—¿Y?

—Pues muy bien, anemia ya no tengo. Me hicieron analíticas de sangre y orina y salió todo correcto. Ya solo he de tomar la medicación de la presión y ya está. ¡Estoy hecha un roble! —la escucho reír.

—Mamá, te tengo que dejar que estoy llegando para casa y se va la cobertura, la semana que viene. si quieres, una tarde me escapo un rato a verte. Te quiero.

—Y yo a ti, cuídate mucho hijo. Un beso

Se me había olvidado que ayer tenía médico, menos mal que la he llamado y está bien. Quizás mire alguna foto de las que hizo Anna en casa y le lleve una puesta en un marco. Pensándolo fríamente, mejor no, porque no sé mentir y si me pregunta, le tendré que explicar lo de las fotos y no estoy para dar explicaciones de momento.

Al entrar a casa lo primero que hago es subir a darme una ducha. Cuando bajo me pongo música, hará que me anime un poco mientras preparo la comida. Me tomo el café rápido y no me quedo en el sofá más de la cuenta. Voy recogiendo la ropa que dejó tendida Rita, y a su vez voy preparado algo de cena para dos días. Opto por cocer unas verduras y que solo sea saltearlas en una sartén. Eso y unos trozos de pavo que he sacado del congelador. Así mañana ya no me tengo que preocupar si llego tarde y agobiado.

Subo de nuevo a mi habitación y busco una bolsa de deporte para meter las camisas y corbatas que me comentó Jordi que llevase.

La tarde pasa volando, pero he conseguido dejar todo preparado. Ahora solo falta que lo esté yo mañana, para lo que me pidan que haga.

Miro el móvil y tengo dos llamadas perdidas de Anna. Con la música puesta no lo he escuchado, así que mejor la llamo ahora que no es muy tarde.

—Hola, guapísima. Vi que me habías llamado, pero estaba con la música alta y no lo escuché.

—Hola, corazón. ¿Qué tal el día? —pregunta en tono alegre.

—Pues intentando dejar todo listo para mañana.

—Ya verás que irá bien, tu tranquilo, y si te agobias, vas a tomar un café y haces una pausa. Con Jordi sabes que puedes.

—Claro, como soy «el novio» de su cliente —espeto sin más.

—Mario —se genera un silencio y la escucho suspirar—, ¿estás enfadado por eso? Me parece que le das más importancia de la que tiene.

—Anna, disculpa, pero es que en cuestión de, ¿dos meses? he pasado a «tener novia», y de ser banquero a ser un «posible modelo». Quizás todo esto me viene grande, no sé si me sé explicar.

—Creo que lo mejor sería que hablemos mañana. Si te apetece, cuando salgas de allí, me explicas que tal te ha ido.

—Anna. Perdona si he sido algo brusco, no ha sido mi intención.

—Venga guapísimo, mañana me llamas y me explicas. Un beso y descansa.

—Hasta mañana guapa.

Finalizo la llamada con mal sabor de boca. No era mi intención soltar de esa manera lo que pienso.

«Ahora, ¿quién es el *cabroncete*, eh?». Ya tardaba en hablar mi voz interior. «Te has pasado tres pueblos corazón» —esa voz es hasta con recochineo.

Con el móvil en mano voy dando vueltas por el salón, pensando que no quiero sentirme así. Además si no lo aclaro, mañana no seré capaz de sentirme bien y no me ayudará en nada.

Pienso en enviarle un mensaje de disculpas, pero pensándolo mejor, prefiero enviar un audio, ya que los textos pueden llegar a malinterpretarse muchas veces. Sin pensarlo, aprieto el botón y empiezo a hablar.

—Anna, te pido disculpas nuevamente. Tienes razón, me encuentro algo inquieto por mañana y sobre lo que te dije antes, no lo tengas en cuenta. Me siento en una montaña rusa y es porque me gustas mucho y estoy acojonado. Cariño —hago una leve pausa—, perdóname por favor.

Le doy a enviar y al momento sale que está en línea. Espero por si contesta, y arriba en la pantalla veo que pone, grabando audio. Su respuesta llega enseguida.

—Tranquilo, no hay nada que perdonar, está todo bien, y decirte que tú también me gustas mucho. Por cierto, ¿me has llamado cariño? No respondas, quizás se te haya escapado, mañana hablamos y gracias por el audio.

Una vez lo he escuchado, sonrío y me quedo más tranquilo. Como me ha dicho que no conteste, no lo haré, pero sí le envío unos emoticonos de besos.

CAPÍTULO 23

Suena el despertador, lo apago y me quedo pensando. Anoche me costó dormir, no paraba de dar vueltas y no he descansado nada. Me levanto y sentado al pie de la cama, miro hacia el lugar de Cristina. Sonrío y en voz queda, como si me estuviera escuchando, digo:

—Si desde allí arriba me estás viendo, te lo estarás pasando bomba a mí costa. Sabes, hoy me estreno como actor, y para más inri, me ha salido novia, ¿qué te parece? Me quedé solo sin ti y voy dando palos de ciego. Era todo tan fácil antes, éramos felices, nos apoyábamos el uno con el otro y después de tres años, sigo enfadado con el mundo.

La imagino sentada, en posición de loto, observando con tristeza. Sé que me daría una charla algo mística, y quizás hasta algún tirón de orejas.

Me incorporo y voy directo a la ducha. Después, cuando haya desayunado, haré una pequeña meditación y poco más.

Antes de salir reviso la bolsa con las camisas y las corbatas que me voy a llevar, puse una pequeña variedad y como me pidió un traje gris, ese lo llevo en el porta trajes.

Salgo de casa, conecto la alarma y voy para el coche, dejando atrás en el maletero ambas cosas. Hoy me apetece escuchar mi música y ponerla a todo volumen.

Cuando llego al trabajo, saludo a Carmen y Manel y voy directo a mi despacho. Intentaré que no me quede nada atrasado, si quiero salir a mi hora.

Pasadas unas horas y viendo que han salido ambos a desayunar, me voy al bar de Toni. Me rugen las tripas, no sé si de nervios o que hoy desayuno algo más tarde. Sentado en la terraza con mi bocadillo de jamón, envío un *WhatsApp* a Anna, comentándole que una vez salga de estar con Jordi le llamaré.

Se acerca Toni a la mesa de al lado y una vez ha tomado la comanda, lo llamo y aprovecho para comentarle que hoy me quedaré a comer, él asiente y me dice que le pague el desayuno después. Tiene la terraza llena y ha dejado al camarero en la barra, y es él quien se queda atendiendo fuera.

Una vez de vuelta, la mañana pasa rápidamente por todo el trabajo que tengo, incluso acumulado. A falta de diez minutos para mi hora de finalizar, apago el ordenador y salgo un poco antes.

Cruzo la calle para llegar hasta el bar y cuando entro le digo a Toni que he de comer rápido. Me siento en una mesa y él me acerca la hoja del menú. Sin mirarla se la devuelvo y le pido que me haga una ensalada y un bistec.

Voy comiendo pero sin hambre, noto el estómago cerrado a causa de los nervios.

Una vez he acabado, le pido el café y que me haga la cuenta, y le recuerdo que tenía pendiente pagar el desayuno.

Ya dentro del coche, pongo la dirección en el navegador, el cual me indica que llegaré en veinticinco minutos.

Cuando ya he llegado voy buscando aparcamiento, pero es imposible, así que me pongo a dar vueltas hasta encontrar un parking. Me encuentro en Sarriá, la zona alta de Barcelona, y como en casi todas, el tema de poder aparcar es una odisea.

Voy bajando la calle hasta encontrar el número, al entrar hay un conserje que amablemente me pregunta a donde me dirijo. Le indico que a Soluciones Marvel S.L. Me señala el ascensor y subo a la planta cuarta.

Llamo al timbre y me abre una chica.

—Buenas tardes, ¿tiene usted visita? —pregunta en un tono muy amable.

—Buenas tardes, sí. Soy Mario Arteaga, estoy citado a las cuatro con Jordi.

—Adelante Mario. Soy Marta, espere un momento en la sala de espera, ahora voy a avisar a Jordi —en silencio me acompaña hacia allí.

Entro y me quedo de pie mirando por la ventana.

—Mario, buenas tardes.

—Buenas tardes, Jordi —nos damos un apretón de manos.

—¿Preparado? —pregunta en tono alegre.

—Sí, veremos que tal se me da todo esto, espero no ponerte de los nervios.

—Tranquilo, ven que te presento al resto de mi equipo. Marta es nuestra recepcionista, ya la viste.

Entramos en una sala amplia, hay escritorios grandes y personas trabajando en sus ordenadores, al verme se levantan todos.

—Chicos, os presento a Mario, viene para realizar el trabajo del curso *online* que nos han pedido.

—Hola, Mario —saludan al unísono todos.

Jordi me los va presentando uno a uno y me indica las funciones que realizan.

—Me lo llevo un momento a mi despacho para que pueda ir ojeando el guion y luego pasamos a la sala. Carlos, ve preparando el equipo —se dirige a un chico alto y muy delgado.

Entramos y me ofrece una silla, me siento y me acerca unos papeles.

—Mario, esto sería la introducción al curso. Haremos una grabación en la cual saldrás hablando.

Voy leyendo la hoja que me ha dado y abro los ojos como platos. Cuando lo miro empieza a reír.

—Tranquilo, no es necesario que te lo aprendas de memoria, lo vamos a leer juntos unas veces para que te puedas familiarizar y posteriormente lo podrás ir leyendo desde un monitor. Si quieres yo lo leo y así te haces una idea de cómo lo tendrás que decir.

—Sí, por favor.

Jordi comienza a leer el guion y me gusta el tono que le da. No es que sea difícil, pero darle naturalidad y eso con lo tenso que me encuentro, me va a costar un poco. Una vez acaba me mira esperando mi respuesta.

—¿Me llamo Mauro? —pregunto extrañado.

—Sí. Eso ha sido cosa mía, para no dejar tu nombre, pensé en algo que tuviera la misma fuerza que el tuyo, y se me ocurrió este, pero si quieres lo cambiamos.

—No es necesario, déjalo tal como está, simplemente me ha hecho gracia. Igualmente, no sé por qué me contratáis, si tú lo haces de maravilla —sonrío tímidamente.

—Necesitan caras nuevas y yo ya hice varios, sobre todo de este tipo de formaciones.

—Jordi, ¿podría ir al baño un minuto? —pregunto sin más.

—Si claro, al salir verás que es la segunda puerta.

—No tardo, gracias —salgo del despacho buscando el servicio.

Una vez allí, respiró hondo y me miro en el espejo, me digo para mi mismo que lo puedo hacer. La actitud sería similar a cuando tengo reuniones con los de arriba en mi trabajo. Intento visualizar y recordar lo que Jordi necesita de mí. Abro el grifo del lavabo y me mojo un poco la nuca. Inhalo mirándome de nuevo, mientras me seco las manos, y salgo del baño hacia el despacho, algo más calmado.

Entro y cierro la puerta, me siento y mirando la hoja que me dio, empiezo a leer en voz alta. Mientras voy leyendo, realizo algún énfasis y uso un tono de voz con alguna subida y bajada para que no sea monótono, una vez finalizado, vuelvo a empezar. Jordi me observa sin decir nada y cuando he acabado pregunto:

—¿Es así más o menos? —lo miro levantando una ceja.

—Pues sinceramente, no está nada mal —exclama.

—Léemelo tú de nuevo, cuando te escucho a ti lo veo más fácil —sonrío.

Él toma el papel y comienza a leer, lo hace un par de veces también; cuando acaba me mira esperando respuesta por mi parte.

—¡Es pan comido! —exclamo alegremente—, cuando quieras entramos y lo intentamos con el monitor.

—Pues no se hable más, vamos con Carlos.

Entramos en la sala y Carlos lo tiene todo preparado. Veo que hay un escritorio grande, simulando un puesto de trabajo, sobre la mesa: un portátil, un bote con bolígrafos, lápices, una libreta y un teléfono. Detrás, una bonita silla negra ergonómica.

—Mario, nos piden que sea cercano, quizás algo informal, pero eso ya lo iremos viendo. Haremos varias tomas de la presentación y posteriormente el cliente que elija la que más le guste. Para empezar realizaremos la más formal, es decir, te sientas en la silla y empezamos con la explicación. La hemos leído antes y como ves tienes una pantalla que podrás ir leyendo. La letra es grande, así que te será fácil, y recuerda que te llamas Mauro.

—Necesitaría un poco de agua —musito, mientras me siento en la silla.

—Ahora te traigo una botella —Carlos sale de la sala para ir a buscar una.

Observo el escritorio dejando la hoja de texto encima de la mesa. Me pongo cómodo en la silla y voy observando lo que veo frente a mí. Carlos llega con una botella y ofreciéndomela, la abro y bebo un poco.

—Cuando quieras empezamos —dice Jordi mirándome.

Respiro hondo y doy un vistazo rápido al diálogo y con un movimiento de cabeza les indico que estoy preparado. Carlos muestra el texto en la pantalla grande y empieza mi aventura.

—Hola, soy Mauro. Estás aquí frente a la pantalla porque tenemos que realizar esta formación. No te asustes, seguro que la superas. Te explico brevemente en qué va a consistir.

Esta formación consta de tres bloques. Uno de ellos, es un simple recordatorio de normas que ya conoces, pero es conveniente que las repasemos tal y como hacemos cada año. Posteriormente, se han incluido unas normas nuevas. Ahí sí que tendrás que prestar atención. Y por último, realizaremos una serie de preguntas tipo test que deberás contestar.

Una vez que las respondas, obtendrás tu resultado. Si has aprobado, saldrá tu puntuación en la pantalla y te podrás descargar el diploma del curso. Si no lo has conseguido, solo tendrás que poner el video de nuevo y prestar más atención.

Así que cuando quieras, empezamos. Verás el botón de inicio y una vez empecemos, te iré explicando. Quiero recordarte que tienes la opción de parar o incluso volver hacia atrás si lo consideras necesario.

Y si ya estás preparado empezamos, ¡que no tengo todo el día! —en esta última frase, sonrió y hago un gesto con el dedo indicando que le dé al botón de *play*, tal y como me han indicado.

—No está mal, pero realizaremos varias tomas —comenta Jordi—. De momento, haremos un pequeño parón y nos ponemos en unos diez minutos.

—Gracias —sonrío tímidamente.

—¿Aprovechamos para tomar un café? —Carlos nos mira a ambos.

Después de la pausa, continuamos unas tomas más y finalmente dejamos para mañana el resto. Dejé la bolsa con la ropa que llevé allí, ya que quieren cambios de estilo. Jordi me ha entregado unos folios y podré repasar un poco. En la mayoría solo será poner voz y en el último bloque de la formación volveré a salir. Cuando llegue a casa lo ojearé, pero ya estando tranquilo.

Lo que me gusta de este primer trabajo es que no es público, es decir, no me veo siendo director de una sucursal y haciendo un anuncio de colonias. En cambio, al ser para algo interno, no me puede perjudicar en nada. Jordi me ha comentado que lo hice bien; no sé si lo comentó como simple cumplido, pero yo sinceramente, pasada la primera media hora, ya me he sentido cómodo.

Salimos los tres hacia la sala principal y me despido de todos. Mañana estaré a la misma hora que hoy. Jordi en la puerta me da la mano y las gracias.

Cuando salgo del edificio, miro el reloj y son casi las ocho de la tarde. Voy caminando hacia el parking y me equivoco de calle, soy de los que a veces se desorienta sin más. Busco algún referente para reubicarme y localizo una pastelería grande que vi cercana al salir, ya ubicado, me dirijo en dirección correcta y el móvil empieza a vibrar. Veo que es Anna y le doy a rechazar la llamada. La llamaré una vez esté en casa.

Ya sentado en el asiento del coche doy un largo suspiro. Me siento agotado pero a su vez bien. Hoy ha sido un día diferente a mi rutina y he conocido un mundo nuevo. Jordi ha sido muy amable conmigo y parece un buen tipo, de esas personas emprendedoras y muy luchadoras.

Cuando me incorporo a la Ronda de Dalt está todo parado, así que no me toca otra que echarle paciencia. Pongo la radio para escuchar algo de noticias, ya que hoy estoy desconectado del mundo exterior.

Suena el teléfono, miro la pantalla y es Carla. Desde el botón del volante doy a descolgar.

—Hola, papá.

—Hola, cariño.

—¿Ya has salido? Te llamaba para saber cómo te había ido.

—Acabo de salir y voy en dirección a casa, me llamó Anna pero no la puede atender.

—¿Y? —hace una pausa, esperando que le explique.

—Estoy agotado, pero me ha ido bien. Al principio me sentía extraño, luego me relajé y sin problemas.

—¡Ese es mi padre! —exclama alegremente—, entonces, ¿mañana has de volver?

—Sí. Me han puesto deberes —mi tono es burlón—, como en el colegio.

—Bueno, así te entretienes un poco —la escucho reír.

—Carla, cariño, te tengo que colgar porque voy por la Ronda y me quedaré sin cobertura.

—Bueno, pues hablamos en otro momento. Un beso papá.

—Otro para ti.

Doy al botón de colgar y se conecta de nuevo la radio, pero la cobertura va y viene, así que me pongo música para todo el trayecto.

Es llegar a casa y subo a ponerme ropa cómoda. Me voy a dar una ducha, pero me lo pienso mejor y decido ir a la sala de yoga y hacer un poco de cardio en la cinta de correr, así elimino estrés. Una vez allí, voy a la mini cadena y busco algo de música relajante, me dedicaré tan solo media hora de ejercicio, no tengo tiempo para más. Al finalizar paro la máquina y voy también a quitar el CD que puse; sin querer apoyo una mano en la estantería de arriba y cae un libro al suelo.

Me agacho para recogerlo, miro la tapa y el título es «Yoga en familia», era uno de los favoritos de Cristina. Me pongo a ojearlo y encuentro una nota escrita por ella, me siento en el suelo a leerla.

Hay que vivir intensamente. Que nuestra vida sea como una montaña rusa, con sus subidas y bajadas. En ella podamos sentir: miedo, alegría, tristeza, euforia y un sin fin de cosas más. Compra tu billete y súbete, solo así sabrás que estás vivo. Ya dormirás cuando cierres los ojos para siempre.

Dejo el libro en la estantería, pero me guardo la nota escrita y salgo de la sala con una leve sonrisa y pensando en ella.

«Palabras sabias». El *cabroncete* me susurra, pero esta vez algo triste. Ladeo la cabeza apagando la luz y cerrando la puerta.

Entro en la cocina para calentar en el microondas la cena. Tengo que hablar con Anna, pero lo haré después de cenar. Así que le envío un audio diciendo que estoy en casa y que en un rato hablamos.

Son más de las diez de la noche cuando me estiro un rato en el sofá a poder explicarle que tal me ha ido. Cojo el teléfono y le llamo.

—Hola, preciosa.

—Hola, guapo, ¿qué tal te fue?

—Pues muy bien. Al principio me sentía algo desubicado, pero luego no fue complicado, mañana he de volver.

—Entonces, ¿crees que quedará acabado?

—Eso mejor te lo podrá responder Jordi, no obstante, no comentó que se fuera a alargar —suspiro algo agotado.

—¿Y qué te ha parecido hacer algo diferente? —pregunta.

—Para romper la monotonía diaria bien, pero de momento dudo que sea buena idea continuar. Ya lo hablaremos otro día.

—Debes estar cansado, te dejo que descanses, era simplemente saber que tal fue todo y si tenías que ir más días.

—Sí, y voy a quedarme un rato en el sofá y desconectar viendo alguna serie.

—Un beso, buenas noches —su tono es dulce.

—Igualmente preciosa.

Cuando dejo el teléfono en la mesita, recuerdo que Jordi me dio unas hojas para repasar e ir leyendo un poco y conocer algo de los textos. No me veo con ánimo de leerlos ahora, mañana mientras desayuno ya lo haré, por hoy ya es suficiente. Me pongo a zapear y encuentro una serie que es comedia, tiene buenas valoraciones y levantándome en busca de una tarrina de helado me quedo un rato a verla.

Al otro día, mientras desayuno, voy ojeando los folios. Está todo muy bien argumentado e, incluso, expone las pautas de solo narración y las que son audiovisuales. Sigo leyendo y la parte final me gusta mucho, han querido que sea algo informal y tiene ese punto cercano para el trabajador. Me visualizo realizando el trabajo y ya no me genera estrés. Sé dónde estaré sentado, cómo se presentará el audiovisual y estoy seguro de que esta tarde lo podremos finalizar.

Hoy mi día será similar al de ayer: trabajo, comer en el bar y posteriormente ir para la empresa de Jordi. Con una actitud más positiva y alegre, encaro la jornada con humor, ya que a media mañana se nos complica un poco, todo ello por unos clientes habituales que, muy enfadados con la entidad, deciden retirar sus ahorros y eliminar sus cuentas con nosotros. Aunque he intentado convencerlos de que no se marchasen, mi esfuerzo ha sido en vano, lo tenían muy claro.

Después de comer, voy en dirección a la empresa de Jordi algo justo de tiempo, la ventaja es que ya conozco el camino y voy directamente para el parking de ayer.

Salgo al exterior y mientras voy caminando, piso algo que me hace resbalar. No llego a caer y al mirar, no me lo puedo creer. Acabo de pisar una enorme mierda. ¡Me cago en toooo! ¡Hay que ser muy hijo de…!

Una señora pasa por mi lado, me observa y comenta:— ¡Mucha zona alta, pero son todos muy guarros!

¡Me estás estresando!

Miro mi zapato y la mujer saca de su bolso un paquete de clínex y me los ofrece, le doy las gracias y se marcha refunfuñando.

Con mucho asco intento limpiarme, pero el olor quedará, así que me dirijo a la puerta de un bar y desde fuera veo a una señora detrás de la barra y sin entrar la llamo para que salga.

—Buenas tardes, ¿qué quiere tomar? —me observa extraña al no sentarme en la terraza.

—Pues un café, y ¿le podría pedir un favor? —pregunto en voz baja.

—Si claro, usted dirá.

—¿Tendría usted un trapo viejo para tirar y un poco de lejía?

—Sí. ¿Qué le ha pasado? —pregunta sin entender nada.

—Pues que no me fijé, y pisé una caca enorme. He de llegar a una empresa y no puedo presentarme con semejante olor.

—Deme unos minutos y lo dejamos solucionado —la señora entra y sale con lo que le he pedido.

—Muchas gracias —digo mientras pone en el suelo un trapo y lo empapa con lejía.

—Tenga cuidado en no mancharse, y frote bien la suela en el trapo, y tenga este otro limpio por si no le es suficiente. Ahora entro y le traigo su café.

—No sabe cuánto se lo agradezco —comento mientras me voy limpiando.

La señora sale y me deja el café en la mesa de la terraza y una bolsa de plástico para poder meter dentro semejante arsenal. Cuando veo que está por fin limpio, meto los trapos con cuidado de no mancharme con la lejía el traje.

Me siento a tomar el café rápido, porque ya llego algo tarde. Ella vuelve a salir y le pido que me cobre y con una sonrisa me dice que invita la casa. Le doy las gracias y sonriéndome se lleva la bolsa que dejé cerrada.

Camino ligero ya que llego tarde. Empieza a vibrar el móvil y veo en la pantalla que es Jordi quien llama, atiendo la llamada.

—Jordi, llego en unos minutos.

—Hola, Mario. Tranquilo, solo era para ir preparando todo, me extrañó que no llegaras.

—He tenido un pequeño incidente, pero estoy casi en la puerta.

—Perfecto entonces, nos vemos ahora.

Entro al portal, saludo al conserje y voy directo al ascensor. Me abre Marta y me hace pasar directamente a la sala.

—Hola, siento el retraso —musito.

—¿Qué te ha pasado? ¿Has tenido un golpe con el coche? —pregunta Jordi dándome la mano.

—Por suerte no. Pero en esta zona son un poco marranos cuando la gente saca a pasear a sus mascotas —mirándolo me encojo de hombros.

—Vamos, que has pisado una mierda, por lo que entiendo —me mira riendo.

—Tal cual, así ha sido, y he tenido que ir a un bar, pedir un café y que me dieran algo para limpiarme y quitar ese asqueroso olor.

—Pues ya solucionado, vamos a empezar —me da unas palmaditas en la espalda y entramos.

—Hola, Carlos.

—Hola, Mario.

Empezamos con la sesión, primero me piden un cambio de camisa y corbata y eligen la que ven más apropiada; una vez mudado de ropa, comenzamos haciendo la narración, voy explicando sobre el guion y posteriormente realizamos los planos donde salgo en cámara. Solo es necesario realizar un par de tomas, hoy siento más mi papel y ellos lo notan, y sin perder tiempo pasan al último bloque, el de las preguntas. En este paso final, en según qué momentos, reímos por como quieren que me dirija al empleado. Queda natural e incluso divertido. Una vez finalizado, observamos las tomas para asegurarnos que estén bien y después puedan crear el montaje.

—Me dan ganas de hasta hacer yo el examen, seguro que lo apruebo —comento riendo.

—Lo aprobaríamos los tres —interviene Carlos.

Han pasado tres horas y no me he dado ni cuenta del tiempo. Entramos en el *office* que tienen y tomamos unos cafés. Jordi me comenta que le pase mi correo electrónico y una vez tengan el montaje acabado, me enviará un enlace para verlo finalizado, además así lo podré tener de recuerdo, ya que es la copia que se quedan ellos del trabajo.

Carlos me ha estado explicando los cursos que realizan para las empresas y las presentaciones que gestionan tanto a nivel interno como para impartir clases externas. No se dedican a trabajar con particulares, cuyo negocio va orientado a proyectos solamente empresariales. Jordi me ha explicado un poco cómo llegó a crear la empresa y sobre la red comercial que tiene a nivel nacional. Un mundo interesante que desconocía por completo.

Son pasadas las ocho de la tarde cuando me despido de ellos y Jordi comenta que si para otra ocasión me necesitase, si puede contar conmigo. Yo me encojo de hombros y le comento que según sea el trabajo, pero que estaremos en contacto y si me necesita, la próxima vez quizás pueda demostrar más profesionalidad. También le doy las gracias por la oportunidad de realizar algo diferente a lo mío. Nos despedimos con un apretón de manos y al salir, saludo a Marta.

Camino en dirección al coche y al pasar por el bar, me paro y entro. La señora al verme me sonríe preguntándome que tal me había ido. Comento que gracias a ella bien y le pido un bocadillo de jamón para llevar. Aunque tengo la cena que me dejé preparada, es un modo de agradecerle el gesto que tuvo conmigo. Una vez me lo entrega en una bolsa de papel, pago y le dejo el cambio como propina.

Cuando llego al coche, abro el maletero y dejo la bolsa, el porta trajes y en un rincón aparte el bocadillo. Arranco y salgo en dirección a casa. Parado en un semáforo, busco en la pantalla el contacto de Anna, con el manos libres conectado la llamo para poder explicarle que tal me ha ido y que sepa que ha quedado todo acabado. Como la cobertura va y viene, la llamada es corta y hemos acordado en vernos este fin de semana. Suspiro, mientras pienso que han sido dos días algo caóticos, aunque a su vez me he sentido muy activo. Salir de mi rutina no ha estado mal y recordando lo que he realizado, parece ser que ha ido bien. Me apetece saber qué tal quedará montado, bueno ya me lo dejará ver Jordi.

Después de casi cuarenta minutos llego y lo dejo todo encima de la mesa. Mañana ya es viernes y ahora solo me apetece relajarme un poco y ponerme cómodo. Saco el bocadillo, lo abro y está muy lleno de jamón, sonrió recordando a la señora del bar.

La semana pasó volando, casi no tuve tiempo para mí. Por fin hoy ya es sábado. Me apetece desayunar sin prisas, así que saco el desayuno fuera y me siento a saborearlo, regalándome esos minutos en soledad antes de que llegue Anna. Son las ocho de la mañana y corre una leve brisa con un toque de olor a mar, respiro hondo disfrutando el momento, mientras ojeo desde el iPad la prensa diaria. Cuando me doy cuenta, ha pasado más de una hora, me levanto y sin recoger nada de la mesa, voy por la esterilla y la llevo afuera. Observando la orientación del sol, muevo una tumbona buscando el lugar donde colocarme y realizar unos estiramientos. Me descalzo, inhalo y empiezo el saludo al sol. Una vez he acabado los ejercicios, sentado en posición de loto con los ojos cerrados, escucho mi respiración y a su vez repito mentalmente mi mantra.

Dando por finalizado el ejercicio, me dispongo a recoger y dejarlo todo tal como estaba. Suena el timbre y voy a abrir la puerta, es Anna que ya ha llegado. Entra cargada con una mochila grande y unas bolsas del supermercado, le ayudo a entrarlas y cuando ve la mesa del desayuno, suelta sin más:

—¡Vaya festín te has metido! —sonríe y me besa.

—Hoy tenía ganas de desayunar sin prisas y un poco de todo, como puedes ver, me vine arriba con tanta variedad —levanto los hombros y gesticulo un pequeño puchero.

—Pues espero que luego te quede sitio para la paella que quiero preparar. Esta mañana, me levanté muy temprano y fui al mercado —comenta pizpireta.

—Para una paella siempre hay espacio, pero por lo que veo, diría que es para algo más, ¡te has traído medio mercado!

—¡Qué exagerado! Solo un poco de todo, entremos y lo dejamos en la cocina.

Anna va sacando todo lo que ha traído. Me ofrece una botella de vino blanco, miro la etiqueta y es un Blanc de blanc del Penedés.

—Gracias —susurro—, la voy a dejar en la nevera para que esté bien frío, en un rato podré las copas en el congelador.

—Eres todo un experto —sonríe y me guiña un ojo—, aunque he estado tentada a traer un tetrabrik.

—Pues en ese caso, dobles gracias —empezamos a reír los dos.

Mientras ella sigue dejando en la mesa más cosas que compró, yo la observo callado.

—¡Mario! Ve guardando, no te quedes ahí pasmado.

—Si vas a cocinar tú, ahí tienes la nevera, ve organizando a tu aire. Yo te iré dando lo que necesites cuando cocines.

—De momento, vamos a dejar todo ordenado y luego me ayudas, es pronto aún para cocinar. ¿Podríamos salir y darnos un baño?

—No es mala idea —acercándome a ella por detrás, beso su cuello.

—Si empezamos así nos vamos a quedar sin baño.

—Por mí sin problema, podemos bañarnos después —sigo besándola.

—No. Primero quiero que me expliques cómo fue el trabajo con Jordi —se gira hacia mí y me separa con suavidad.

—¡Si ya te lo expliqué!

—Venga, vamos a darnos un baño *porfa* —finge cara triste.

—Sube, deja tus cosas y ve poniéndote el biquini.

Ella busca su mochila y subiendo por las escaleras, me pide que le haga un café. Sonrío, enciendo la cafetera y se lo preparo mientras la escucho subir.

Entra en la cocina con un pareo puesto y las chanclas de goma. Se sienta a tomar su café y me pide que cuando suba yo, si tengo crema protectora la traiga, a ella se la ha olvidado.

Voy hacia mi habitación, me pongo el bañador, pero busco el bote de crema y no lo encuentro, entonces recuerdo que Carla el otro día lo usó y no sé dónde lo pudo dejar.

Salimos y voy directo a la mesa que tengo junto a las tumbonas, es de esas que se abren y puedes guardar cosas, la abro y allí está el bote de protección solar. Coloco dos toallas en las tumbonas y nos ponemos la crema antes de meternos en el agua.

Nos metemos en la piscina. Ella se sumerge y cuando sale comenta:

—El agua está genial, como se agradece —da unas pocas brazadas y viene en dirección a mí—. ¡Esto es media vida!

—La verdad es que sí, pero mantenerla tiene su trabajo —exclamo.

—Bueno, explícame qué tal te fue con Jordi —comenta mientras se sienta en la escalera.

Le explico que al principio estaba tenso, pero poco a poco me sentí más cómodo y fue fácil. También le doy una pincelada sobre la narración primera, los primeros planos y por último la locución que posteriormente realicé. El cambio de ropa y que todo el equipo me ayudó mucho. Como anécdota, le comento el «pastel» que pisé y empieza a reír.

—Está muy claro que con nosotros el tema mierda está muy presente —mientras lo va diciendo, estallamos los dos en carcajadas.

Me acerco al borde de la piscina y me alzo un poco para sentarme, dejando mis pies en el agua, mientras ella sigue sentada en la escalera agarrada a los laterales de la baranda.

—Como experiencia ha estado bien, he conocido un mundo nuevo; pero no me veo realizando un nuevo trabajo.

—Pues he enviado fotos tuyas a cinco empresas —mirándome se balancea en la escalera—, eso no quiere decir que te vayan a llamar pero, ¿por qué no quieres continuar?

—Lo he estado pensando y no veo ético, por ejemplo, salir en un anuncio de lo que sea y ser director de banca.

—Eso es decisión tuya, aunque no comparto tu opinión. Me dijiste que te ahoga la corbata, que estás cansado de tu trabajo y que necesitabas cambios. De vez en cuando realizar algo que rompa tu monotonía no está mal, tampoco sería dedicarte a esto, ya que es algo esporádico, puedes tener tres ofertas en un mes, como en dos meses o más no tener ninguna. Además, siempre eres tú quien decide si lo haces o no —expone seriamente.

—De momento, casi mejor aparcamos el tema —sentencio bruscamente.

—Sabes, considero que no es tu trabajo el que te ahoga. Deberías plantearte qué quieres hacer con tu vida, una vez lo sepas, podrás decidir cómo gestionarla.

—¿Perdona? —me levanto y salgo de la piscina.

—Mario, no te enfades —ella sale también y viene en dirección a mí.

—Anna, tengo clarísimo que necesito cambios en mi vida, pero no sé por dónde empezar. Siendo sincero, noto que he empezado a despertar, ya que siento que todo ¡es una puta mierda!

—¿Y en ese «todo» también estoy incluida yo? —alza un poco la voz.

—Esto no tiene sentido —musito mientras me toco la cabeza—, no quiero que discutamos, no has venido a eso.

—Cierto, casi mejor que me vaya —se coloca la toalla por encima.

—Anna, por favor —agarro su mano y ella me suelta bruscamente.

—¿Te has parado a pensar que tan solo quiero ayudarte? —su tono es de enfado.

—Has llegado a mi vida y me la has puesto patas arriba, todo esto me desborda. Yo intento dar pasos pequeños y tú eres como un huracán —vuelvo a coger su mano.

—Los huracanes lo destrozan todo, no quiero ser yo quien te destroce más de lo que ya estas.

—Anna, te pido que no te marches, discúlpame. Vamos a sentarnos a tomar algo y hablamos, luego te ayudo con la paella. Te lo ruego, por favor.

—Bueno —se queda en silencio mirándome.

—Gracias —cuando me acerco y la intento besar, me hace una cobra.

—Vaya yoguista de pacotilla eres tú. Se supone que estáis en otro nivel, pero parece ser, que a ti no te funciona —musita mientras entramos por unas bebidas.

¡Me estás estresando!

Saco un par de cervezas de la nevera y un taco de queso, lo coloco en dados en un plato y vuelco en otro patatas fritas, mientras estamos en silencio los dos. Le paso un botellín a ella y unas servilletas, y yo llevo el resto hasta la mesa de fuera.

Nos sentamos y no articulamos palabra, simplemente vamos comiendo y dando algún sorbo a la bebida.

—Mario, ¿te has planteado poder prejubilarte?

—Sinceramente, no me lo han propuesto, quizás en un par de años.

—Como hablaste de pedir una excedencia me ha venido a la mente una prejubilación.

—No sé lo que haré, de momento continuar, aunque mi meta sea que tenga fecha de caducidad.

—Te lo comento porque yo en la agencia hay veces que me siento muy sola tirando del carro. Podrías ayudarme, en tema contabilidad y relaciones públicas. En la agencia, aunque funciona muy bien, hay que trabajar duro y no bajar la guardia. Hemos ido creciendo poco a poco, siempre he querido ser prudente y no abarcar si no lo tengo claro, con ayuda sería más fácil.

—Lo puedo valorar si llega el momento. ¿Como empleado o socio? —la miro levantando una ceja.

—De la manera que te sientas más cómodo, todo es hablarlo y valorar si llega el momento. Como puedes ver, sigo queriéndote ayudar. No ofrezco mi empresa a cualquiera.

—Eso dice mucho de ti y es de agradecer.

—Mario, sobre nosotros déjate llevar, no te pido nada más. No me importa si sale bien o mal, si vivimos algo bonito. No pongas todo en el mismo saco, porque es cuando te colapsas. El mes que viene ya es agosto y la mayoría de los mortales tenemos vacaciones. En la agencia cerramos tres semanas, si coincidimos en ellas y te apetece, podemos hacer algo juntos y nos damos unos días, tampoco muchos, ya que he de estar algún día con mi madre y supongo que tú también con la tuya. Piénsalo y si quieres, miramos algo por aquí cerca.

—No es mala idea —musito bajando la cabeza—, no pensaba salir este año.

—Venga, vamos a ir preparando esa paella y quiero que me ayudes —se levanta de la silla y me ofrece su mano para que me levante también.

Entramos y nos ponemos juntos a cocinar, ella me va explicando cómo va poniendo los ingredientes, y yo mientras observo, le voy ayudando si me pide algo. Tenemos el vino muy frío y puse las copas en el congelador, Una vez preparada la mesa nos sentamos y previamente antes de empezar, hago una foto, y esta vez es para yo subirla a Instagram. Anna se ríe y ya nos sentimos más relajados, desapareció la tensión de horas atrás.

Al momento salta una notificación, miro y es Juan haciendo un comentario de la foto. «¡Vaya pinta tiene esa paella!», lo leo en voz alta y nos empezamos a reír.

Hemos dejado los platos vacíos, y casi acabado la botella de vino. Voy al congelador y regreso con la tarrina de helado y dos cucharas. Nos sentamos en el sofá y nos lo comemos allí. Anna se descalza y se acurruca junto a mí con las piernas estiradas. Paso mi brazo por encima y le susurro si quiere que le haga café, niega con la cabeza y como si fuera un gato, va buscando la manera de colocarse cómodamente.

Se estira apoyando su cabeza en mis piernas, yo la observo y acaricio su pelo suavemente, esa media melena azul desenfadada y con flequillo que me gusta tanto. Mientras la voy acariciando, se me van cerrando los ojos y nos quedamos dormidos.

Me despierto con la pierna dormida y con cuidado de no despertarla, agarro suavemente su cabeza y como puedo, me levanto del sofá. Salgo con el móvil. Tengo un par de *WhatsApp* de Juan diciendo que él también quiere probar un día esa paella, contesto a su mensaje escribiendo, que ya miraremos de hacer una los cuatro, incluyendo a Angie.

Escucho a Anna salir y dejando el móvil en la mesa me levanto y voy a su encuentro.

—Me he quedado dormida —musita.

—Yo también —sonrío mirándola.

—¿Me haces un café? —comenta mientras se despereza un poco.

Entramos a la cocina y preparo uno para cada uno. Como sé que es de merendar, busco una caja de galletas surtidas y abriéndola, la coloco en un lado.

—¿Te apetece salir a dar un paseo? —pregunto—. Podemos tomar un helado en aquella heladería que fuimos el otro día.

—Sí. Nos irá bien salir un rato. Me acabo esta galleta y subimos a cambiarnos de ropa —responde ella.

Aparcamos el coche y al salir cojo su mano, el contacto con su piel me estremece, mientras vamos caminando en dirección al Paseo Marítimo.

Con un murmullo le ruego que tenga paciencia conmigo, a su vez, también le pido disculpas por la pequeña discusión que tuvimos en la piscina. Ella no dice nada y deja que hable. Me sincero, expresando lo que siento y agarrándola fuerte de la mano, le pido que no suelte de mí. Necesito tenerla a mi lado, aunque a veces me sienta sobrepasado con todo. Reclamo su ayuda, ya que me he dado cuenta que esa fortaleza que tiene me hace bien y que mis sentimientos son sinceros y bonitos. Sin articular palabra, me aprieta la mano con fuerza en señal de aprobación, en ese momento me paro y la atraigo a mí y con mucha delicadeza, cogiendo su cara en mis manos, la beso.

Nos miramos y me regala una caricia en la cara, sonríe y volvemos a retomar la marcha hacia la heladería. Al llegar, nos sentamos y viene el camarero y nos toma nota. Ahora es ella quien habla.

—Sabes, tengo la sensación, que he llegado a tu vida con el fin de ayudarte, no sé si seré la afortunada acompañándote en tu viaje, pero quiero que sepas que eres especial para mí. En ti, he encontrado una paz que yo misma no sé darme, es una especie de bienestar, aun sabiendo que no te he conocido en tu mejor momento. Aunque somos bastante opuestos, cuando estoy cerca de ti me siento cómoda, puedo ser yo, con mis locuras y mi forma de ser, no he de fingir algo que no soy. Eso hace que cada día me despierte con una sonrisa y pensando en ti a todas horas. Si nos damos un poco de paciencia ambos, sé que podemos tener una historia muy bonita.

—Pues entonces me parece que podemos decir que somos novios —dejo ir una pequeña risa.

—¿Y me vas a llamar cariño? —ironiza riendo.

—Si le ponemos nombre a lo nuestro y si contamos además que el otro día se me escapó, me parece que si podré —acerco mi mano a la suya para acariciarla.

Una vez hemos tomado el helado, salimos de la heladería y continuamos con el paseo un rato más. Antes de llegar al coche, paramos en una panadería y compramos unas barras de pan para cenar, ya que como trajo embutido, no será necesario nada más.

Entramos en casa y vamos directos a la cocina a preparar la cena. Salir un rato nos ha ido bien a ambos y siento que he dado un paso adelante.

Cenamos entre risas, comentando anécdotas de cuando los chicos eran pequeños. Anna comenta que podríamos ir ojeando algún lugar para pasar unos días de vacaciones. Va en busca del móvil, pero una vez lo tiene en la mano, se lo quito y acercándome a ella, susurro que subamos a mi habitación. Sonriendo de medio lado, accede a mi petición y quitándose el jersey lo tira por las escaleras, alegando que es lo que sale en las películas. Esa frescura y espontaneidad que desprende es lo que me ha cautivado, sin la menor duda.

CAPÍTULO 24

—Cariño, despierta, son pasadas las nueve —susurro a su oído.

—Buenos días... que bonito despertar —con su mano, retira un mechón de su cabello y me besa.

—Tiene que serlo, es nuestra primera mañana de novios —acaricio su cara mientras la beso dulcemente.

—¿Entonces, anoche que fue? —sonríe picarona.

—Yo diría la despedida apoteósica de «folla amigos», pero podemos empezar la mañana con una bienvenida formal de novios —ironizo riendo.

—Suena aburrido... si tiene que ser «formal», corto contigo hoy mismo —estallamos en risas los dos.

—¿Tienes hambre? —digo sin más.

—¡Mucha! —se tapa la cara con las manos, pero abre lentamente sus dedos índices y me mira sonriendo.

—Dame unos minutos, me doy una ducha rápida y voy preparando el desayuno.

Salgo de la cama y voy directo al baño, ella se queda ojeando su móvil, mientras yo me ducho.

Abro la puerta, voy descalzo y llevando solamente la toalla enroscada en mi cintura.

—¿Por qué eres tan malo? —musita—, ¡deja de provocarme y ve a la cocina ya!

Camino en dirección al armario pavoneándome y moviendo mis caderas, ella entre risas va diciendo, que mejor se tapa la cara y que me vista rápido. Con una camiseta blanca y un pantalón negro holgado puesto, le digo que abra ya los ojos y se meta en la ducha, que ya le dejé preparadas toallas limpias.

Voy preparando un desayuno muy completo: pan tostado con tomate, un plato de embutidos, zumo de naranja natural, café y un surtido de pastas.

Anna baja y cuando entra en la cocina y ve lo que puse, se frota las manos con brío. Nos sentamos y desayunamos como si estuviéramos en un *buffet*.

—Mario, mañana enviaré un *e-mail* a las empresas que envié tus fotos, indicando que no estás disponible.

—Gracias, quizás más adelante lo volvamos a hablar —comento mientras me limpio la boca con la servilleta.

—De las cinco a las que lo envié, una de ellas, es de fuera, italiana exactamente, si me piden algo no sería para aquí —musita.

—Anna... —la miro levantando una ceja.

—Tranquilo —alza las palmas de sus manos riendo.

Pasamos un rato en la piscina y tomando un poco el sol. Anna quiere llegar pronto a su casa, así que decidimos pedir comida china y no tener que cocinar.

Nos tumbamos en las hamacas y me quedo observándola, tiene los ojos cerrados y la palma de su mano apoyada en su frente. Mirando su pelo, observo en él, unos reflejos de un color verdoso, no mucho, pero lo suficiente para que destaque en el sol. Ella abre los ojos y se da cuenta de que la estoy observando, me mira achicándolos y pregunta:

—¿Por qué me miras así? —pregunta de forma inesperada.

—Me estoy fijando, que se ve un poco de color verde tu pelo —comento mientras la observo de nuevo.

—Tengo que ir a la peluquería sin falta —susurra—, es lo único malo de llevar este tono de color.

—Me encanta, no te cambies el color nunca. Sería como estar con otra persona, no te imagino, por ejemplo de rubia —expreso sinceramente.

—Al principio, me costó un poco acostumbrarme, ya que mi color natural es un castaño oscuro, pero ahora en cambio incluso me vería rara, así que, puedes estar tranquilo de momento.

Me levanto y voy hacia ella, retirando un poco sus pies, me siento en una esquina y empiezo acariciar sus piernas. Me mira y sonríe. Voy subiendo mi mano hasta llegar a sus muslos, coge mi mano y poniendo la suya encima susurra:

—¿Qué haces, nos pueden ver? —comenta con vergüenza.

—No nos ve nadie, tranquila —sonrío al ver su cara.

—Tu vecino nos verá —ladea su cabeza en dirección a la casa de al lado.

—No están, se marcharon ayer. No nos puede ver nadie —respondo.

Su expresión cambia y sin perder tiempo la voy acariciando de nuevo. Mi mano vuelve hacia arriba, pero esta vez, subiendo algo más llego hasta su pubis. Con suavidad retiro parte de la tela del bikini y lo acaricio muy lentamente. La escucho gemir y me incorporo para agarrar sus pies y atraerlos hacia mí. Pongo mis rodillas en el suelo y agachando mi cabeza beso su sexo. Ella abre sus piernas y con una mano retira la tela de la braguita, mientras yo continúo besándola. Con mi lengua voy jugando con su clítoris haciendo círculos lentamente y de reojo veo que arquea su espalda. Introduzco dos dedos y mi lengua va algo más rápida, su sexo está húmedo y preparado; voy parando el ritmo para luego subir la intensidad. Cuando noto que ya está a punto de correrse, muevo mis dedos dentro de ella y estalla de placer. Me bajo un poco el bañador y con mi miembro duro, busco entrar en ella. Una vez dentro se incorpora y me agarra la espalda, yo acelero mis movimientos y llego al clímax en pocos minutos. Nos quedamos abrazados, tan solo escuchando nuestras respiraciones. Levanto mi cabeza y la beso con mucha pasión.

Subimos a darnos una ducha rápida, ya que no tardará en llegar la comida que pedimos. Juntos preparamos la mesa de fuera y yo entro en la cocina para abrir una botella de vino blanco que tengo en la nevera. Escucho mi móvil sonar y al momento viene Anna con él, me lo entrega antes de que se corte la llamada, quien llama es Claudia.

—Hola, preciosa, ¿cómo estás? —tapando el auricular, susurro a Anna que es mi suegra.

—Hola mi niño bonito, estamos bien. ¿Y tú? Hace mucho que no sabemos nada de ti. Bueno, sabemos que estás bien ya que vamos hablando con los chicos, pero no me has llamado y me he tenido que enterar por Carla que tu madre estuvo ingresada.

—Claudia, perdóname. Llevo una temporada que me faltan horas, sé que os tengo algo abandonados, pero intentaré para la semana que viene, ir a veros.

—Tranquilo, lo entendemos, aunque de vez en cuando te tengamos que tirar de las orejas —la escucho reír.

—¿Cómo está Ramón?

—Cada día más refunfuñón, pero bien. Por cierto, Sandra vendrá unos días en agosto, llamó ayer para decirnos que tiene el billete comprado ya, ojalá podamos vernos todos.

—¡Qué bien que pueda venir! Claudia, te tengo que dejar, he pedido comida y ahora la traen, si te parece, hablamos luego, esta tarde te llamo y me explicas los días que estará Sandra y a ver si podemos coincidir todos.

—Vale cariño, luego hablamos, no quiero que se te enfríe la comida. Un beso.

—Otro para vosotros —cuelgo la llamada y miro a Anna dando un suspiro.

Ella sonríe mirándome y en ese momento llaman al timbre, voy en busca de mi cartera para pagar, abro la puerta y el repartidor me entrega mi pedido. Pago y cerrando dejo la bolsa encima de la mesa.

Vuelvo por la botella y Anna ya se ha sentado y está abriendo los *tapers* Nos ponemos a comer y le voy explicando que con mis suegros mantenemos una bonita relación, aunque últimamente los tengo un poco abandonados y me duele.

Los chicos sí que van yendo más seguido, y si viene mi cuñada de Londres me gustaría poder verla. Anna me pide que le explique más sobre ellos y yo le hago un breve resumen de cómo son y la relación que seguimos manteniendo todos.

Ella sonríe algo triste, empatizando con ellos. Comenta que perder una hija tiene que ser muy duro y si la otra vive fuera, pues solo le quedamos los chicos y yo. Le explico que Sandra, mi cuñada, hace un par de años que marchó allí a trabajar como enfermera.

Después de comer, ya con los cafés, nos ponemos a pensar dónde podríamos ir unos días fuera. Ambos queremos salir, la idea es que sea por aquí cerca, así que la mejor opción sería ir por La Costa Brava, ya que en ella hay lugares muy bonitos y pueblos con mucho encanto, tales como Roses, Figueras y Cadaqués, aunque mi preferido es Port de la Selva. De momento queda todo en el aire, a esperas de fechas, tanto por el tema de saber cuando llega mi cuñada como por los días que Paqui se marchará al pueblo y que no quede mi madre sola. Sé que Joan y Diego tendrán algún día suelto, ya que sus vacaciones las tienen programadas para noviembre y de Carla, poco sé qué quiere hacer.

Anna mira su reloj y se levanta, llevándose los vasos hacia la cocina.

—Te ayudo a recoger y me marcho —comenta mientras camina.

—¿Ya te quieres marchar? —me levanto y voy tras ella.

—Si, que si no me da muy tarde y necesito ir dejando cosas preparadas para mañana.

—Bueno, lo entiendo. Yo también tengo que dejar algo preparado y llamar a Claudia.

—Si, así cuando sepamos los días que esté aquí tu cuñada, podremos planificar darnos nosotros unos días y dejar otros para la familia.

—Esta noche te escribo y así también tú te puedes organizar para estar con tu madre —me acerco a ella y la beso.

—Genial, además también tengo pendiente una salida con Angie y las chicas, ojalá podamos coincidir al menos un día todas.

Subimos a mi habitación y mientras ella va colocando sus cosas en la bolsa, yo me tumbo en la cama observándola. Entra en el baño por su neceser.

—Déjate aquí el cepillo de dientes —comento socarrón.

—De momento no quiero dejar nada aquí, solo hace un día que somos novios y no es usted mucho de fiar, Sr. Arteaga —ríe mientras sale con sus cosas y viene hacia mí.

Yo la miro con una media sonrisa, ella se acerca y me da un pequeño pico en los labios, va hacia la mesita y coge el cargador del móvil.

—Casi lo olvido y solo tengo este —comenta mientras va enrollando el cable.

—Pues tendré que regalarte uno —contesto riendo—. Por cierto, no sé cuándo es tu cumpleaños.

—El siete de febrero, pero falta mucho, casi mejor que me lo regales antes. ¿Y el tuyo cuando es? yo tampoco lo sé —levanta una ceja esperando mi respuesta.

—Es el veintidós de mayo. Como novios, somos pésimos, eso lo primero que se pregunta.

—Anda calla, odio eso de ¿qué horóscopo eres? —finge un tono de voz algo cursi.

—Bueno, ya iremos aprendiendo poco a poco —exclamo sin más y me levanto de la cama.

Bajamos con la bolsa y dirigiéndonos al salón, coge su bolso y las llaves del coche. Salimos y nos despedimos con un beso. Arranca y mientras se pone el cinturón me guiña un ojo, yo me quedo observándola mientras marcha y cuando ha girado la calle, entro en casa.

Me tumbo en el sofá con el móvil en la mano para llamar a Claudia. Responde enseguida con esa alegría que la caracteriza. Me pregunta cómo me encuentro y también por mi madre y los chicos. Le explico brevemente lo que le sucedió y por qué la tuvieron que ingresar, además de pedirle disculpas por tenerlos un poco abandonados. Ella le resta importancia y me comenta que si mi madre estaba así, era normal centrarse en sus cuidados.

Pregunto qué tal se encuentra Ramón y me dice que algo pachucho con la ciática, pero que por lo demás está bien. Saltamos de un tema a otro sin más. Cuando llegamos al de Sandra, la noto enfadada; sutilmente voy dejando que hable en vez de preguntar, su enfado es porque tan solo viene una semana, concretamente la del quince de agosto, ya que parece que la otra que le queda de vacaciones se va con un amigo a París.

Sonrío al escucharla. Ya debería estar acostumbrada, dado que mi cuñada siempre ha estado viajando desde que es enfermera. Recuerdo que estuvo varios años con Médicos sin Fronteras y cuando le ofrecieron un puesto en Londres, con un sueldo elevado, no se lo pensó dos veces y se marchó de nuevo, y eso que acababa de llegar a Barcelona.

Seguimos hablando un buen rato y le digo que la semana que viene me escaparé a verlos una tarde. Ella se pone muy contenta y me dice que me hará unos *tapers* de croquetas y los congelará para que me los lleve, así que aprovecho la ocasión de pedirle que me haga también un poco de caldo. Nos despedimos y cuando acabo la llamada veo que hemos estado una hora en el teléfono.

Envío un *WhatsApp* a los chicos y les informo que en agosto vendrá su tía a Barcelona, y que deberíamos intentar estar todos para verla, ya que solo estará una semana. Luego mando otro a Anna, diciendo la fecha que me ha dicho Claudia que viene Sandra.

Carla al momento contesta al grupo, y voy leyendo todo lo que pone.

De Carla: —Lo siento, pero yo no podré estar, tengo reservada esa semana. Me voy a Menorca y no lo pienso cambiar. No nos ha avisado que venía, nos hemos enterado por los abuelos, así que yo paso mucho de verla, solo escribe cuando algo le interesa. Si va a su puta bola, nosotros también, bueno, al menos yo. Ya la veré en navidades, si le da por venir.

Decido no contestar, ya que cuando se pone así mejor dejarla. En el fondo tiene razón, si tiene su reserva hecha, anularla por verla un par de días no tiene sentido, ya que Sandra cuando viene no para en casa mucho tiempo, llega con la agenda bien apretada.

Mañana llamaré a Paqui y le preguntaré cuando marcha al pueblo para así saber los días que no estará con mi madre.

Empiezo la semana con una agenda apretada, he de pasar a visitar a mi madre y buscar un hueco para verme con mis suegros. Me viene a la mente Anna. No sé si es mejor omitir el tema de ella o bien, con mucho tacto, explicarles a ambas.

Estoy en el despacho y recibo un mensaje de Anna, me dice que cuando tenga un momento la llame; no es urgente pero tiene que explicarme algo relacionado con el trabajo. Una vez salgo a desayunar, aprovecho y la llamo.

—Hola, cariño, ¿qué pasa con el trabajo?

—Hola, amor, ¿recuerdas que me dijiste que anulase todo lo que envié tuyo a mis clientes?

—Sí.

—¿Recuerdas que te expliqué que lo envié a una empresa italiana?

—Si, pero creo recordar que me dijiste que lo habías enviado a cinco clientes.

—Hoy al llegar tenía un *e-mail* de esa empresa. Es un cliente nuevo y cuando abrí el correo me decían que te dejaban en preselección. De momento no he contestado, aunque leyendo, nos dicen que si te seleccionan sería poner cara a una feria muy importante en Milán. Tu tranquilo, ya que eso no quiere decir que estés seleccionado a fecha de hoy, pero te lo quería comentar.

—Anna…

—Cariño, lo sé, déjame que te explique. Siendo un cliente nuevo, enviarles un *e-mail* para que descarten cuando estas en selección, no lo veo muy ético.

—¿Has de contestar esta mañana?

—Debería, para que mentir. Por eso te llamo, para saber qué puedo hacer.

—Al final, te voy a bautizar como el huracán Anna —suspiro y me quedo en silencio unos segundos—, contesta, ya veremos qué pasa.

—Pues les contesto: quedando a la espera de sus noticias, blablabla.

—¿Qué voy a hacer contigo? —digo en tono alegre, ya que la noto algo inquieta.

—¡Quererme mucho! —exclama risueña.

—Cariño, luego hablamos, voy a desayunar. Un beso
—Gracias amor por no enfadarte. Un beso.

Me quedo mirando el teléfono y no sé si reír o llorar. Toni me trae el bocadillo y cuando voy a darle las gracias estallo en carcajadas, me entra un ataque de risa de esos que no puedes parar y todo el mundo te mira. Intento respirar y poner cara seria, aunque no puedo dejar de reír.

Los clientes que están en las mesas me miran y ríen; Toni se acerca a mí, me da una palmada en la espada y susurrando dice:—Tío, estás fatal, ya me explicaras donde está la gracia. Agacho la cabeza y me concentro en comer, al principio me cuesta, pero poco a poco va desapareciendo esa risa tonta.

Me levanto para ir a pagar y al llegar a la barra intento ponerme serio.

—¡Qué bien te lo has pasado tú solito, macho!
—Lo siento, estas cosas pasan y por más que quieres parar, no puedes.
—Cuando llegues de nuevo al trabajo, se te quita la risa de golpe.
—Hasta mañana Toni —salgo en dirección al banco, solo pensando en Anna.

Hoy salimos los tres juntos de la sucursal, al finalizar la jornada. Manel y Carmen se despiden de mí y marchan calle abajo, mientras yo voy en dirección contraria. De camino a casa, llamo a Paqui y le comento que mañana iré a comer y si puede estar ella mejor, así hablamos del tema de las vacaciones. Una vez cuelgo, llamo a Claudia y le digo que iré a verlos el miércoles, le hago la broma de que me llevaré muchos *tapers*; ella cuelga contenta, pero exigiendo que le lleve de vuelta los que me dio la última vez. Cuando finalmente entro a casa, voy directo a la cocina, prefiero buscarlos ahora y dejarlos preparados en la entrada, así no me olvidaré de llevarlos.

Abro la nevera y como quedó algo de comida china, me preparo una ensalada y me comeré las sobras, luego ya me dejaré la cena hecha para dos días, ya que llegaré tarde mañana y pasado.

Preparo un café y con el móvil empiezo a buscar algún hotel por la zona de la Costa Brava, no buscando nada en concreto pero sí ir ojeando sin más. Veo que casi todo está lleno, y al no saber fechas ya me veo en un camping o en un hostal pequeño. Con suerte, para últimos de semana ya podremos ir mirando algo en firme.

Pensando en las vacaciones recuerdo que tengo que llevar el coche al taller por el tema de la rallada y aprovechar que le hagan la revisión.

Se lo comentaré a Anna, ya que sería una buena opción dejar el mío y salir con el de ella, así que me toca añadir una cosa más a mi agenda. Si solo fuera revisión en un día estaría listo, pero si han de pintar, eso llevará varios días; me tocará llamar lo antes posible y asegurarme que no cierran, además de pedir cita para poderlo llevar.

Me levanto del sofá con pocas ganas, pero tengo un montón de cosas que hacer. Últimamente me falta tiempo para todo, casi no puedo leer, ni jugar a pádel, de ejercicio estoy bajo mínimos. Desde que entró Anna en mi vida, una cosa por otra, no me da tiempo ni de aburrirme. Creo que ha llegado para darme ese rayo de energía que necesitaba y sé que en el fondo me gusta todo lo que me está pasando.

Me despierto al primer toque del despertador, apago la alarma del móvil y bajo a desayunar, con la idea de salir un rato a correr. Hoy no haré yoga, me apetece dar una vuelta con los auriculares, aunque sea solo media hora. Me calzo unas deportivas, desayuno sin poner las noticias y salgo fuera. Una vez en casa, voy directo a la ducha y me arreglo para ir al trabajo.

Como he desayunado poco, hoy soy el primero en ir al bar. Manel acostumbra a ir a antes que yo, así que al ver que salgo, arruga la nariz y yo disimuladamente le hago una peineta. Carmen empieza a reír diciendo que somos unos trastos los dos.

Abro la puerta del bar y veo que Toni se agacha rápidamente, me quedo parado y cuando se levanta lleva puesta una nariz de payaso. Empezamos a reír los dos.

—Nada superará las risas tuyas de ayer, pero al menos hoy nos reímos los dos.

—¡Estás como una regadera! —exclamo riendo.

—Siéntate, que ahora te llevo el bocadillo —dice mientras se quita la nariz roja de plástico.

Con el estómago lleno todo se ve mejor, así que cuando me doy cuenta ya es la hora de irnos. Entrando en casa de mi madre, veo que Paqui está en la cocina. Entro y le doy un par de besos y una vez llego al salón la veo preparando la mesa.

Me acerco a ella y nos abrazamos fuerte, separándola un poco. Observo y la veo con mucha energía y buen humor. Nos sentamos a comer y les pido que me expliquen qué tal el tema de médicos. Paqui me dice que ya solo tiene que ir de vez en cuando y que está como una rosa, que no tengo que preocuparme de nada. Mi madre, se pavonea por los comentarios de ella y yo feliz de verla así.

Hablamos un poco de todo y pregunto cuando marcha al pueblo, ella me dice que estarán para las fiestas que son el quince de agosto, solo estará fuera dos semanas. Mi madre comenta que no me tengo que preocupar por ella ya que tiene el botón de emergencia y además a sus amigas, que irán yendo y viniendo. También le explico que llegara Sandra unos días y si quiere ver a Claudia y Ramón puedo venir a buscarla el día que vayamos, su respuesta es un sí inmediato.

Poco rato después, me despido de ellas dos y mi madre se queda fuera en la puerta hasta que llega el ascensor para despedirme. Salgo con la tranquilidad de que podremos irnos unos días y desconectar, todo está bajo control. Solo falta acordar con Claudia el día que mi querida cuñada tenga agenda disponible y los chicos también puedan venir.

Desde ayer tengo la sensación que hoy, cuando vaya a ver a mis suegros, Claudia muy sutilmente me preguntará como hace siempre, sobre el tema amoríos. Con ella se puede hablar de cualquier cosa, es pausada, con este punto místico que le acompañará hasta el fin de sus días. Ramón en cambio es más terrenal y con él es diferente, ya que le cuesta expresar sus sentimientos y pone barreras para que nadie le haga daño; y si nota que la conversación le asusta, acaba dándote una palmada en la espalda, diciendo: «*Chavalote*, tranquilo, todo se arreglará» y se queda más ancho que pancho. No quiero comentar nada con ellos de Anna aún, es pronto para eso. Y con mi madre tampoco quise, además al estar con Paqui fuimos hablando del pueblo y médicos.

Voy conduciendo en dirección a casa de mis suegros. Viven en Mataró y desde el trabajo no me queda lejos. Circulando por la autopista me viene a la mente la primera vez que estuve allí, parece que fue ayer. Recuerdo ver a Ramón todo serio y Claudia haciendo bromas para que no me sintiera incómodo, mi cara era un poema, rojo como un tomate y sin saber qué decir. Cristina y yo nos conocimos en Les Santes de Mataró, son las fiestas del pueblo, muy conocidas en toda Barcelona. Yo iba con mi grupo de amigos como cada año y ella con el de sus amigas, empezamos a hablar los unos con los otros y sin más, acabamos pasando la noche los dos grupos juntos. Desde ese día, nos fuimos viendo, ya que de allí surgió un grupito nuevo, salíamos en colla a la playa, a las discotecas de Badalona e incluso a las fiestas de Gracia, también muy populares.

Después de más de quince minutos dando vueltas, encuentro aparcamiento. Saco del maletero la bolsa con los *tapers*.

Una vez en el portal, llamo al timbre y Ramón abre. Viven en un ático, con una espectacular terraza que da al mar, las vistas son preciosas tanto en invierno como en verano. Cuando salgo del ascensor, él me está esperando en el quicio de la puerta, le doy dos besos y mientras vamos entrando, veo salir a Claudia de la cocina limpiándose las manos en el delantal.

—¡Mi niño bonito! —viene hacia mí y me abraza con fuerza.

—¡Bonita eres tú! —exclamo mientras la abrazo y le doy un beso.

—Desde ayer que estoy metida en la cocina, preparando caldo y croquetas para que te las puedas llevar, ¿has traído los *tapers*?

—Si señora, aquí los tienes. Hoy voy a hacer un buen trueque, los traigo vacíos y me llevo llenos —rio y le guiño un ojo.

—¿Qué te apetece tomar? —pregunta Ramón.

—Agua, tengo mucha sed —comento mientras salgo a la terraza.

Voy directo hasta la barandilla y me apoyo en los barrotes mirando el mar. Claudia en silencio se coloca junto a mí, yo al verla paso mi brazo por encima de su hombro y ella me agarra por la cintura con delicadeza. Nos quedamos unos minutos observando el horizonte sin hablar. Escucho a Ramón que llega con las bebidas. Yo beso su cabeza con cariño y nos separamos para ir en dirección a la mesa y sentarnos.

En ella están las bebidas y unos tacos de jamón y queso. Me sirvo un vaso de agua y me lo bebo al momento, viendo el aperitivo opto por coger una cerveza, ellos toman un refresco de naranja. Hablamos de todo un poco: de mi madre, de los chicos, del trabajo.

Ellos me explican que llevan una temporada que las únicas salidas son ir a comprar y a las visitas médicas, que es lo que tiene hacerse mayores.

Miro a Claudia con cariño y agarro su mano, la acaricio y me fijo que sus dedos, están algo más deformados por su artrosis.

—¿Así que te has pegado un palizón de cocinar por mí? —digo mientras sigo acariciando su mano—. Hacer croquetas no va nada bien para esas manitas.

—Las hice de a poquito, no te preocupes —susurra acariciándome con cariño—, cuando no pueda, pues no te las haré, pero de momento aún puedo.

—Gracias, y con ese caldo me haré una buena sopa, aunque tenga que poner el aire acondicionado para tomarlo —empezamos a reír los tres.

—Ven a ayudarme a preparar los *tapers* y ves lo que tengo preparado para que te puedas llevar —se levanta animándome a que le acompañe, mientras Ramón sigue sentado.

Entramos en la cocina y tiene toda la encimera llena de botes de plástico con rosca llenos de caldo y varios paquetes de una fila de croquetas cada uno.

—¡Madre mía, qué arsenal! —exclamo al verlo todo.

—Tardas en venir, así que pensé en hacer bastante —dice sonriendo.

—Te quiero mucho Claudia.

—Y yo a ti, mi niño. Por cierto, he de decirte, que te noto algo diferente, te veo más guapo ¿o son cosas de vieja?

—Siempre me has mirado con buenos ojos —le guiño un ojo y ella sonríe.

—¿Hay algo que me tengas que explicar?... —me observa esperando respuesta.

—No, todo bien como siempre, llevo días algo cansado, así que lo que se dice guapo no creo estar.

—Pues tus ojos no hablan de cansancio —dice haciendo una pausa.

—*Mam*, no empieces que te conozco —susurro débilmente mirando hacia abajo.

«¡Mierda!» digo para mí mismo. Se me ha escapado lo de *Mam*, así la llamaba muchas veces, era como decirle mamá cuando quería sentirme arropado.

—Uy, vamos a mi habitación, ¡es una orden!

Se seca las manos con un paño de cocina y sale a la entrada de la terraza y le grita a Ramón:

—¡Cariño, estamos en la habitación, el niño me ha de descolgar unas cortinas para ponerlas a lavar!

—¡*Valeeeeee*! —grita también él.

Entramos, se sienta en la cama y con su mano picando el colchón me invita a que me siente a su lado. Me siento junto a ella y mirando las cortinas suspiro hondo.

—Te va a tocar descolgarlas —las mira, dejando ir una pequeña risa.

—Mam no seas mala.

—¿Cómo va el tema de amoríos? —pregunta a bocajarro.

—Descolguemos las cortinas —comento casi levantándome, pero ella me detiene.

—No tengo todo el día y si entra Ramón, no podremos hablar.

—Vale, vale —levanto un poco mis manos en gesto de rendición—. Me estoy viendo con una chica.

—¡Hombre, por fin! ¿Era por eso que no venías? —insiste saber.

—¡No, no que va! Simplemente hay días que me faltan horas. *Mam*, hace tan solo un par de meses que la estoy viendo y no quiero haceros daño, ya que no sé qué pasara, además para más inri, es la jefa de Carla. No le digas que te lo he explicado, de hecho, no quería explicar nada de momento.

—Cariño, qué más da si son dos meses o un año. Nosotros queremos verte feliz. Mi hija, por mucho que queramos, no volverá a estar con nosotros, nos dejó y tú eres joven. No es la primera vez que hemos hablado de esto, si no recuerdo mal. Mario, ¡vive hijo! No estés como nosotros muertos en vida, no te lo mereces, y si sale mal, ¡pues adiós! Mientras tanto, no quiero que te sientas mal por eso, sería muy egoísta por nuestra parte y cuando quieres a alguien, le deseas lo mejor.

—Mi madre no sabe nada —agacho la cabeza mirando al suelo—, es la primera vez que me veo con alguien después de tres años y tengo miedo *Mam*.

—Mi niño, es normal —me agarra la mano—, tú déjate llevar y ya se verá. Sé que mi hija estará siempre en tu corazón, pero tienes que intentar mirar hacia delante. Hay algo que quiero que sepas. Si la cosa fuera a más y la tuviéramos que conocer, te pido que no nos tengas en cuenta si quizás no sabemos cómo actuar; danos un ratito, porque nunca se sabe cómo actuamos en según qué situaciones.

—Te quiero mucho y siempre te querré, ya lo sabes.

—Y nosotros a ti, mi niño. Tienes mi bendición, solo espero que sea buena nena. A Ramón luego yo se lo explicaré. ¡Y ahora ayúdame a bajar las cortinas!

—Gracias por estar siempre.

—Sabía que con el tiempo tendríamos esta conversación, es ley de vida. Y si te soy sincera, estaba algo preocupada, ya que te veo apático últimamente. No te enfades, ya sabemos que no eres la alegría de la huerta, pero de eso a ser un madurito amargado va un abismo hijo.

—Venga, pásame la silla y descolgamos las cortinas —digo levantándome.

Después de comer hacemos la sobremesa, hablamos un poco de todo y quedamos pendientes para volver a vernos cuando llegue Sandra. Salgo cargado con *tapers* de comida.

Conduciendo en dirección a casa, voy recordando la conversación con Claudia. Siempre me ha sido más fácil sincerarse con ella que con mi madre, no sé si es por su carácter o porque tiene ese don de ver más allá en las personas.

No quería hablar de Anna con ella, ya que mi idea era, según se fuera dando, explicarlo más adelante, pero ¿a quién quiero engañar? Poder hablarlo me ha liberado de ese sentimiento extraño, saber que quiere que sea feliz, por más daño que le pueda hacer verme con otra persona, dice mucho de como es.

CAPÍTULO 25

Me despierto y me quedo en la cama un rato más, solamente por el hecho de estar ya de vacaciones. Estas últimas semanas han sido agotadoras, y además le añado los días que he tenido que llevar otro coche que no es el mío mientras está en el taller.

Por suerte mañana lo puedo ir a recoger ya que, a base de mucho insistir, lo han podido tener listo antes de cerrar y así podremos ir en él en vacaciones y no llevar el de Anna.

Pudimos reservar un hotel en Pals y desde allí haremos excursiones por varios pueblos de la Costa Brava. Estos días en casa tendré tiempo de dejarlo todo arreglado mientras Anna, antes de cerrar la agencia, puede dejar el cierre de mes acabado y ultimar cuatro cosas que le han quedado pendientes, pero eso ya a puerta cerrada.

Desde que falta Cristina no me he ido de vacaciones a ningún lugar, siempre me he quedado en casa, a veces con los chicos, o bien venía Juan y salíamos algún día suelto.

Juan desde que se enteró de que nos íbamos unos días fuera, comentó si no nos importaba que él y Angie pasaran un día con nosotros, podría ser divertido estar los cuatro juntos de nuevo.

Por lo que me explicó, parece ser que empezaron por Instagram y luego se pasaron los teléfonos y van hablando entre ellos. Al enterarme se lo expliqué a Anna. Ella ya lo sabía por Angie, así que optamos por decir que sí. No nos importaba que vinieran a pasar un día con nosotros y salir de excursión.

Salgo de la cama con la idea de que sea un día productivo en casa, tengo tareas pendientes, las cuales van quedando algo atrasadas y las voy dejando para cuando tenga el suficiente tiempo y a su vez que no me genere estrés.

Me preparo un buen desayuno y sin pensarlo salgo al jardín e intento dejarlo algo mejor de lo que está, además revisar filtros y el cloro de la piscina.

Paso el día dando vueltas por la casa. Saco cosas de un sitio para dejarlas en otro. Empiezo a tirar muchas que ya incluso hasta me molesta verlas, es lo que pasa cuando tienes tanto espacio. Sin darte cuenta vas acumulando de todo, eso sin contar lo que los chicos van dejando aquí, como el que no quiere la cosa.

Subo con la maleta y la dejo en mi habitación. Ojeo un poco la ropa, para así tener una idea de lo que me llevaré, aunque aún es pronto para dejarla preparada.

Recibo un *WhatsApp* de Anna, en él veo que me envía una foto. En ella se ve un bocadillo que además lo ha abierto para que vea de qué es. Sonrío cuando veo que es de beicon y lo acompaña con un refresco al lado. Después incluye un comentario:— Desayunando tarde y sin prisas. Luego iré a casa de mi madre a comer, besos.

Cuando lo acabo de leer, hago una foto a la maleta y escribo: —Ya la tengo en la habitación y deseando llenarla de ropa, lo acompaño con un emoticono sacando la lengua.

Me guardo el móvil en el bolsillo del pantalón y continúo revisando ropa, busco una chaqueta para llevarme y la dejo cerca de una toalla de playa, así no la olvidaré.

Bajo a la cocina y reviso la nevera, iré comiendo de lo que tenga, y así poder dejarla lo más vacía posible. Todo lo que tengo congelado, incluidas las croquetas de Claudia, está prohibido tocar.

Después de comer, me echo una buena siesta y cuando refresque un poco, quizás salga a correr o bien me ponga un rato en la cinta.

Por fin hoy voy de camino a buscar mi coche, que ganas tenía de tenerlo de nuevo.

Una vez entro, me atiende la recepcionista, indicando que espere unos minutos, que en un momento saldrá el jefe de taller y me entregará el coche. Me pregunta donde dejé aparcado el de sustitución, le indico que lo he entrado en el parking de ellos y le entrego las llaves dando las gracias. Esperando a que el empleado me pueda atender, ya que está con otro cliente, me siento mientras voy ojeando una revista.

—Sr. Arteaga, disculpe la espera, soy David, su coche ya está preparado.

—Hola, David, muchas gracias.

—Si me acompaña le explico un poco la revisión que hicimos y que vea como ha quedado la pintura, ahora está todo perfecto.

Lo acompaño y me va explicando, aunque poco sé yo de coches. Así que una vez que finaliza, me entrega unos papeles para la chica de recepción que tengo que firmar. Una vez que todo está gestionado me entregan las llaves y marcho contento, poniendo mi música bastante alta y disfrutando del trayecto.

Cuando ya estoy en casa y me he puesto cómodo, llamo a Anna.

—Hola, cariño

—Hola, amor. ¿Ya tienes el coche?

—Yesss. ¿Qué tal el día?

—Pues dejando todo lo mejor que pueda para la vuelta y disfrutando de la soledad en la agencia, ¡un gustazo!

—Pues mi día también ha sido similar. Por cierto, ¿cómo está tu madre?

—Muy bien. No le dije nada de lo nuestro, si no, aún estaría allí y preguntándome de todo. Lo dejaré para la vuelta, no sé, ya veré que hago.

—Si se encuentra bien, me alegro mucho. Yo tampoco he comentado nada con la mía —omito que hablé con Claudia.

—Mañana con suerte lo podré dejar todo listo en la agencia, así que pasado mañana ya estaré libre.

—Pues vente para aquí mañana por la noche; como nos queda un día, podríamos ir de compras y comer fuera.

—Mañana por la tarde, antes de salir te aviso. Voy a prepararme algo de cena, nos vemos mañana, un beso.

—Un beso, hasta mañana.

Me despierto con la tranquilidad de lo poco que tengo que hacer hoy. Ayer fue un no parar, con la idea de poder dejarlo todo listo. Miro el reloj y son las ocho de la mañana. Me fijo en el libro que dejé en la mesita; sin pensarlo, lo cojo para leer un rato. Hace días que no he podido acabar ni una página y es el momento perfecto.

Me incorporo un poco colocando las dos almohadas en el cabecero de la cama y apoyando la espalda me pongo a leer, voy una página hacia atrás para recordar lo último leído.

«Desde que te has echado novia estás dejando algunos hábitos descuidados, así se empieza». Ya salió a dar su opinión mi *cabroncete*, hacia días que estaba muy calladito. Lo ignoro totalmente sonriendo y disfruto del momento. Cuando noto que tengo hambre, miro el reloj y son casi las diez de la mañana. Es tener un libro en mano y el tiempo vuela entre páginas. Me levanto, voy al baño y antes de bajar a desayunar, me lo llevo conmigo y así poder continuar con él un rato más.

Saco el desayuno fuera, me siento en la mesa y voy ojeando las páginas que faltan para acabarlo. Sonrío, ya que me apetece acabar de leerlo. Total, veo que tan solo me quedan unas sesenta más o menos, así que me voy a dar el gustazo de ponerme el bañador después de desayunar y tomar el sol con el libro en mano hasta finalizarlo.

Pasan las horas saboreando el placer de no hacer nada y darme momentos para mí sin horarios ni estrés. «Esto es vida», suspiro cerrando los ojos y estirando los brazos un poco. Suena el teléfono, veo en la pantalla que es Anna y contesto.

—*Helloooo*.

—Hola, *cariñu*, ¿cómo estás?

—Disfrutando de un buen libro y tomando el sol.

—¡Qué envidia! Yo acabaré el cierre de mes y ya quedaré libre por fin.

—¿A qué hora vendrás?

—Creo que para las ocho más o menos. ¿Qué me vas a preparar para cenar?

—Cena al encuentro.

—¿Cena al encuentro? —pregunta con sorpresa.

—Sip. Todo lo que encuentre por la nevera, lo cenaremos, hay que vaciarla antes de irnos.

—O sea, más claramente, lo que se suele llamar «sobras» de toda la vida —la escucho reír a carcajada limpia—, pues en ese caso llevaré yo también todo lo que me queda y nos pegamos un festín.

—Entonces no será cena al encuentro, más bien haremos, una cena continental —ahora el que ríe soy yo.

—¡Ves! Tendremos cena de hotel por la patilla —expresa alegremente.

—Bueno, pues nos vemos en un rato guapísima.

—Sí, voy a continuar y que sigas disfrutando de tu paz, un beso.

—Otro, hasta luego.

Dejo el teléfono en la mesita y retomo el libro. Pensando en comer, se me ha abierto el apetito y no sé qué poder hacerme, así que continúo leyendo un rato más.

Cuando empiezan a rugir mis tripas, se me ocurre que me podría preparar unos huevos con patatas fritas, hace mucho tiempo que no los como, un plato tan sencillo y placentero que siempre me saca de un apuro. Me levanto con brío y voy directo a la cocina para mirar el pan que me queda, cuando veo que tengo suficiente me pongo con la sartén a cocinar mi plato.

He comido como un rey con unos simples huevos y patatas, me he puesto una copa de un buen vino tinto y disfruto de mi día en soledad.

Fuera hace mucho calor, así que voy al salón y enciendo el aire acondicionado con la idea de acabar el libro en el sofá. Me quedan tan solo diez páginas y siempre que estoy casi en el final de cualquier libro, hago una especie de ritual que me envuelva, ya que posteriormente, me invade esa sensación de desnudez al leer la última frase o la palabra Fin.

Me preparo un café, busco una tableta de chocolate y además un vaso alto con hielo y licor de manzana sin alcohol, así mientras, va quedando bien frío. Dejo el paquete de tabaco junto al cenicero y ya lo tengo todo para darme el final del libro.

Una vez leo la palabra Fin cierro el libro, me enciendo un cigarro y me acabo de beber el licor. Ha sido un final que me ha dejado con ganas de más. Me estiro de nuevo en el sofá con la misma pregunta que me hago siempre: ¿y ahora qué podré leer?

Recuerdo que no dejé preparada la maleta, así que subo a mi habitación y voy dejando ropa encima de la cama. Pongo un poco de todo y cuando miro lo que he ido colocando, me doy cuenta de que puse demasiada. Es algo que nos pasa a casi todos, empiezas a poner prendas que luego ni te las pones. Dejo preparado el neceser de aseo y mañana ya pondré lo que necesite.

Anna llega pasadas las ocho, con una bolsa térmica y su maleta. Ha traído lo que le quedaba en la nevera y viéndolo, nos echamos a reír.

—Si nos esmeramos y ponemos una bonita mesa, la cosa ganaría bastante —afirma riendo—, sería algo así como una cena degustación.

—Y yo que quería poner platos de usar y tirar —musito poniendo cara triste.

—¡Venga, déjate de pucheros y vamos a improvisar la cena!

Nos ponemos a preparar la cena con lo que tenemos y en un momento dejamos la cocina patas arriba, hemos ensuciado más que lo que vamos a comer, aunque reconozco que una vez puesta la mesa, no está nada mal.

Después de acabar con todo lo que pusimos de comida, recogemos la cocina y preparo los cafés, para luego ver una serie en la televisión. Hemos decidido elegirla los dos juntos, iremos viendo, hasta encontrar una que nos guste a ambos.

Son pasadas las doce de la noche y acabando el segundo episodio de Cómo defender a un asesino. Veo que a Anna se le están cerrando los ojos de sueño, le doy a pausar y apago el televisor.

—Anna, vamos a dormir —susurro a su oído.

—No, no, si la estaba viendo, ¿por qué la has apagado?

—Pero si no te estabas enterando. Venga, vamos a la cama.

—Vale pues, entonces no me pidas que hagamos cochinadas, que luego se me quitará el sueño —sonríe y me da un beso rápido.

—Hoy solo dormir, que mañana madrugaremos un poco.

Subimos hasta mi habitación y nos acostamos.

Me despierto con el suave contacto de los labios de Anna en mi espalda. Mientras noto sus besos, mi piel se va erizando, a la vez que sus manos recorren mi cuerpo.

—Buenos días —susurro sin girarme.

—Buenos días —su voz suena sensual.

Me doy la vuelta y la miro, ella besándome con mucha dulzura se aprieta junto a mí. Al contacto con sus pechos, mi miembro despierta enseguida dándole la bienvenida.

Nuestros cuerpos se unen y con una sonrisa picarona se separa para luego sentarse encima de mí. Acerco mis manos a sus caderas mientras la observo.

Su pelo luce despeinado y sus parpados algo hinchados, pero aun así, la veo preciosa. Mis manos van hacia sus pechos y gime al notar mis caricias y mueve sus caderas buscando el contacto con mi pene. Noto que está muy húmeda y con mi mano voy buscando entrar en ella poco a poco.

Una vez dentro, me detengo unos minutos hasta quedar completamente acoplados el uno en el otro. Poco a poco comienza a moverse entrando y saliendo, yo agarro sus caderas con fuerza y me dejo llevar, su ritmo va en aumento y tengo que intentar aguantar un poco más, pero cuando noto que no puedo, llevo mi dedo a su clítoris y tocándolo explotamos los dos de placer llegando al clímax. Ella se deja caer en mí y yo la voy besando mientras la tengo abrazada.

Pasados unos minutos, nos levantamos, nos damos una ducha y posteriormente bajamos a desayunar. Una vez hemos desayunado, vamos recogiendo todo para marchar.

Subo al baño y me preparo el neceser de aseo y observando el perfume de la repisa, lo tomo en mis manos y lo envuelvo en ellas, pero esta vez no lo abro. Con mucha delicadeza lo vuelvo a dejar en su lugar y al girarme está Anna apoyada en el quicio de la puerta observándome.

—Disculpa, estaba preparando la bolsa de aseo —musito—, no tardo.

—Mario, ven y siéntate un momento —me ofrece su mano para llevarme hacia los pies de la cama.

—Si es por lo del perfume lo siento, de verdad —comento mientras nos sentamos.

—Tengo un regalo para ti, pero no sabía cuándo dártelo —me toma la mano dulcemente—, así que lo traje en la maleta y te lo quiero dar ahora.

—¿Un regalo? ¿Así, sin más?

—Se me ocurrió una idea y espero que te guste —comenta mientras se dirige a su maleta—, es algo que mandé a pedir a medida.

Me quedo sentado en los pies de la cama, mientras ella rebusca y saca una caja muy bonita y me la entrega.

—Toma, ábrelo con mucho cuidado, es muy frágil.

—Gracias —comento en un hilo de voz. Acto seguido, voy desenvolviendo el paquete, retirando el lazo rojo que lo envuelve.

Abro una caja de cartón y dentro hay algo, pero está enfundado en una bolsita de terciopelo granate.

Con cuidado, tal y como me ha indicado, saco la bolsa y veo que hay una caja de metacrilato cuadrada y con tapa. Toda es transparente, la observo de nuevo dándole la vuelta y pensando para qué me la ha regalado. Ella parece darse cuenta de que no entiendo nada.

—¿No tienes ni idea para qué es esta cajita verdad? —sonríe dulcemente.

—Sinceramente, no.

—Mario, hace días vi que tienes en el baño el bote de perfume de Cristina. Sé que para ti es un tesoro y hace un momento he podido comprobar que así es. He mandado pedir que me hicieran esta cajita para que lo puedas tener dentro. Su único fin es que esté más protegido, ya que es el frasco de ella y solo tienes ese. Sería una pena que de tanto tenerlo en las manos un día se te pueda caer y romper. Lo pedí con esa idea, si no te gusta, puedes utilizarlo para otra cosa.

—Anna, me dejas sin palabras —mientras la miro a los ojos, resbalan por mi cara un par de lágrimas—. Un millón de gracias.

—Entonces, ¿te gusta?

—Me encanta, me has tocado el alma. No esperaba algo así. Cuando te he visto antes que me observabas desde la puerta, me he sentido un poco mal por tener el perfume en mis manos, disculpa.

—No te tienes que disculpar. Los tesoros se tienen que guardar y como tal, debe tener su lugar.

—Gracias de nuevo. Y teniendo en esta caja tan bonita, lo podré guardar siempre a buen recaudo, quizás hasta sacarlo del baño algún día.

—No me molesta en absoluto donde lo tengas, pero si me da algo de respeto que si uso tu baño se me pueda caer sin querer y es una manera de protegerlo.

—Pues vamos a dejarlo dentro y a la vuelta miramos donde lo puedo colocar y que pueda tener mi tesoro y a su vez no sentirme mal por ti.

—Es tu regalo y te lo he comprado con mucho cariño, has de conservarlo muchos años. Me alegro de que te guste.

—Más me gustas tú. Eres un sol de persona, gracias por estar conmigo.

—Bueno, pues ya que tienes tu regalo, ¿qué tal si acabamos de recoger y nos vamos?

—Sí, vamos a ir cerrando maletas y cuando lleguemos, te invitaré a comer y podrás pedir doble postre.

—¡Si lo sé, te lo doy anoche! —empieza a reír y me da un beso rápido.

Ya con todo preparado, ponemos las maletas y un par de bolsas de deporte en el maletero. Yo saco el coche fuera, mientras Anna entra el suyo en mi parking, conecto la alarma y salimos de casa.

¡Me estás estresando!

Pongo la dirección del hotel en el navegador, indicándome que son un poco más de dos horas de viaje, arranco y nos dirigimos hacia Pals.

—¿Quieres escuchar música? ¿O prefieres hablar? —pregunto mirando la carretera.

—Prefiero música, ¿qué tienes bonito para escuchar?

—Txarango —digo observándola de reojo.

—¿Txarango? ¿En serio? —me mira algo extrañada.

—Si, ¿no te gusta? —pregunto escuetamente.

—Algo he escuchado de ellos, pero la verdad no mucho, algún tema por la radio y poco más. ¿No sabía que te gustara ese grupo? Pensé que Carla, la vez que hicimos las fotos en el estudio, lo eligió al azar.

—Mi hija ya sabía lo que elegía, sabe que me gustan mucho. Tengo todos sus trabajos e incluso he ido a conciertos.

—Ahora que lo recuerdo, usó tu móvil y viendo como te movías... pues sí que te gustan, sí.

—¡Ya estamos! ¿Por qué todo el mundo se extraña que me gusten?

—¡Pues no sé! Te imaginaba más con música de los ochenta.

—¡Pues siento fallarte, chata! —sonrío guiñándole un ojo y le doy al *play*—. Cuando faltó Cristina, me sentía muy triste y empecé a escuchar sus temas y me daban alegría. Es una música muy alegre y las letras son la *hostia*, escucha y ya me dirás. Es más, te voy a dedicar esta para ti. Será nuestra canción. Se llama: «El Combat». Es de su último trabajo: De Vent i ales.

—Pues venga, dale caña y sube el volumen —comenta pizpireta.

Me vengo arriba y empiezo a cantar sin vergüenza alguna:

Només si no toquem de peus a terra
Només si no ho recolzes tot aquí

Només si ens apropem sense disfressa
Només si no tens por de ballar amb mi
I aprendre a estimar
Amb les mans obertes
Per donar I deixar marxar

—Muchas gracias, me encanta. Es curioso cómo a través de una canción nos podemos sentir identificados, un simple párrafo nos puede incluso llegar a definir. Para poder avanzar, todos tenemos que aprender a dejar el pasado atrás.

El trayecto se hace ameno y cuando llevamos más de una hora, yo cantando y ella escuchándome, Anna sugiere parar en un área de servicio para tomar un café e ir al baño. No sé si es por el café o porque deje de cantar. Aprovecho y lleno el depósito de gasolina y entrando en la cafetería, se va directa a la sección de dulces y coge un plato con tarta de manzana para acompañar su café. Yo en cambio solo pido un vaso con mucho hielo para el mío.

Continuamos con el trayecto y vamos hablando de dónde podemos ir cuando vengan Juan y Angie, ya que al ser solo un día podemos ir a alguna cala bonita o algún pueblo que no les quede lejos y desplazarnos nosotros. Tossa de Mar sería un bonito lugar, además de tranquilo.

Cuando estamos a unos diez minutos de llegar a nuestro destino, según el navegador, vamos observando el lugar por donde pasamos. Una vez ya hemos llegado, aparcamos, bajamos del coche y miramos su fachada, es muy bonita y el recinto tiene mucho encanto. El hotel que elegimos es un resort, ya que nos gusta un ambiente tranquilo.

Al entrar nos atiende una chica en la recepción, nos pide la documentación y una vez finaliza el registro nos entrega una llave magnética a cada uno. Nuestra habitación se encuentra en la segunda planta y nos indica donde está el ascensor. Meto la tarjeta para abrir y cuando entramos y vemos como es, nos encanta. Tiene una cama enorme y un escritorio, además de un sillón y una televisión grande. El baño es amplio y no le falta detalle. Dejamos las maletas a un lado y salimos a la terraza. Hay sobre la mesa una botella de cava en una cubitera llena de hielo y unas fresas. Nos asomamos y las vistas son preciosas, ya que se ve todo el recinto con la piscina y de fondo el mar.

—¡Es precioso todo! —exclama Anna con entusiasmo mientras va haciendo fotos a toda la habitación.

—Está genial —comento mientras abro el mini bar y ojeo que hay dentro.

—¿Salimos y brindamos por el inicio de las vacaciones? Ya que nos han hecho este detalle, no vamos a desperdiciar esa copa fresquita —sonríe dando saltitos de alegría.

—¡Pues vamos a ello! —sonrío viendo su cara de alegría.

Descorcho la botella y sirvo el cava y ofreciéndole su copa comento:—Brindo por nuestras primeras vacaciones, y que no sean las últimas.

—¡Por nosotros! —alza su copa y brindamos.

Saboreando ambas cosas, una vez que ya nos hemos comido todas las fresas, bajamos a dar una vuelta, conocer el hotel y ojear los restaurantes que tiene. Caminamos de la mano recorriendo el recinto. Es muy completo, ya que en él hay varios restaurantes, gimnasio y en la parte de fuera, un bar en la piscina. Anna me indica que incluso le ha parecido ver que hay peluquería. Al ser la hora de la comida, vamos mirando qué podemos comer. En uno de ellos hay una carta de arroces que hace que directamente entremos sin dudar.

Nos sentamos y pedimos una paella para dos y una ración de pulpo. Anna me recuerda que le había prometido que podía pedir dos postres, así que directamente me acerca el plato hacia mí sonriendo.

El camarero trae el arroz y lo deja en una pequeña mesa para servir los platos. Mientras lo está poniéndolo se nos van los ojos a los dos, ya que tiene una pinta increíble. Nos sirve un poco de vino blanco en cada copa y se retira amablemente.

El arroz es espectacular, y los postres que ha querido Anna son una crema catalana y un trozo de tarta de chocolate con un nombre algo raro; ambos son dignos de fotos, así que antes de meter la cuchara ya estaba con el móvil en mano. El café lo hemos pedido para tomar fuera y aprovechando he dicho que lo carguen todo a la habitación. Después de estar sentados un rato disfrutando de la paz del lugar, que incluye unas vistas al campo de golf, decidimos subir y colocar la ropa en el armario, ya que dejamos las maletas tal cual las trajimos.

Dejamos las maletas vacías y todo colocado en el armario y salimos a dar una vuelta por el pueblo. Nos adentramos en el núcleo antiguo, con un entorno medieval que no deja indiferente a ningún visitante. Paseamos por las callejuelas empedradas contemplando sus casas y recorriendo sus calles llegamos a la iglesia y de allí caminamos en dirección al castillo. Seguimos haciéndonos fotos y algún que otro *selfi*. Caminando, hacemos un pequeño recorrido hasta llegar al mirador, desde él podemos observar las Illes Medes de lejos.

Es tal la belleza del lugar que nos quedamos en silencio observando el bonito paisaje que nos regala la estancia. Continuamos haciendo fotos y pedimos a una pareja, si nos pueden hacer una, saliendo los dos con el fondo de las Illes Medes.

Continuamos con la caminata y nos paramos a tomar un helado, mientras nos dirigimos hasta la playa. Anna va refunfuñando por no haber traído su cámara de fotos, alegando que pesa mucho y es un engorro tirar de ella. Yo le resto importancia, ya que con el iPhone es suficiente, pues la calidad de la cámara es buena y todas las que hicimos han quedado muy bonitas.

Ya en la playa, Anna dice de dar un paseo por la orilla,

tan solo caminar mojándonos los pies. Ella calza unas sandalias Ipanema negras que le dan un look informal con su vestido negro de tirantes, salpicado con flores pequeñas de varios colores.

Yo voy con vaqueros y una camiseta blanca y calzo unas deportivas. Nos sentamos en un banco para descalzarnos y sacando de su bolso una mochila plegable, mete dentro sus sandalias y posteriormente me la ofrece, para que yo coloque mis zapatillas. Me la cuelgo a la espalda y entramos en la playa dirigiéndonos a la orilla, agarrados de la mano.

Con mis vaqueros remangados vamos caminamos por la orilla. Son pasadas las siete de la tarde y corre una brisa agradable, el agua algo fría se agradece mientras voy caminando, notando el hormigueo que deja la arena al pisarla.

—¿Hay algún lugar en especial que quieras que visitemos? —pregunto sin más.

—Pues no sé, hay tanto que ver por esta zona. Me gustaría volver a visitar el Museo Dalí, hace años que no voy y Figueres es muy bonita.

—Por mi perfecto, fui una vez cuando iba al instituto, o sea que se puede decir que ni me acuerdo.

—Mario, gracias por dejarme compartir contigo unos días de vacaciones.

—Las gracias te las tengo que dar yo. Hace años que no salgo y me tomo unos días de estar fuera de casa.

—Estos días te ayudarán a desconectar del trabajo y dejar esa corbata que tanto dices que te ahoga.

—Lo peor será que me costará más volver—comento con un suspiro.

—Por mi parte, sigue en pie la propuesta que te hice. Estos días podemos ir hablando y barajar la mejor opción.

—¿Ser tu socio? ¿Trabajar para ti? ¿Ir por las tardes y llevar la contabilidad?

—Todo es hablarlo, lo de ser socio tendrías que poner pasta claro.

—No es cuestión de dinero Anna, el banco me da una seguridad para el día de mañana.

—¿A qué precio Mario? —se para en seco mirándome.

—¿Y si lo nuestro, por cualquier motivo, no funcionase? —musito con sinceridad.

—Tienes razón, es pronto para dar un paso así —afirma mirándome—, solo pretendo ayudarte.

—Y yo te lo agradezco mucho, pero tengo que ir poco a poco. Quizás ir a ayudarte alguna tarde no estaría mal.

—A eso no me negaría, ya que falta me hace, sobre todo con la contabilidad.

—Pues un par de tardes te podría dedicar; para empezar, considero que no estaría mal.

—Por cierto ¿y si llaman los italianos?

—Anna... —levanto una ceja mirándola algo serio.

—No dije nada, lo siento—levanta sus manos en señal de disculpa—, pero que sepas que pueden seleccionarte, ahí lo dejo.

—Si pasa, ya lo hablaremos. Déjame que dé pasos pequeñitos y todo se irá viendo.

—Venga, vamos a ver dónde podemos cenar, te recuerdo que no merendé —dice poniéndose de puntillas para besarme.

—¡Mira que eres tragona! —la atraigo hacia mí y le beso.

Dejando la playa atrás y ya calzados de nuevo, caminamos buscando donde poder cenar. Pasamos por varios restaurantes pero no nos decidimos por ninguno y mientras seguimos caminando, escuchamos una voz femenina que dice:

—¿Anna?

Nos giramos y vemos una pareja con un cochecito de bebé. Anna al verla, con alegría dice:—¡Lidia! Y va hacia ellos, cogiéndome la mano. Cuando los tenemos en frente, ella se abraza a la chica y le da un par de besos y luego al chico y mirando el niño comenta:—¿Qué le dais de comer? ¡Está enorme!

Los dos sonríen y me miran. Anna nos presenta.

—Mario, te presento a Lidia y Luis y este pequeñajo es David, su hijo.

—Un placer —saludo a ambos.

—¿Qué hacéis por aquí vosotros? —comenta sorprendida.

—Hemos venido a pasar unos días, estamos de vacaciones y esta zona nos gusta mucho, así que alquilamos un bungaló en un camping de por aquí —comenta Luis.

—¿Y vosotros? —pregunta Lidia

—Nosotros también pasando unos días, hemos llegado hoy, estamos en un hotel muy tranquilo. Aunque la idea es ir haciendo alguna excursión por otros pueblos—expone Anna.

—Bueno pareja, nosotros nos vamos, que David ya tiene que dormir, luego no hay nadie que lo aguante. Me alegro mucho de verte Anna —sonríe Luis y la abraza con cariño.

—Igualmente chicos —ella le da dos besos, abraza a Lidia y se agacha para besar al bebé.

Nos despedimos y cuando se han marchado Anna me dice que Luis es su exmarido.

—¡Anda! Pues yo pensaba que ella era tu amiga, con la alegría que te ha saludado.

—Lidia es muy buena nena y estoy feliz de ver a Luis con un bebé. Ya te comenté que nuestra separación fue amistosa, solo puedo alegrarme por él. Además, ella las veces que me la he encontrado me ha tratado muy bien, es una chica muy sana y siempre acabamos haciendo bromas, la última vez que los vi fue cuando nació el niño, me invitaron a cenar y sin cortarme un pelo les dije que si y me sentí muy cómoda.

—Eres tan bonita Anna, que no te voy a dejar escapar —la aprieto hacia mí, le beso en la cabeza y seguimos caminando.

Por fin encontramos un restaurante para cenar. Mientras comemos me explica un poco más de Luis y Lidia.

—Conocer a tu exmarido me ha gustado, ahora le puedo poner cara y se le ve buen tipo.

—Es muy buena persona y ahora tiene lo que quería, lo veo feliz y eso me alegra. Nosotros lo intentamos, pero no pudo ser y sería muy egoísta por mi parte no alegrarme. Madre no lo podré ser, abuela algún día quizás si —sonríe guiñándome un ojo.

—Pues con mis hijos lo tienes algo difícil, te veo buscándote a otro —sonrío encogiéndome de hombros.

—De momento, mañana nos vamos a Figueres, eso es lo que cuenta hoy.

Llegamos al hotel y nos damos una ducha rápida. La cama es enorme y disponemos de varias almohadas, cosa que me gusta mucho. Nos acostamos desnudos y aunque estamos algo cansados de tanto caminar, hacemos el amor con mucha pasión.

Suena la alarma a las ocho de la mañana, queremos levantarnos pronto e ir al *buffet* a desayunar, ya que por las valoraciones tiene mucho surtido y calidad.

Cuando entramos el ambiente es tranquilo, cosa que agradezco, ya que no soporto esos hoteles con tanta gente esperando su turno para tostar unas llescas de pan. Al entrar nos atienden, indicamos el número de habitación y nos asignan una mesa. Con el plato cada uno en mano, paseamos por el comedor. Hay mucha variedad, tanta que no sabemos qué comer. Yo soy de ponerme poco y si me apetece, ir levantándome e ir probando algo más. En cambio Anna, parece ser que todo le entra por los ojos y llena el suyo con un surtido de dulce y salado, alegando que así no tiene que levantarse.

Después del atracón que nos hemos dado y con la panza llena, nos dirigimos a Figueres. Entramos al pueblo y nos adentramos al núcleo urbano, buscando aparcamiento y la oficina de turismo, siempre me gusta ir y que me den el folleto con toda la información. Vamos directos hacia el museo. Al llegar a la entrada, sinceramente no recuerdo casi nada, demasiados años, así que la ventaja es que lo veré con diferentes ojos de cuando era un chaval.

Nos adentramos en el museo y ya te impregna esa sensación del mismo Dalí cuando le escuchabas hablar. Toda su personalidad se refleja expuesta en esas paredes, ya que él fue quien dirigió el proyecto, convirtiendo el antiguo Teatro Municipal en lo que hoy podemos ir a visitar. Su sello está en cada rincón del edificio.

Paseamos en silencio observando sus obras, nos quedamos parados viendo más detenidamente «Galetea de las esferas». Su mujer, que fue su musa, está en muchas de sus pinturas. Pasamos a visitar la Sala Mae West, diseñada en forma de cara, con la nariz y ese sofá con los labios, que nos es tan conocido a todos. También visitamos su tumba; esta se encuentra en el centro del museo. Además, vemos las joyas y un sin fin de creaciones y curiosidades que solo un genio entiende. Nos dirigimos a un espacio exterior, donde se expone el «Cadillac lluvioso»; una visita que al salir al exterior no te deja indiferente y hace que hablemos de él un buen rato.

Después de una parada para comer, vamos a visitar el Castillo de San Fernando y la iglesia de San Pedro. Anna, un poco molesta porque aún no hemos pisado una playa, quiere volver al hotel y disfrutar un rato de la piscina.

Cuando entramos por la puerta de la habitación, suena mi móvil y veo que es Juan quien llama.

—¡Hola petardo! —saludo alegremente, mientras gesticulo a Anna que es Juan quien llama.

—¿Qué pasa *chavalín*? ¿Dónde paráis?

—Ahora mismo acabamos de llegar a la habitación —contesto riendo. Al momento no escucho nada, miro el teléfono y me ha colgado el tío.

Suena de nuevo, pero esta vez es una video llamada, doy aceptar y sale Juan en la pantalla.

—¿Estáis visibles? —pregunta burlón.

—¡Pues claro idiota! Si no fuera así, te habría rechazado el video.

—Pues no veo a Anna —veo que intenta localizarla el muy tonto.

—Está en el baño, ahora sale.

—¿Y qué hacéis en la habitación a estas horas? ¿ibais a follar? —ahora su tono es un susurro.

—Tío, eres muy cansino. Nos íbamos a bajar un rato a la piscina.

—Te llamaba para quedar el sábado y concretar algo más ¡cabrón!

—Hemos pensado que podíamos quedar en Tossa, así estamos a mitad de camino ambos —Anna se recuesta en la cama junto a mí y mira por la pantalla.

—¡Hola, guapa! —saluda Juan con la mano—, ¿cómo se porta el soso de mi amigo?

—Hola, Juan —saluda Anna pegándose más a mí—, pues me tiene frita, aún no me ha llevado a la playa, solo viendo monumentos.

—¡La cagaste, chica del pelo azul! Tenías que haberme dado el teléfono en su día a mí en vez de a él, es soso por naturaleza.

—Tienes razón, pero ya es tarde para eso —contesta Anna riendo.

—Hace un rato hablé con Angie y hemos quedado en que iré a recogerla sobre las ocho de la mañana, tomaremos un café rápido y ya desayunamos los cuatro juntos, quizás para las diez estemos allí.

—¡De eso nada, monada! Desayunáis vosotros a vuestra bola. Yo no me pierdo ni un desayuno del hotel, son brutales, además nosotros desayunamos temprano y nos ponemos *moraos*—replica Anna.

—Uy, que carácter ¡Quédate con el soso, ya no te quiero! —Juan levanta su mano con un aspaviento.

—Juanito, luego te envío un *WhatsApp* y buscamos un punto de encuentro, te dejo que nos vamos a la piscina. Si te aburres, busca algún sitio que esté chulo para ir a comer o alguna cala bonita y que así mi novia no se enfade conmigo —miro a Anna y le doy un beso rápido en la nariz.

—¡Venga parejita, os dejo, un abrazo para los dos! —saluda y cuelga la llamada.

Anna y yo nos miramos y empezamos a reír, este Juan es tremendo, el sábado promete ser divertido.

—¿Cuando has dicho «mi novia» era con retintín? —levanta una ceja fingiendo enfado.

—¡Qué va! Pero quiero ir nombrándote así —le guiño un ojo.

—Pues venga novio, vamos un rato a la piscina o seré tu exnovia como no muevas el culo.

Acto seguido, nos ponemos los bañadores y cada uno con su toalla bajamos a darnos un chapuzón.

En la zona de la piscina hay un chiringuito, pasado un buen rato, nos acercamos hasta allí y pedimos un refresco que nos sabe a gloria.

Al quedarnos en el hotel, decidimos cenar en algún restaurante de ellos y no movernos. Mañana iremos a Port de la Selva, es un lugar que me encanta y tiene unas bonitas calas, así ella podrá disfrutar de la playa un rato.

Subimos a darnos una ducha y nos arreglamos un poco para bajar a cenar. Anna comenta que le apetece comer pizza.

Por la mañana, tal y como acordamos ayer, iremos a la playa. Nos toca un rato en coche, pero ir hasta Port de la Selva merece la pena.

Desayunamos como si no hubiera un mañana. Hoy es el día que hemos desayunado más, pero es que cada vez que te acercas con el plato en mano hay algo que te apetece probar.

Salimos con la mochila y una bolsa de playa y Anna incluso se ha llevado un libro. Yo como acabé el mío, pues no traje nada, es más, ni lo pensé, así que si a ella le da por leer, me tocará mirar la prensa por internet, eso si hay cobertura, claro.

Mientras voy conduciendo, Anna prefiere la playa mejor que una cala, ya que si vamos a cualquiera de ellas, hay mucha piedra y le gusta ver también el pueblo desde la arena.

Yo, en cambio, propongo una cala. Así si estamos solos, aunque tengamos que caminar, dispondremos quizás con algo de suerte con un poco de intimidad. Ella empieza a reír intuyendo mis intenciones y se niega en rotundo, alegando que por no hacer, no hace ni *topless*.

Al llegar al pueblo, lo difícil es poder aparcar. Doy un pequeño bufido y Anna me mira de reojo y añade que si no encontramos lugar donde dejar el coche, la opción es retirarnos un poco, buscar otro sitio y de allí caminar hasta una cala.

—Mira, ese de allí se va —comenta señalando una camioneta blanca que pone las luces de marcha atrás —ponte rápido detrás, que no te quiten el sitio.

Una vez sale, podemos dejar el coche en su puesto y ya lo tenemos aparcado.

—¡Es precioso! —exclama Anna al salir—, nunca estuve aquí y tenía ganas de venir, este pueblo tiene un encanto que no le sé poner adjetivo.

—Para mí es un lugar especial. Te doy la razón, es difícil ponerle una etiqueta.

—¡Pues, venga! Vamos a disfrutar de la playa y del lugar.

Pasamos la mañana en la playa y hablamos de muchos temas. Incluso hacemos un pequeño juego, consiste en ir observando a la gente y nos inventamos una historia sobre esas personas, Anna va narrando las supuestas historias de todo el que ve y yo no puedo dejar de reír.

—Eres tremenda —me acerco a ella para besarla—, la princesa de un cuento de hadas.

—¿Princesa? No hijo, no. Soy una luchadora y guerrera, la misma que se ha cruzado en tu vida para caminar a tu lado, si quieres claro. ¿Cuánto caminaremos? No sé, ya se irá viendo —me guiña un ojo y me devuelve el beso.

—Pues si es así, quiero que me acompañes en mi camino.

—Para acompañarte necesito fuerzas y empiezo a tener hambre, ahí lo dejo.

—No se hable más, vayamos a comer.

Nos hemos sentado en un restaurante del paseo y la carta es brutal. Esta vez nos pedimos un arroz negro y unas gambas de Palamós.

—Anna, estoy pensando en que si quieres mañana, nos podíamos quedar en el hotel y que nos den unos masajes, si pedimos hoy cita posiblemente tengan algún hueco. Además, vi que tenían gimnasio. Podemos quedarnos todo el día allí y darnos un capricho y luego tener tiempo para nosotros en intimidad, y el sábado que llegan ellos, pues ya iremos a visitar más lugares.

—¡Guau! Me encanta la idea. Es más lo podemos hacer incluso mejor, pedir que nos suban la cena a la habitación, eso mola mucho —deja ir una pequeña risa.

—Pues por orden sería: Desayuno, masajes, comida, siesta, follar y cena en la habitación y luego rematamos la faena. Si has venido a salvarme, me salvas bien.

Al llegar al hotel, en la recepción pedimos hora para la sesión de masajes, nos la han dado para las doce de la mañana.

Me despierto sin intuir la hora que es, ya que las cortinas no dejan pasar la luz. Miro y son casi las ocho de la mañana. Observo a Anna dormir recordando esa frase que me dijo ayer, que viene a salvarme. Acaricio su pelo con suavidad y se mueve un poco, susurrando le doy los buenos días.

—Cariño, vamos a desayunar, tengo hambre —comento en tono cariñoso.

—*Ains* déjame un ratito más *porfa*.

—Si vamos más tarde, quizás no queden esas ensaimadas tan ricas, y no quede zumo natural, eso por no contar que se acabe la tarta de manzana con tanta crema que te gustó tanto —ironizo riendo.

—¡Joder! Eres bueno manipulando a una débil mujer que duerme.

—Yo creía recordar que eras una guerrera y luchadora.

—¡Pero no acabándome de despertar! Para serlo, ¡necesito combustible!

—Pues espabila, vamos a llenar el tanque —tomo su mentón y la beso.

Bajamos al comedor y Anna va directamente a la sección de dulces y toma una porción de cada uno, por suerte hay de todo y va hacia la mesa dando pequeños saltitos, yo solo puedo sonreír mientras la observo.

Esperando la hora del masaje, nos tumbamos en unas hamacas, ella con su libro yo con mi móvil. A falta de diez minutos para la cita, subimos y nos ponemos un albornoz.

—*Cariñu*, los masajes los pago yo —dice en tono alegre.

—No, esto sale del dinero que gané con el trabajo de Jordi —respondo escuetamente.

—Ah, pues si te encuentro algo mejor y que te paguen bien, te dejo que me invites a Roma, París.

—No me busques nada, tranquila. Si es por eso, me puedo permitir pagarme un viaje igualmente.

—*Ancagua*, no te estreses —empieza a reír.
—Eres muy persistente con el temita.

Entramos en la sala y damos nuestros nombres a la empleada y nos dice que esperemos un momento que vendrán a buscarnos. Cuando vienen, cada uno se va con su terapeuta. Pasada casi una hora salgo, y mientras espero que salga Anna me ofrecen un zumo natural. Me siento a tomarlo y a los pocos minutos sale ella, con una cara de relax que parece que se haya acabado de levantar, sonrío y la chica le entrega un vaso también a ella, que se lo bebe de un tirón.

Salimos de allí con una sonrisa y con la sensación de que se hizo corto el tratamiento. El día transcurre tal y como planeamos ayer, hoy en vez de recorrer calles, recorreremos nuestros cuerpos y a que nos lo den todo hecho, que más se puede pedir. Mañana ya saldremos a visitar algún lugar cuando lleguen Juan y Angie.

Ayer le escribí a Juan para comentarle de quedar en un lugar muy conocido, la estatua de Ava Gardner, así ya de paso la vemos, total, el tema aparcamiento es difícil por la zona y le tocará meterlo en un parking seguramente. Angie ha llamado a Anna y le ha prometido que serían puntuales, y que Juan llegará, si puede, antes de las ocho a recogerla. Mañana tendremos que salir pronto, ya que tenemos aproximadamente una hora de trayecto.

CAPÍTULO 26

Nos hemos levantado a las siete de la mañana, ya que la idea es salir antes de las ocho y media. Ya duchados y arreglados, bajamos al comedor y de allí ya salimos para Tossa. Pongo el navegador y me indica que llegaremos sobre las nueve y veinte, así que tendremos tiempo de sentarnos a tomar un café o bien ir tranquilamente hasta el lugar de encuentro.

Angie ha enviado un *WhatsApp* a Anna indicando que ya salían, así que sabemos que llegarán algo antes de las diez.

Al entrar en el pueblo el objetivo es aparcar. Voy dando vueltas a sabiendas de que acabaré pagando en un parking, pero como es pronto continúo la búsqueda por si tengo suerte. Finalmente consigo dejarlo aparcado frente a una panadería. Al salir miro el nombre de la calle y Anna empieza a reír. Con su móvil en mano, me llega una notificación de ubicación y cuando la veo, reímos los dos.

—Me fío más de esto que de ti —sentencia.

—Gracias por la confianza —ironizo.

—Pues vamos a buscar la estatua de la Diva y si tenemos unos minutos, tomamos un café —guarda su teléfono y me coge de la mano mientras caminamos.

—Creo recordar que está en el mirador —comento mientras seguíamos caminando.

—Pues entonces mejor nos olvidamos del café y vamos directos para allí, quizás estén llegando, aunque no han dicho nada, al menos Angie. Voy a escribirle que estamos de camino.

—A mí no me ha dicho nada Juan de momento, quizás estén dando vueltas para aparcar —expongo sin más.

Continuamos en dirección al mirador y ninguno de ellos responde a los mensajes.

Hemos tardado unos quince minutos en llegar. Cuando estamos allí buscamos a ver si los vemos, pero no están.

—¡Que raro! Angie no contesta y no ha leído el mensaje —su tono es de preocupación.

—Tendrá el móvil en silencio o en el bolso. Voy a llamar a Juan, si están en el coche le saltará la llamada —digo mientras busco en la agenda el contacto. Lo llamo, insisto de nuevo, pero no lo coge. Eso me empieza a preocupar.

—Cariño, llama a Angie —exclamo bruscamente.

—Mario —su voz suena con preocupación—, tampoco atiende el teléfono Angie.

—¿Sale la última conexión de Angie en el *WhatsApp*? —pregunto inquieto.

—Si, a las ocho y siete, para ser exactos, justo cuando me envió el mensaje. Igual se han quedado tirados en la carretera.

—Me extraña, Juan tiene su coche niquelado, aunque es antiguo, cuida mucho de su BMW.

—No nos pongamos nerviosos y estemos atentos por si nos llaman, quizás han pinchado una rueda o se han entretenido en un área tomando un café —expresa restando importancia.

Empiezo a dar vueltas de un lado a otro y vuelvo a llamar, mi ansiedad empieza a subir. Miro el reloj y son las diez y cuarenta, algo no me encaja.

Veo a Anna, que intenta llamar y su inquietud va en aumento, pero no dice nada. Sus ojos van buscando entre la gente.

Miro mi teléfono para asegurarme que no lo tengo en silencio. Con el botón, doy al máximo de volumen y vuelvo a llamar, pero sigue sin responder, lo guardo en el bolsillo trasero de mi pantalón y mesándome el pelo con ambas manos, exhalo e intento tranquilizarme, siento que algo me dice que va mal.

Suena mi teléfono y lo cojo enseguida, pero es mi hijo diciéndome que ha ido a ver a mi madre, ya que tenía un hueco antes de ir a trabajar. Intento no mostrar nerviosismo y le comento que lo tengo que dejar, que en un rato lo llamaré, queda conforme y cuelga. Anna me mira y le hago un gesto de negación, indicando que no es él quien llama.

—Cariño, vamos hacia el pueblo y nos sentamos en un banco o en un bar y esperamos por si nos llaman. Está claro que algo pasa, yo me quedaría cerca del coche —sugiere Anna.

—Les ha tenido que pasar algo, no es normal —voy diciendo mientras no paro de moverme de un lado a otro.

—Cariño, cálmate —me sugiere en un susurro.

—¡¿Cómo coño quieres que me calme?! —grito tensando la mandíbula.

—Mario, vayamos al pueblo por favor —dice mientras coge mi mano.

—¡Déjame de una puta vez tranquilo! Marcha tú si quieres —retiro mi mano bruscamente.

Anna me mira con rabia y me da una *hostia* en toda la cara, ¡zas! Me quedo quieto y sin conseguir articular palabra. No me esperaba esa reacción en ella.

—¡Basta ya! ¡Te recuerdo que tampoco se nada de mi amiga! —sentencia enfadada y veo que se empieza a alejar.

—¡Anna! —la llamo mientras me toco la cara, me escuece del tortazo que me ha dado, pero ella no se gira y sigue caminando.

De pronto, veo que se para y girándose hacia mí, me observa esperando que llegue. Quedo frente a ella mirándola en silencio y me meso el pelo con ambas manos.

—Siento el bofetón que te he dado. No sabía qué hacer para que salieras de ese estado. No volverá a pasar, te pido disculpas.

—Entré en pánico. Y sí, has conseguido que salga de ese ese estado de un plumazo, bueno, de un hostiazo. Yo también te pido disculpas por el modo en que te hablé.

—Estoy asustada, quizás no sea nada grave, pero intuyo que algo ha pasado.

—Vayamos al pueblo, pero antes abrázame por favor, tengo miedo —digo con un hilo de voz.

—No tengas miedo, estás a mi lado, yo te protegeré —me abraza con fuerza.

—Te quiero —digo separándome de ella y mirándola a los ojos.

—Y yo a ti —intenta sonreír, pero una lágrima cae por su mejilla.

—Vamos, intentemos averiguar qué ha podido pasar —agarro su mano y empezamos a caminar en dirección al pueblo.

Agarrados vamos caminando despacio y en silencio. Noto que empiezo a marearme y siento algo de ahogo.

—Anna, no me encuentro bien, me estoy mareando un poco.

—Mario, mírame, tranquilo. Vamos a buscar un lugar donde sentarnos.

Sus ojos van buscando un lugar y tirando de mí, me lleva hasta un rincón de la calle, ya que no ve un banco para sentarnos. Hace que me siente en el suelo y ella queda frente a mí, la gente cuando pasa nos esquiva refunfuñando. Cada vez me siento más mareado, noto que me ahogo y me cuesta respirar. Escucho a una señora que se queja de nosotros, va gruñendo porque estamos molestando y no puede pasar con su carro del bebé.

—¡Que te follen, imbécil! —le grita Anna—, ¡cámbiate de acera, idiota!

—¡Mal educada! —grita la señora—. ¡Eres una grosera!

—Cariño, eh eh, mírame —levanta su mano en un aspaviento—, tranquilo, no pasa nada, solo es un ataque de ansiedad, respira hondo, exhala.

—No puedo respirar —susurro.

—Claro que puedes, mírame. Respira y suelta el aire lennnntamente —dice arrastrando la ene y hablando muy bajito.

—Anna, necesito saber qué ha pasado, no quiero volver a vivir lo mismo otra vez.

—Cariño, entiendo tu miedo, pero no tenemos que ponernos en lo peor. Confía en mí, lo vamos a averiguar, aunque para eso necesito que pongas un poquito de tu parte. Estoy a tu lado, cuando te encuentres mejor continuamos.

—¿Qué hora es? —pregunto sin fuerzas.

—Son las doce —dice mirando su reloj.

—No es normal. Han tenido un accidente —susurro.

—No lo sabemos, pero vamos a buscar la forma de enterarnos, cálmate porque yo también necesito tu ayuda, dos piensan mejor que uno —agarra mis manos con mucho cariño mientras me habla.

—Me encuentro algo mejor, pero sigo sintiendo mareo.

—Esperaremos unos minutos más, cuando te sientas preparado nos vamos.

—Pues venga, vamos a ello —me levanto muy lentamente y ella se levanta también, sin dejar de observarme.

Caminamos en silencio, pero sin soltarnos de la mano. Nos encontramos en el paseo y nos sentamos en un banco, vuelvo a mirar el móvil y no hay llamada ni mensaje.

—Podríamos ir a la Policía, quizás ellos puedan saber algo —musito.

—Voy a buscar donde está —dice mientras saca su teléfono del bolso.

—¿Mejor ir o llamar? ¿Qué se hace en estos casos? —apoyando mis codos en las piernas me tapo la cara con las manos. Cuando abro los ojos Anna no está, la veo correr en dirección a una patrulla de Policía que va circulando.

Ellos detienen el coche, uno sale y habla con ella. Veo que caminan los dos hacia mí.

—Buenas tardes, caballero.

—Buenas tardes.

—Nos ha explicado su novia que estaban esperando a unos amigos y no han llegado, hace un par de horas que esperan y no saben nada.

—Correcto, estamos preocupados. No contactan con nosotros y no es normal, algo ha tenido que pasar.

—¿Se encuentra usted bien?

—Sí. Solo me he mareado un poco, pero ya me encuentro algo mejor.

—¿Me indican por favor los nombres y apellidos y el coche en el que viajaban?

—El coche es un BMW 320 negro. El nombre de mi amigo es: Juan García Fernández.

—El de ella es: Ángeles Suárez Gómiz —responde Anna.

—Mi nombre es Mario y ella es Anna.

—Quédense aquí, ahora vengo. Espero poder darles alguna información. Voy un momento al coche.

Anna se sienta a mi lado y nos cogemos de la mano de nuevo, a la espera de noticias. Los minutos se hacen eternos observando la patrulla. Finalmente, el policía sale del vehículo en dirección a nosotros.

—Mario, Anna. No se asusten, pero sus amigos han tenido un accidente en la autopista.

—Ay Dios... Sabía que algo había pasado —digo con un hilo de voz.

—Están bien, no es nada grave. Hemos hablado con el hospital, ahora se encuentran en urgencias, están conscientes ambos. Les van a realizar unas pruebas. Insisto, no es preocupante por lo que nos han informado, solamente el golpe.

—¿En qué hospital están agente?

—En el de Calella, era el más cercano. ¿Disponen de vehículo para llegar?

—Sí, gracias. Lo tenemos aparcado aquí en el pueblo.

—¿Se encuentra usted en condiciones de conducir? —me pregunta el agente.

—Estoy bien, además ella también conduce.

—Los podemos acompañar hasta su coche, si prefieren. Aunque considero que si van caminando les ayudará a eliminar tensión.

—Se lo agradezco agente, lo tenemos cerca y caminar nos irá bien. Muchas gracias por la ayuda.

—Para eso estamos. Ya verán que están bien. Buenas tardes.

—Buenas tardes y muchas gracias.

—Bueno. Pues venga, vamos para allí. Solo espero que no nos haya mentido el agente —suspiro mirándola.

—No tiene por qué. Confío en lo que nos ha dicho.

—Cuando sepa algo más, llamaré a Maite. De momento, saber como están los dos.

De camino hacia el coche, vamos en silencio. Cada uno con sus pensamientos, absortos de todo y con el único fin de llegar y verlos.

Una vez ya sentados, pongo el navegador y nos dirigimos hacia allí. Solo se escucha la voz femenina indicándonos el trayecto, ya que continuamos sin hablar.

Al llegar, directamente vamos a urgencias y nos atiende una chica en el mostrador. Damos los nombres y nos preguntan si somos familiares. Explicamos lo sucedido, nos indica que nos quedemos en la sala de espera y que nos llamarán para informarnos. Pasada casi una hora, escuchamos que nombran a familiares de Juan García Fernández. Acto seguido nos levantamos y viene un médico a informarnos.

Nos saluda y nos informa del estado de Juan. Nos indica que solamente fue el golpe, aunque tiene una fisura en una costilla, el airbag amortiguo en el pecho y tan solo son unos hematomas nada importantes.

No es nada grave, aunque tendrá que guardar reposo unas tres semanas, ya que le costará dormir tumbado. Le han administrado calmantes y en un par horas le darán el alta. De Angie nos comenta que sufre un latigazo cervical pero ahora está dormida, ya que sufrió un ataque de ansiedad y se encuentra con el efecto de los tranquilizantes.

También nos informa que se ha realizado el atestado y que el coche lo han llevado a un taller de la zona, a la espera del peritaje. Toda la documentación y sus pertenencias se le entregará a Juan. He querido preguntar si podíamos verlos, pero llegó una enfermera reclamando al doctor y se marchó sin poder pedirle.

Nos sentamos a la espera algo más tranquilos y deseando que salgan por esa puerta.

—¿Vas a llamar a Maite? —pregunta Anna.

—No. Si le dan el alta en un rato, será mejor que le llame él.

—Es verdad —expresa escuetamente.

Hemos sacado de la máquina un par de cafés y unas galletas que compartimos.

Cuando levantamos la vista, vemos a Angie con un collarín y llevando a Juan en una silla de ruedas se dirigen a nuestro encuentro. Nos incorporamos rápido, ambos con una sonrisa en la cara.

—¿Qué pasa *chavalín*? —saluda Juan intentando sonar alegre, pero no lo está.

—¡Chicos! —los saluda Anna con alegría, mientras yo no

puedo articular palabra y me resbala una lágrima por la mejilla.

—¡Míralo! Con lo grande que es y llorando —le dice Juan a Angie.

Al llegar frente a nosotros, los cuatro nos quedamos en silencio. Nos vemos observándolos milímetro a milímetro y ellos observando nuestras caras de preocupación.

—Gracias a Dios que estáis bien —consigo decir.

—Menudo susto, pasó todo muy rápido —expresa Angie.

—¿Mucho dolor? —pregunta Anna mirándolos.

—Nada que los calmantes no calmen —dice Juan mirándome—. Por suerte solo ha sido esto. Ahora nos toca cuidarnos mutuamente.

—¿Nos hemos perdido algo? —pregunto levantando una ceja.

—¡Mucho! —exclama Juan—, pero ahora no es el momento.

—Bueno, ya nos explicaréis de camino a casa. Voy por el coche y os llevamos.

—No tan rápido, tenemos hambre. Desde esta mañana no hemos probado bocado —replica Juan—, y seguro que vosotros tampoco.

—¿Estás en condiciones de sentarte en un restaurante? —pregunto en tono osco.

—Yo tengo una fisura y Angie un latigazo cervical, mejor aprovechar que nos dura el efecto de los calmantes y mientras comemos, hablamos de como lo hacemos si nos lleváis para casa.

—Mirándolo de esa manera, casi mejor así. Comemos y nos explicáis que pasó, después de comer bajamos a Barcelona y os dejamos allí.

Voy por el coche y Anna, abriendo la puerta del copiloto, ayuda a Juan a sentarse, ellas dos se sientan detrás.

—¡Qué putada tío! Para vosotros y para nosotros —dice sin más.

—De putada nada, ¿sabes el miedo que hemos pasado? —comento mientras le doy un par de palmadas en la rodilla.

—Fue todo muy rápido, por suerte había poco tráfico y Juan tuvo buenos reflejos —expone Angie.

—Al coche que teníamos delante le explotó una rueda. Empezó a hacer zigzag y gracias a Dios que íbamos tranquilos, pero al intentar esquivarlo, venía otro lanzado y aunque aminoró la velocidad, pues fuimos varios coches los que nos vimos obligados a sortear la situación. Yo al ver el que uno venía detrás a más velocidad, conseguí que pasara, pero me quedé en el carril de la izquierda y casi me como la mediana. Bueno, impacté con ella y saltaron los airbags y mirando que el que venía detrás nos viera y nos diese. Por suerte, varios coches se dieron cuenta y fueron bajando la velocidad, si no, no sé que podía haber pasado, ya que entre el impacto y si nos hubieran dado por detrás, no lo contamos. No me sé explicar, porque todo pasa en cuestión de segundos, miras de un lado a otro para intentar que no pase nada e intentas reaccionar lo mejor que puedes.

—Lo importante es que estáis bien dentro de lo que cabe —murmura Anna sin ánimo

—Entre su madre y nosotros, le van a hacer un pase vip a Mario en los hospitales —ironiza Juan.

—Me vais a matar de un infarto —sentencio mirándolo de reojo.

Aparco el coche cerca de un restaurante y bajamos los cuatro. Caminamos unos metros, Anna va cogida de la mano de Angie y yo pendiente de Juan.

Entramos y el camarero nos comenta que no nos demoremos en pedir, ya que la cocina está a punto de cerrar. Dicho esto, pedimos los cuatro el menú del día.

¡Me estás estresando!

Poco a poco la tensión va desapareciendo e incluso llegamos a bromear.

Cuando nos traen los postres, pregunto a quién dejo primero. Angie mirándonos, comenta que la idea es ir a la suya y coger un poco de ropa para quedarse en casa de Juan y así poder atenderle. No quiere que se quede solo, ya que no puede realizar esfuerzos y es fácil que no pueda ni dormir. Anna y yo nos miramos sabiendo que algo se nos escapa.

—¡Desembucha Juanito! —exclamo con una sonrisa.

—Pues deciros que Angie y yo estamos conociéndonos. Vamos, que hemos empezado a salir.

—¡Qué calladito lo teníais! —sonrío mirando a ambos.

—Es lo que tiene cuando uno se echa novia y no llama a su amigo —Juan me lanza una pequeña púa.

—Y tú, con lo cotilla que eres, ¿no has tenido tiempo de llamarme? —levanto una ceja riendo.

—¡Estaba ocupado ligándomela! El tiempo que tenía se lo he dedicado a ella y mira, ha dado sus frutos —sonríe y me guiña un ojo.

—¡Eres tremendo tío! No sabe dónde se mete, pobrecita.

—Tú y yo tenemos una conversación pendiente —Anna señala a Angie con dedo acusador.

—Os lo perdonamos porque estáis convalecientes. Brindemos por vosotros. Por estar aquí a pesar del susto y por vuestro comienzo de relación.

Alzamos los vasos de los cafés en señal de brindis.

—Yo brindo por los cuatro y por la salida pendiente que nos queda —sonríe Juan, pero con una pequeña mueca de dolor.

—Venga chicos, pago y nos vamos. Tenéis que descansar ambos y cuidaros mutuamente.

Durante el trayecto, Juan está incómodo en el asiento, no sabe cómo ponerse.

—¿Te duele mucho? —pregunto escuetamente.

—Me duele el pecho y el costado derecho.

—Angie, ¿cómo estás? —miro por el espejo retrovisor mientras le estoy preguntando.

—Se ha quedado dormida —musita Anna.

Nos quedamos en silencio para no despertarla y a su vez, darnos esos minutos de paz que son necesarios por el estrés que hemos sufrido todos.

—Anna, estamos ya en Badalona, el navegador dice que llegamos en diez minutos, ve despertando a Angie —miro por el espejo retrovisor mientras le hablo.

—Mario, estoy despierta —me dice Angie.

—Subo con ella y así le ayudo a coger lo que necesite y tardamos menos —expone Anna levantando la mirada hacia el espejo.

Una vez hemos llegado, dejo el coche en una esquina para no molestar, ya que no hay aparcamiento, ellas bajan y veo a Juan sonreír.

—¿De qué ríes golfo? —pregunto con cariño.

—Que, dentro de lo malo, estaré con ella. Vacaciones convalecientes. No era lo que esperaba, pero bueno.

—Lo importante es que te cuides y vayas al médico en unos días, bueno y ella también.

—¿Has pasado mucho miedo, verdad? —su tono es triste.

—La verdad, mucho. Me dio un ataque de pánico, pero tenía a Anna a mi lado. Me hizo recordar muchas cosas.

—Lo sé y lo siento mucho. Pensé mucho en ti. Te conozco lo suficiente y cuando me dijeron que estabais en el hospital ya me quería ir solo por verte. Te quiero demasiado tío.

—Yo también a ti. Por cierto, no olvides llamar a Maite.

—Será lo primero que haga cuando esté en casa. Martina venía mañana, pero no estaré en condiciones de atenderla.

—Haced una video llamada y en unos días que Maite la traiga un rato a tu casa.

—No es mala idea —vuelve a sonreír intentando que no note que le duele.

—No me hagas esto nunca más, eres como mi hermano y pensar que te podía pasar algo… —mi mirada demuestra dolor—, no lo superaría.

—Te querría abrazar tío, pero no puedo, así que, ¡te jodes! —dice mientras aprieta mi mano.

Las chicas bajan con un par de bolsas grandes de deporte. Desde dentro y con el mando, abro el maletero. Las colocan, se suben y vamos camino a casa de Juan.

Ya en casa de Juan lo primero que hago es mandarlo directamente al sofá. Para que no tengan que hacer nada, decidimos pedir unas pizzas y sentarnos a cenar los cuatro.

No me apetece mucho ir al hotel, preferiría ir para casa; pero debemos ir igualmente, ya que tenemos nuestras cosas allí y nos quedan un par de días de estancia. Él insiste en que nos vayamos tranquilos, ya que estando con Angie todo será más fácil y no es necesario que perdamos ese tiempo que nos queda aún.

Optamos por marchar antes de que se nos haga tarde. Nos despedimos de ambos, exigiéndoles un parte diario para estar informados, nos sonríen comentando que estamos en contacto. Empezamos a notar el cansancio que nos ha provocado el día de hoy y marchamos algo más tranquilos.

CAPÍTULO 27

—Buenos días —susurra Anna a mi oído.

—Buenos días —digo dándome la vuelta y besándola.

—Son casi las nueve, levanta y vamos a desayunar, tengo hambre —dice devolviéndome el beso.

—No tengo hambre, baja tu sola. Yo me quedo aquí un rato más.

—¿En serio? ¿Y eso de que no tienes hambre? No suena muy convincente.

—Me apetece quedarme en la cama, estoy cansado, solo es eso.

—Si es lo que quieres, no me importa bajar sola, aunque deberías poner un poco de tu parte. Anoche te escuché llorar y vi como te levantaste para ir al baño. No les ha pasado nada, entiendo que te vengan recuerdos, ya que ayer, esa incertidumbre fue devastadora, pero hoy es otro día y entrar en bucle no te ayuda.

—¡Joder! —me levanto de mala gana, buscando unos pantalones y una camiseta para vestirme.

—¡Pues empezamos bien la mañana! —brama tirando de su bolso para colgárselo en bandolera.

—Querías que bajara, ¿no? ¡Pues venga, vamos!

—Si has de bajar con esa mala leche, casi prefiero desayunar sola.

—Tranquila, ya te acompaño —comento en tono sarcástico

—Mario —con la mano apoyada en el pomo de la puerta se gira —tienes mucho que trabajar en ti y yo no sé si te podré ayudar. Ayer ni me preguntaste como me encontraba, en cambio me guardé mis miedos para ser fuerte por ti. Quizás la que necesitaría estar en la cama hoy todo el día sería yo. Piénsalo.

—Anna...

—¡Ni Anna ni leches! Quiero desayunar. Tampoco tengo ganas de nada hoy. Total, mañana ya marchamos y te quería proponer un día de relax sin salir del hotel, pero ni tiempo me ha dado de plantearlo —sale de la habitación con mala gana.

Salgo detrás de ella en dirección a los ascensores. Cuando se abren las puertas, entramos y picamos a la planta principal.

—Lo siento —musito con un hilo de voz.

—Tengo hambre. No me dirijas la palabra hasta que me haya comido, como mínimo, tres ensaimadas —sentencia enfadada.

—¡Qué carácter! —exclamo, mientras nos dirigimos al comedor.

Desayunamos en silencio y salimos a fumar un cigarro.

—¿Qué te apetece que hagamos? —pregunto con recelo.

—Me gustaría ir un rato al gimnasio y luego a la piscina. Me apetece disfrutar del hotel sin más.

—Pues vamos a quemar el desayuno con algo de ejercicio y luego nos torramos al sol un rato —me acerco a besarla, pero me hace una cobra—¡Qué manía tienes de hacerme la cobra!— exclamo sonriendo y ella estalla a carcajadas.

La tensión de esta mañana va desapareciendo y volvemos a ser la pareja que llegó días atrás.

Salimos del gimnasio como nuevos. Nos ha ido bien eliminar estrés y cargarnos de energía. Ahora, un poco relax en la piscina tampoco estará nada mal.

Pasamos el último día sin ir a visitar nada, solo descansando, ya que mañana tenemos que dejar la habitación a las doce. Comeremos por el pueblo dando un paseo y poco más.

Hemos llegado al hotel cargados de bolsas. Paseando íbamos mirando tiendas y nos compramos algo de ropa. Anna vio unas sandalias hechas a mano muy bonitas y se las he regalado. Quiero que cuando se las ponga tenga un bonito recuerdo y no se quede con ese sabor agridulce del día de ayer. Son nuestras primeras vacaciones y tengo que cuidar que no sean las últimas, así que hoy he dado lo mejor de mí y ella lo ha agradecido.

Anna sale del baño con el albornoz y una toalla en la cabeza. Yo entro para darme también una ducha rápida antes de ir a cenar. Cuando salgo, la observo. Está descalza, llevando tan solo un sujetador de encaje blanco que hace conjunto con sus bragas brasileñas. Tiene un vestido amarillo de tirantes en la mano y las sandalias que le he regalado encima de la cama. Me acerco a ella por detrás. Mis manos desabrochan su sujetador y susurrando le digo:

—Bonito vestido, pero ahora te quiero sin esto —ya desabrochado, bajo los tirantes y se lo quito tirándolo al suelo.

Ella se gira despacio, con sus pechos expuestos y tan solo con las braguitas puestas, se acerca hacia mí con una sonrisa pícara. Se deshace de la toalla que llevo anudada a mi cintura y agachándose, posa sus manos en mis glúteos mientras se arrodilla y me atrae a unos centímetros de su boca.

Besa mi pubis y su mano derecha va al encuentro de mi miembro. Mientras lo acaricia, lo observa, alza un poco su cabeza y me mira. Con su pulgar va acariciando mi glande, dando pequeños círculos suaves. Emito un gruñido de placer y se lleva mi pene a la boca con hambre.

De pie, quedándome rígido, la observo. Su pelo alborotado no me deja poder observar su cara y llevo mis manos a su cabeza agarrándola con fuerza.

—Te deseo tanto que siento que voy a explotar —mi voz se quiebra mientras respiro hondo.

—¿Quieres que pare? —pregunta, mientras se retira el pelo de la cara.

—Si sigues así, poco podré aguantar—. Le ofrezco mi mano para que se levante y agarrándola fuerte, la alzo y noto que enrosca sus piernas en mi cintura. Con ella sujeta, intento dirigirme hacia el escritorio y la siento allí.

Sus brazos rodean mi cuello y atrayéndola hacia mí, dejo sus glúteos casi en el aire, solo apoyados un poco en el escritorio. Suelta sus manos de mí, sujetándose con fuerza a la madera, mientras arquea su cuerpo. Entro en ella y acercando mi cabeza a la suya, respiro exhalando hondo y mis movimientos van en aumento. La noto suspirar, la observo y veo que retira a un lado su pierna, para apoyar el talón de su pie en una esquina del mueble. Verla tan expuesta a mí hace que mis embestidas sean rápidas y llevando mi mano hasta su botón de placer continúo tocándola. Me recorre una corriente por todo mi ser, me aprieto más y jadeamos, en ese momento nos dejamos llevar por un orgasmo que hacía mucho tiempo no tenía.

Con nuestros cuerpos aún unidos, nos besamos y ella acerca su cabeza hacia mi pecho.

—Te quiero —susurro acariciando su pelo.

—Y yo a ti —sonríe dulcemente.

Volvemos al baño, nos damos una ducha rápida para así quitarnos el olor a sexo y posteriormente vestirnos e irnos a cenar.

Anna se ha puesto el vestido que dejó preparado y se está calzando las sandalias nuevas. Las mira una y otra vez, con una sonrisa de oreja a oreja. Se observa en el espejo y se retoca la melena. Yo ya me vestí y me quedo en una esquina de la cama, observando lo preciosa que está.

Después de cenar, decidimos ir a tomar una copa. Es la última noche y dar un paseo nos apetece. Caminamos sin rumbo, mientras vamos hablando, pasando de un tema a otro sin más. Encontramos un bar de copas con terraza y buen ambiente. Nos sentamos y disfrutamos del momento. Pasado un rato, miro el reloj y no me puedo creer la hora que es, nos ha dado tardísimo. Anna me ha explicado anécdotas muy divertidas y no hemos parado de reír. Volvemos al hotel, recorriendo las calles casi desiertas y con el encanto de la noche.

Entramos en la habitación y lo primero que hago es quitarle el vestido. Me sonríe, se tumba en la cama moviendo sus pies para que le quite las sandalias.

Me acerco y tomo su pie y cuando voy a desabrochar su zapato encoge la pierna.

—Con cuidado, que son nuevas y quiero que me duren.

—Usted perdone, señorita. No era mi intención tirar de ellas bruscamente.

Me vuelve a ofrecer su pie y con suavidad, le quito las sandalias acariciando sus pies. Tumbada me observa, mientras me voy desnudando. Finalmente desnudo, me tumbo a su lado y hacemos el amor con ternura y sin prisas.

Me despierto y me quedo unos minutos observando cómo duerme. Está de espaldas a mí en posición fetal. Con delicadeza me acerco un poco a ella quedando en cucharita y retirando su pelo de la oreja murmuro:

—Ensaimadas con café con leche. Pan tostado con tomate y jamón. Zumo de naranja recién exprimido. Bacon con huevos.

—Buenos días —dice dándose la vuelta hacia mí—. Tú si sabes despertar a una dama. Donde se ponga un desayuno así, que se quite un polvo mañanero.

—Buenos días —digo besándola con ternura—, es el último desayuno y sé que lo quieres disfrutar. ¡Venga, a levantarse!

—¡Me voy a poner morada! —exclama mientras se despereza.

Nos duchamos y bajamos a darnos el último festín, sin prisa alguna.

Son las once de la mañana cuando empezamos a recoger para marchar. A pesar de no llegar a poder visitar todos los lugares que teníamos en mente, estos días nos han ido bien a los dos. La excursión a Tossa nos queda pendiente de realizarla los cuatro, una vez ellos se encuentren recuperados.

En la recepción, entregamos las llaves, realizamos el pago y salimos arrastrando las maletas hacia el coche en dirección a casa.

Durante el trayecto escuchamos música y hablamos de cómo aprovecharemos los días que nos quedan de vacaciones, ya que ambos debemos realizar cosas por separado. La agenda es apretada cuando hacemos referencia a las visitas sociales. Antes de llegar a casa, nos apetece pasar un rato y saber cómo se encuentran Juan y Angie, aunque por los mensajes que nos han ido enviando lo están llevando bien. Nos dirigimos a la zona de Sans, donde vive él, y disfruto de circular por la ciudad con menos tráfico de lo habitual, es lo bueno que tiene agosto, todo el mundo marcha y se circula sin atascos.

—Cariño, envía un *WhatsApp* a Angie para que sepan que pasamos un momento a verlos y pregunta si necesitan algo y se lo llevamos.

—Voy, dame un minuto porfa —contesta sin dejar de mirar su móvil.

—¿Todo bien? —pregunto escuetamente.

—Sí, sí. Estaba contestando unos correos del trabajo. Uno de ellos, el del italiano. Luego te explico.

—Miedo me da —sonrío mirando la carretera.

—Ya le he preguntado, espero que conteste antes de que lleguemos. Se me está ocurriendo crear un grupo de *WhatsApp* que estemos los cuatro.

—No es mala idea, ¿y cómo lo vas a llamar?

—Los Cuatro Fantásticos —empieza a reír y no para.

—¿En serio? Si no recuerdo mal, eran tres hombres y una chica.

—Ya, pero yo no me refiero a la película, sino a nosotros, no hay género. Luego nos hacemos una foto los cuatro para ponerla.

Conseguimos aparcar algo cerca de donde vive Juan. Angie no ha contestado al mensaje, así que llamamos al timbre y no contestan. Saco el móvil y le llamo.

—¿Qué pasa *chavalín*? —contesta al momento.

—¿No estáis en casa? Estamos en la puerta.

—Hemos salido a dar un mini paseo y a sacar pasta al cajero. Esperar diez minutos que ya llegamos.

—Okey, tranquilo.

—¿Dónde están? —pregunta Anna.

—Han salido un momento, pero ya vienen para aquí.

De lejos me parece verlos. Si son ellos, van agarrados de la mano caminando despacio.

—Cariño, mira. Segundo semáforo, donde están aparcadas las motos, me parece que son ellos.

—Ay sí. ¡Qué monos! Agarraditos de la mano. ¿Crees que funcionará?

—¡Ojalá! Quizás piensen lo mismo de nosotros —la miro guiñándole un ojo.

Se van acercando y al vernos, sonríen mutuamente.

—Antes de que digas algo; decirte, que me encuentro bien

y necesitaba salir de casa un poco y hemos ido con cuidado —explica Juan y Angie ríe.

—Hacéis buena cara los dos —Anna, abraza a su amiga y le da un par de besos.

—¿Hace falta comprar algo? Aprovechando que estamos abajo —pregunto a Juan.

—No hace falta nada. Venga, subamos a casa.

Al entrar mi amigo va directo a sentarse en el sofá. Angie le da una pastilla que él toma sin rechistar.

—¡Estoy del sofá hasta los cojones tío! Tengo que dormir sentado porque no me puedo tumbar. Mi cama estos días es toda para Angie. Y la muy golfa cuando se despierta con esa sonrisa, me dan ganas de...

—Es muy cómoda tu cama y tú, todo un caballero —dice mofándose de él.

—¡*Hostia*! ¿Habéis hecho un grupo de *WhatsApp*? —pregunta Juan—. Los Cuatro Fantásticos, y veo que es Anna la administradora.

—*Sip*. Luego nos hacemos una foto juntos y la pongo de icono.

—No lo había visto —Angie va en busca de su teléfono.

—Y tú, cuidado con lo que envías, ¿eh? —lo señalo con dedo acusador.

—¿No puedo enviar videos guarros?

—Hay señoritas amigo, no sería muy correcto.

—Qué tontería, pues esta señorita me hace unas...

—!Juan! —grita Angie, no dejando que acabe la frase.

—Perdón —exclama, y empezamos todos a reír.

Angie nos comenta que esta mañana hizo macarrones y que hay suficiente comida, si nos queremos quedar. Juan insiste que nos quedemos y les expliquemos un poco de todo lo que fuimos haciendo estos días. Nos sentamos a comer y les ofrezco si quieren venir unos días a casa, ya que tendrían más espacio y no se sentirán encerrados en el piso. Juan rechaza mi oferta alegando que están bien y, además, mañana Maite traerá a Martina un rato por la tarde.

Hemos pasado un buen rato juntos y ya es hora de irnos. Nos despedimos con risas y sabiendo que están bien. Me gusta ver a Juan feliz y gracias a Angie lo está. El tiempo dirá si son el uno para el otro, pero de momento, esto no se lo quita nadie.

Anna durante el trayecto me comenta que quiere estar en su casa mañana. Posiblemente estaremos unos días sin vernos, ya que ambos tenemos tareas pendientes por separado. Asiento con la cabeza mientras conduzco dándole la razón. Realizamos una pequeña parada y así poder comprar cuatro cosas necesarias, ya que dejé la nevera vacía. Al llegar, descargamos la compra y las maletas. Nos disponemos a preparar la cena y observándola, la noto algo inquieta, aunque ella no dice nada.

—Cariño, ¿estás bien? —pregunto mientras troceo la lechuga y la voy colocando en un bol.

—Sí, ¿por qué lo preguntas?

—Desde que hemos llegado te noto con inquietud, y no me parece que sea por irnos a dormir pronto.

—Parece ser que soy un libro abierto —musita mientras se seca las manos con un paño.

—Si el motivo es porque estaremos días sin vernos, buscamos la manera y…—No es eso —dice interrumpiéndome—, es por trabajo.

—Ah. Entonces ahí no te puedo ayudar —respondo sin más.

—Sí puedes. Veamos como te lo explico para que no te enfades.

—Soy todo oídos —digo limpiándome las manos.

—Hoy, ya sabes que recibí un correo del italiano. De momento no he contestado, pero tengo que contestar mañana sin falta. Como te expliqué anteriormente, estabas en selección y por lo que me han informado, han decidido que seas tú quien haga el trabajo con ellos. Buscan poner cara a una feria muy conocida en Milán. Sería para primeros de septiembre. Rodaje y fotos allí, tres días, lo que supone un par de noches. Por cierto, también con traje, no hay manera que te lo puedas quitar —sonríe tímidamente y me mira con algo de recelo.

—Joder. Seguro que si quiero que me llamen, no me llamaría ni Dios. Digo que no y parece ser que todo el mundo me quiere. Eso supone faltar al trabajo recién llegado de vacaciones, no lo veo muy ético por mi parte.

—De ahí mi inquietud —la veo bajar un poco la cabeza y masajear sus sienes.

Me quedo en silencio, reclino mi cuerpo en la encimera apoyando mis manos hacia atrás y bajando la cabeza, intento pensar en mi respuesta.

Si le digo que sí, la única opción que tengo en el trabajo sería pedir días de asuntos propios y no tener que dar ninguna explicación. Por lo visto, parece ser que en este mundo nuevo gusto, aunque esta vez será diferente a la anterior, ya que es un cliente y no amigo de Anna. Una prueba de fuego que pasar.

—Contesta al correo y diles que sí —respondo, mientras levanto la cabeza y la miro.

—¿Estás seguro? —dice con un hilo de voz.

—Sí. Pediré días de asuntos propios y listo.

—De acuerdo. Cuando me indiquen los días, si quieres, te puedo acompañar y no viajas solo

—No es necesario. Es más, prefiero ir solo y ver cómo me las arreglo. Al fin y al cabo, es lo que hace la mayoría y también una forma de saber que tal me siento sin ayuda.

—¡Joder! Si lo sé, te lo digo antes. Estaba acojonada por no saber cómo te lo ibas a tomar. Muchas gracias *cariñu*. Por cierto, la persona de contacto es Fabricio, él habla castellano así que no debes preocuparte por el idioma; aunque el italiano se entiende bastante bien, te será más cómodo tener la seguridad de comunicaros correctamente.

—Eso es genial, no contaba con ello, así que contesta y cuando tengas toda la información me explicas y lo hablamos —me acerco y la beso—. Continuemos preparando la cena.

—Ya podré cenar tranquilamente, tenía un nudo en el estómago...

Aprovechando el momento de la cena y hablando de trabajo, acordamos que puedo ayudarla en la agencia con el tema de la contabilidad un par de tardes a la semana. Sobre promocionarme para próximos trabajos, ha respetado mi decisión de no querer hacer nada, únicamente lo del italiano. No quiero dar palos de ciego ni con una cosa ni con otra, por mucho que quiera dar un giro en mi vida. Para empezar e ir viendo ese mundo y conocer la base que tiene, es suficiente llevar las cuentas y estar en contacto con el equipo, incluyendo a mi hija. Si el día de mañana decido participar como socio, ya se verá, solamente sería necesario sentarnos a hablar, poner pasta encima de la mesa y obviamente dedicarme por completo en cuerpo y alma.

Juan va enviando mensajes al grupo nuevo, desde videos chorras hasta fotos de él con caras haciendo el idiota, sinceramente nos hace reír, es un máquina el tío. Nos comenta que mañana por la tarde llevará Maite a Martina para que pueda verlo. Anna ha dicho que pasará a buscar a Angie y así acompañarla a casa a por ropa y aprovechar a pasar unas horas juntas, mientras Juan está con su hija un rato.

Carla envió un *WhatsApp* que ya ha llegado a Menorca y ha enviado fotos de ella con las chicas y también del hotel. Contesto informando que nosotros ya estamos en casa, que lo hemos pasado muy bien y les omito lo del accidente de Juan.

Después de desayunar Anna marcha para su casa y yo me quedo solo. Por la tarde me acercaré un rato a ver a mi madre y de paso comentarle que la pasaré a buscar cuando vaya a visitar a mis suegros.

Decido aprovechar la mañana en ordenar un poco, poner lavadoras y guardar la dichosa maleta. Subo a mi habitación con la idea de coger la caja que me regaló Anna para guardar el perfume, ya que mientras iba de un lado a otro haciendo tareas, pensaba donde poder dejarlo expuesto.

He de buscar un sitio que sea especial. Y a pesar de que ella fue quien me hizo el regalo para poder conservarlo como un tesoro, necesito encontrar un lugar íntimo, que sea solo mío, y lo mejor que se me ocurre es en la sala de yoga.

Sentado en la cama, con cuidado saco la caja y voy al baño a por el frasco. Con mucha delicadeza lo coloco dentro. Me sorprende lo bonito que se ve una vez colocado. Lo observo de nuevo y parece una pieza de museo. Bajo las escaleras pensando dónde ponerlo. Una vez allí me siento en el suelo observando las estanterías.

«Tienes que dejarla marchar» me susurra mi *cabroncete* con cariño.

Exhalo profundamente con la caja en la mano y decido realizar un bonito adiós.

Me levanto, dejándola en el suelo con cuidado, voy a un cajón donde guardo incienso y enciendo uno. Saco la esterilla y colocándola en el suelo, me siento en ella en posición de loto, tomando de nuevo la caja en mis manos. Cierro los ojos inhalando el olor a sándalo para luego exhalar poco a poco. Al abrirlos es como una nebulosa que me envuelve, mandando imágenes a mi mente en forma de fotogramas rápidos.

Bajo la cabeza y mientras voy acariciando la caja mi voz suena como un susurro.

—Amor, tengo que dejarte marchar. No es un adiós, es simplemente un hasta pronto. Me he propuesto avanzar, aunque ya me conoces, me cuesta mucho. Como has podido observar desde allí arriba, esta cajita me la ha regalado ella. Sé que lo hizo con buen fin, ya que sabe que lo nuestro siempre vivirá en mi corazón y quiere que este pequeño frasco lo guarde de manera que sea mi tesoro. He pensado que el mejor lugar es nuestra sala, la que tanto te gustaba y además conseguiste que a fecha de hoy siga con el hábito de yoga. Te imagino observándome, e incluso riéndote un poco de mí; me dirías que soy un ñoñas, pero no me importa. De hecho, hablé con tu madre y está contenta con la relación que he empezado. Sé que tú también la habrías aprobado, ya que Anna desprende esa frescura que necesito y es muy buena persona, ¿no crees? Así que me voy a dar la oportunidad de intentarlo. Te querré toda mi vida y ahora tendremos en casa un espacio que solo será tuyo y mío y ese sitio va a ser al lado de tu música favorita, la que te ponías haciendo esos asanas tan perfectos que me robaban el alma cuando te veía realizarlos. Gracias por todos los años compartidos y por esos dos hijos que tenemos. Te quiero, te quise y siempre te querré. Espero que te guste el sitio que he elegido. Hasta siempre amor.

Me levanto, coloco el perfume en el espacio que le he asignado y salgo de la sala con una paz que hacía mucho tiempo no sentía.

Una vez lo dejo todo a punto en casa, después de comer salgo para ir a visitar mi madre. Mientras voy conduciendo me viene a la mente mi suegra, a ella le expliqué que me veía con Anna y si la llevo a verlos, es fácil que Claudia le comente algo. Voy a aprovechar la ocasión de que estamos solos y sin prisas para comentárselo. Sé que me va a acribillar a preguntas, pero no me importa. Además, hoy tengo tiempo que poder dedicarle.

Ya en el barrio, entrando por la calle Guipúzcoa, la llamo para decirle que estoy buscando aparcamiento y que no tardaré en subir, así cuando abra la puerta no se asustará.

Una vez que ya he aparcado, subo y veo que me está esperando con una sonrisa de oreja a oreja. Me dirijo hacia ella y le doy un abrazo fuerte y dos besos. Nos dirigimos a la cocina a preparar unos cafés.

—¿Qué tal estos días que has estado fuera? No me explicaste mucho.

—Bien, he podido desconectar, que era lo que necesitaba.

—¿Has ido con Juan? —pregunta mientras saca las tazas.

—No —respondo escuetamente, mientras saco el azucarero del armario.

—¿Y con quién has ido entonces?

—Ahora te lo explico —digo llevando la bandeja hasta la mesa del sofá.

Nos sentamos y doy un repaso rápido con los ojos a toda la estancia. Paqui lo dejó todo arreglado antes de marchar al pueblo.

—Mamá, estas vacaciones las he pasado con una chica.

—¿Tú con una chica? ¡No me lo puedo creer!

—Sí. Hemos pasado una semana en La Costa Brava.

—¿Novia o amiga?

—Uf. Hace poco que nos conocemos, pero yo diría novia.

—Pues no sabes la alegría que me das, hijo. Ha pasado tiempo desde lo de Cristina, la vida continúa y tú sigues siendo joven, te mereces ser feliz.

—Intento ser feliz a mi manera.

—¿Qué coño es eso de que eres feliz a tu manera? Si vas siempre como un alma en pena. ¡Soy tu madre! Y tengo ojos, pero una se calla para no liarla.

—¡Mamá!

—¿Cómo se llama? Enséñame una foto anda, que seguro que en el móvil tienes que tener alguna.

—Se llama Anna. Además de ser la jefa de Carla.

—¡Anda, mira que bien! ¿Os conocisteis por la niña?

—No mamá, pura casualidad, es hija de una clienta del banco —saco el teléfono y le enseño una foto.

—¿Lleva el pelo azul? —pregunta mientras intenta mirar mejor en la pantalla.

—Sí, su pelo es azul y le queda muy bonito.

—Es guapa —comenta mientras me devuelve el móvil.

—No hace mucho que estamos saliendo, pero parece ser que está yendo a más y quiero intentarlo.

—Entonces cuando estaba ingresada en el hospital, ya la estabas viendo, ¿verdad?

—Si, ¿por qué lo preguntas?

—Te notaba inquieto, pero no por mí, no te lo sé explicar, esas cosas se notan. Las madres nos damos cuenta, a pesar de no decir nada.

—Y las suegras también —«¡Mierda, se me ha escapado!», me digo mentalmente a mí mismo.

—¿Lo has hablado con Claudia? ¿Cuándo?

—No te enfades, pero el otro día fui a verlos y casi me hizo un tercer grado. Es muy intuitiva, ya lo sabes.

—¿Se lo tomó bien? —pregunta levantando la ceja.

—Mamá, hizo que me emocionara y me animó a que lo intentara.

—Es igualita a su hija, que en paz descanse.

—Cristina era igualita a su madre, diría yo.

—Tú ya me entiendes.

Se recuesta en el sofá colocándose un cojín detrás de la espalda, a la espera de que le siga explicando. Hago un pequeño resumen desde el principio, pero no deja de interrumpirme, lo quiere saber todo. Yo pacientemente le voy contando y respondiendo a sus preguntas.

Le preocupa que sea la jefa de Carla, le ha inquietado un poco. Exponiendo que si por algún motivo Anna y yo nos peleamos, ella estaría en medio de los dos y eso le podría perjudicar. Le explico que si he dado el paso, quizás algo pronto, es porque confío en que nos va a ir bien y no quería estar viéndome a escondidas, sin que mi hija lo supiese, eso sí que lo perjudicaría, y más conociendo el carácter que tiene. Si no hubiera sido quien es, posiblemente no habría comentado nada con nadie.

Le voy contando anécdotas simpáticas de ella, la empiezo a notar bastante alegre y animada con la charla, aunque de vez en cuando suelta alguna que otra púa. No le doy importancia, ya que tiene mucho carácter. Parece ser que haberlo hablado antes con Claudia le ha molestado un poco. Cambio el rumbo de la conversación y le explico que tendré que viajar a Milán para realizar un trabajo en la agencia y que ayudaré un par de tardes a la semana a Anna con la contabilidad. Aprovecha la ocasión para decirme que los días que vaya allí, podría quedarme a comer en su casa y así ir más tranquilo.

Me fijo que no lleva el botón de emergencia colgado y cuando le pregunto, contesta que se lo había quitado para vestirse antes de que yo llegara, que no quería recibirme en bata. Me cambia el tema directamente, preguntando por los chicos y me pide que le avise con tiempo si vamos a ir a visitar a mis suegros y no ir con las manos vacías.

Miro el reloj y han pasado casi tres horas. Me despido diciendo que Sandra solo estará una semana en Barcelona y que iremos a verlos, posiblemente, el día que puedan venir los chicos y estemos todos. Bueno, menos Carla que se encuentra en Menorca, pero ya se lo confirmaré con tiempo.

Sonríe feliz y me acompaña cuando me dispongo a salir de su casa. Se queda en el quicio de la puerta mientras llamo al ascensor. Con un gesto serio le indico que se cuelgue la medalla de emergencia, y con un movimiento de ojos me hace saber que ahora se la pondrá. Le tiro un beso con mi mano, ella alza la suya atrapándolo en el aire y marcho.

Al llegar a casa, quiero disfrutar de la soledad. Estos días han sido como una montaña rusa. Saco de la nevera la botella de vino blanco y me sirvo una copa para tomarla en el porche.

Pensando en todo lo que me está pasando, sonrío. Explicar a mi madre que estoy saliendo con Anna me ha ido bien. Ya no hay secretos con nadie, eso me va a ayudar ya que no me gusta mentir. Me he propuesto realizar esos cambios, y cada día que pasa reconozco que me encuentro mejor. Me siento liberado y con ganas de cambiar, ya nada me asusta. El resto de las vacaciones lo tomaré como un fin de etapa. Sé que cuando empiece a trabajar me costará y la puñetera corbata intentará ahogarme de nuevo, pero simplemente aflojaré el nudo.

Quiero ayudarla en la agencia y poder conocer ese mundo desde dentro. Además, el ambiente es juvenil y eso hará que equilibre la balanza con el banco.

Milán me permitirá enfrentarme a algo nuevo, un primer paso para poder valorar cómo me siento en ese mundillo tan desconocido.

Cristina ha quedado en esa bonita caja y en mi corazón. Siempre estará ahí, pero no quiero desaprovechar el regalo que me ha dado la vida conociendo a Anna. Son muchas las veces, que cuando me he visto hablando de ella con alguien, al escucharme en voz alta he podido darme cuenta que puedo a amar de nuevo sin sentirme culpable.

He aprendido que la vida da segundas oportunidades. A lo largo de ella pasan muchos trenes; muchas veces simplemente escuchamos su ruido al pasar, otras, nos vemos sentados en el andén observando, sin saber si nos levantaremos o no. Solo eres tú quien decide si subes o bajas en la próxima parada.

Mi próximo tren es en realidad un avión con vuelo a Milán, y quien sabe si habrá más. Aunque eso de momento me lo guardo para mí. Será mi pequeño secreto.

Tomo la copa y saboreando el vino frío, sonrío triunfante.

EPÍLOGO

Dos años después

—Mario, ¿puedes dejar de dar vueltas por toda la casa? ¡Me estás poniendo de los nervios!

—¿Y eso lo dices tú? ¿La misma que no para de ir a la cocina a abrir y cerrar la nevera treinta veces?

—¡Tengo hambre! —brama mirándome—. Anda, sube a cambiarte ese jersey, ¡es horrible!

—Pues no, no me lo voy a cambiar, me gusta el que he elegido.

—Cómo quieras —musita—, pero tienes muchos más bonitos que ese.

Dando un pequeño bufido, subo las escaleras mientras me voy quitando el puñetero jersey. Al llegar a la habitación lo tiro de mala gana encima de la cama. Rebusco un poco en el armario y elijo uno de color crema de un tacto suave y que conjunta bien con los vaqueros oscuros que llevo puestos. Me siento para calzarme unas deportivas y pienso en los chicos.

Parece que fue ayer cuando Joan y Diego se casaron. Vaya temporada de nervios nos dio mi hijo con los preparativos, aunque he de reconocer que fue una boda muy bonita. Hoy por fin conoceremos a nuestro nieto, en un par de horas llegarán los tres en un vuelo desde Marruecos. Todo el sacrificio y estrés que han sufrido estos últimos meses ha dado su fruto y por fin ha llegado el momento tan deseado por todos nosotros.

Una vez que ya me he cambiado el calzado me levanto, voy hacia el espejo echándome una última ojeada. Antes de salir de la habitación me pongo una gorra negra con la visera del revés. Estamos nerviosos y con ganas de llegar al aeropuerto, darle un toque de humor a mi vestimenta hará que se ría un poco.

Cuando llego al salón la encuentro hurgando en su bolso.

—¿Mejor así? —pregunto con cara de picarón.

—¿Qué, vas de abuelo *guay*? —pregunta riendo mientras veo que saca sus gafas de sol.

—Chist, —me acerco a ella y la beso dulcemente. Me quita la gorra y la deja encima de la mesa, pero al separarme sus ojos están vidriosos y le caen unas lágrimas por sus mejillas.

—Quería hacerte reír, no llorar —me acerco de nuevo y la abrazo con mucha ternura.

—Estoy nerviosa y muy emocionada *cariñu*. Nunca puede ser madre y en cambio voy a poder ser abuela. Es un bonito regalo que me habéis hecho todos.

—Lo que estás es muy guapa —su camisa azul con flores pequeñas le da un toque alegre a sus vaqueros claros y manoletinas—. Pues venga yaya, coge el bolso y vámonos, que ya llegamos tarde.

Entramos en el aeropuerto cogidos de la mano, estamos hechos un flan. Miramos el panel y la pantalla indica que ese avión ya está aterrizando. Nuestra inquietud va en aumento mientras esperamos su llegada. Me sudan las manos y le entrego a ella el peluche que hemos traído para Omar. Es un osito marrón que lleva su nombre bordado en la barriga.

Nuestra cara se ilumina al verlos salir por la puerta observando como ellos nos buscan con los ojos. Joan lleva al pequeño en brazos y Diego va arrastrando las maletas. Al vernos sonríen y vienen a nuestro encuentro. Nos fundimos en un abrazo y el niño empieza a llorar asustado. Mi yerno le pide a mi hijo que le entregue al crío para intentar calmarlo, mientras nosotros le entregamos el peluche con el fin de captar su atención y que no llore.

—¡Pero que guapo es el *jodio*! —exclama Anna—. Incluso más que en las fotos que nos enviasteis.

—Toma abuela, coge a tu nieto —dice Diego una vez que el niño está tranquilo, al verla tan emocionada.

—Gracias —musita algo nerviosa—, esperemos que no llore de nuevo.

—Chicos, vayamos al coche —digo haciendo un aspaviento con la mano.

Caminamos en dirección al parking y ayudo con las maletas, mientras ella sigue con el niño en brazos. Omar toca su pelo con curiosidad.

—Le ha llamado la atención tu color de pelo —comenta Joan riendo.

—No esperaba menos de mi nieto —comenta ella entre risas mientras seguimos caminando.

Al llegar, les abro la puerta y cuando ven que detrás hay una silla para él, los dos se emocionan y nos dan las gracias. Una vez dentro, arranco y nos dirigimos en dirección a casa de ellos.

—Papá, ¿cuándo emiten el primer episodio de la serie? ¡Me muero por verte!

—Pasado mañana es el estreno.

—¿Solo una temporada? —pregunta Diego.

—Quieren empezar la segunda en un par de meses, aunque no hay fecha exacta de momento —contesto mientras miro la carretera.

—Pues sería bonito poder verla todos juntos y aprovechar la ocasión para presentar a Omar en sociedad —expone Anna.

—Me parece una buena idea —Joan aplaude con entusiasmo.

—Pues vosotros ahora a descansar lo que queda de día y mañana. Del resto nos encargamos nosotros.

El domingo nos juntamos todos en casa y vemos el estreno —Anna se gira desde su asiento y les guiña un ojo a ambos.

Al llegar, paro un momento en doble fila y les ayudo a sacar las maletas. Nos despedimos de ellos, están cansados del viaje y Omar se ha quedado dormido. Nosotros nos vamos a casa contentos y llenos de felicidad.

El domingo en casa es una locura. Anna fue temprano a buscar a Encarna. Después de ella, los primeros en llegar son Joan y Diego, alegando que de esta manera Omar se sentirá más tranquilo si hay poca gente y así cuando vayan llegando el resto ya no se asustará.

Hemos pedido un catering con el fin de no cocinar para tantos y disfrutar de todos ellos.

Pasadas un par de horas, aparece Juan con Angie acompañados de Martina. La niña, mirando al pequeño, se va directamente a jugar con él. Nos dice que quiere ir practicando para cuando nazca el bebé. Todos reímos y miramos la barriga de Angie que cada día crece más. Está de seis meses y es un niño.

Mi amigo y yo nos escapamos un momento a la cocina a por un par de cervezas y mientras damos un sorbo, brindamos con los botellines.

—¡Por nosotros! —alzo mi cerveza sonriendo.

—¡Pues yo ¡brindo por ti, amigo! Mírate. Eres otro, Mario. Atrás quedaron tus pajas mentales, el banco, tus miedos y lo mejor de todo, ¡que ya no llevas el palo metido dentro del culo tío! Y tú que querías vender *satisfyer* en su momento. En cambio ahora, si ya eres algo *famosete* como modelo, imagina cuando salgas por la tele.

—Todo eso ya pasó y hoy estoy muy feliz. Tengo a Anna, los chicos, también a vosotros y soy abuelo. Bueno... solo falta ella.

—Piensa que se fue sin sufrir y estaba con Paqui, para ella fue como dormir. Hoy, si estuviese aquí, nos habría puesto a todos firmes doña Cascarrabias —sonríe tímidamente.

—Mi consuelo es que no se enteró, pero me ha pasado igual que con Cristina, no me pude despedir. Dos mujeres a las que he amado por encima de todo y ni un triste adiós les he podido dar. La echo mucho de menos. Siempre me llamaba preguntando por la serie y por unos pocos meses no ha podido estar hoy aquí, ni conocer a Omar. Solo le pude enseñar algunas fotos.

—¿Se va a demorar mucho tu hija en llegar? Estoy muerto de hambre —comenta para cambiar de tema—, la comida se va a enfriar.

En ese momento suena el timbre y son ellos. Al abrir, Claudia me abraza con fuerza y entra sin esperar al resto.

—¿Dónde está mi bisnieto? —pregunta intentando localizar al pequeño—. Tengo muchas ganas de darle un achuchón.

Ramón me saluda y Carla entra acompañada de Albert y ya todos juntos disfrutamos del momento entre risas, menos Omar que no se despega de mi hijo mirándonos con recelo.

—Si tu madre pudiera verte —murmura Claudia a Joan.

—¡Claro que lo puede ver! Su abuela desde el cielo lo va a poder proteger y yo lo cuidaré por las dos. Además, lo voy a consentir mucho —dice Anna abrazándola con cariño mientras Encarna la mira con ternura.

Nos sentamos en la mesa y cada uno elige lo que más le gusta, ya que pedimos un amplio surtido de comida. Los observo a todos sonriendo y queriendo guardar este bonito momento para no olvidarlo nunca. Entre ellos ríen y se hacen bromas. Omar los mira desde su trona con cara de pocos amigos, mientras con sus pequeñas manos intenta comer lo que le han puesto en su plato.

Después de comer, entramos en el salón y nos acomodamos

frente al televisor. Cuando acaban los vítores que me hacen, le doy al *play*. Todos juntos, en familia, nos sentamos y vemos el primer episodio de «El engranaje».

AGRADECIMIENTOS

Gracias, un millón de gracias a Javier y Xavi. Ellos son y serán siempre un pilar fundamental en mi vida. Sin su ayuda y sus ánimos no lo habría conseguido.

Gracias a Natalia, mi amiga incondicional que es como una hermana para mí. Ella me dio ese pequeño empujón cuando empecé mis primeras páginas.

También gracias a mi familia, tanto a mis hermanos como cuñadas y primos por todo su apoyo.

Gracias a mi amigo Víctor. Me siento afortunada que haya cedido su imagen en algo tan especial como es la portada.

Un gracias muy especial a Txarango por permitir que los nombre y poder incluir unas pequeñas estrofas de sus canciones. Sobre todo, y especialmente, a Sisco Romero por los ánimos que me dio para que llevase a cabo mi sueño.

A Maite Mosconi por toda su ayuda.

A Eva Mayro por sus audios y esos momentos de risas.

A Montse Baró y a Miguel Ángel por su ayuda y paciencia, y por acompañarme en todo el proceso.

A José Luis Boj por todos sus consejos.

También dar gracias a todos mis amigos, que sois muchos y os alegró la idea de que tan solo por el hecho de ser mía, desear tenerla en vuestras manos.

Sinceramente, no me cansaría de daros las gracias a todos vosotros por cada granito de arena aportado.

Si estás leyendo esto, me queda darte un último GRACIAS por leerme.

Un abrazo de todo corazón.

Carol.

LA AUTORA

Carol Margall es mi seudónimo. Mi nombre es Carolina Martín Gallego. Nací en Barcelona el 07/02/1967. Como buena acuariana que soy, muchas veces siento que vivo en las nubes. Me considero una mujer actual, rebelde y empoderada. La creatividad es una de las cualidades que más me gustan de mi y sin la que no sería la persona que soy.

Trabajé en el mundo de la empresa durante más de una década. Tras un parón, decidí formarme en una de mis pasiones, la escritura, contar historias se ha convertido en algo más que una afición, para mi es una herramienta con la que puedo plasmar y compartir mundos que solo están en mi mente.

Soy una lectora empedernida y ello me ha llevado de una manera alegre y divertida a lanzarme a expresar y dar vida a mis inquietudes a través de la palabra escrita.

Made in the USA
Coppell, TX
23 April 2022

76937611R10226